Annegrit Arens

Herz oder Knete?

Annegrit Arens

Herz oder Knete?

Bechtermünz Verlag

Annegrit Arens
lebt in Köln – mit ihren vier Söhnen
und tausendundeiner
Romanidee im Kopf.

Sie sagt über sich selbst:
»Ich schreibe moderne Märchen,
die dem Alltag täuschend ähneln.«

Genehmigte Lizenzausgabe für Bechtermünz Verlag
im Weltbild Verlag GmbH, Augsburg 1996

Umschlagmotiv: Emma Barron
Umschlaggestaltung: DYADEsign, Düsseldorf
Gesamtherstellung: Ebner J. Ulm
Printed in Germany
ISBN 3-86047-535-5

Inhalt

Paradiso

Das Wasser stieß gegen den Beckenrand. Ab und zu schwappte eine Welle über, auf den weißen Platten rund um den Pool wurde das türkisgrüne Wasser blaß. Fauler Zauber, dachte Dieter. Schon der Name war idiotisch: ›Paradiso‹. Wenn man genau hinhörte, konnte man die Autos über den Autobahnzubringer brettern hören. Stoßstange an Stoßstange ins Paradies, Eintritt sechsundzwanzig Mark, Studenten und Rentner bekamen Ermäßigung.

Er war neununddreißig, als Student ging er nicht mehr durch. Dieter blinzelte auf seinen Bauch, die Haut glänzte. Sonnenöl und Schweiß, wenn er nicht aufpaßte, bekam er eine Wampe. Er hätte sich das Menü verkneifen sollen. Wer aß schon Vorspeise und Hauptspeise und Dessert bei dreißig Grad im Schatten? Bescheuert! Er schloß die Augen.

Wasserplätschern. Wärme. Sonnenkringel. – *Sie hieß Linda, ihre Freundin hatte sie so genannt. Linda!* – Die Sonne bohrte Lichtpfeile durch seine geschlossenen Lider. Das Rumoren in seinem Magen ließ nach. Es tat gut, so zu liegen. – *Linda war ein schöner Name. Weich, nicht zu lang. Sie hatte einen hinreißend schönen Hintern.* – Er war den beiden Frauen von den Umkleidekabinen bis zur Cafeteria gefolgt und hatte auf diesen sanft ausschwingenden Hintern gestarrt. Einmal war ihre Hand nach hinten geglitten und hatte den Stoff des Bikinihöschens zurechtgezupft …

Die Sonnenkringel verschwanden, etwas tropfte kalt auf seinen Bauch.

»He!« Dieter hob abwehrend eine Hand.

»Nix he! Spar dir den Schönheitsschlaf für später auf, wir haben zwei tolle Miezen.«

Dieter öffnete die Augen. »Mit oder ohne Zahnspange?«

»Diesmal ohne.« Der andere grinste. »Diesmal mit Gütesiegel.«

Gütesiegel? Dieter fixierte die exotisch gemusterte Bermuda vor sich, die sah auch nach Gütesiegel aus. Der Korpus darüber weniger. Ferdinand war nicht eben dick, aber irgendwie aufgeschwemmt, daran änderte auch das Piz-Buin-Braun nichts. »Hübsches Höschen«, sagte Dieter laut.

»Stark, wie?« Ferdinand stülpte den Bund seiner Bermuda um, ein Etikett wurde sichtbar.

»Starke Marke!« Dieter spitzte die Lippen. »Laß das Schild besser raushängen, oder können deine beiden Grazien nicht lesen?«

»Schau sie dir an, dann vergeht dir das Lästern.« Ferdinand stopfte das Etikett zurück.

»Hab' was Besseres!« Dieter lehnte sich zurück.

Der Freund beugte sich vor, die Wellen auf dem nackten Oberkörper schoben sich zu drei kräftigen Rollen zusammen. »Aktuell?«

»Topaktuell! Linda ist ein Schuß!«

Ferdinand lachte. »Ist ja ein Witz!«

»Wieso Witz? Übrigens, du spuckst!« Dieter wischte über seinen Bauch, im Vergleich zu seinem Kumpel schnitt er noch gut ab. Mindestens eine Rolle weniger. – Was, bitte schön, war an einer Linda witzig?

»Der Name. Eine von meinen beiden Miezen heißt auch Linda. Die Fussige heißt Linda und die Blonde Petra.«

»Fussig«, wiederholte Dieter, sein Dreigang-Menü gab Pfötchen. Rothaarige Frauen waren eher rar. Nicht die hennaroten, aber die mit dem angeborenen Rotblond. In Köln nannte man dieses helle Rot ›fussig‹.

»Komm schon! Die beiden warten in der Cafeteria.«

»Ich komme nach.« Dieter setzte sich auf. Zwei naturrote Lindas in der Cafeteria des ›Paradiso‹ waren verdammt unwahrscheinlich.

»Mußt du dich erst anhübschen?« Ferdinand strich über die fauchenden Tiger auf seiner Badehose.

»Du kannst mich mal ...« Dieter stand auf, die Sonnenliege schwang vor und zurück.

»Heute nicht.« Der andere grinste. »Heute hab' ich was Besseres.« Er marschierte los, Richtung Cafeteria.

Dieter starrte dem Tigerfauchen nach, das der ursprünglich gekräuselte und nun überdehnte Gummizug kaum gebändigt bekam. Darüber lappte Hüftspeck, der Kerl wurde fett. Ferdinand war fast zwei Jahre jünger als er selbst, aber das rettete ihn auch nicht. Sorry, alter Knabe! Dieter sprintete los, ein paar Meter vor dem Restaurant holte er den Freund ein. Er schnaufte nicht einmal, er war gut in Form. »Alles klar?« fragte er.

»Alles klar!« erwiderte Ferdinand. »Ich glaube, ich nehme den Feuerkopf. 'ne Rote hatte ich noch nie.«

Dieter holte aus und klatschte seinem Freund eine Hand auf die nackte Schulter, ein Abdruck blieb zurück. »Rote haben ihren eigenen Kopf, Kumpel, wart's ab!«

»Spinnst du?« Ferdinand massierte sich die Schulter. »Wie bist du heute überhaupt drauf?«

»Top!« Dieter winkelte beide Arme an, die Daumen hochgereckt, Siegerpose!

Er hatte soeben beschlossen, das Rennen zu machen. Vom in der Sonne Dösen und sich Zufressen änderte sich nichts. Neununddreißig war kein Alter, draußen vor dem Vergnügungsbad parkte sein Jaguar, und daß die Kleiderfabrik Morus in Wahrheit noch immer seinem Alten gehörte, stand ihm auch nicht auf der Stirn geschrieben. Der alte Morus war ein Fossil und hockte auf seinen Geldsäcken, aber Dieter war ja nicht blöd. Er hatte eine Vision, wie immer dickere Geldströme aus der Morus-KG auf ihn zuflossen, und auf seinem Schoß schaukelte schon dieser prächtige Weiberhintern. Dieter grinste, ein tolles Feeling. Wo war die Braut?

»Weidmannsheil!« sagte er laut, den Feuerkopf übernahm er persönlich. Ferdi sollte sich an die Blondine halten.

»Sie kommen«, flüsterte die Blonde. Sie saß Blickrichtung Eingang.

»Ist die Badehose von dem zweiten Typ auch so aufregend?« Linda nuckelte an ihrem Zitronensaft. Sie hatte geschwankt, ob sie sich einen Eisbecher bestellen sollte. Ihre Freundin löffelte Eis. Linda hatte sich beherrscht.

Dicke Eisportionen vertrugen sich schlecht mit dem Image einer Top-Frau, die wurden heute nicht mehr nach Kilo gehandelt, je mehr desto besser. Ranke Hüften standen wieder mal hoch im Kurs, und die Verpackung gab den Ausschlag. Die Emanzipation konnte frau wieder rauslassen, wenn der Beutezug geglückt war. Sie, Linda, war nicht blöd, mit knapp dreißig Jahren kannte sie sich aus. Sie kannte die Männer, einen Sack voller Kniffe und ihr Ziel – das hieß Top-Mann. Top-Männer waren rar, gewöhnlich saß irgendwo ein Haken: Wenn die Optik stimmte, hakte das Portemonnaie, oder umgekehrt, diesen Bermuda-Exoten nähme sie jedenfalls nicht geschenkt. Den konnte Petra haben, Hüftspeck zu Hüftspeck!

»Hi!«

Linda reagierte nicht auf das ›Hi!‹ – Das war er, mit ›Cheese‹-Lächeln und einer keß in die Seite gestemmten Hand, passend zum Tigerfauchen auf seinen Badeshorts. Pinkrosa Tiger auf neongrünem Grund, mein Gott! Bühne frei für den tolldreisten Eroberer, zweiter Akt, so sah das aus. Linda zerkaute ihren Strohhalm, sie ging besser gleich heim. Wieso sollte der beste Freund von einem mit Dschungel auf der Hose auch nur einen Deut besser sein?

»Hi!« Das kam von Petra. Braves Mädchen! Die Freundin reckte ihren üppigen Busen vor und zupfte an ihrer Bluse, vermutlich um die Spuren des Bananensplit zu kaschieren. Es war nicht die erste Portion, heute nicht und erst recht nicht in diesem Sommer.

»Ich bin der Dieter«, sagte eine zweite Männerstimme.

Das mußte der Freund sein. Er stand direkt hinter Linda, sie drehte sich zu ihm um: »DER Dieter?« – Dieter Großkotz, dachte sie. Immerhin war der Typ groß, sie mußte den Kopf in den Nacken legen, um ihn voll ins Visier zu bekommen. Nicht übel, mit einem südländischen Touch, er hatte braune Augen und dunkle Haare, kräftige Haare, auch auf der Brust und bis hinab zu den Shorts. Ohne Tigerfauchen, uni schwarz. Sein Bauchfell vibrierte, Linda verkniff sich ein Grinsen. Er würde ersticken, wenn er nicht bald wieder ausatmete.

»DER Dieter«, bestätigte er, smilte und fügte hinzu: »DIE Linda?«

Linda ließ den zerkauten Strohhalm aus dem Mund gleiten. Der Bermuda-Exote hatte vorhin ein paar Dates über seinen Freund ausgestreut, dieser Dieter war der Boß von irgendwas, Boß war nicht schlecht. »DIE Linda geht jetzt schwimmen«, sagte sie und stand auf. Mal sehen …

»Okay, gehen wir schwimmen.« Der Bermuda-Exote schob sich zwischen Dieter und Linda, sie hatte seinen bürgerlichen Namen vergessen. Fiesling paßte, anscheinend konnte er die Finger nicht bei sich behalten.

Linda wischte über ihren schwarzen Badeanzug, der unter der in der Taille verknoteten Bluse hervorkam. »Angrabschen unerwünscht«, sagte sie. Ihr machte keiner weis, daß diese Neugierfinger rein zufällig gegen ihren Schenkel und das Stück Stretch darüber gependelt waren.

Der Mann grinste. »So wie du gebaut bist, hast du viel zuviel Stoff um dich herum.«

»Im Augenblick ist mir nach Rollkragen und bodenlang.« Linda quetschte sich an dem pinkrosa Tigerfauchen vorbei, der Typ war penetrant. Wie kam er überhaupt dazu, sie zu duzen? Aus dem Alter war er heraus, sie nicht. Sie war Ende Zwanzig. Noch! In einhundertachtundachtzig Tagen verschwand die Zwei am Anfang. Dreißig hörte sich gräßlich an. Sie sah diesen Dieter an.

Er kniff ein Auge zu: »Ein bodenlanger Rollkragenpulli wäre ideal *für Ferdi*!« Betonung an der richtigen Stelle, dazu tätschelte er seinem Freund über den nackten Bauch. Seine Hand war noch mit den drei Fleischrollen beschäftigt, während seine Augen weiter Linda abtasteten. Nicht schmierig, eher so wie im Kino und mit viel Schmelz.

Linda blinzelte retour, der Typ war nicht übel. »Also«, sagte sie und schulterte ihre Badetasche.

»Darf ich?« Dieter griff nach der Tasche. Linda überließ sie ihm bereitwillig. Sie hatte nichts gegen Kavaliere. Ihr letzter Freund war einer von der lässigen Sorte gewesen, einer mit selbstgedrehten Zigaretten und coolen Sprüchen und vernarrt in seinen tollen Body. Andy hatte sie sozusagen als Wechselrahmen geführt, sie war die Frau fürs Trallala gewesen. Linda brauchte keinen, der sich nur die Rosinen herauspickte, sie die Rosine und letztlich die Dumme.

»Sie dürfen«, sagte sie zu Dieter. Im Gehen knotete sie ihre Bluse auf. Natürlich wußte sie, daß der schwarze Badeanzug stark war. Sie trug lieber Einteiler als Bikinis, die großzügigen Gucklöcher in dem Latex waren raffiniert über dem Busen und der Taille und hinten bis hinab zum Po plaziert. Linda beobachtete Dieter aus den Augenwinkeln. Na?

Dieter schmunzelte. Die bloßgelegte Rückfront kannte er bestens, der war er schon etliche Meter hinterhergelaufen, von den Umkleidekabinen bis zur Cafeteria. Aber das wußte Linda nicht. Linda war ein Schuß. Sein Schuß! Ferdi sollte sich an die Blonde halten. Eben in seinem Liegestuhl am Pool hatte Dieter geträumt. Es wurde Zeit, seinen Traum wahr zu machen.

»Sie sind ...«, setzte er an und klappte den Mund wieder zu. War er plötzlich hirnamputiert? Er beherrschte das Spiel, und nur weil es Zeit für ihn wurde, konnte er nicht aus dem Stand etwas von seinem Traum faseln und ihr die Partie der Traumprinzessin rüberschieben. Er besaß handfestere Trumpfkarten.

»Wir könnten uns einfach davonmachen«, schlug er vor. »Irgendwie ist dieses Paradiso eine verdammt künstliche Geschichte, finden Sie nicht?«

Linda blieb stehen, zog ihre Bluse wieder über, die rotblonden Strähnen wippten übermütig.

»Worauf warten wir? Es ist künstlich und fad und wimmelt von Poptigern. Ich hasse Poptiger.«

»Ich habe keine, nicht mal zum Karneval.« Dieter zog seinen Autoschlüssel aus der Tasche. Sein Jaguar parkte direkt vor dem Ausgang.

»Und was ist das?« fragte Linda.

»Das ist Lady«, sagte er. »Sie heißt Lady.«

»DIE Lady?« Linda legte den Kopf zur Seite. Nicht übel!

»Bis jetzt DIE Lady.« Dieter entriegelte die Beifahrertür per Fernbedienung und umschloß Lindas Ellbogen, um ihr beim Einsteigen zu helfen. Der helle Flaum auf ihrem Arm richtete sich auf, Gänsehaut mit Hitzeschaudern, Hilfe! Komischerweise war sie bislang immer an flippige Typen geraten. Nur ihr Traumprinz hatte sie hofiert. Einer mit Samtjabot und Zopf, so eine Art junger Amadeus, in den Film war sie mindestens fünfmal gerannt. In live war sie ihm leider noch nirgends begegnet, auch nicht in gelöcherten Designerjeans. Überhaupt kam es nicht auf die Kledage an, den Zeitsprung vom Rokoko in die Neuzeit schaffte sie locker. Wetten, daß sie ihren Amadeus sogar als

Clochard verkleidet erkannte? Vierspännig wär's natürlich einfacher. Aber ein Jaguar namens ›Lady‹ statt Kutsche war auch nicht übel.

»Lady gefällt mir«, sagte sie.

»Lady und Linda – fängt beides gleich an.« Dieter steckte den Schlüssel ins Zündschloß, der Motor produzierte einen satten Sound. Es war ein schickes Wägelchen, fand Linda und streichelte über das rotbraune Holz vor sich am Armaturenbrett.

»Mahagoni«, sagte Dieter, »Rot zu Rot!« Er berührte eine Strähne von Lindas rotblondem Haar. Es kribbelte, als sein Finger über ihren Hals abglitt. Der Wagen beschleunigte, sonst fuhr Linda Straßenbahn. Paß ja auf, Mädchen! dachte sie, aber es war verdammt anstrengend aufzupassen, während es in ihrem Kopf ›Lady und Linda‹ summte. Das hörte sich glatt wie ein Filmtitel an. Hitverdächtig.

Das Motorengeräusch veränderte sich. Es brummte nur noch sanft.

Linda blinzelte. »Ihre Lady hat eine tolle Stimme.«

»Sie schnurrt. Sie mag Sie.« Dieter strich über Lindas Knie, ganz kurz nur, aber Linda spürte es bis hinauf in die Magengrube.

»Ich mag *sie* auch.« Linda kicherte, gesprochen war dieses ›sie‹ ausgesprochen zweideutig.

»Die Lady oder mich?« konterte Dieter.

»Sie dürfen mich duzen, damit Sie nicht auf komische Ideen kommen. Natürlich meine ich Lady.«

»Schade«, sagte er, und nach einer Pause: »Ich schnurre nämlich auch gerade.«

»Dann üb mal tüchtig! Deine Linda hat einen total hitverdächtigen Sound, wenn du da mithalten willst ...« Lady und Linda, sie summte es vor sich hin, natürlich wortlos. Seine Stimme gefiel ihr übrigens auch. Mal sehen!

Picknick auf dem Wasserturm

»Worauf hast du Lust? Kaffeetrinken, Bummeln, eine Spritztour aufs Land?«

Linda schüttelte den Kopf. Ihr war nicht nach einer Allerweltsouvertüre. »Ich habe Lust auf Picknicken«, sagte sie, und mit einem Blick auf den gerade sichtbar werdenden Wasserturm, »da oben!«

Es war kurz nach drei, Rush-hour fürs Kaffeetrinken. Der alte Turm war mittlerweile in ein piekfeines Hotel nebst Restaurant umfunktioniert worden. Drinnen Sahnetorte und Frackschöße, und auf der Plattform vor den Panoramafenstern Picknickzauber ... Das wär's doch. Cool. Nein. Meschugge! Er würde Probleme haben, sich aus der Affäre zu ziehen.

»Alles klar!« Dieter gab Gas.

Er steuerte lächelnd den Wasserturm an, und Linda begann zu überlegen, was sie anziehen sollte, wenn er nicht in letzter Minute kniff. Sie trug noch immer nur ihren Guckloch-Badeanzug und eine ziemlich durchsichtige Bluse. Irgendwo in ihrer Badetasche steckten ihre Bermudas, die vom Vorjahr, wer dachte schon beim Schwimmengehen ans Feine-Leute-Spielen? Vielleicht kniff er ja noch in letzter Sekunde.

Tat er nicht. Er stoppte genau vor dem Portal und klemmte sich Lindas Badetasche unter den Arm. Sie konnte gerade noch ihre verknitterten Shorts herausziehen, da erschien auch schon einer in Livree. Dieter drückte dem Knaben seinen Autoschlüssel in die Hand: »Parken Sie bitte im Schatten«, dann trat er an die Rezeption. Linda blieb drei Schritte zurück und sah sich um. Alles wirkte sehr stilvoll und teuer. Zwischendurch schnappte sie das Wort ›Sonnenschirm‹ auf. Sonnenschirm?

»Wir können.« Dieter schien sich hier auszukennen.

Linda zupfte an ihren kurzen Hosen, die in diesem Schuppen, der ihre Finanzen und die ihrer Freunde überstieg, heimlich geschrumpft sein mußten. Ex-Freunde, korrigierte sie sich. Statt ›Picknick auf dem Wasserturm‹ hätte sie ebenso gut ›Tanzkaffee auf dem Mond‹ vorschlagen können. Ziemlich perplex folgte sie Dieter zum Aufzug, der innendrin verspiegelt war und Linda zeigte, wie sie aussah: Eine Strand-Lolita!

Sie traten aus der Kabine. Erstaunte Blicke, umrahmt von sorgfältig onduliertem Haar und Jäckchenkleidern, empfingen sie. Linda fühlte sich schrecklich fehl am Platz.

»Guten Tag, Herr Morus!« Wieder einer in Livree, er schien Dieter gut zu kennen. Vorausgesetzt, Dieter hieß mit Nachnamen wirklich ›Morus‹. Linda stellte sich vor, sie träfe jemand Bekannten: »Darf ich vorstellen, Herr Dieter äh …« Die Situation war peinlich. Nö, komisch!

Der Livrierte ging vor, an den Kaffeetischen vorbei. Zwischen einem Rundbogen befand sich das Kuchenbüffet und dahinter eine Schiebetür. Die Stofflamellen glitten auseinander, die Glastür wurde aufgeschoben, Dieter trat hinaus auf die Plattform und reichte Linda die Hand. »Lady?« Er umschloß ihre Fingerspitzen.

Lady? Sie war keine Lady! Linda fühlte sich verdammt hilflos, beinahe wäre sie gestolpert. Lady Trampel!

Dann erschienen zwei Hotelangestellte mit Polstern und einem Sonnenschirm, alles edel in Naturtönen. Der Sonnenschirm! Bei Linda machte es klick. Alles klar! Sie beobachtete, wie der Schirm aufgespannt und die Polster ausgelegt wurden, zuletzt wurden ein Sektkühler und ein mit weißen Servietten abgedecktes Tablett herausgetragen.

»Picknickkörbe gibt es hier leider nicht«, sagte Dieter mit einem Blick auf das Tablett, und zu dem Angestellten hin: »Stellen Sie alles auf die Erde, wir bedienen uns schon selbst.« Der Mann verzog keine Miene, ein Geldschein wechselte den Besitzer, dann zog Dieter Linda hinab auf die Polster. Die Kaffeetrinkergesichter hinter den Fensterscheiben rückten in weite Ferne, und als Lindas Kavalier den Sonnenschirm abknickte, verschwanden sie ganz.

»Picknick auf dem Wasserturm! Zufrieden?« Er grinste.

»Du bist ein Spinner«, sagte Linda. Sie malte sich die dauergewellten Köpfe über sich aus, die sich an die Fensterscheiben preßten, um dieses Picknick zu verfolgen. Nichts da! Das Picknick war exklusiv für sie, Linda Erz, arrangiert worden. Dieser Dieter ist ein Spinner, ein netter Spinner.

›Picknickkörbe gibt es hier leider nicht!‹ hatte er eben gesagt, aber sonst gab es anscheinend alles, wenn ein Dieter Morus mit dem Finger oder – was wahrscheinlicher war – mit seiner Kreditkarte wedelte. Linda ließ sich auf das Polster zurücksinken. Sie kicherte. Das Kichern wurde immer heftiger, sie strampelte mit den Beinen und mußte hicksen, der Schluckauf hörte nicht auf. »Trink mal!« Dieter faßte unter ihren Nacken und hielt ihr eine Sektschale an die Lippen. Linda nippte. Auf dem Etikett stand Champagner. Natürlich echter Schampus, was dachte sie denn? Sie nahm einen kräftigen Schluck. Als das Glas leer war, schenkte Dieter ihr nach. Das Zeug schmeckte gut. Der Hicks verschwand. Dafür kribbelte es jetzt auf Teufel komm heraus in ihrem Nacken und die Wirbelsäule hinab. Linda hielt Dieter ihr Glas hin, sie mußte einen heimlichen Mittrinker haben. Das Zeug schmeckte himmlisch. »Kribbeldikrabb!«

»Alles klar?« fragte er.

»Nö«, sagte sie, »klar kann man dazu nicht sagen. Du ähnelst dem Nikolaus, und eigentlich fehlt nur noch der

Schnee.« Sie zeigte auf das Postkartenblau über sich. »Kannst du's nicht mal eben ein bißchen schneien lassen?«

»Moment«, sagte Dieter, »mal sehen, was sich machen läßt.«

»Du spinnst wirklich, wie?« Linda faßte nach dem Ellbogen auf dem Polster neben sich, so als müßte sie ihn festhalten, obwohl er keinerlei Anstalten machte, sich von der Stelle zu rühren. Sie hatte hundert tolle Tricks drauf, nur fiel ihr im Moment keiner ein. Es war nicht eben originell, einen Mann, der ihr einen Tanztee auf dem Mond und Schnee im Hochsommer bescherte, pausenlos als Spinner zu titulieren.

Der Mann im Mond griff nach ihrer Hand auf seinem Arm, Gott sei Dank hatte er keine Schwitzhände. Linda haßte Schwitzhände und Poptiger und noch ein paar andere Sachen. »Ob ich spinne?« fragte er und streichelte zart über Lindas Handgelenk und den Flaum auf ihrem Unterarm. »Klar spinne ich, in der Traumfabrik! Hast du vielleicht noch einen speziellen Wunsch außer Schneeflocken?«

»Vergiß den Schnee!« Linda räusperte sich, ihre Stimme kippte. Wenn sein Finger noch weiter wanderte, garantierte sie für nichts. Für gar nichts. Sie schob sich hoch und ließ gleichzeitig den Kopf nach hinten fallen. Sie schwang über dem Polster, hin und her, über sich das Männergesicht, sie mochte diesen südländischen Typ. Er schwang auch hin und her. »Darf ich bitten«, kicherte sie, »du tanzt nicht schlecht, magst du Mamba, ich meine Mambo, ich liebe Mambo. Mambotanzen auf dem Mond, wie wär's damit? Ich wünsche mir 'nen Tanztee auf dem Mond! Mit den Fußspitzen zwei Meter oder so über dem Boden.« Linda verlor das Gleichgewicht und sackte nach hinten. Das unter ihr war kein Polster, es war ein Arm. Genaugenommen gab es unter diesem Sonnensegel nur zwei Menschen, das waren sie und er. Es mußte sein Arm sein. Es war kein schlechtes Gefühl, von diesem Männerarm aufgefangen zu werden.

»Lady«, sagte der südländische Typ über ihr, die braunen Augen plüschten sie an und rückten näher. »Lady«, wiederholte er, »wir tanzen schon längst, und bis zum Boden hinab sind es mindestens dreißig Meter.«

Linda schüttelte den Kopf. Beinahe hätte sie ihm einen Kinnhaken mit ihrer Nasenspitze verpaßt. »Nö«, widersprach sie, »nenn mich nicht immer Lady. Lady ist die andere, die wartet unten auf dem Parkplatz.« Hatte sie behalten, er hatte seinen tollen Flitzer ›Lady‹ getauft. Der Jaguar gefiel ihr, der Name auch.

»Nö!« Es klang drollig, wenn er Kölsch sprach. Er hatte ihr das ›Nö!‹ abgeguckt, bis jetzt hatte er ein astreines Hochdeutsch gesprochen.

Linda sprach normalerweise auch Hochdeutsch. Ihre Mutter und die Lehrer hatten ihr eingeimpft, daß Dialekt karriereschädigend sei. Aber ihr kölscher Dialekt war für sie so etwas wie eine Portion Sahneeis oder eine Tafel Schokolade und sehr kuschelig. Es gefiel ihr, wie Dieter das aufgriff.

»Nö?« fragte sie zurück. »Wieso nö? Ich weiß genau, daß deine Lady da unten auf dich wartet.«

»MEINE Lady hat einen ganz niedlichen Schwips und ist ganz oben.«

»Lady und Lady?« Linda legte einen Finger gegen ihre Nasenspitze, aber in ihrem Kopf ging es noch immer heftig rund. Sie wickelte sich eine Haarsträhne um die Finger und suckelte daran, das half immer. – Linda, laß das! – Ihre Mutter und die Lehrerin in der Grundschule hatten ihr den Dialekt und das Schreiben mit links ausgetrieben, gegen ihre Suckelsträhne waren sie nicht angekommen, notfalls suckelte Linda heimlich nachts in ihrem Bett. Irgendwie mußte sie die andere Lady zu packen kriegen. Wie charakterisierte sie die Lady da unten auf dem Parkplatz? Natürlich! Linda ließ die feuchte Haarsträhne los. »DIE Lady schnurrt«, verkündete sie stolz.

»Schnurrt sie?« Die braunen Plüschaugen standen nun genau vor ihren grünen Augen. Wimper gegen Wimper. Linda war stolz auf ihre langen Wimpern. Wenn sie die färbte, war dieser schwarze Kranz rund um die grünen Augen herum eine Wucht. Sie klimperte. Touché! Aus ihrem Hals kam ein zufriedenes Geräusch, es klappte: Wimper an Wimper! Wimpern-Necking! Cool, nö, hot!

»Und wie sie schnurrt«, sagten die fremden Lippen, bevor sie die anderen trafen, das waren schätzungsweise ihre eigenen. Es schmeckte nach Schampus und Sonne und Sahneeis und kölschem Dialekt und von allem viel.

»Au!« Das war auch sie, circa eine Million Jahre später, als die Polster auseinandergedriftet waren und sie hochgerutscht war und das Metallgestell des Sonnenschirms sich gegen ihr Schulterblatt preßte.

Der Mann Dieter richtete sich auf. »Habe ich dir weh getan?«

»Nein! Nimm nur mal das Eisen aus meinen Kreuz, das stört beim Tanzen.«

»Haben Sie noch einen Wunsch?«

Linda blinzelte irritiert. Wieso siezte er sie plötzlich und zog sich diese komische Stimme an? »Du«, sagte sie, »du kannst ruhig weiter ›du‹ zu mir sagen.«

»Es ist der Kellner«, sagte die vertraute Stimme.

Linda rappelte sich hoch und öffnete die Augen. Ein Gefühl wie hundert Runden Wiener Walzer, linksrum, das schummerte total. Ein bißchen übel war ihr auch. Sie starrte auf die schwarz glänzenden Schuhspitzen und glitt die Bügelfalten an den schwarzen Hosen hoch bis hinauf zu dem unbewegten Gesicht. War der überhaupt echt?

Der Schwarzmann ruckte vor und zurück. »Zwei Mokka«, sagte er und verschwand.

»Hast du ihm das mit dem Kaffee gesagt?« fragte Linda. Mokka war feingemachter Kaffee, wußte sie doch, kluges Mädchen!

»Für den Abflug vom Mond«, antwortete Dieter. »Einverstanden?«

»Okay.« Klein-Linda muß schlafen, dachte sie. Klein-Linda hat den Kanal voll und Sternchen im Kopf und womöglich einen Sonnenstich. Oder 'nen Mondstich? Schade um die leckeren Sachen auf dem Tablett, sie hatten so gut wie nichts davon angerührt. Verdammt schade! Linda hatte den Tag mit Kaffee und Zitronensaft und Schampus verbracht, was ihren Magen betraf, und der revoltierte nun. Zu Hause würde sie ihm ein trockenes Brötchen verpassen und dann ab ins Bett. Solo! Denk dran, Linda!

Eigentlich schade! Aber das gehörte auch zur Trickkiste, und überhaupt war sie keine für die Hau-ruck-Tour. Aufgeräumt war auch nicht.

Morus gegen Morus

Dieter beschleunigte, endlich hatte er freie Fahrt. Es war eine Quälerei, wenn seine ›Lady‹ von Familienkutschern und notorischen Langsamfahrern lahmgelegt wurde. Zehn Minuten lang genoß er den satten Sound, in den Lady verfiel, sobald die Tachonadel über die Zweihundert kletterte. Dann kam das Schild ›Mönchengladbach‹, und Dieter zog quer über die Bahn, das war seine Abfahrt. Leider!

Der Anblick der Morus KG stimmte ihn nicht fröhlicher. Gleich halb elf, der Firmenparkplatz war jetzt sowieso gerammelt voll. Der alte Morus boykottierte seit Jahren die Markierung von zwei Parkbuchten für die Geschäftsleitung. »Komm gefälligst pünktlich, dann hast du keine Probleme!« predigte er.

Überhaupt hatte der Alte manches von einem Laienprediger an sich, das schien in der Familie zu liegen. Schwätzer allesamt, dachte Dieter, ihn grauste schon vor dem nächsten Familienmeeting. Seitdem sein Vater als Kleiderfabrikant zu Geld und Ansehen gekommen war, fühlte er sich berufen, den Morus-Clan alle paar Monate zusammenzutrommeln. Dieter hätte liebend gern bei diesen Treffen gekniffen, aber er traute sich nicht. Seine Existenz als Juniorchef war an den Goodwill seines Seniors gekoppelt, dieses ›Juniorchef‹ war seit Jahren ein Versprechen auf die Zukunft. »Werde du erst einmal pünktlich, seßhaft und seriös«, tönte der Alte, sobald die Rede auf den Notarvertrag kam, der Dieters Status festschreiben sollte.

Dieter parkte vor dem Rollgitter neben dem Haupteingang, setzte mit einem Sprung über die drei flachen Stufen und betrat die Halle mit einem betont munteren »Guten Morgen!«

Das Wesen am Empfang legte soeben den Telefonhörer auf und nickte Dieter knapp zu. »Ihr Vater wünscht Sie zu sprechen!«

»Tut er das?« fragte Dieter. Jeder Betonklotz hätte auf seinen Tonfall reagiert, die da nicht. An der gefältelten Seidenbluse und dem doppelt gefältelten Gesicht glitt jede ironische Spitze ab. So eine vergraulte Kunden und Vertreter, die Person war eine absolute Fehlbesetzung. Nicht die einzige!

Wenn Dieter endlich das Sagen hätte, würde in diesem Laden manches anders laufen. Modernes Management war keine Fleißarbeit, bei der man sich den Hintern wundsaß. So etwas war Bauchladenmentalität. Dieters Urgroßvater war mit dem Bauchladen durchs Land gezogen, der Alte brüstete sich damit, weil er darin den soliden Grundstein für den soliden Geschäftssinn der Morus-Dynastie sah. Dieter fand die Bauchladenstory peinlich. Er hatte eine Menge Pläne. Großartige Pläne …

»Ihr Vater«, erinnerte die Frau. »Herr Morus wartet nicht gern.«

Dieter trat an den Schreibtisch, hinter dem sie sich verbarrikadierte. Er stemmte beide Arme auf die Nußbaumplatte – Marke Ladentisch, ›Darf's auch etwas mehr sein?‹ – und beugte sich vor: »Süße, wollen Sie mir vielleicht auch noch das Laufen und Reden beibringen, oder stehen Sie mehr auf andere Sachen?« Dieter grinste anzüglich Richtung ›Zauberkreuz‹, er erinnerte sich an dieses unsägliche Modell mit den beiden spitzen Tüten, in das seine Mutter früher ihre Brüste verpackt hatte.

Die Spitztüten unter der Seidenbluse zuckten zurück. »Ich werde mich beschweren.«

»So?«

»Bei Herrn Morus persönlich.«

»Ich höre.« Dieter Morus grinste.

Die Frau klappte die Schulterblätter zurück, zog ihre Bluse straff, die Spitztüten bohrten sich durch den gefältelten Stoff. »Beim Chef«, sagte sie mit hochrotem Kopf.

»Ich bin ganz Ohr«, erwiderte Dieter, dann machte er kehrt und verschwand Richtung Aufzug. Madame Zauberkreuz stand ganz oben auf seiner Abschußliste.

»Dein Wagen!« sagte Carl Morus statt einer Begrüßung. »Ich bin es endgültig leid.«

Dieter schloß hastig die Tür. Die Sekretärin im Vorzimmer seines Vaters könnte glatt als Zwillingsschwester von Madame Zauberkreuz unten am Empfang durchgehen, und was sie mitbekam, machte blitzschnell die Runde durch die Büros. – »Mein Wagen stört niemanden mehr«, sagte er, »der letzte LKW dürfte längst weg sein.«

Carl Morus zog an der Goldkette, an deren Ende eine Taschenuhr aus getriebenem Gold pendelte, die den Kunden alte Familientradition vorgaukeln sollte. Seinen einzigen Sohn täuschte der Alte nicht. Die Uhr nebst Gravur war seit höchstens zehn Jahren im Besitz von Carl Morus und stammte aus dem Antiquitätenladen. So völlig frei war der Senior nicht von gewissen Allüren. Die tadelte er nur bei seinem Nachwuchs.

»Dreiviertel elf«, sagte der Alte nun. Es hörte sich an wie die Stimme vom höchsten Gericht. Pünktlichkeit war oberstes Gesetz. Wer Chef sein wollte, mußte Vorbild sein und spätestens um acht antreten. Punktum!

»Eine Baustelle.« Dieter hatte keine Lust, über diesen Schwachsinn zu diskutieren. Es war bequemer, sich herauszuschwindeln.

»Es gibt keine Baustelle auf deiner Strecke. Ich habe extra meine Sekretärin nachfragen lassen. Oder bist du wieder mal umgezogen?«

Zweites Gebot: Du sollst seßhaft sein! – Dieter war in den vergangenen zwanzig Jahren mindestens fünfzehnmal umgezogen. Von der ersten Bude in eine Laubenkolonie und von dort ins Unicenter, zwischendurch hatte er in einem Caravan und in einer stillgelegten Mühle und in einem Kajütboot gehaust. Denkmalgeschützte Domizile hatten sich mit ultramodernen Appartements abgewechselt, derzeit bewohnte er einen Loft in der Südstadt, aber sein Freund hatte etwas von einem romantischen Fachwerkhäuschen verlauten lassen, das zum Verkauf stand …

»Noch nicht«, antwortete Dieter.

»Du denkst also noch immer nicht daran, endlich eine Familie zu gründen?«

»Doch!« Vor Dieters innerem Auge lief ein Film ab, der hieß ›Picknick auf dem Wasserturm‹. Was sollte er mit einem Fachwerkhäuschen? Ein Fachwerkhäuschen war viel zu klein für das, was ihm vorschwebte. »Ich werde wohl demnächst heiraten«, verkündete er lässig und setzte sich auf die Schreibtischkante.

Ein paar Sekunden lang verschlug es dem alten Morus die Sprache. »Geschwätz«, sagte er endlich, »ich kenne dich. Mach, daß du von meinem Schreibtisch runterkommst! Die Kommission für die Elfi-GmbH muß noch heute raus. Ich habe der Chefin versprochen, sie heute abend persönlich anzurufen.«

»Danke!« Dieter schoß hoch. »Vielen Dank für dein Vertrauen!«

Genau das war es, der Alte spitzelte ihm nach und arrangierte hinter seinem Rücken Kontrollfallen. ›Elfi‹ war der Name einer Damenboutique-Kette, diese Kommission war sein Ding, er allein hatte das Geschäft an Land gezogen. Nun pfuschte sein Vater ihm dazwischen. Talk vom Chef zur Chefin, im vorliegenden Fall konnte das heikel werden, weil viel Geld dranhing. Geld für ihn, den Junior.

Das Geschäft war über seinen Freund Anton zustande gekommen. Anton war der Ehemann der Chefin der Elfi-Moden.

Der Alte mußte einen speziellen Riecher für unsaubere Töne haben. Gerade zückte er erneut seine Taschenuhr, es war eine symbolische Geste, so etwas liebte er: »Ich gebe dir Zeit bis sechs Uhr. Keine Minute länger.« Die Goldkette schlüpfte in die Westentasche zurück.

»Es ist mein Geschäft«, brauste Dieter auf. Letzter Anlauf! Scheiße!

»Es war dein Geschäft, wenn du nicht dalli machst. Sechs Uhr, denk dran!«

»Du kannst mich nicht wie einen kleinen Jungen behandeln.«

»Dann benimm dich nicht wie einer. Also? Ich habe zu arbeiten!«

Es war ein Rausschmiß. Dieter machte sich nichts vor. Und wenn er bis sechs Uhr nicht zum Rapport antrat und den Alten besänftigte, platzte der Deal, den er mit Anton und den anderen beiden ausgehandelt hatte.

»Okay«, sagte Dieter, »sechs Uhr.« Ich bring' dich um, dachte er.

Als kleiner Junge war er von seinem Vater eingesperrt worden, wenn er nicht spurte. Später gab es Hausarrest und Taschengeldentzug. Dieter liebte seinen Vater nicht, niemand konnte von ihm erwarten, daß er das tat. Nach fast vierzig Jahren Sohn-Sein und fast zwanzig Jahren Laufjunge-Sein verspürte Dieter nur noch den Trieb, diese Knute über sich zu knacken, umzudrehen, wie auch immer. Es wurde Zeit! Und wie bei jeder ordentlichen Palastrevolution gab es Gleichgesinnte. Sie waren zu viert. Dieter grinste. Seinen Alten würde der Schlag treffen, wenn er wüßte, daß ausgerechnet die Söhne von seinen beiden Skatbrüdern mit von der Partie waren.

Die Kleiderfabrik Morus war der Knotenpunkt. In jeder Fabrik gab es Fehler bei der Produktion, und wenn er die Fehlerquote auf dem Papier hochtrieb und die Ware, die angeblich Verschnitt und unbrauchbar war, auf eigene Rechnung verkaufte, machte er einen Superschnitt. Es gab noch andere Manöver, um Geld vom Haupthahn abzuzapfen. Wenn sein Plan funktionierte, waren sechsstellige Summen für ihn und seine Kumpel drin.

Kumpel Ferdi Kurze sorgte dafür, daß die Bilanzen hübsch frisiert wurden. Ferdi arbeitete als Junior in der Steuerberater-Praxis seines Vaters, die Morus-KG gehörte zu der von Ferdi betreuten Klientel.

Kumpel Alex Röhrig war ewiger Student und ständig in Geldnöten. Sein Oberstudiendirektor-Vater wollte ihm den Monatswechsel sperren. Einer, der ständig Geld brauchte und einen Haß auf seinen knauserigen Alten hatte, taugte allemal zum Verbündeten.

Kumpel Anton Entemann war der kurzgehaltene Gatte von Elfi Entemann, die etliche Boutiquen besaß und gerade eine Lieferung A-Ware monierte, die Dieter bei seinem Vater als fehlerhafte Ware deklariert hatte. Die Lieferung bestand aus je zehn Modellen in jeweils vier Konfektionsgrößen für jeden der acht Elfi-Läden, ein Morus-Modell kostete im Schnitt dreihundert Mark. Auf B-Ware gab es fünfzig Prozent, die strich Dieter ein, wenn sein Alter ihm nicht dazwischenpfuschte.

»Sechs Uhr, denk dran!« wiederholte die Stimme in Dieters Kopf, während er leise die Tür zuschnappen ließ und höflich nickend an der Vorzimmerdame seines Vaters vorbeiging und die kalte Wut ihn packte: Ich bring' ihn um. Irgendwann bringe ich ihn um!

Schicksalsmelodie

Linda schnaufte. Nicht eben leise, ihr eigenes Gebläse klang ihr überlaut im Ohr. Warm war ihr auch, tierisch warm. Bei dem Gedanken an die dunklen Placken rechts und links auf ihrem T-Shirt klemmte sie automatisch die Arme zusammen. Die Treppe war steil, es war schwül, und außerdem wirkte der Sekt von gestern nach. Champagner, verbesserte sie sich. Obwohl im Moment die Billigsorte von Aldi besser zu ihr gepaßt hätte. Linda, die schweißverklebte Walroß-Queen aus der Biberstraße.

Linda stellte ihre Einkaufstüten kurz ab und sah sich um: An den Wänden blätterte der Putz ab, aus dem Treppengeländer waren zwei Stangen herausgebrochen, es roch muffelig. Fehlte nur noch der Rentner aus dem Parterre in Unterhemd und Shorts, der sich als Hausmeister aufspielte und in einer Kladde Verstöße gegen eine unbekannte Hausordnung notierte. Gewöhnlich lungerte er irgendwo im Treppenhaus herum. Abends, wenn er vor seinem Vierundvierzigzentimeterbildschirm saß und seine zweiundzwanzig Kabelprogramme ausnutzte – die Schüssel auf dem Dach gehörte allein ihm –, ließ er die Korridortür offenstehen, um das hausinterne Programm nicht zu verpassen.

Linda strich sich die feuchten Haare aus der Stirn, nahm ihre Einkaufstüten und kletterte weiter. Die letzte Treppe, Amen Alleluja! Treppe war schon eine Übertreibung, die Verbindung vom vierten zum fünften Stock glich eher einer Hühnerstiege. Lindas Zweizimmerdachwohnung in der Biberstraße kostete nicht umsonst nur dreihundertzehn Mark kalt. Das Viertel war ebenfalls nicht vom Feinsten. Gelegentlich mußte sie schon im Hellen über Menschenbündel steigen, die ihren Rausch ausschliefen oder auf die kostenlose Kelle Essen und einen Schlafplatz im Obdachlosenasyl nebenan warteten. Trotzdem hätte Linda ihre fünfzig Quadratmeter hier nicht gegen ein schniekes Appartement in Kleineichen oder Fein-Junkersdorf tauschen mögen. Sie brauchte das lebendige Treiben dieser Stadt, und in der Südstadt war es besonders lebendig. Bei dem Gedanken, wie einer aus Fein-Junkersdorf dieses Ambiente einschätzen mochte, zog sie die Stirn kraus. Einer wie Dieter Morus zum Beispiel.

Es war gleich halb eins, sie hatte ihm gesagt, daß sie um diese Zeit von der Arbeit käme. Jeden Moment konnte das Telefon klingeln. Verflixt, ihr Schlüssel war wieder auf Wanderschaft. Linda bückte sich und stapelte Tütensuppen und Tiefkühlpizza und Coladosen und Damenbinden auf das Podest, irgendwo mußte das Scheißding doch sein. Scheiße sagt man nicht, hörte sie ihre Mutter sagen. Scheiße! Es klimperte. Hurra! Linda schloß auf, kickte die Einkäufe über die Türschwelle, Kontrollblick auf ihre Uhr: Halb eins, geschafft!

»Beneidenswert«, hatte Dieter Morus gestern zu ihr gesagt, »meine Firma hält mich länger fest«, und sie hatte ihm zugestimmt: »Der Job ist nicht schlecht.« Was eine glatte Lüge war. Sie hatte es längst satt, pummeligen Teenagern und verfetteten Hausfrauen ein paar Hüpfsprünge abzuringen. Tanztherapeutin hörte sich toll an. Linda hatte es sich toll vorgestellt. Aber die Praxis war ätzend, und die Bezahlung auch. Ihre Mutter hatte ihr zugeredet, bis zum Abitur durchzuhalten und auf Lehrerin zu studieren: »Dann hast du was fürs ganze Leben!« Linda hatte sich mit Haardutt und umringt von rotznäsigen Kindern gesehen, fünfunddreißig Jahre lang, und dann ab in die Rente, womöglich zusammen mit einem, der es bis zum Konrektor brachte und ihr ein paar eigene Rotznasen verpaßte. Nö, danke vielmals! – Mittlerweile wußte Linda nicht mehr, was schlimmer war, Hüpfsprünge oder Rotznasen. Nur daß sie keinen mit Pensionsanspruch und Nickelbrille heiraten wollte, das wußte sie hundertprozentig.

Linda klaubte ihre Einkäufe vom Boden des winzigen Flurs auf. Als sie nach einer weggerollten Coladose tastete, entdeckte sie unter der Kommode den vermißten Schlappen und ihr Schminktäschchen, garniert mit dicken Staubflocken. Linda wischte die Flocken weg. Als sie automatisch ihre Hand an der Jeans abstreifen wollte, hielt sie inne. Linda, Mädchen, das schickt sich nicht! Ihre Bude war ein Saustall, und ihre Manieren kamen auch auf den Hund. Schuld waren diese Flipptypen, mit denen sie sich eingelassen hatte, und ihre Hormone, die auf solche Typen abfuhren. Reiß dich am Riemen, Linda! Riemen? Sie grinste, Riemen hatte sie keinen, vermutlich hätte eine echte Lady bei dem Wort höchstens an eine Lederschnur gedacht.

Der Jaguar von Dieter Morus hieß auch ›Lady‹, und wie er ihr gestern diesen Titel zugeschustert hatte, war einfach tough. Lady und Lady, die Melodie stimmte, es wurde höchste Zeit, sich aus dem schrillen Pop-Sound auszuklinken. Garantiert hörte er Klassik, sie hatte sich mal von Aldi einen Mozart mitgebracht, superbillig, die Kassette mußte noch irgendwo sein. Andy hatte sie nicht gefallen, ihr schon. Gewöhnungsbedürftig, aber nicht übel. In zwei Monaten wurde sie dreißig. Ihr teuerster Schmuck war eine Zuchtperlenkette von ihrer Oma …

Wann rief er endlich an? Sie hatte halb eins gesagt. Halb eins war vorbei. Falls er überhaupt anrief. Er konnte genausogut schreiben, Blumen schicken, telegrafieren, schnell mal vorbeikommen. Bei der Vorstellung, wie seine Lady durch die Biberstraße schnurrte und der Juniorchef die Hühnerstiege hochklomm, wurde es Linda mulmig.

Zwei Stunden später hatte sie aufgeräumt, staubgewischt, gekehrt, das Minibad geschrubbt und sogar das Fenster im Wohnzimmer blankgewienert. Halb drei, was war los? Telefonnummer verloren? Gilt nicht, sie stand im Telefonbuch! Telefonrechnung nicht bezahlt? Kam für ihn nicht in Frage! Telefon verloren? Gedächtnis verloren? Lust verloren? Sie kannte sich nicht mit feinen Junkern aus. Womöglich ließen die echten Schampus und einen Schwoof auf Kölns Nobelturm auch für ein paar fidele Stunden springen. Das war's, Lady, hat mich sehr gefreut, aber eine aus der Biberstraße paßt nicht, sorry!

Am liebsten hätte Linda den Papierkorb und den Staubsaugerbeutel gepackt und den Inhalt wieder über ihre fünfzig Quadratmeter verteilt. Sie war meschugge, wegen einem Süßholzraspler in Putzwut auszubrechen. Sie war Linda Erz, und wenn ihm ihr kölsches Kolorit nicht paßte, sollte er sich zum Teufel oder nach Fein-Junkersdorf scheren.

Linda sah auf ihre Uhr, zehn vor drei. Scheiße! Sie drückte auf den Fernsehknopf und haute gleichzeitig auf die Rückwand, sonst kam kein Bild. Der Fernseher war uralt, ein Souvenir von Hans-Maria, der war jung und hatte eine Alte aus Fein-Junkersdorf geheiratet, gelegentlich rief er noch an: »Wir könnten uns doch ab und zu mal sehen, war doch 'ne nette Zeit ...« Von wegen ›sehen‹, und Fein-Junkersdorf war das absolute Reizwort. Wetten, daß Dieter Morus auch da hauste?

Linda war noch damit zugange, Bilder von Prachtvillen mit parkähnlichen Gärten zu verscheuchen, als die Klingel anschlug. Die echte. Linda hielt die Luft an. Taumel im Kopf! Panik! Über dem Putzen und Wütendsein hatte Linda glatt ihre Haare vergessen. Sie riß an dem Gummi, es ziepte, egal. Sie schüttelte ihre Mähne durch, die verschwitzt nur das halbe Volumen bot. Sie raste zur Tür. Endlich!

»Bist du krank?«

Linda starrte auf ihre Freundin. Petra, wieso Petra? »Was willst du denn hier?«

»Dich abholen, was sonst?« Petra schob sich in den Flur. »Oder hast du diesen Schönling Andy zum dritten oder vierten Mal in Gnaden wiederaufgenommen?« Sie nickte Richtung Schlafzimmertür.

»Andy? Wer ist Andy?« Linda knallte die Tür ins Schloß. Es war eine Unsitte, noch halb im Treppenhaus loszupalavern. Das hier war keine Villa, sondern ein Mietshaus.

»Bist du schlecht drauf?« fragte die andere.

»Nein, ich bin die Queen aus der Biberstraße, siehst du das nicht?« Linda zog ihre Haare über die Schulter nach vorn und begann, einen Zopf zu flechten. Wenn sie den mit ein paar Haarnadeln feststeckte, war der Lehrerinnen-Dutt perfekt.

»Irgendwas stimmt heute nicht mit dir.« Petra musterte die Zopfsträhnen, die weiße Bluse und die weißen Bermudas ihrer Freundin. »Probst du für Kommunionsengelchen?«

»Quatsch!« Linda friemelte ein Gummi um den Zopf. Ein rotblonder Zopf, Sommersprossen hatte sie auch massig, jetzt sah sie aus wie eine in die Jahre gekommene Pippi Langstrumpf. Was sollte nicht stimmen? Sie war super drauf. Absolut super!

»Und wieso sieht es bei dir plötzlich wie in der guten Stube meiner Eltern aus?«

»Mir war nach Aufräumen! Ist das ein Verbrechen?«

»Du brauchst dringend 'ne Veränderung. Ich erkenn' dich nicht wieder. He, Dumpfbacke!« Dumpfbacke, das traf's, sie war der Biberstraßen-Abklatsch von Al Bundys blöder Tochter, fussig und mit Dutt-Zukunft, Frollein für schwitzende Teenies und Hausfrauen, vor ihrer Haustür lagerten Penner. Von wegen Top-Mann! Linda schniefte, das paßte auch. Rotznasen schnieften, sie war das Frollein der Rotznasen, aber noch nicht mal eine mit Pensionsanspruch.

Linda schniefte noch einmal und sah ihre Freundin an, die locker-flockig quatschte und breitmadamig rüberkam. Bananensplitmäßig. Im Vergleich zu Petra schnitt sie selbst noch gut ab.

»Was nennst du Veränderung?« Eigentlich war die Frage überflüssig, bei Petra hieß Veränderung generell Mann, neuer Mann.

»Überraschung«, sagte Petra.

»Wieder eine mit Vollglatze?« fragte Linda.

Neulich hatte Petra ihr einen Opa präsentiert, total kahl, aber ohne Kojak-Lolli-Sex-Appeal. Die befreundete Stirnglatze hatte Petra für sich reserviert, das Spiel hatte zwei Wochen gedauert. Drei Tage lang ›Ist er nicht süß?‹, zehn Tage Honeymoon und Probeliegen in Betten-Fachgeschäften, ›Schaumstoff ist aber haltbarer als Federkern!‹, und dann der übliche Abgesang mit ›Scheißkerl!‹ und ›Das passiert mir nie mehr!‹

Petras Veränderungsvorschlag hörte sich nach einer Neuauflage von ›Nie mehr ...‹ an.

»Von wegen!« Petra strich sich über die Hüften, so als wären die über Nacht schlankgeschrumpft. »Nun komm schon, aber zieh dir was Fetziges über!«

»Wofür?« Linda sah auf ihre Uhr, Viertel nach fünf. – Wann kann ich dich erreichen? hatte er gefragt, mit Plüschaugen und Sehnsuchtstimbre. Pustekuchen! Sie konnte sich die Lady abschminken.

»Deiner ist der Freund von Ferdi. Du erinnerst dich doch an Ferdi, den aus dem Paradiso gestern mit den lustigen Tigern auf der Badehose.«

Der Freund von Ferdi? Herzhüpfen! Luftsprung! Lady

und Lady! Schicksalsmelodie! Linda sprang auf. Sie hätte wissen müssen, daß nach einem Picknick auf dem Mond, erster Akt, keine Allerweltsnummer als zweiter Akt folgte. Jeder Depp telefonierte oder schickte Blumen oder kam mal eben vorbei. – »Warum sagst du das nicht gleich? Wann? Wo?«

»In der Karibik-Bar, six o'clock, pünktlich zum Cocktail. Zieh dich um, nun mach schon.«

»Sekunde!« Zwanzig nach fünf, Linda zurrte an dem Haargummi und an den Zopfflechten, jetzt sah sie original wie ein Rauschgoldengel aus. An der schwarzen Bluse fehlte ein Knopf, und an dem neuen Top war der Träger lose. Nähen war nicht ihr Fall. Linda knallte die Kleiderschranktür wieder zu. Bis zum Neumarkt brauchten sie mit der Bahn mindestens zwanzig Minuten, »Hast du Geld genug für ein Taxi?«, die Antwort bekam Linda nicht mit, weil die Klospülung rauschte, sie konnte schlecht in der Karibik-Bar als erstes zum Klo flitzen. Wieso brachen diese Kajalstifte bei ihr ständig ab? Bei Petra nie, die brachte einen kompletten Farbkasten auf ihrem Gesicht unter, allein auf die Lider packte sie dreierlei Farben. Weg damit! Besser Naturgirl als Kletschauge. Griff zum Klopapier, die Kleenexschachtel war wieder mal leer. Einmal Sprühnebel von Cacharel, Duftnote Lolita, blöder Name, typisch Hans-Maria, der hatte ihr das Zeug geschenkt. Fertig!

Petra stand vor dem Flurspiegel, der sie vom Knie bis zur Stirnmitte zeigte. Es war der größte Spiegel in Lindas Wohnung. »Spielste Rotkäppchen?« fragte Petra.

Spieglein, Spieglein an der Wand …? Linda sah sich an. Das Weiß war geblieben, sie hatte sich nur eine rote Leinenweste übergezogen und ihre rotblonden Rauschgoldkräusellocken mit einer roten Kordel zusammengebunden. Die beiden Rottupfer zu ihrem Feuerschopf waren ganz schön keß, von wegen Rotkäppchen! – »Du solltest deine Bluse besser obendrüber tragen«, sagte sie mit einem anzüglichen Blick auf das Gekräusel um die Hüftpartie der Freundin. Deren Rock war schlicht zu eng, die Eisbecher rächten sich. Hüftspeck zu Hüftspeck, bei diesem Ferdi fauchten pinkrosa Tiger unter den Speckwülsten, hoffentlich nur auf den Badeshorts, aber das war nicht Lindas Problem.

Probleme? Was war das?

Lady und Lady, Linda summte es vor sich hin. Schicksalsmelodie, sie hatte es sofort gespürt und er auch.

Es gab keinen ersichtlichen Grund, warum die Karibik-Bar von jetzt auf gleich DER Treff war. Wenigstens konnte Linda den Grund dafür nicht erkennen. Irgendeiner aus der Szene gab das Motto aus, und alles strömte zu Louis oder Alfonso oder René, bis ein paar Monate später ein Anton folgte, oder ein Patrick, oder …

»Der Barkeeper heißt René«, wisperte Petra mit der Miene von einer, die soeben den Heiligen Gral betritt.

»Toll«, sagte Linda. Sie hatte Mühe, sich in dem Gedränge zu orientieren. Drei Stufen führten abwärts auf einen schmalen Gang, rechts und links davon gab es je drei Nierentisch-Arrangements mit Clubsesseln, hintendurch an die Wand gepappt war die Bar, ebenfalls den Fünfzigern nachempfunden, die Flaschen trugen Schürzchen und die Barhocker Bezüge aus orangefarbenem Synthetikplüsch.

»Na?« fragte Petra, »ist das nichts?«

»Toll«, wiederholte Linda, »so geschmackvoll.« Sie überflog die stehenden, gehenden, sitzenden, vorgeneigten, zurückgelehnten Gestalten. Bestimmen Sie den Suchpfad! Linda mußte nicht lange überlegen: Dunkelbraun gelockt, fast schon schwarzhaarig, ein südländischer Typ und nicht eben klein. Sie konnte schlecht ›Wo bist du, Dieter?‹ brüllen.

»Da«, rief Petra. Sie war einen halben Kopf kleiner als Linda, trotzdem war sie als erste fündig geworden. »Da sind sie!« Hektisch winkend pflügte sie auf die Bar zu, Linda hinterdrein. Gelegentlich hatten breite Hüften auch ihr Gutes, als Pflugschar im Bargetümmel etwa.

»Hallo! Hier! Hierher!« Das war Ferdi. Sein Rufen und Armwedeln waren total überflüssig, denn sein Outfit ersetzte das poppigste Tigerfauchen. Er trug ein klatschmohnrotes Sakko und darunter Schwarz, von den Socken bis zum Button-down-Kragen Schwarz, lediglich die Bäckerhose war schwarzweiß kariert.

In Linda schwappte er klatschmohnrot und schwarzweiß kariert, Exoten-Ferdi verdiente eine hübsche kleine Laudatio. Gleich. Später. Sie mußte erst einmal Dieter Morus sichten. Bitte geben Sie den richtigen Suchpfad ein: Dunkelbraun gelockt, fast schwarz …

Rechts von Ferdi saß einer Typ Spesenritter. Offensichtlich unterhielt er die Dame in seinem Arm und die daneben, verbal und womöglich auch mit klingender Münze, für den Rest war sein Bauch zu gigantisch. Außer Spesen nichts gewesen, sorry!

Links von Ferdi saß einer mit Haarzopf, nicht übel, aber abseits vom eingegebenen Suchpfad: Dunkelbraun gelockt, fast schwarz …

Ein Dieter Morus würde wohl kaum unterm Barhocker hocken. Vom Synthetikplüsch aufwärts hatte Linda alles abgegrast. Falscher Suchpfad, bitte geben Sie …

»Und Sie sind also DIE Linda?«

Linda zuckte zusammen, sah nach hinten, sah wieder nach vorn, der Typ mit dem Haarzopf meinte tatsächlich sie. Sie griff nach einem Reserviertschildchen und setzte es sich kurzerhand auf den Kopf. »Capito?«

Der Barkeeper grinste breit. Mit einem Cocktail rechts und einem links blieb er abwartend vor Linda stehen.

Linda grinste retour, an dem Zopfmann vorbei. »Und Sie sind DER René?

Der Barkeeper nickte.

Suchpfad gefunden, für den Barkeeper. Kluges Mädchen! Scheiß drauf!

»Spinnst du heute total?« Petra hangelte nach dem Reserviertschild auf Lindas Kopf. »Das ist Alex. Ihr beide seid verabredet.«

»Toll«, staunte der Keeper, einen Cocktail rechts und einen links, er rührte sich nicht von der Stelle. Logenplatz für Action, mixen und servieren konnte er noch die ganze Nacht.

Linda wurde langsam sauer. »Das wüßte ich aber. Wer ist Alex?«

»Ich!« Schon wieder der mit dem Haarzopf. Nicht übel, wie gesagt, aber die falsche Besetzung. »Alexander Röhrig«, er rutschte von seinem Barhocker, »und Sie sind Linda Erz.«

»Kluger Junge!« Woher wußte der Typ ihren Namen? Sie war Linda Erz, genannt ›Lady‹? Wo steckte Dieter, verdammt?

»Sie sind witzig, ich mag witzige Frauen. Ihre Freundin Petra hat nicht übertrieben.«

Petra kannte der Zopfmann auch? Lindas Kopf ruckte zu ihrer Freundin hinüber, die klemmte sich gerade auf einen Barhocker, Hüfte an Hüfte mit Exoten-Ferdi. Nun mal langsam! Noch mal von vorn! Denk scharf nach, Linda! Wie war das denn noch? – Petra hatte ›Ferdis Freund‹ gesagt, alles andere hatte Linda nicht mehr interessiert. – Linda schwenkte zurück zu dem Zopfmann: »Kennen Sie etwa auch Ferdi?«

»Sie sind total witzig, Ferdi ist mein Freund.«

»Alles klar.« Linda schniefte. »Klar wie Kloßbrühe!« Sie zerrte eine Haarsträhne aus der roten Kordel und suckelte los, sie suckelte wie ein Weltmeister. Lady? Von wegen! Biberstraßen-Queen und Hopsmamsell und Rotkäppchen. DIE Lady schnurrte jetzt durch Fein-Junkersdorf. DIE Linda spürte eine Mordswut in sich hochkommen.

»Was möchten Sie trinken?« fragte eine Stimme. Nur Stimme. Das Gesicht steckte im Nebel. Es war verdammt neblig. Graue Nebelsuppe! Trinken war gut. Trinken war prima.

»Alles«, antwortete Linda.

»Ist sie nicht komisch?« Exoten-Ferdi schob sich in Lindas Blickfeld, Klatschmohnrot auf Schwarzweiß kariert.

»Ihr Drink!« Etwas Grünes mit Orangenscheiben und Cocktailkirsche und Zuckerrand schob sich ebenfalls auf Linda zu.

Linda entschied sich für die Karibik-Spezialität. Steck den Tiger in den Tank! Schwachsinn! Nur nicht weich werden! Zähne zusammen und durch! Es gurgelte giftgrün durch den Strohhalm, das Zeug schmeckte eklig süß. Linda saugte den Bodenmud an, Verstopfung, der Strohhalm flitschte hoch und spie Fruchtfleisch aus. Orangefarbener Kanonendonner auf eine klatschmohnrote Front. Ferdi räumte abrupt das Feld. Na bitte!

»Schießen Sie immer so scharf?« Der Zopfmann zeigte auf die Tür mit dem WC-Schild, hinter der Ferdi abgetaucht war.

»Nur wenn ich rot sehe. Klatschmohnrot.«

»Wegen Ferdi? Ich meine …«

»Sie meinen falsch. Ihr Freund Ferdi ist mir schnurzpiepegal!« Der Typ strickte doch tatsächlich an einer unglücklichen Romanze zwischen ihr und Exoten-Ferdi.

»Und was ist Ihnen nicht schnurzpiepegal?«

»Die Lady!« Es rutschte Linda heraus. Einfach so.

»Komisch. So heißt der Jaguar von meinem Freund Dieter Morus.«

»Urkomisch! Zum Schießen komisch! Totkomisch!« Schluchzen, schniefen, hicksen. Kleine Mädchen hicksten, ›Dein Herzchen wächst!‹, Pustekuchen! Ihr Herz wuchs nicht, es ging gerade zu Bruch. Herzpleite! Hicks …

»Sie weinen doch nicht etwa?«

»Nö! Hauen Sie mir mal auf den Rücken!«

Das Hauen war ein Kraulen, es wirkte trotzdem. Linda fuhr total auf dieses zarte Krabbeln die Wirbelsäule rauf und runter ab, immer schon, das war wie dickes Sahneeis und Schokolade und kölsche Töne.

»Besser?« fragte der Zopfmann.

»Viel besser. Haben Sie zufällig Kreide gegessen?«

Der Zopf über dem Leinensakko wippte. Es war lustig, wenn bei einem Mann ein Zopf wippte.

»Kreide?« fragte er, »wieso Kreide?«

Sehr helle war er nicht. »Kennen Sie keine Märchen? Im Märchen fressen sie immer Kreide, damit die Stimme cremig wird. Im Märchen von Rotkäppchen zum Beispiel.«

»Ich fange auf der Stelle an, Märchen zu lesen.« So wie er sich anhörte, hatte er gerade eine Doppelration Kreide verschluckt.

Linda schabte mit dem Trinkhalm über den Bodensatz in ihrem Glas. Nur noch Fruchtbrösel und Zuckerkrümel. Karibik Special number two war gelaufen, in ihr blubberte es giftgrün und eklig süß. »Märchen sind was für Kinder«, sagte sie, »die stimmen alle nicht.«

Der Zopfmann berührte Lindas Weste. »EIN Rot-Westchen gibt's wirklich.«

»Nö!« Das Schniefen ging schon wieder los. »Rot-Westchen ist von der Stange. Echt C&A.«

»Es war einmal …«, legte er los, Stimme wie ein Kreidefaß.

Nein! Geben Sie den richtigen Suchpfad ein! Geh nicht vom rechten Weg ab, Rotkäppchen! – Linda sprang auf. »Ich muß mal!«

DIE Lady soff sich keinen an und heulte nicht Rotz und Wasser. DIE Linda schon! Irgendwo war die Tür mit dem WC-Schild, Klotüren spazierten nicht auf und davon, Taschentücher auch nicht, Linda fand trotzdem keins in ihrer Handtasche. Sie schniefte. Für DIE Linda reichte Klopapier. Er sollte sich seine Creme-Stimme und seinen Märchenzauber sonstwohin stecken. Dieter Morus, Boß von irgendwas, phhh! Nur weil einer wußte, wie ein Märchen anfing, konnte er noch längst nicht bei ihr landen! Pack dich! Packt euch!

Es hämmerte gegen die Tür der Kabine. Linda beugte sich vor und lugte durch den Schlitz. Pumps! Was dachte sie denn? Pferdehufe und Prinzenstiefel? Linda zog die Wasserspülung, klappte den Klodeckel über der unbenutzten Kloschüssel auf und zu und ging an den ungeduldig scharrenden Pumps draußen vorbei.

Auf der hintersten Tür stand ›Notausgang‹. Das paßte!

Die Biberstraße war wie immer um diese Zeit. Rush-hour für Kneipengänger und Rotlichtdamen und Maggelgeschäfte mit vom Laster gefallenen Nerzmänteln und Elektronikgeräten. Es war unglaublich, was so alles vom LKW purzelte, sogar auf Vorbestellung.

»Haben Se mal 'ne Mark für wat zu essen?« Eine Hand streckte sich Linda in den Weg.

»Nö!« Übersetzt hieß der Bettelspruch Knete für Hochprozentiges, der da hatte den Kanal schon übervoll. Linda schob die Hand beiseite und schlug einen Bogen um die Moon-Bar. Drinnen schluchzte die Musikbox ›Ein Schiff wird kommen‹, und draußen fetzte sich eine mit ihrem

Freier, weil der Liebeslohn nicht stimmte. Linda fischte nach ihrem Schlüssel. Sie hatte Mühe, die Tür aufzusperren, das dämliche Schloß klemmte.

Hinter der Tür stand der Hausmeister, er grinste sie an. »Hallo, Fräulein Erz, heute schon so früh?«

»Stimmt was mit Ihrem Fernseher nicht?« konterte Linda.

»Ich hab' Sie am Schloß rummurksen hören.«

»Danke vielmals für die freundliche Hilfe.« Linda stakste Richtung Treppe, der doppelte Karibik-Spezial war ihr in die Beine gerutscht. In den Kopf nicht, der war wieder glasklar, leider!

»Ihre Post«, grunzte der Mann. »Da!«

Glaubte der Mensch, sie hätte vergessen, wo ihr Briefkasten war? Linda griff durch den Schlitz, bei diesem Modell war ein Schlüssel überflüssig. Eine Handvoll Werbezettel, dasselbe wie immer: Pizza-Dienst und Räumungsverkauf und ›Damenbegleitung frei & eine Schachtel Pralinen‹, letzteres war vom Porno-Kino drei Häuser weiter, toll!

»Was dabei?«

»Sechs Richtige! Morgen miete ich mir 'ne Villa!«

»Die Kündigung bräuchte ich schriftlich, und diese Woche sind Se mit dem Treppenputzen dran, vergessen Se dat nicht wieder!«

»Die Treppenhausbeleuchtung ist seit einer Woche kaputt. Vergessen Sie das nicht wieder!« Linda musterte das Funzellicht über sich und den massigen Körper im Unterhemd, längsgestreift durch das Treppengeländer. Durch die offene Korridortür der Parterrewohnung konnte sie den Vierundvierzigzentimeterbildschirm erkennen, Television de Luxe, ebenfalls längsgestreift durch die Holzstäbe mit dem abgeplatzten Lack. Klasse! Diese Bude hatte Klasse! Sie hatte Klasse! Linda, träum nicht rum ...

Um Mitternacht endete der Märchenzauber. Aschenputtel wurde wieder Aschenputtel. Linda zerrte an ihrem Pumps, die quetschten ihre Füße ein. Rotgeschwollene Quaddelfüße, die Pumps waren wie immer, ein italienisches Modell, schick, zierlich, Prinzessin, tanz! Von wegen Prinzessin! Prinzessinnenschuhe machten noch keine Prinzessin.

Linda hockte sich auf eine Treppenstufe und massierte die roten Höcker und Schwielen. Ihre Klumpfüße waren jedenfalls echt. Sie humpelte die Hühnerstiege zu ihrer Fünfzigquadratmeterwohnung hoch. Putt-putt-putt, fehlte nur noch die Asche …, ›und diese Woche sind Se mit dem Treppenputzen dran, vergessen Se dat nicht wieder …‹

Die rechte Braut sitzt noch daheim

Linda verabscheute Tauben. Taubenkot ruinierte den Kölner Dom und das neue Kostüm, und wenn einem eine Taube auf den Kopf kackte, half nur noch die Schere. Großstadttauben waren dreist, plump und dumm, fand Linda.

In dieser Nacht träumte sie von Tauben. Putt-putt-putt, die eine kam mit einem gläsernen Tanzschuh im Schnabel und die nächste mit einem Traum von Ballkleid angeflogen, und jedesmal wenn Linda die breite Schloßtreppe hinaufschwebte – oben wartete ihr Prinz, wer sonst? –, krakeelten die Viecher los: »Die rechte Braut sitzt noch daheim.« Prompt machte der Prinz – ein südländischer Typ, braungelockt und mit braunen Samtaugen – kehrt und stieg in seine ›Lady‹, die mit zweihundertzwanzig Pferdestärken abschnurrte. Putt-putt-putt, erste Taube, zweite Taube, wieder ran an die Schloßtreppe, immer wieder von vorn, bis der Wecker rasselte und Linda in ihrem Bett hochfuhr.

Es hätte sie nicht gewundert, wenn mitten auf ihrer Daunendecke eine dicke fette Taube gehockt hätte.

Die Stadt Köln sollte ein Gesetz gegen Taubenfütterer erlassen und eine Taubenvernichtungs-Kampagne anordnen. Hitchcocks Krähen waren vergleichsweise süße Flattermänner, am schlimmsten waren die Traumviecher mit ihrem ›Die rechte Braut sitzt noch daheim‹. Alles klar! Linda schwang sich aus dem Bett, aus dem Schwingen wurde ein mühsames Hochrappeln. Der doppelte Karibik-Spezial ließ grüßen. Und um Viertel nach acht begann ihre erste Unterrichtsstunde: »Führen Sie bitte den rechten Ellbogen an das linke Knie, nein, links ist auf der anderen Seite, diagonal, ja, das ist quer rüber …« Der Badezimmerspiegel gab Linda den Rest, ihre Hautfarbe changierte karibik-spezial-grün mit Soda verdünnt, sie brauchte dringend einen Kaffee. Kaffee?

Linda starrte in die leere Blechdose und dann auf den Einkaufszettel an der Pinnwand, auf dem dick unterstrichen ›Kaffee‹ stand. Der Zettel war von gestern. Inspiriert von einem Picknick auf dem Wasserturm, erster Akt, und der putzwütigen Aussicht auf den zweiten Akt, hatte sie den Kaffee total vergessen. Gestern wäre sie mit Pfefferminztee high gewesen.

Linda ließ die leere Dose über den Tisch scheppern. Dann trank sie eben Cola zum Frühstück, das paßte zu ihrem Seelenchaos. Die Coladose war lauwarm, der Kühlschrank auch. Es gab nichts Ekligeres als warme Cola. Linda riß an der Blechlasche, brauner Sirupnebel legte sich auf ihr T-Shirt und den Küchentisch. Der Tisch war vollgepackt mit Werbezetteln. ›Pizza-Dienst‹ und ›Räumungsverkauf‹, sie griff wütend nach den Zetteln. Papierverschwendung, Müllbergfutter, wer ließ die Werbefritzen überhaupt ins Treppenhaus rein? Linda knüllte die Blätter zu einer Kugel zusammen, ein paar Ecken sprangen wieder heraus. Sie drückte und preßte und erwischte ein Wort, das Wort hieß ›Lady‹. Wieso ›Lady‹? Sie klaubte den Papierklumpen wieder auseinander und strich die Blätter gerade: ›Pizza-Dienst‹, ›Damenbegleitung frei …‹, fünf Werbezettel und sonst nichts.

So ging es los. Klapsmühlen-Linda, pack schon mal deinen Koffer!

Linda ratschte quer durch das Papiergewusel, ratsch und ratsch, dann klappte sie den Mülleimer auf. Konfetti aus Werbezetteln, ab damit! Stop! Wieso war die Rückseite beschrieben? Per Hand, gab's doch nicht. Persönliches Anschreiben vom Pizzabäcker, wie? Und morgen kommt der Märchenprinz, alles klar! Linda fischte im Müll, was eklig war, aber darauf kam es jetzt auch nicht mehr an. Sie erwischte die vier doppelt beschriebenen Papierfetzen und legte sie zusammen. Die Schrift kannte sie nicht, aber dafür kannte sie dieses ›Lady‹:

›DIE Lady weint. Ich auch – (ratsch) – Wir haben zwei Stunden vor deiner Tür geschnurrt – (ratsch) – Eine Speckschwarte in Makkoripp – (ratsch) – hat uns verjagt. Dein Mister Moon! – (ratsch) –‹

Tauben ade! Her mit dem Tanzschuh! Was war sie blöd gewesen! Der scheinheilige Typ unten im Parterre hatte ihr die Tour vermasseln wollen. Für eine Speckschwarte, die Tag und Nacht auf der Lauer lag, war ein Jaguar in der Biberstraße spannender als jeder ›Tatort‹. Der Typ hatte den Jaguar totgeschwiegen und etwas von ihrer Post gelabert. Linda hatte die Post genommen und blind etwas von ›sechs Richtigen‹ gefaselt. Für eine Speckschwarte in Makkoripp – ihr Mister Moon hatte Wortwitz, darauf mußte man erst mal kommen – war ein Lottogewinn das höchste. Speckschwarten träumten von viel Knete, die gab's beim öffentlichen Glücksspiel, einen Mister Moon gab's dort nicht, nicht mal als Haupttreffer. Der ›Mann im Mond‹ gehörte zum ›Tanz auf dem Mond‹ und zu ›Lady Sunshine‹. Es gab einen uralten Schlager, der so hieß. ›Lady Sunshine and Mister Moon‹, in der Oldiethek wurde der manchmal gespielt, ob er die auch hörte? Sogar seine Telefonnummer war ihre, natürlich nicht ihre eigene, aber eine aus der Innenstadt, die erste Zahl war eine Eins. Von wegen Fein-Junkersdorf! Auch wenn er kein waschechter Kölner war, er lebte mittentrin. Wahlkölner, Herzenskölner, Mann im Mond, ihr Mann im Mond.

… Lady Sunshine and Mister Moon,
die können gar nichts dagegen tu-u-u-n …

Das ›tun‹ schön langgezogen, weiter kam Linda nicht mit dem Text. Egal, die zwei Zeilen reichten, die sagten alles. Linda trällerte sie noch, als sie an dem miesepetrigen Gesicht im Parterre vorbeiging.

»Vergessen Se dat Treppenputzen nicht!«

Speckschwarte in Makkoripp! Linda lachte dem Mann ins Gesicht. »Vergessen Se dat Funzellicht nicht!« Himmlisch! Und um Viertel nach sechs würde sie die sechsstellige Nummer wählen. ›Ab achtzehn Uhr‹, hatte er neben seine Telefonnummer geschrieben. Hoffentlich war es bald sechs.

Linda zwang sich, den abgerissenen Knopf an ihre schwarze Bluse zu nähen. Mit Steg, das dauerte länger. Danach nähte sie noch den Träger an ihrem Top und den aufgeribbelten Saum von ihrem Morgenrock fest. Sie hatte ihn samt Zipfelsaum in den Schrank gestopft, wo er gut und gerne bis zum Winter hätte bleiben können, wenn nicht soeben die Nähwut bei ihr ausgebrochen wäre. Dreimal einfädeln, knoten, lossticheln, vernähen, abschneiden – ihre Mutter sollte sie so sehen, die würd's nicht glauben. Linda sah auf ihre Uhr, acht nach sechs. Sie mußte noch exakt sieben Minuten überbrücken, wenn sie nicht ihr eigenes Trickbrevier für die Top-Mann-Jagd über den Haufen werfen wollte. Trick Numero eins verlangte von ihr, ihn zappeln zu lassen. Jeden IHN. Zappeln steigerte die Liebesglut des Mannes auf den Wert der Frau. Auch ein Mister Moon gehörte zur Spezies Mann. Sorry!

Linda kippte ihre Krimskramsschublade auf dem Küchentisch aus. Geschenkpapier, Heftpflaster, Kulis, ein Päckchen Kondome (ob die ein Verfallsdatum hatten?), das vermißte Pizzarädchen … Linda zwang sich, nicht auf die Uhr zu sehen. Die Kondome warf sie besser doch weg, machte sich sowieso nicht gut, angenommen einer fragte sie nach einem Pflaster. Eincr? Blick auf die Uhr, sechzehn nach, halleluja!

Linda wählte. Eine falsche Zahl. Schnell auflegen. Durchatmen. Stimmprobe. Krächz! Zweiter Versuch. Endlich …

»Hier spricht Dieter Morus –« (wie gediegen!)

»Hallo, Mister Moon –« (so wußte er gleich Bescheid)

»Sie wollen mich sprechen –« (wie war der denn drauf?)

»Hier Lady Sunshine –« (drauf los und durch, wie geplant, nur mit Unterbrechung, komisch)

»Leider bin ich momentan nicht da –« (verarsch mich nicht!)

»Hallo? –« (Hallo, Mister Moon, hier Lady Sunshine …, beim Nähen war alles weitere ein Kinderspiel gewesen, von Geigen hinterlegt, ein zweites ›Hallo?‹ war nicht eingeplant, seine gedrechselten Sprüche auch nicht)

»Hallo?« Es knackte in der Leitung.

… (Ich sag' nichts mehr, hallo-hallo-hallo, scheiß drauf! Ich leg' gleich auf!)

»Lady? Bist du das?«

»Hm.«

»Ich habe schon gedacht …«

»Ich wollte schon wieder auflegen …«

»Das war mein automatischer Anrufbeantworter.«

»Ach so.«

»Mein Freund Alexander Röhrig war gerade hier.«

»Ach so.«

»Er hat mir die Ohren von einer tollen Lady gestern abend in der Karibik-Bar vollgeschwärmt. DIE tolle Linda! Bist du das?«

»Ich bin ihm ausgebüxt.«

»Büxt du mir auch aus?«

»Mal sehen.«

»Sieben Uhr?«

»Halb sieben!« Linda legte auf, das schaffte er nie. Egal, sie hatte ihn mit ihrer Vorgabe überrundet, das gehörte auch zur Trickkiste: »Mix ihn auf! Nichts ist langweiliger als ein braves Frauchen!« Trick Numero vier oder fünf war das, im Moment ging in ihr alles drunter und drüber, immerhin hatte sie ihr Erfolgsprogramm noch nicht völlig aus dem Kopf verloren. Tat sie auch nicht, diesmal nicht, nie mehr! Andy war der letzte Herzensbrecher gewesen, auf den sie hereingefallen war. Von nun an benutzte sie ihr Köpfchen. Aber hallo!

Halb sieben schaffte er nie! Um ein Haar hätte sie das Lebkuchenherz mit der frivolen Zuckergußinschrift übersehen. Es war typisch für Andy, seine Ferkeleien ›romantisch‹ zu verpacken. Weg damit!

Es klingelte, gerade als Linda den Mülleimer aufklappte. Petra, dachte sie, garantiert. Sie ließ sich Zeit mit der Entsorgung des knochenharten Herzens und dem Gang zur Tür.

›Wie warst du denn gestern drauf?‹ würde ihre Freundin fragen, und da hinein käme Dieter, der tausend Poptiger in Petras Phantasie fauchen lassen und ihr ein ›Ach sooo!‹ entlocken würde. Sie hatte eine unglaubliche Art, dieses ›Ach so!‹ herauszulassen, mit einer Prise Staunen und einer doppelten Prise Anzüglichkeit …

Linda griff nach der Türklinke. Sie würde Petra wegschicken, kurz und bündig, ›tut mir leid, aber im Moment paßt es nicht‹, genau so. Linda brachte ihre Lippen in Sprechpositur: »Tut mir leid …«

»Mir auch. Ich bin eine halbe Minute drüber, ich bin das Treppensteigen nicht mehr gewöhnt.«

»Du?«

»Wir haben eine Verabredung, erinnerst du dich?«

»Cool!« Linda riß die Tür weit auf. Macht hoch das Tor, die Tür macht auf! Jeder Depp konnte Rosen schicken oder einen Lottoschein ausfüllen. Aber in neuneinhalb Minuten zum Rendezvous anjagen, das hatte was!

»So bin ich nun mal.« Er grinste. Braune Plüschaugen und Locken und dieses jungenhafte Schelmen, die Grübchen dafür waren schon vorgegraben, sein Schelmlächeln schlüpfte hinein wie in einen bequemen Hausschuh. Das war keine Premiere.

Achtung, Linda! Rotes Blinklicht! Mit Siegerlächlern kannte man sich aus, siehe Andy, der schelmte auch, und sie hatte pariert, er der Rosinenpicker und sie die Rosine. Nichts da! Mann durfte sich nie zu sicher fühlen, denk dran!

»So bist du nun mal«, grinste sie, »über der Zeit!«

Es gefiel ihm. Sie sah ihm an, daß es ihm gefiel. Mister Moon mochte ihre flinke Zunge. Gib ihm Zunder, Mädchen! Die gute alte Trickkiste funktionierte, auch wenn sie sich innendrin wie ein Sahnebonbon fühlte, weich und cremig. Und jetzt raus hier, solange sie noch Herrin ihrer Sinne war und Petra nicht doch noch klingelte und kein anderes verräterisches Überbleibsel von Andy auftauchte. Linda schluckte, griff hinter sich und langte nach ihrer Handtasche.

»Wir können!« Sie schubste Dieter Morus – so perplex war er ziemlich weit weg von Mister Moon – zurück ins Treppenhaus und verschloß die Tür. Sie ging vor, erst in der Mitte der Hühnerstiege zwischen dem vierten und fünften Stock sah sie sich nach ihm um: »Alles klar?«

»Alles klar.« Er folgte ihr auf die wacklige Treppe.

»Paß auf, da sind zwei Stäbe locker! Alles ziemlich marode hier.« Das ging ihr plötzlich locker von den Lippen. Lokalkolorit nannte man das im Roman, bei ihr gab's das pfundweise, und wenn einer um die Vierzig in Chefposition und mit Schelmgrübchen sich noch nicht hatte festnageln lassen, dann bestimmt nicht, weil keine aus der Beletage das versucht hätte. Die zuckersüße Feine-Dame-

Masche kannte er garantiert, die mußte ihm allmählich über sein, das war wie morgens und mittags und abends Sahnekonfekt.

»Wir könnten hübsch essen gehen«, schlug Dieter Morus unten auf der Straße vor. Die Speckschwarte hing aus dem Fenster und sah zu ihnen hin. Ein paar Männer mit Bierflaschen und Plastiktütenhabe fachsimpelten rund um den Jaguar.

»Gute Idee«, antwortete Linda.

»Was hältst du von der ›Graugans‹?«

Graugans hörte sich nobel an. Es war nichts dagegen zu sagen, wenn ihr Zukünftiger sie nobel ausführte. Später. Im alten Wasserturm, der gastronomisch ebenfalls vom Feinsten war, war er DER Herr Morus gewesen. In der Graugans würde sie, Linda, allenfalls die Neue in seinem Kielwasser sein. – Jetzt hat er eine Rotblonde, ob die auch ihren Babyhummer auf den Nachbartisch flitschen läßt? ...

»Nö!« sagte Linda laut. »Mir ist heute mehr nach Würstchen-Willi und einer Eistüte von McDonald's.«

»Ist das dein Ernst?«

»Bist du ein Snob?« Linda zeigte auf ›Lady‹, die mit den zweihundertzwanzig Pferdestärken unter der Haube. Sie würde ihm schon beibringen, wer seine First Lady war. Zeigefinger auf das brüchige Treppengeländer in der Biberstraße und Bekenntnis zu Würstchen-Willi, mit der Graugans konnte er Pipimädchen imponieren, das ›Picknick auf dem Wasserturm‹ hingegen war eine gute Mischung gewesen. Das Aschenputtel war nur die Kehrseite der Ballqueen, Linda grinste: Rechts die Holzpantine und links den gläsernen Tanzschuh, ihr Mister Moon würde herumrätseln und ganz wirr im Kopf sein.

Mix ihn auf, Linda! Nichts ist aufregender als das Rätsel Frau. Für die Graugans blieb noch Zeit genug. Bis zur goldenen Hochzeit.

Der Deal

Dieter warf einen Blick in den Rückspiegel. Es hatte etwas, im Jaguar Kolonne zu fahren. Cool, hätte Linda gesagt. Cool war ihr Wort. Als er das auf sich bezog, von wegen hier kommt der Star, hatte sie ihn blitzschnell ausgebootet. Einer Linda Erz machte so leicht keiner etwas vor, der imponierte nicht einmal der Hauch der großen weiten Welt: ›In die Graugans? Nö, mir ist nach Würstchen-Willi.‹ – Die Frau war cool.

Dieter hielt, stieg aus und sah sich nach den drei anderen um.

»Stark!« Das war Ferdi. Zwischen seinen metallicgrünen Jaguar und den weinroten von Dieter paßte keine Handbreit, dahinter folgte Anton mit einer Speziallackierung. Zuletzt kam Alex, sein Zwölfzylinder war ein Vorführwagen in einem leicht schmuddeligen Grau. Aus Kostengründen fuhr Alex nur einen Vorführwagen. Sein Oberstudiendirektor-Daddy hielt ihn kurz, er hatte keine Lust mehr, auf ewige Zeiten Studiengänge zu finanzieren, die sich für jeden normalen Menschen wie eine asiatische Grippe oder eine botanische Rarität anhörten. Alex vermied jedes Examen, statt dessen wechselte er lieber wieder, ›Diesmal ist es ganz bestimmt mein Ding!‹ Nebenbei war Alex Fotomodell, Statist, Diskjockey, Animateur – für Geld tat er viel und für einen neuen Jaguar vermutlich alles.

Dieter grinste Ferdi an. Natürlich war die Jaguar-Parade hier vor dem Eingang des alten Wasserturms stark. Vier Freunde. Viermal zweihundertzwanzig Pferdestärken. Wenn der Deal klappte, war noch mehr drin. Viel mehr.

Die Glastür glitt auf, schon der erste Blick in dieses zum First-class-Hotel umgebaute Gemäuer signalisierte, daß hier mehr geboten wurde als das übliche Fünf-Sterne-Einerlei. Kühler Backstein, kaum Mobiliar, endlos lange Metallseile mit blitzenden Lichtpunkten, Kunstobjekte. Dieter hatte ein Faible für diesen Turm, in dem kein Zimmer wie das andere eingerichtet war und jedes Bild an der Wand ein Original und jedes Tischbein Design war.

»Guten Tag, Herr Morus«, grüßte der junge Mann in Livree, der jetzt durch die Glastür trat. »Darf ich für Sie einparken?«

»Gern.« Dieter griff in seine Tasche, der Fünfer wechselte diskret, dieser Junge war fix, das hatte Dieter schon öfters festgestellt.

Zuletzt vor drei Tagen. Dieter grinste: Picknick auf dem Wasserturm, und die Kaffeetanten Kölns waren das Publikum. Es war Lindas Idee gewesen, sie war die reinste Zaubertüte. Er hatte überlegt, ob er ihr heute Blumen schicken sollte. Er hatte sich dagegen entschieden. Blumen waren das Übliche. Für eine Frau, die seine Einladung ins Gourmetlokal kappte und ihn statt dessen zu Würstchen-Willi schleppte, mußte er sich etwas Originelleres einfallen lassen …

»Hanjo«, rief er.

Der junge Mann in Livree hatte ihm schon den Rücken zugewandt, jetzt drehte er sich wieder um: »Ja, Herr Morus?«

»Dieser Sonnenschirm neulich, könnte ich ihn kaufen?«

»Ich denke schon. Der Schirm hat aber unseren Aufdruck.«

»Eben. Verpacken Sie ihn mir als Geschenk, okay?« Griff in die Tasche, diesmal Schein statt Münze, der Junge lächelte diskret, stieg in den weinroten Jaguar und startete.

»Wieso Sonnenschirm?« fragte Ferdi.

»Wieso nicht?«

»Da steckt etwas hinter …«

»Aber ich sag's dir nicht.« Dieter musterte den Freund, der eine deutliche Vorliebe für auffällige Muster und Farben entwickelte. Heute trug er eine senfgelbe Hose zu einem wild gemusterten Hemd, Palmen und Schiffe vibrierten über dem abgerutschten Hosenbund, der Knabe wurde fett.

»Dann eben nicht.« Ferdi zuckte beleidigt die Schultern, dreimal hoch und runter. Die Palmen und Schiffe schaukelten dreimal heftig auf und ab. »So hütet eben jeder sein kleines Geheimnis«, fügte er hinzu.

»Dein Geheimnis klein?« Dieter grinste. »Circa eins zweiundsechzig groß, birnenhüftig und blond, genannt Sweet-Petra, stimmt's?«

»Die Petra aus der Karibik-Bar?« mischte Alex sich ein.

»Genau die«, bestätigte Ferdi. »Ihr würdet euch alle wundern.«

»Die Fussige gefiel mir besser«, erklärte Alex. »Und wie sie dir ihren Drink übergekippt hat … Ich habe dich noch nie so schnell rennen sehen, Ferdi!«

»Deinem Studentencharme ist sie jedenfalls auch nicht erlegen.« Ferdi hob beide Hände und fächelte vor und zurück. »Husch, husch, weg war sie.«

»Das Thema ist noch nicht gegessen. Ich schlage dir einen Deal vor: Du besorgst mir via Petra die Adresse der Fussigen, und ich berate dich in Sachen Mode. Du siehst zum Fürchten aus.«

»Stop«, unterbrach Dieter die beiden. Deal war das Stichwort, es ging um einen Deal, deshalb trafen sie sich hier. Linda hatte nichts damit zu tun, die lief privat und exklusiv für ihn. »Hört endlich mit dem Blödsinn auf! Es geht um viel Geld. Also?«

»Dieter hat recht«, stimmte Anton zu. Er war der Zurückhaltendste von den vieren, womöglich lag das an seiner Rolle als Prinzgemahl einer Karriere-Frau. Seine Elfi ließ ihn nur zu gerne spüren, wer das Geld und damit das Sagen hatte, daran änderten auch großzügige Geschenke wie der Jaguar nichts. Juristisch betrachtet gehörte sogar der zum Firmenvermögen und damit Frau Elfi Entemann …

Die vier Männer betraten den Aufzug und fuhren zum Restaurant hoch. Um kurz vor zwölf ging es hier noch sehr ruhig zu, genau richtig für ein Geschäftstreffen. Der Oberkellner verteilte Speisekarten und reichte Dieter die Weinkarte, ein kurzes Konsilium, dann wurde die Bestellung aufgegeben. »Das Essen bitte erst in einer Stunde«, orderte Dieter. Sie waren schließlich nicht zum Schlemmen hergekommen. Er überging den mißmutigen Ausdruck in Ferdis Gesicht. Der Kerl dachte wirklich nur noch ans Fressen.

»So«, begann Dieter, »diese letzte Lieferung für Elfi-Moden war eine Pleite. Mein Alter hat persönlich mit Antons Frau gesprochen und sich entschuldigt, weil wir ihr versehentlich A-Preise berechnet hätten. Er hat alle Preise korrigiert. Jetzt hat sie reguläre Ware zum halben Preis, und wir sehen in die Röhre.«

»Meine Schuld war das nicht.« Anton zog den Nacken ein, Position ›Hau mich nicht!‹, was Dieter mit einem gewissen Widerwillen konstatierte. Er selbst war der Wortführer, keine Frage, aber es brachte nichts, wenn seine Verbündeten allzu schlapp herumhingen. Anton entwickelte sich zum Schlappschwanz, Ferdi zum Freßsack und Alex zum Schaumschläger. Es wurde höchste Zeit, den großen Coup zu landen.

»Egal«, sagte Dieter laut. »Es bringt nichts, wenn ich wegen ein paar Mark fünfzig in meiner Firma auffliege.«

»In deiner Firma?« Ferdi spitzte die Lippen. Als Junior in der Steuerberater-Praxis, welche die Morus KG betreute, war er von allen am besten informiert. Dieter Morus spielte den Chef, de jure war er nichts als ein kleiner Angestellter.

»Hör mit der Erbsenzählerei auf. Ohne mich wäre die Fabrik eine Klitsche. Ich hab's leid, Kundenrabatte zu frisieren und Barverkäufe abzuzweigen und auf dem Papier fehlerhafte Ware zu produzieren. Das sind Peanuts. Wie sieht es mit dem Lager aus, Alex?«

»Ich kann die alte Backstube zum Ersten haben.« Alex rieb Daumen und Zeigefinger gegeneinander. »Inklusive Garage und Hof.«

»Wieviel?« fragte Dieter.

»Dreitausend plus drei Monatsmieten Kaution.«

»Reden wir von einer stillgelegten Backstube oder von einem Penthouse?«

»Ich trage das Risiko, wenn ich den Vertrag unterschreibe.«

»Zweitausend«, entschied Dieter. »Daran verdienst du noch immer.«

»Zweitausend, meinetwegen.«

Dieter blätterte acht Tausender ab, Bares ließ sich nicht zurückverfolgen. Natürlich hätte er auch mehr springen lassen. Alex war ein Schaumschläger, sagte er doch. Viel Hirn steckte nicht dahinter.

Dieter Morus wiederholte die Details. Er redete, bis der Kellner ihn mit dem Essen unterbrach. »Ist es jetzt recht?«

Drei Köpfe nickten einstimmig.

Wie die Kinder, dachte Dieter. Er beobachtete die drei, die froh waren, sich nun endlich über ihre Seezunge und ihre Filetspitzen hermachen zu können. Aber es ging nicht um Sandkastenspiele, und er war der Kopf, ohne die Kleiderfabrik lief rein gar nichts. Er mußte die Ware abzweigen und das Verkaufsnetz für den heimlichen Morus-Zwilling aufbauen. Die Erstgeburt würde in der Gewinnrechnung schrumpfen, und Dieters Baby würde langsam vorrücken. Es war ein raffinierter Plan. Sein Plan. Eigentlich war nicht einzusehen, daß alles durch vier ging. Mal sehen …

Dieter hob die Hand: »Die Rechnung bitte!«

»Alles zusammen?« fragte der Kellner.

Dieter nickte. Seine Freunde strahlten. Sie würden es nie lernen, im richtigen Maßstab zu denken. Anton beschiß seine Frau mit getürkten Spesen. Ferdi zweigte die Putzfrau aus der Kanzlei für seine Maisonettewohnung ab. Alex ummäntelte sein Nichtstun seit gut zwanzig Jahren mit dem Habitus des Studenten, für lächerliche zwei Mille im Monat. Sollten sie sich über ein kostenloses Mittagessen freuen, er setzte das über die Morus KG ab. Ihm tat das nicht weh.

Dieter bezahlte mit Kreditkarte. Das Trinkgeld schob er in bar unter die weiße Serviette auf dem Silberteller.

»Fürstlich«, kommentierte Alex.

»Angemessen«, erwiderte Dieter. »Die Jungs hier tun etwas für ihr Geld.«

»Soll das eine Anspielung sein?«

»Sieh zu, daß die Sache mit dem Lager und dem Lieferwagen klargeht. Dann ist für dich mehr drin als so ein läppisches Trinkgeld.« Dieter stand auf und ging zum Aufzug vor, die drei anderen folgten ihm. Unten in der Halle wartete Hanjo.

»Soll ich den Sonnenschirm jetzt einladen?« Der Angestellte zeigte auf einen mit rotem Kreppapier umwickelten Gegenstand, lang und dünn, in der Mitte saß ein dicker Rosentuff.

»Nicht übel.« Griff in die Tasche, diskreter Handwechsel, Dieter überlegte kurz. »Nein«, sagte er dann, »stellen Sie das Geschenk bitte zu.«

»An welche Adresse?« fragte der junge Mann.

»Frau Linda Erz, Biberstraße 11, Südstadt, reicht das?« Dieter sprach betont langsam und deutlich.

»Selbstverständlich.«

Die Glastür glitt auf, Dieter trat nach draußen, seine

›Lady‹ wurde vorgefahren. »Also dann«, sagte er zu seinen ihm nachfolgenden Freunden. Deren Gesichter waren nicht mit Gold aufzuwiegen.

»Du und Linda?« fragte Ferdi. Die Palmen und Schiffe auf seinem Hemd hüpften orkanmäßig.

»Sie ist ein heißes Geschoß. Übernimm dich nicht!« Alex zupfte ein Haar von seinem weißen Revers. Dieser Haarzopf stand ihm nicht schlecht, trotzdem sahen die langen Haare bei einem ausgewachsenen Mann schlicht ungepflegt aus, fand Dieter. Studiosus Alex wollte nicht erwachsen werden, irgendwann wirkte das lächerlich. Genau wie dieses Kolonne-Fahren und einen Draufmachen. Sie vier waren alte Klassenkameraden und Saufkumpane, aber alles hatte seine Zeit.

»Paß auf, was du sagst.« Dieter versetzte Alex einen Stoß gegen die Schulter, nur leicht, aber er sollte sich vorsehen.

»Wegen einer aus der Biberstraße machst du so ein Theater?« Alex plinkerte Ferdi und Anton zu. Aufforderung zum Mitlachen, seht euch unseren Freund Dieter an …

»Wegen einer aus der Biberstraße feiere ich sogar demnächst Hochzeit, und das ist dann kein Theater.«

»Willst du uns verarschen?« Offene Münder. Drei Kopien Dümmlichkeit. Sie würden nie über ihren Topfrand hinaussehen. Für sie war die Graugans die große weite Welt.

»Wartet es ab!« Dieter öffnete die Fahrertür.

Warum eigentlich nicht? Linda war cool. Keine Einheitsgestrickte, die hatte er alle durch. Linda glich einer Zaubertüte: Lady Sunshine und Strandlolita und Biberstraßen-Queen, alles in einem. Ja, warum eigentlich nicht?

Verlobung Ri-ra-rutsch

Dieter Morus drückte auf den obersten Klingelknopf. Prompt klappte das Fenster in der Parterrewohnung auf, und vier Gestalten aus dem Hauseingang vis-à-vis rafften ihre Plastiktütenhabe zusammen und umlagerten den Jaguar. Dieter grinste. Er und seine Lady waren seit ein paar Tagen DER Hit in der Biberstraße.

»Hallo, Rotschopf!« Dieter keuchte noch immer leicht, wenn er diese Hühnerstiegentreppe erklomm. Bei ihm zu Hause stand ein Trimmrad, unbenutzt, es wurde Zeit, daß er wieder etwas für seine Kondition tat.

»Fit für Olympia?« Linda grinste, dann reckte sie sich auf die Zehenspitzen und gab ihm einen Begrüßungskuß. Dieser Zehentanz war leicht übertrieben, aber es gefiel ihr, sich zu ihm hochzurecken. Sie war selbst nicht gerade klein, mit Absätzen hatte sie sogar Andy überragt, aber was waren dessen läppische eins achtzig gegen Dieters Gardemaß?

»Topfit für DIE Lady«, antwortete Dieter.

Er hätte doch besser ein kurzärmeliges Hemd anziehen sollen. Ihm wurde verdammt heiß bei der Vision einer Turn-dich-fit-Runde mit diesem Prachthintern. Was hatte die Frau für einen Hintern! Und Haare, naturrote Haare und einen üppigen Busento und zwei Pfund Lippen, die sie ab und zu mit ihrer vorschnellenden Zungenspitze befeuchtete. Ob sie das extra machte?

»DIE Lady?« fragte Linda.

»Die Fussige mit dem niedlichen Riß in der Schüssel.«

»Ach so, d-i-e.« Linda vollführte so etwas wie eine Pantomime, es sah wie Schirm-aufspannen aus. »Die Fussige läßt übrigens danken.«

»Hast du überhaupt einen Balkon?« Dieter hatte mehr

ans Originelle als ans Praktische gedacht, als er das Sonnensegel mit dem Aufdruck ›Hotel am Wasserturm‹ kaufte. Angesichts des winzigen Flurs kamen ihm Zweifel, ob der Architekt in dieser Mansardenwohnung einen Balkon eingeplant hatte, falls überhaupt jemals ein Architekt für diesen Dachausbau bemüht worden war. Er schwitzte entsetzlich, die Sonne knallte direkt durch die Dachpfannen und ein paar Millimeter Putz.

»Nö!« Linda lächelte verschmitzt. »Aber ich hab' mir schon immer ein Himmelbett gewünscht. Schon als ganz kleines Mädchen.«

»Das kapiere ich nicht.« Dieter überlegte heftig. Was hatte sein Geschenk mit der Erfüllung ihres Kleinmädchentraums zu tun?

»Willst du's sehen?«

Dieter nickte. Das hieß, daß er endlich über diesen Winzflur hinaus vordringen durfte. Sie war eine eiserne Lady. Gestern abend oder besser gesagt heute früh hatte sie ihn unten vor ihrer Haustür verabschiedet, obwohl sie eine leidenschaftliche Küsserin und er total in Fahrt war. Es war Ewigkeiten her, seit er so im Auto herumgeknutscht hatte. Knutsch-Marathon!

Seine Ex-Freundinnen waren nach der üblichen Einladung zum Dinner ohne weitere Umstände in sein Bett gestiegen oder hatten ihn mit in ihr Bett genommen, und dort hatten sie ähnlich gelackt und perfekt agiert wie mit dem Austernbesteck oder dem Golfschläger in der Hand. Anja, Karin, Gabi ..., er konnte noch jeder die Haarfarbe und die BH-Größe zuordnen, viel mehr nicht, vielleicht noch ihr Handicap.

Linda führte ihn durch ihr Wohnzimmer, im Vorbeigehen raffte sie den Vorhang zur Kochnische hin zu. In der Spüle stapelte sich schmutziges Geschirr, und den Müll hatte sie auch noch nicht nach unten getragen. Ihr Schlafzimmer war nur durch das Wohnzimmer zu erreichen. Drei mal drei Meter plus Dachschräge, außer ihrem Bett paßten nur die Kommode und der Kleiderschrank hinein.

Das Bett stand in der Mitte. Darüber war der riesige Sonnenschirm aufgespannt. Er ragte rechts und links über und berührte das stark abgeneigte Dach, ringsum hatte Linda Picknickzubehör an die vorstehenden Holzsparren gehängt: Ihr Bikinihöschen, eine Mini-Salami, ein Handtuch, einen Schnuller aus Weingummi, ihr Bikini-Oberteil, einen Korkenzieher, eine Weinflasche, ein Baguettebrot, ein kariertes Tischtuch und ein Lebkuchenherz, auf dem in Zuckerschrift ›Ich glaub', mich knutscht ein Elch!‹ stand.

Linda tippte gegen das Lebkuchenherz. Es war die erste und am wenigsten frivole Liebesgabe von Andy und dementsprechend hart, egal!

»Picknick im Himmelbett?« Dieter mußte den Kopf einziehen. Sonnensegel plus Mann war zuviel für diese Kammer, aber die Idee war grandios und original Linda.

»Picknick ist einfach cool. Auf dem Wasserturm und auf dem Mond und in der Biberstraße, nur nicht auf dem Zierrasen im Park, das ätzt.«

»Picknick in deinem Bett ist obercool!« Dieter sagte bewußt ›Bett‹, womöglich hatte sie ebenso bewußt das Wort ›Biberstraße‹ benutzt. Aber sie hatte auch seinen Sonnenschirm über ihrem Bett aufgespannt und picknickartig bestückt und sich darunter plaziert. Wenn das keine Einladung war …

Er drängte sich neben Linda, eine Wade gegen das Bettgestell gepreßt und den Kopf auf der Flucht vor dem Schirmgestänge im spitzen Winkel an die Brust gedrückt, an seine eigene, noch an seine eigene. Er tastete sich über ihren Rücken nach vorne vor, Ellbogen gegen die Salami und den Holzpinn, über dem sie hing. Nur nicht aufhören, unter seiner Hand fühlte es sich jetzt angenehm weich und zugleich fest an. Ihre Brüste standen dem Prachthintern in nichts nach. Prachttitten, sie machte ihn verrückt. Total verrückt!

»He!« Linda klapste ihm auf die Hand und ruckte zur Seite.

Seine Hand hing noch an ihr, dazwischen war der Schirmmast, seine Verfolgungsjagd ließ ihn gegen die Metallstange rumsen. Ein kurzes Wackeln, dann krachte das verflixte Ding samt Picknickzubehör über ihm zusammen. Es dauerte, bis er sich aus den Holzsparren und dem Markisenstoff und dem Bettzeug befreit und wieder klare Sicht auf Linda hatte. Sie stand nur direkt vor ihm und keuchte, die Tränen liefen ihr übers Gesicht, Lachtränen, und er war der Gelackmeierte. Die erotische Atmosphäre war zum Teufel.

»Komisch«, knurrte er. »Ist das von dir?« Er hob ihr Bikinihöschen hoch. ›Das hätte Ihr Preis sein können!‹ Gar nicht komisch! Kein bißchen komisch! Er stellte sich die Füllung von diesem knallroten Slipteil vor …

»Urkomisch! Du hast da noch was.« Keuchend und vibrierend, nicht vor Lust, leider, obwohl diese pendelnden Brüste vor seiner Nase und über ihrem Bett danach aussahen. Sie streckte eine Hand aus und strich über sein Bein. O boy, vielleicht war es doch noch nicht zu spät! Die Hand umrundete den Aufstand in seiner Körpermitte und klaubte etwas von seinem Bauch, das war weich und giftgrün. Er schoß hoch, besser gesagt, er versuchte es. Weicher grüner Glibber auf seinem Bauch war einfach zuviel, in diesem Zustand war er hypersensibel. Die Bettfedern jaulten, und der Sonnenschirmriese, der eben über ihm zusammengebrochen war, spreizte nun selbsttätig seine Sparren und klemmte ihn fest. Nicht schon wieder! Und Linda lachte. Sie brach bald zusammen.

»Freut mich, daß ich dir soviel Freude bereite.«

»Danke«, japste sie, »ich wußte doch, daß du Humor hast.«

»Massig. Und wann befreist du mich von diesem Scheißapparat?«

Linda ließ etwas Giftgrünes vor seinen Augen hin und her pendeln, es war Weingummi, nur Weingummi. »Also kein Picknick im Himmelbett?« Sie lächelte so sanft, ein Sahnebonbon war dagegen Stahlbeton. Diese Naturroten mit dem Sommersprossen-Porzellan-Teint hatten es faustdick hinter den Ohren, er hätte gewarnt sein sollen. Die Lady aus der Biberstraße machte ihn fertig, fix und fertig, und wenn sie ihn so ansmilte, war er das Sahnebonbon und zerflutschte zwischen ihren Fingern.

»Kein Picknick«, stöhnte Dieter, »meinetwegen Würstchen-Willi! Alles, was du willst!«

Linda beugte sich vor, Pendelbrüste zweiter Akt. Er schloß die Augen, während sie Decken und Flaschen und Brot und alles mögliche von ihm abnahm. Manchmal stieß etwas sanft gegen seine Brust oder sein Knie, prompt schossen tausend bunte Schnappschüsse in ihm hoch, nicht jugendfrei, überhaupt nicht jugendfrei ... Aber vermutlich war es wieder nur eine Salami oder ein Brotkanten oder ein Weingummischnuller. Er hielt die Augen geschlossen.

»Operation beendet«, verkündete Linda fröhlich. »Du kannst die Augen ruhig wieder aufmachen!«

»Danke.« Vorsichtig sah er sich um. Blümchen-Bettwäsche (sah geerbt aus), gegen die Dachschräge gelehnt der Sonnenschirm (zusammengeklappt sah er total zahm aus), und alles andere in einem Bastkorb verstaut. »Kann ich aufstehen?«

»Du kannst. Warte im Wohnzimmer, okay? Dann ziehe ich mich rasch um.«

»Für Würstchen-Willi?« Dieter überflog Lindas Jeansrock und das T-Shirt. Über der einen Brust saß ein offenes und über der anderen ein zugekniffenes Auge, Billigdruck, nichts Tolles, überhaupt schien ihre Garderobe eher bescheiden zu sein.

»Wie wär's zur Abwechslung mal mit der Graugans?« Sahnebonbonlächeln!

Dieter atmete tief durch. Keep cool, Junge! »Ich habe nichts zum Umziehen dabei.« Er zeigte auf sein Jeanshemd. Nach dem dritten Rendezvous mit Linda war er passend zu ihrem T-Shirt-Look und ihrem Würstchen-Willi-Gelüsten auf Freizeitkleidung umgestiegen. Prompt war ihr nach Graugans.

»Macht mir nichts. Ich nehme dich auch so mit.« Linda schubste ihn aus ihrer Schlafkammer. Zehn Minuten später erschien sie in einem schwarzen Minikleid.

Es verschlug ihm die Sprache. Eigentlich war nichts dran an diesem Kleid, ein Stück glattes schwarzes Leinen, das unter ihrem Schlüsselbein anfing und bis zum halben Oberschenkel reichte. Es war auch nicht das Kleid, es war Linda, die ihn wie ihre marode Hühnerstiegentreppe ächzen ließ. Endlos lange Beine und dann dieser Hintern unter einer Eieruhrtaille, darüber Brüste, die bei jedem Schritt wippten und schielten, eine stand auf neun Uhr und eine auf drei Uhr, dieses Schielen war unglaublich sexy. Und all diese Delikatessen mit dem rotblonden Haarwuschel obendrüber waren nichts gegen ihr Lächeln. Sie lächelte mit erbsengrünen Augen (niemand sonst hatte solche Augen, grün wie blankpolierte Erbsen, nur viel größer) und zuckenden Lippen (sie konnte küssen, daß einem die Spucke wegblieb, Marathon-Küsse, o Mann!) und einer köstlichen Stupsnase und niedlichen Grübchen und hundert Sommersprossen, voll von innen heraus und voll Weib. Er würde noch in zwanzig Jahren an dieses Picknick unterm Sonnenschirm auf ihrem Bett in einer Dachkammer in der Biberstraße zurückdenken. So etwas vergaß Mann nicht. Nie!

»Auf in die Graugans!« Dieter stand auf. Es war gleich acht, die Geschäfte hatten längst zu. Aber sie könnten morgen oder übermorgen bei ›Worthmann‹ vorbeibummeln, das war ein Top-Juwelier, mit dem jungen Worthmann spielte Dieter gelegentlich Golf.

Dieter lächelte, als er sich die Hühnerstiegentreppe abwärts tastete. Diesmal war er Linda um einen Geistesblitz voraus. Sie würde staunen. ›Wir hätten gerne zwei Ringe ...‹, würde er sagen. Würde er? Junge, paß auf! Zwei Ringe, einer groß und einer klein, aber sonst vom selben Kaliber, darum hatte er sich zwanzig Jahre lang erfolgreich gedrückt. Und die Lady aus der Biberstraße sollte ihn in einer Woche soweit haben?

Zwei Ringe hieß Risiko! Ein hübscher Freundschaftsring tat's für den Anfang auch. Erst recht, wenn er an seinen Alten dachte, dessen Bauchladenmentalität weit über die Pforten der Morus KG hinausreichte. ›Rote Haare und aus der Biberstraße und Tänzerin, na gut, dann eben Tanzlehrerin, wo liegt da der Unterschied?‹ so in etwa könnte die Reaktion seines Vaters auf eine Linda lauten. Dieter malte sich deren coole Retourkutsche aus. Ein Wort gäbe das andere, Kommando zurück, ein hübscher Ring von Gold-Krämer langte total, alles Weitere fand sich von selbst.

»Verdammt heiß heute«, murmelte Dieter. Er half Linda in den Jaguar und schaltete die Klimaanlage ein. Kühle! Frische Gedanken! Es war verdammt schwierig, Leuten mit Zierrasen-Mentalität klarzumachen, wieviel reizvoller ein Picknick auf dem Mond oder im Himmelbett war.

Zwei Ringe, beschloß Dieter etliche Stunden später. Sie gingen nun Seite an Seite die breite Treppe hinunter. Wasserkaskaden plätscherten, und ›Die schöne Dunja‹ säuselte aus unsichtbaren Lautsprechern.

»Hollywood an der Wolga, wie?« sagte Linda.

»Erbarmen«, sagte Dieter. Ihm tat der Bauch weh. Daran war keineswegs die Küche der Graugans schuld, die war exzellent wie immer gewesen. Er hatte einfach zuviel gelacht, seine Bauchmuskeln und Mundwinkel zuckten noch immer, dieses Lachen hatte glattweg die Krebsschwänze und Lendenschnitten auf den zweiten Platz verdrängt.

›Fünf Zeilen für 'ne simple Kartoffelsuppe mit Schweineschwänzchen, bezahlt man hier pro Wort?‹ Originalton Linda, so war es losgegangen. Sie hatte es geschafft, selbst dem stocksteifen Oberkellner ein Lächeln abzuluchsen. An den Nachbartischen war die Reaktion gemischter, die Herren sahen neidisch drein, und ein paar auf Frau gestylte Kunstgeschöpfe ließen scheinbar pikiert die Nasenflügel beben, was sie auch nicht weiblicher machte.

Dicke Brillis und Haute Couture gegen rotblonde Haarpracht über einem Stück Leinen von C&A – eins zu null für Linda, glasklar!

Silberne Platzteller (›Da drin kann ich prima meine Sommersprossen zählen!‹) und Alu-Look im WC (›Klo an Silberrand, könnten sie glatt mit auf die Karte setzen!‹) gegen sattes Lachen und coole Sprüche – zwei zu null für Linda!

»Du bist eine Wucht«, sagte Dieter und küßte Linda auf den Mund. Hinter ihnen stand der dienernde Maître und vor ihnen der Parkplatzwächter, angestrahlt wurden sie von einem Lichterwald DER Leuchtstoffmarke, es war Dieter egal.

»Logo!« Linda warf den Kopf zurück. Sie hatte Champagner getrunken und danach einen roten Italiener und dann wieder etwas Französisches im Weißweinglas, sie entwickelte sich zur Säuferin, aber zur Nobelsäuferin. Sie war nichts Hochprozentiges gewohnt. Linda wirbelte einmal um die eigene Achse, hoppla, sie fing sich und strahlte Dieter an. Sie war einsame Spitze, sie hatte ihn wiedergefunden im Kreiselverkehr. Kreiseln war cool, das ging auch zu zweit. »Ri-ra-rutsch«, sie hielt ihm beide Hände hin, »kennst du das?«

»Ri-ra-rutsch?« wiederholte Dieter. Es war ein Kinderspiel, daran erinnerte er sich. Ein Kind überkreuzte die Arme, und das andere Kind ebenso, dann faßten sich die beiden Handpaare und es ging rund …

»Komm schon!« Lindas Hände umschlossen ihn. Sie hatte einen festen Griff. Dann lehnte sie sich zurück und begann zu drehen, auf dem Platz zwischen Nobelhotel und Nobelparkplatz, mit Blick auf den Rhein und die illuminierte Altstadt. Hollywood an Kölner Altstadt, könnte von ihr sein, war aber von ihm. Linda zog ihn mit, schneller und schneller, die Ri-ra-rutsch-Kulisse wackelte, der staunende Maître und der staunende Parkplatzwächter und die ordentliche Lichterparade fingen nun auch an zu kreiseln, schnell, immer schneller …

»Willst du mich heiraten?« rief er. Taumelig und high, kreiselhigh, lindahigh.

»Wann?« Sie drehte weiter und lachte laut, von innen heraus und voll Weib.

»Ich meine es ernst. Willst du?«

»Okay, paßt zu meinem Horoskop.« Linda drehte nun langsamer und blieb endlich stehen. »Aber nur in dieser Dekade«, japste sie. »In dieser Dekade erreiche ich nämlich meinen Liebesgipfel.«

»Liebesgipfel ist super. Ich kenne einen vom Gemeindeamt.«

»Du kennst 'ne Menge Leute, wie?« Linda kicherte und stieg auf die Mauer, die den Parkplatz abgrenzte. »Hilf mir mal, ich will balancieren.«

Dieter streckte ihr eine Hand hin, es war gar nicht so einfach, einer kreiselnden und balancierenden Lady einen Antrag zu machen. »Lady Linda! Lady Sunshine! Lady Ri-ra-rutsch! Ich liebe dich. Willst du meine Frau werden?«

»Sag' ich doch, aber nur in dieser Dekade, wegen dem Lustgipfel, du weißt schon.«

»In dieser Dekade«, wiederholte Dieter. Er kannte auch den Bürgermeister, es müßte mit dem Teufel zugehen, wenn er nicht binnen zehn Tagen seine Trauung über die Bühne brächte. Vollendete Tatsachen, wieso war er da nicht gleich drauf gekommen? Statt der Biberstraßen-Lady würde er seinem Vater die neue Frau Morus präsentieren. ›Darf ich vorstellen, meine Frau!‹ Damit war die Tänzerin (›– oder Tanzlehrerin, wo ist denn da der Unterschied?‹) vom Tisch und die Biberstraße auch.

»Darf ich bitten, Frau Morus?« Dieter half Linda von der Mauer und hielt ihr die Beifahrertür auf. Im Rückspiegel sah er den Maître und den Portier, sonst ein ungleiches Paar und auf Abstand bedacht, einträchtig nebeneinander stehen. Das Ri-ra-rutsch-Verlöbnis brachte sie zusammen.

Lady Sunshine and Mister Moon

»... jetzt dürfen Sie die Braut küssen«, endete der Standesbeamte. Seine getragene Stimme war gegen Ende hin immer hastiger geworden. Nun erhob er sich und fuhr sich mit zwei Fingern zwischen Hals und Kragen. Der weiße Hemdkragen sah lappig aus. Der Lehnstuhl war monströs.

Lederoptik an Eiche, dachte Linda, gewichtig, so eine Trauung war kein Kinderspiel, wirklich nicht. Ri-ra-rutsch-Verlöbnisse waren da viel romantischer. Linda starrte auf den Kunstlederbezug des Lehnstuhls vor sich. Es fiel ihr verdammt schwer, angesichts dieses häßlich senfgelben Dings Brautgefühle zu hegen. Vielleicht lag's auch an dem spacken schwarzen Anzug des Standesbeamten. Der Stoff glänzte schon, besonders an den Ärmeln. Linda hatte während der Zeremonie ständig auf dieses spacke Glänzen sehen und sich Ärmelschoner vorstellen müssen. Ob's auch Gefühlsschoner gab? Falls ja, mußte Dieter sich die übergestülpt haben. So, wie er da neben ihr saß, hölzern und fast schon schuldbewußt, glich er eher einer tragischen Marionette als ihrem Mister Moon.

»Linda!«

»Hm?« Linda ließ den senfgelben Kunstlederbezug vor sich aus den Augen und sah zu ihrem Gliederpuppen-Mann hin. Jetzt knackte er auch noch mit dem Fingergelenk. Ein Geräusch, das ihr durch und durch ging und das letzte Fitzchen Brautzauber killte.

»Der Kuß«, knurrte Dieter und spitzte die Lippen.

Natürlich, der Brautkuß, er wartete auf seinen Kuß, der gehörte auch zum Programm. War das romantisch, zum Showküssen abkommandiert zu werden. He, Junge, ich bin Linda, Lady Linda, DIE Lady.

Linda reckte sich, schlang ihre Arme um seinen Hals

und küßte mit Karacho. Stand er doch drauf, sollte er haben, vielleicht knackte ihn das. Sie öffnete ihre Lippen an seinen Lippen: Na, jetzt aber! Dieter schwankte leicht.

Linda schwankte mit. Lieber Purzelbaum im Standesamt als einen tiefgefrorenen Bräutigam. Da stand sie nicht drauf.

»Linda!« Er preßte das Wort heraus und die Lippen zusammen.

Keine Chance für eine leidenschaftliche Küsserin. Dann eben nicht! Linda löste sich mit einem lauten ›Plop‹ und wiederholte ihr ›Hm‹ von eben, aber diesmal laut und genüßlich: H-h-h-m-m-m, so als ob dieses keusche Showküßchen sie wirklich angemacht hätte. Er wollte Bühnenzauber, er bekam ihn. Absender Linda Morus, alias Lady Sunshine, Adressat unbekannt.

Ob er Schiß hatte, auf frischer Tat ertappt zu werden? Womöglich von einer Verflossenen, die das Damespielen aus dem Effeff beherrschte, die sauber zwischen Showküssen und Intimküssen unterschied, falls letztere überhaupt zum Repertoire einer echten Dame gehörten. Für die ein Dieter Morus garantiert auch seinen Vater und den Rest der Sippe zur Hochzeit gebeten hätte. So, wie er sich momentan aufführte, kam Linda die Story von einer romantischen Blitzhochzeit verdammt unglaubwürdig vor. Fauler Zauber, und sie blöde Kuh hatte mitgespielt, weil sie auf der Ri-ra-rutsch-Schiene ihre eigene Mutter ausklinken konnte, die gelegentlich peinlich direkt war. Niemand konnte von ihr, Linda, erwarten, daß sie aus Rücksicht auf die veralteten Vorstellungen ihrer Mutter ihr Lebensglück riskierte. Jedenfalls hatte Dieter noch bis gestern wie die Verkörperung von lebenslänglich Sahnekonfekt in einer scheißedlen Bonbonniere ausgesehen.

Irgend jemand klatschte.

Linda richtete sich auf. Applaus war okay. Sicherheitshalber vergewisserte sie sich, daß die Klatschhände sich tatsächlich für sie rührten. Drei Paar Hände von drei Trauzeugen, die Dieter als seine besten Freunde vorgestellt hatte. Was zumindest in Hinblick auf Ferdi, Herr über pinkrosa Tigerfauchen, und Alex, den Zopfmann aus der Karibik-Bar, überflüssig war. Anton, die Nummer drei, erschien ihr als ausgemachter Mickerling, was er wohl auch selbst wußte, denn beim Anstehen zum Brautküssen ließ er freiwillig den anderen beiden den Vortritt. Der Zopfmann küßte gleichzeitig auf Show und intim, jedenfalls kein bißchen spitzmundig.

»He«, sagte Dieter, »jetzt reicht's.«

»Reicht's dir?« fragte Alex und zwinkerte Linda zu. Er gab dieser stocksteifen Zeremonie etwas Lockeres. Picknick auf dem Standesamt, in der Richtung.

»Na ja«, sagte Linda, »für's erste.« Dieter sollte ruhig ein bißchen in Fahrt kommen. Richtig in Fahrt war er vielleicht wieder ihr Mister Moon und ein Knüller, der sein schulmeisterliches ›Linda!‹ schleunigst wieder in die Wüste schickte.

Kehrt marsch, Junge, nach dem Essen mit den Trauzeugen geht's rund! Hier kommt die Braut, frisch gesalbt mit der Duftnote ›Egoïste‹, moderne Mädchen wollen auch etwas davon haben. Hochzeitsnacht, blödes Wort, salbungsvoll, wie 'ne Hymne, Hymne-Hymen, Hokuspokus, Hexenschleim, dreimal schwarzer Kater …

Linda wurde schummerig bei dem Gedanken an eine ganze Nacht lang Ri-ra-rutsch und viele Nächte hinterher. Ri-ra-rutsch in allen Ehren und mit Goldreif. Das Flattern ihrer kleinen Lady da unten war erwartungsfroh, das Schmetterlingsflattern eine Etage höher war eher ängstlich. Hättest du dir vorher überlegen sollen, Mädchen! Jetzt hast du den Kater im Sack geehelicht, Kater bis daß der Tod euch scheidet, oder der Richter, pfui! Risiko! Kopf oder Zahl? Kopf natürlich, Kopf war mit Bild, Zahlen waren blöd. Rechnen schwach und im Aufsatz ein ›Sehr gut‹, ›wo das Kind das nur her hat?‹ Woher wohl, das Kind las Kitschromane, aber heimlich. Groß-Linda machte noch ganz andere Sachen, Groß-Linda war auch keine Jungfrau mehr. Von der Sorte hatte es in Köln angeblich mal elftausend auf einen Schlag gegeben. Wer's glaubt, wird selig. Aber die Andys waren nur Vorgeplänkel, jetzt wurde es ernst.

»He«, Linda stupste Dieter an, so war's schließlich nicht gemeint gewesen, sein Zopf-Freund war ihr schnurzpiepegal.

Dieter sah sie an: »Ja bitte?«

»Ri-ra-rutsch.« Das war ihr Geheimcode, die kleine Lady im Tiefparterre flatterte nun heftig und wartete auf sein Echo.

»Pssst«, machte Dieter.

»Du solltest Standesbeamter werden.« Linda blitzte ihn an, tiefkühlerbsengrün, nur viel frostiger. »Oder Zierrasen«, fügte sie hinzu. Mit ihr doch nicht!

»Gib's ihm, Lady! Und wenn du Probleme hast, komm zu mir!« Das war Alex, womöglich war sein Haarzopf mehr als nur ein Modegag. Einer, der die Vierzig ansteuerte und statt Fassonschnitt und Haarschmiere einen Mozartzopf trug, verkraftete bestimmt auch Plop-Küsse und Ri-ra-rutsch-Töne auf dem Standesamt. Der rechte Bräutigam sitzt noch daheim? Nö, hab' sie alle mitgebracht, eiserne Reserve, bei Aschenputtel gab's auch vier Bräute zur Auswahl. Pfui!

»Ich finde, jetzt reicht es.« Bräutigam Numero eins machte sich mausig. Völlig ungalant packte er sie, trennte sie von der männlichen Konkurrenz und verfrachtete sie in ein Taxi. Angeblich hätte er für die andere ›Lady‹ hier sowieso keinen bewachten Parkplatz gefunden.

Der Abtransport in einem Mietwagen war jedenfalls Lichtjahre von seinem ›Du bist eine Wucht!‹ im Angesicht der Graugans und der Rheinkulisse entfernt. Gefolgt war ein irrer Balanceakt auf dem Mäuerchen nebst Heiratsantrag: ›Willst du …?‹

Linda wollte. Sie wollte eine Wucht und Lady Sunshine und Frau Morus sein. Alles zusammen. Groß-Linda träumt Kitschromane – beim Happy-End wird abgeblend't – ich frage dich, Linda Erz – Holzpantine oder gläserner Tanzschuh? – putt-putt-putt – vergessen Se dat Treppenputzen nicht – Linda Morus, willst du diesem Mann …

»Ist das von dir?« fragte die Männerstimme.

Linda putzte sich gerade die Zähne, als sie ihn nebenan rufen hörte. Sie steckte den Kopf durch die Tür. Dieter stand vor dem Kamin. Der Kamin gehörte zur Hochzeitssuite, ebenso wie die beiden Schlafzimmer (wieso eigentlich zwei?) und etliche Meter ›Gesammelte Werke‹ in der Mahagoni-Bücherwand im Salon (dekorativ, aber schwachsinnig, oder verbrachte die Flitterklientel in diesem Nobelschuppen die Hochzeitsnacht lesend in getrennten Betten?). Dieter stand also am Kamin, schwenkte ihren Spitzen-Tanga.

»Nö«, nuschelte Linda. Die Schaumblubberblasen in und um ihren Mund verzerrten ihre Aussprache. »Der muß vom Zimmermädchen sein.« Wer blöd fragt usw., gestern abend hatte Dieter ihr den Slip persönlich und sehr delikat vom Leib geschält, der ›Kater im Sack‹ hatte eine Menge heißer Spielchen drauf, auch wenn er jetzt in seinem komischen Paisley-Gehrock, den er Dressing-gown nannte, eher einem kastrierten Hofkater glich.

»Apropos Zimmermädchen, das Frühstück kann jede Sekunde kommen.«

»Na prima«, blubberte Linda. Sie verstand den Zusammenhang nicht, oder glaubte Dieter allen Ernstes, daß das Zimmermädchen in solch einem Kasten durch den Anblick eines Tangahöschens zu schockieren sei? Die erlebten ganz anderen Sachen, wetten?

Linda drehte den Wasserhahn wieder auf. Vergoldete Armaturen, ein bißchen altmodisch, sie wollte sich schon über das Waschbecken vorbeugen, als ihr einfiel, daß ausnahmsweise nicht sie selbst die Spritzer auf dem Spiegel und den Kacheln wegwischen mußte.

Lady Morus (das kam von ›mos‹, im Genitiv ›moris‹, sie hatte drei Jahre lang Latein gehabt, das hieß soviel wie ›Sitte‹, hallo, Frau Sitte), also Lady Sitte besprenkelte soeben den Kristallspiegel mit vielen lustigen weißen Punkten, die königsblauen Kacheln bekamen auch etwas ab. Dieses Blau war nicht eben ultramodern, aber schnieke, es paßte super zu den Goldarmaturen.

»Bist du bald fertig da drinnen?« Herr Sitte pochte an die Tür.

Linda gurgelte gerade mit Mundwasser, fast hätte sie sich verschluckt. Wieso kam er nicht rein? Dieses Bad war groß genug für die königliche Familie, ein Doppelwaschbecken gab es auch, nebst Badewanne und Bidet und Topf, der war genierlich abgetrennt, die Trennwand war ebenfalls königsblau und der Klopapierhalter ebenfalls vergoldet. Dieter konnte wohl kaum Genierliches fühlen, nachdem er eine Nacht lang alles Genierliche ausgelotet hatte. – Ruhe da unten, Lady Liederlich! Lady Sitte hat auch Hunger, und zwar auf krosse Brötchen und Spiegelei und Schinkenspeck und von allem viel.

Linda riß die Tür zum Salon auf: »Du kannst rein! Ist das Frühstück da?«

Spitzenhäubchen und Spitzenschürze, original Metro-Goldwyn-Meyer, einfach toll! So über den Tisch gebeugt, hatte Linda die Zimmermaid glatt übersehen, jetzt kam sie hoch: »Guten Morgen, Madame!«

»Guten Morgen! Das sieht ja lecker aus!« Linda zupfte sich eine Brüsseler Traube ab, diese dicken Dinger gab es im Feinkostladen in Spitzenmanschetten zu kaufen. Linda hatte sie mal für einen Krankenbesuch gekauft, vierzehn Mark achtzig für eine Handvoll Obst, Mondpreise. Linda steckte sich die Traube in den Mund. »Köstlich!«

»Linda.«

»Hm?« Es ging schon wieder los, Herr Sitte an Frau Sitte, bitte führen Sie sich gesittet auf! Pustekuchen! Linda griff nach dem Schinken, rollte sich eine Scheibe zusammen und biß hinein (Tut man nicht, Linda! – Tut man doch, wenn Mister Zierrasen nervt). Linda beäugte Dieter gespannt, während sie kaute. Niente!

Dieter schwieg hartnäckig, bis das Zimmermädchen mit einem ›Guten Appetit, die Herrschaften!‹ verschwand. Er wartete sogar das Rattern des Servierwagens über den Korridor draußen ab, sicherheitshalber, dann legte er los: »Also weißt du, halbnackt und wie eine Wilde, was sollen die Leute von uns denken?«

Tja, was sollten sie denken? Daß der hochwohlanständige Dieter Morus einer Schlampe aus der Biberstraße ins Garn gegangen war?

So wie das seit gestern lief, verkraftete ihr frischgebackener Ehemann im Bett jede Menge Wildheit, nur vor Publikum liebte er es gediegen.

Linda setzte sich mit dem Rücken zu Herrn Sitte an den üppig bestückten Frühstückstisch und langte zu. Besser, sie hielt den Mund. Hinter sich hörte sie die Badezimmertür auf- und zugehen. Er hielt auch den Mund. Friede, Freude, Eierkuchen! Gleich genossen sie zusammen die beste Bohne, der Kaffee war wirklich Spitzenklasse, alles hier war Spitzenklasse, sie mußte sich nur daran gewöhnen. Die Biberstraße war passé.

Lindas Nachmieter hatte sogar das Bett und die Kommode und die Eßecke von Ikea übernommen. Ihr Herz hing nicht an den Möbeln, bestimmt nicht. Für die dreihundertfünfzig Mark hatte Linda sich den Spitzentanga und ihr Hochzeitskleid gekauft. Das Kleid war feuerrot, Linda hatte es zum halben Preis bekommen, im Vor-Ausverkauf. Nach der Hochzeit konnte Dieter mit ihr seine geliebte Pfeilstraße rauf und runter und kreuz und quer shoppen, danach, Linda war stur geblieben. Das Feuerrote hatte Dieter erst vor dem Standesamt zu Gesicht bekommen. Sie war nicht gerade abergläubisch, trotzdem! Dieter war die Spucke weggeblieben. Vermutlich verpackte man in seinen Kreisen noch die letzte Schlampe in jungfräuliches Weiß.

Linda ließ zwei Stücke Zucker in ihren Kaffee plumpsen und goß Sahne aus dem Silberkännchen dazu. Zu Hause in der Biberstraße nahm sie Süßstoff und H-Milch, und wenn ihr der Kaffee ausgegangen war, trank sie lauwarme Cola, igitt! Es war blöde, ausgerechnet jetzt an die Biberstraße zu denken. Aus und vorbei! Er würde sich schon wieder beruhigen. Der Kaffee war wirklich Spitzenklasse.

»Soll ich dir schon mal 'ne Tasse Kaffee einschenken?« rief sie laut Richtung Badezimmer. Die Tür sprang auf. Paisley-Muster plus After-shave, fehlte nur noch das Schaltuch Marke Johannes Heester.

»Nicht nötig.« Das klang rasiermesserscharf. Sein Gesicht über dem braun-grün-gelben Paisley war rot. Rotgeschabt oder rot vor Wut? Dein Mann, das unbekannte Wesen!

Zehn Tage, Linda, du bist nicht ganz dicht! Er konnte ein Heiratsschwindler oder ein Frauenmörder sein, er konnte alles mögliche sein. Aktenzeichen XY, manchmal sah sie das, ihr fielen grausliche Szenen ein. Dann fiel ihr die Morus KG ein, die gab's wirklich. Einer mit Kleiderfabrik im Rücken war seriös, claro! Linda atmete tief durch. Alles paletti, Linda!

Alles paletti

Linda sah sich um, nicht schlecht.

Blick auf den Rhein, irgendwo da drüben mußte die Graugans liegen, Dieters Wohnung hier war kaum weniger nobel. ›Loft‹ nannten sich die rund hundert Quadratmeter in der umgebauten Fabrik. Hundert Quadratmeter und nur ein einziger Raum, Marke Tanzsaal. Die Küche (er sagte Pantry) und das Bad (doppelkinderzimmergroß und in schwarzem Marmor, Donnerlittchen!) zählten extra, genau wie die riesige Dachterrasse. Dieter schlief auf einem knallharten Futonbett, arbeitete an einem monumentalen Glasschreibtisch und relaxte in einer zeitlosen Liege von Corbusier.

Schwarzes Leder und Chrom gaben sowieso den Ton an, und an den Wänden hingen auf den Kopf gestellte Fratzen. Davor schwebten Drahtseile, aus denen Lichtpunkte schossen, viel Licht oder wenig, ganz nach Belieben, und der Müll wurde automatisch geschluckt, und alles wurde bis in den letzten Winkel unterhaltungselektronisch beschallt. Linda grinste, Beethoven beim Pischern hatte bestimmt was Erhabenes.

»Wie gefällt es dir?« fragte Dieter. Der Loft-Rundgang war beendet. Die Frage hörte sich an wie ›Bin ich nicht der Größte?‹

»Hast du auch Pop-Musik?« fragte Linda zurück. Immer nur Beethoven nervte, soviel konnte der gar nicht komponiert haben. Auf hundert Scheiben stand Beethoven, womöglich hatte sich Dieter jede Note einzeln pressen lassen. Überhaupt sah alles furchtbar klassisch und zeitlos und aufgeräumt aus.

»Manchmal …«, setzte er an.

»Nur manchmal?« Linda grinste und wackelte mit dem

Po. Natürlich wußte sie, daß er auf ihre Rückpartie und noch ein paar andere Sachen abfuhr. Das Flitterwochenende, drei Tage und drei Nächte, hatte ihren Erkenntnisstand in Sachen Dieter Morus enorm hochschnellen lassen. Er bestand aus schätzungsweise zehn Prozent Mister Moon und neunzig Prozent Master Sitte. Mal sehen, was sich machen ließ …

»Manchmal«, seine Hand streckte sich nach dem Wackeln aus. Sie ließ ihn. Wie gesagt, er hatte eine Menge Spielchen drauf. Er fummelte an ihrem Höschen und talkte mit Lady Liederlich, die gab brav Antwort. Lady Linda obendrüber gefielen der kalte Chrom und das schwarze Leder schon viel besser. Sie liebäugelte mit dem knallharten Bettgestell. Was für die Bandscheiben gut war, bekam garantiert auch dem jungen Glück.

Linda schubste Dieter Richtung Futon. Wenn es drauf ankam, waren Frauen einfach praktischer. »Moment«, sagte Dieter. Er ließ ihre Lady Liederlich los und zog ein handgewebtes Etwas von seinem Bett. Er begann, das scheußliche schafwollfarbene Etwas – garantiert ein Erbstück – ordentlich zu falten.

Klasse, dachte Linda, so richtig romantisch.

Dieter legte sein Schafwolletwas ordentlich über ein paar als Frau zurechtgebogene Metalldrähte. Linda überlegte: Kunstobjekt oder stummer Diener? Dieter sah wieder Linda an, auffordernd. Linda blieb stocksteif stehen. Hundi komm? Pustekuchen!

»Ist etwas?« Dieter setzte sich auf sein Futon und streifte die italienischen Ledermokassins von den perfekt sitzenden Socken ab, dann die perfekt sitzenden Socken von den perfekt pedikürten Füßen, beim dritten Hemdknopf wiederholte er sein »Ist etwas?«

»Ich vermisse die Startpistole«, sagte Linda. »Achtung, fertig, ficken!«

»Wirst du plötzlich auch zickig? Ich denke, du bist so romantisch?«

»So wie du? So wie 'n Kühlschrank mit Abtauautomatik?«

»Wann bekommst du eigentlich immer deine Periode?«

»Grundsätzlich auf Futonbetten, die kitzeln die rote Pest raus.«

»Vergiß es!« Linker Socken, rechter Socken, linker Mokassin, Finger zwischen Kappe und Ferse (braver Junge!), rechter Mokassin, Schafwolletwas retour, einmal glattstreichen, fertig.

»Du hast deine Hemdknöpfe vergessen. Das sieht so schlampig aus.«

Dieters Hand fuhr halswärts. Erster Knopf und zweiter Knopf und dritter Knopf, braver Junge, klarer Fall von Mutterwitz, er verschwand Richtung Pantry (›Wo ist der Unterschied zu 'ner Küche?‹ – ›Pantry ist einfach moderner, du sagst ja auch Carport!‹ – ›Nö, ich sag' Garage!‹ – ›Meine Güte!‹)

»Was ist eigentlich mit deiner Mutter?« rief Linda ihm hinterher. Von wegen Mutterwitz. »Ist sie schon lange tot?«

»Ziemlich.« Dieter lugte aus seiner Pantry. »Möchtest du auch einen Espresso?«

»Nö! – Und dein Vater lebt solo?«

»Solo. – Cappuccino?«

»Meinetwegen! Und wann stellst du mir deinen Solo-Vater vor?«

Dieter brummte etwas, dann brummte die Kaffeemaschine. Linda suckelte an einer Haarsträhne: Er hatte nur noch einen alleinlebenden Vater und sie nur noch eine alleinlebende Mutter ... »Mag dein Vater selbstgebackenen Bienenstich?« rief sie, als das Brummen und Zischen nebenan aufhörte.

»Hast du Hunger auf Kuchen?« rief Dieter zurück.

»Nö!« Männer waren Langsambegreifer. Die Sache lag doch auf der Hand: Ihre Mutter war eine Top-Köchin, und sein Vater ein einsamer alter Mann. Linda sah förmlich den distinguierten Herrn um die Siebzig mit schlohweißen Haaren und Gehstock vor sich. Ihre Mutter hatte außer fürs Backen und Kochen auch noch ein Faible für Alt-Star Johannes Heester, und Geld schadete nie, dann bekam ihre Mutter doch noch den vollautomatischen Star-Mix und die Küchenmaschine ›Chef‹, die zwei Kilo Mehl auf einmal verarbeitete und obendrein mit Aufsätzen wie Raspeln, Schneiden, Buttern, Schroten und Fleischdurchdrehen bestückt werden konnte. Alles paletti!

»War dein Vater auch mal in der Kleiderfabrik?« Linda dachte an die Altersversorgung, ihre Mutter bezog Witwenrente, die reichte mal eben für einen Krups-Dreimix.

»Mein Vater *ist* in der Fabrik.«

Linda spitzte die Ohren, das hörte sich säuerlich an. Klarer Fall, der Senior kam nicht von der Fabrik los. – ›Die habe ich mit meiner eigenen Hände Arbeit usw.‹ – und klickte Tag für Tag mit seinem Gehstock durch die riesigen Hallen der Morus KG. Poor Dieter! Linda modelte das gemütlich-distinguierte Bild von ihrem Schwiegervater in ein militärisch-preußisch distinguiertes um. Auch kein Problem, im Dunstkreis frischgebackener Hefe gingen sie alle in die Knie. Lindas Vater war Postbeamter gewesen, mit einem deutlichen Hang zu Stechschritt und Marschmusik und Disziplin. Die Nockerln und Kirschstrudel und der Bienenstich ihrer Mutter hatten ihn rumgekriegt, immer.

»Ich könnte meine Mutter einladen!« Linda folgte Dieter in seine Pantry-Küche. Frauen waren auch flexibler. Manchmal war es einfach klüger, Mann nachzugehen.

»Bist du von allen guten Geistern verlassen?« Dieter

drehte sich zu ihr um, nur seine Hand blieb an dem Blubbern und Zischen, das aus der chromglänzenden Maschine kam. Er hielt eine Art Griff fest, als seine Hand wackelte, wackelte der Griff auch, etwas löste sich von oben und fiel nach unten in die winzige Tasse. Eine schwarze und wohlduftende Fontäne erhob sich. Dieter sprang zurück. Zu spät. Die schwarzbraunen Punkte saßen auf seinem Handrücken und krochen über die Manschette, über die Porzellanscherben kroch eine dunkle Pfütze.

»Paß auf!« rief Linda. Die Pfütze begann auf den schwarzweiß gefliesten Boden zu tropfen.

»Das hast du jetzt davon!« Dieter zog den Wasserhebel hoch. (›Das ist eine Einhandmischbatterie, enorm praktisch!‹ – ›Wieso?‹ – ›Sagt doch der Name, man braucht nur eine Hand!‹) und hielt die Hand mit den Punkten unter den Wasserstrahl. Mit der freien Hand – frei dank Einhandmischbatterie, wirklich enorm praktisch – angelte er nach einem Spüllappen auf der Chromstange weiter unten, aber er kam nicht dran.

»Wieso ich?« fragte Linda, während sie ihn aufmerksam beobachtete. Wenn schon, hatte ER etwas davon, schwarze Punkte und Ferkelei nämlich. »Kannst du mir vielleicht mal helfen?« fragte er. »Gnädigerweise!«

»Gnädigerweise!« Linda reichte ihm den Lappen.

»Mehr hast du nicht drauf?« Eine Hand unter dem Wasserstrahl und die andere wischend, nicht einmal ungeschickt, er wischte von der Außenkante nach innen, damit nichts auf den Schachbrettboden tropfte. Clever, ein Single mit Hausfrauenverstand. Ein Ex-Single, jetzt hatte er eine Frau. Ehe-Frau hieß nicht Haus-Frau.

»Nö, mehr hab' ich nicht drauf«, erwiderte Linda, »mich haben doch die guten Geister verlassen.« Hatte er selbst gesagt. Also?

»Reizend!« Dieter drückte den Wasserhebel nach unten. Die schwarzen Punkte auf seiner Hand waren verschwunden, dafür waren jetzt rote Punkte da.

»War der Kaffee heiß?« Bleib cool, Linda! Am Anfang werden die Weichen gestellt. Ehe-Frau hieß nicht Haus-Frau und auch nicht Krankenschwester.

»Ja.«

Das ›Ja‹ warf sie um. Kein ›Blöde Kuh!‹ (hätte Andy gebrüllt) und nicht mal ein wütendes ›Was denkst du denn?‹, einfach nur ›Ja‹. Linda nahm den Wischlappen und seine Hand: »Ich mach' das schon! Hast du irgendwo Verbandszeug?« Sie bandagierte die roten Tupfen, beseitigte die Ferkelei und kochte frischen Kaffee, aber normalen, an die Teufelsmaschine ging sie nicht heran.

»Mit einem Stück Zucker?« fragte sie.

»Zwei, heute zwei«, antwortete er.

Linda rührte für ihn um und reichte ihm seine Tasse. Die CD für die richtige Stimmung legte er selbst ein, weil Linda sich nicht mit seiner komplizierten High-Tech auskannte.

»Fehlt eigentlich nur noch etwas zum Knabbern.« Dieter lehnte sich in seiner Leder-Chrom-Wippe zurück. ›Original Corbusier‹ hörte sich wirklich toll an, dafür nahm Mann vermutlich gern die fehlenden zwanzig Zentimeter in Kauf. Dieters Füße und sein Kopf lappten ein Stück über. »Moment!« Linda sprang aus ihrem superschmalen Lederetui auf, das auch schwarz und mit Chromfüßen und womöglich auch mit einem tollen Namen versehen war. Sie lief zu ihrem Koffer, zog den Reißverschluß an der Vordertasche auf und kam mit einer Handvoll Betthupferln zurück: »Mit freundlichen Grüßen von Ihrer Hoteldirektion!« sagte sie.

Natürlich hatte sie die Betthupferln und Seifen und Nadel-Faden-Päckchen eingepackt, eigentlich hätte sie gleich noch die Mini-Bar und den portablen Fernseher dazupacken sollen. Linda fand es schlicht unanständig, daß ein Hotelgast für eine einzige Übernachtung zwei Biberstraßen-Monatsmieten blechen sollte. Dieter hatte nicht mal versucht, den Preis zu drücken, er hatte nur seine goldene Master Card gezückt. Linda hatte die Zähne zusammengebissen, aller Anfang war schwer, sogar der als Millionärsgattin. Sie schien einen waschechten Millionär ergattert zu haben. ›Freu dich, Mädchen! Beiß rein, ob er auch wirklich echt ist!‹ – Nö, war nicht nötig! Luxusherbergen akzeptieren keine faulen Kunden.

»Linda!« Dieter schüttelte den Kopf, aber nur ganz kurz, und das Ausrufezeichen klang auch nur ganz entfernt nach Platzverweis. Er griff nach den Betthupferl-Pralinen, die Bandage war ihm hinderlich.

»Moment, ich pack' sie dir aus.« Linda piddelte an dem Stanniolpapier und schob ihrem Mann das Konfekt in den Mund, und hinterher noch eins und noch eins, er war ein ganz Süßer. Ihre Mutter hatte recht, Männer standen auf süß, egal ob einer Postbeamter oder Kleiderfabrikant war. Sie sollte noch mal einen Vorstoß Richtung Familienzusammenführung wagen, womöglich kam ihre Mutter dann doch noch zu ihrer Chef-Küchenmaschine. »Meine Mutter und dein Vater müssen sich sowieso mal kennenlernen.«

»Linda!« Ausrufezeichen von der Sorte gelbe Karte, aufgepaßt!

»Morus!« Nachname plus Ausrufezeichen hieß rote Karte, für ihn. Paß ja auf!

»Deine Mutter ist bestimmt eine reizende Frau.« Dieter legte eine Pause ein. Das ›reizende Frau‹ hörte sich sogar regelrecht versöhnlich an. »Mein Vater ist das Problem.«

»Du scheinst ihn nicht sonderlich zu mögen?« fragte Linda.

Dieter lachte auf. Eigentlich war es gar kein Lachen. Eher ein Aufstoßen aus hundert Prozent Galle.

Linda griff nach den Pralinen. Eigentlich aß sie nie Pralinen, aber im Moment war ihr nach süß. Klein-Linda liest Kitschromane, Kitschromane machen dumm, Linda ist dumm, strohdumm … der Dreimix tut's auch, sorry!

»Okay«, sagte Linda, an ihrem Gaumen pappte Nougat, sie spülte mit Kaffee nach, eklig! »Kann ich dir irgendwie helfen?«

»Du kannst. Also …« Was Dieter da in Hinblick auf die unvermeidliche Begegnung von Ehefrau und Schwiegervater aufzählte, hörte sich an wie die zehn Gebote und der Koran und alle Verbotstafeln des Universums auf einmal.

»Schneid mir doch lieber gleich die Zunge raus oder sag deinem Vater, ich wäre taubstumm«, schlug sie vor.

»Taubstumm reicht.« Dieter grinste. »Stell dir einfach vor, du wärst wirklich taubstumm, abgesehen von ›Guten Tag!‹ und ›Ja, bitte!‹ und ›Nein, danke!‹ und ›Auf Wiedersehen!‹ Dann ist alles paletti.«

Herr der zwölf Bleistifte

Dieter blinkte, verlangsamte, bog ab und bog noch einmal ab. An dem offenen Fabriktor mußte er abbremsen, weil gerade jemand das schmiedeeiserne ›Carl Morus KG‹ mit Goldfarbe auffrischte. Carl hieß sein Vater.

Vor dem Backsteingebäude standen drei Lieferwagen, das Logo der Firma sprang Dieter erneut ins Auge: Dreimal eine Nadel, aus deren Öse sich das ›Carl Morus KG‹ als stilisierter Faden spulte. Dieters Vater hielt das für produktnahes Marketing, dieses Logo war seine Idee, moderne Werbegrafik war für ihn nur teurer Schnickschnack: ›Ich produziere Textilien und keine Nackedeis. ICH mache mich nicht lächerlich.‹

Machen? dachte Dieter. Der Alte war lächerlich. Gralsritter der alten Zöpfe, von wegen ›Morus bürgt für Qualität‹. Antiquiert und lächerlich und engstirnig. In den Bauchladen-Schädel seines Alten wollte nicht hinein, daß dieses Nähnadel-Logo und die goldenen Lettern und der ganze verdammte Backsteinkasten samt Bahnhofsmissionscharme der Empfangsdame schuld daran waren, daß eine MORUS-Hose eben nur eine Hose war, eine zwischen vielen anderen an der Stange. Und daß MORUS-Knöpfe noch per Hand (›Das bin ich meinen Kunden schuldig‹) aufgebracht wurden, war reiner Luxus. Die treuen Kunden pfiffen darauf und kauften sich zum doppelten Preis die Konkurrenzhose mit den schludrig angespuckten Knöpfen und den schief sitzenden Nähten aus dem billigen Stoff, der nicht gewaschen und nicht geschleudert und nicht geknittert und am besten nur im Stehen getragen werden durfte. Egal, in der nächsten Saison war die ultramoderne Hose sowieso wieder unmodern, dafür sorgte der kluge Fabrikant, der sein Geld statt ins teure Knopfannähen in teure Werbegrafiker steckte, die wiederum via ›Nackedei‹ (nackter Busen, nackter Nabel, alles nackt bis zum Weichzeichner, und in den Weichzeichner fettgesetzt das poppige Firmenlogo) DIE Sehnsucht nach DER Marke für jede Saison neu weckten.

Dieter griff nach dem wulstigen Knauf der Eingangstür. Die Tür war aus schwerem Glas, das Öffnen war jedesmal ein Kraftakt. Automatisch aufgleitende Türen waren natürlich auch Schnickschnack. Dieter zog, das Glas rückte näher, die Nähnadel mit der Spulschrift verschwamm, verschwand, statt dessen quoll aus einem sehr vollen und sehr sinnlichen roten Lippenpaar (der Entwurf lag bereits in Dieters Schreibtischschublade) schwarz ein zackiges ›M‹, dann ein sehr rundes und sehr rotes ›O‹, ein ›R‹, ein ›U‹, ein ›S‹: MORUS – MORUS – MORUS, lackschwarz und kirschrot …

»… sagt Herr Morus.«

»Wie?« Die lackschwarze und kirschrote Popschrift verschwand, statt dessen starrte Dieter auf die vibrierenden Zauberkreuzbrüste der Empfangsdame. Es war die unerotischste Vibration von Frauenbrüsten, die Dieter sich vorstellen konnte.

»Herr Morus sagt …«, setzte die Frau erneut an.

»Schon gut.« Dieter winkte ab. Alles klar! Der Alte war auf hundertachtzig, weil sein Sohn sich via Hauspost von Freitag bis Montag abgemeldet hatte. Hochzeitshalber, der Alte würde Augen machen. Dieter grinste. Sein Grinsen wurde dünn, weil es ebensogut möglich war, daß sein Vater den wilden Mann markierte und sich sonst etwas einfallen ließ, um seinem Sprößling auch am Beispiel Brautwahl zu beweisen, daß er ein Versager war.

Linda war eine Megaportion Weib, der Wunschtraum jedes Mannes, nur daß der Chef der Morus KG statt von einem Prachthintern von Gewinnspannen träumte und

Linda es ihm, Dieter, nicht eben leichtmachte, sie als seine Traumprinzessin herumzureichen. Sie pfiff auf seine Hilfestellung beim Rollenwechsel, das war schon auf dem Standesamt losgegangen, wo sie ihn mit ihrem feuerroten Brautkleid und Intimküssen brüskierte, von ihren kessen Sprüchen ganz zu schweigen. Womöglich hatte er doch einen Fehler gemacht!

Dieter riß die Tür zu seinem Büro auf. Büro? Das hier war ein besseres Kabuff, gemessen daran residierte sein Vater in einem Thronsaal mit Öl in Gold an der Wand.

Der goldgerahmte Zwirbelschnurrbart mit Monokel und der goldgerahmte Pomadige im Stehkragen stammten aus demselben Antiquitätenladen wie die schwere goldene Taschenuhr mit Monogramm. Geklaute Familientradition an der Wand und in der Westentasche, aber wen juckte das schon. Was zählte, war die Show. Von dem echten Bauchladen-Urahnen existierten weder Foto noch Uhr und erst recht nichts in Öl und Gold.

Dieter glitt mit der Fingerspitze über die moderne Grafik, die er bei sich selbst aufgehängt hatte. Limitierte Auflage, nicht mal achttausend Mark, eine Occasion. »Was ist das?« Der Alte hatte Dieters als Büroausstattung deklarierte Occasion gestrichen. Öl in Gold war etwas anderes, Öl in Gold gehörte zu den Intarsien des Chefs.

Dieter sah auf seine Fingerspitze, an der nun dunkelschmieriger Staub klebte. Von wegen ›In meiner Firma herrscht Disziplin.‹ Am liebsten wäre Dieter mit dem Beweis für die undisziplinierte Schlamperei der von seinem Vater eingestellten Reinigungsfrau hinüber in den Thronsaal gestürmt. Der Gedanke an das protzige Öl in Gold an der Wand und den protzigen Senior an Eiche rustikal untendrunter bremsten ihn. In den Genuß seines Vaters kam er noch früh genug.

Dieter trat an seinen Schreibtisch, neben dem Postkorb

lag eine Art Plan. Dieter griff danach, es war der Urlaubsplan für die Angestellten der Morus KG, Abteilung Verwaltung. Ein Irrläufer, dachte Dieter, der Alte hatte nicht mal die Hauspost im Griff, geschweige denn die Putzkolonne. Höchstens seine Bleistifte parierten noch. Carl Morus, Herr der zwölf Bleistifte …

Während der Alte eingerahmt von Öl in Gold und mit Blick auf sein produktnahes Logo weiterhin an massiver Eiche residierte und mit spitzem Bleistift der Sorte Faber Castell HB Nr. 2 rechnete und berechnete und hochrechnete, würde sein einziger Sohn dem heimlichen Morus-Zwilling auf die Sprünge helfen. Ein illegitimes Kind, ein Prachtkind, und der Alte würde den Kopf schütteln und seine Bleistifte nachspitzen und nachrechnen und endlich das Handtuch werfen: ›Ich bin zu alt, Junge, übernimm du den Laden!‹ Und natürlich würde er, Dieter, sich umgehend in einen liebevollen Filius zurückverwandeln, der mindestens alle zwei Wochen mit dem von Linda gebackenen Kuchen in dem gutgeführten Seniorenheim auftauchte. Ob Linda überhaupt backen konnte?

Dieter stutzte. ›Dieter Morus‹, stand da. Fein säuberlich. Sein Name sprang ihn an und löschte die Vision in seinem Kopf. Wieso stand sein Name auf dem Urlaubsplan für die Angestellten der Morus KG, Abteilung Verwaltung? Dieter beugte sich vor, für vergangenen Freitag war neben seinem Namen ein Urlaubstag eingetragen, und für Montag auch. Er blätterte zurück, Dieter Morus in Serie, ein halber Tag vorletzte Woche, das war das Geschäftsessen im Wasserturm, da war er um elf losgefahren und gegen drei zurückgekommen. Jedes Geschäftsessen und jede Verspätung und jede verdammte ruhige Minute, die er sich gegönnt hatte, sogar die Krankenmassage (rückgratgeschädigt im Dienst der Morus KG) und der Friseurbesuch waren minutiös und anteilig als ganzer, halber oder achtel

Urlaubstag aufgelistet. Der Alte bespitzelte ihn! Der Alte machte ihn lächerlich!

Dieter nahm den Plan und stürmte aus seinem Zimmer und an dem erschrockenen Vorzimmer-Maunzen – ›Aber Herr Morus! Herr Morus möchte nicht gestört werden!‹ – vorbei in den Thronsaal.

»Was ist das? Sag mir bitte sofort, was das bedeuten soll!«

Carl Morus sah auf, nahm seine Lesebrille ab, polierte, klappte ein Brillenetui auf, legte die blankpolierte Brille hinein, klappte das Etui wieder zu. »Hast du jetzt auch noch das Lesen verlernt?«

Dieter starrte auf den in Öl gemalten Zwirbelschnurrbart an der Wand, in Gold gerahmt, wuchtig, der ideale Totschläger. Wenn ich ihn totschlage, wandere ich in den Knast, dachte Dieter. Seine Hände zuckten. Später, dachte er, aber ich bring' dich um, ich schwör's dir, ich erschlag' dich mit deinem geklauten Urahnen oder erwürg' dich mit deiner geklauten Taschenuhr!

»Ich bin keiner von deinen Bürostiften«, sagte er laut. Es mußte er sein, der das sagte, weil die Worte sich irgendwie in seinem Kopf formten und er sie draußen wiederhörte, nur war das nicht seine Stimme. Er kannte die Stimme nicht, blaß und verhuscht und ohne jede Modulation.

»Leider!« Der Mann hinter dem Schreibtisch lehnte sich zurück. »Meine Angestellten sind pünktlich und arbeitsam, was man von meinem Sohn nicht behaupten kann.«

»Du stellst mich öffentlich bloß! An den Pranger stellst du mich. Ich werde …«

»Ja?« Griff in die Alabasterschale, Griff zum Bleistift, Griff nach dem Spitzer. »Was wirst du?«

»Ich habe geheiratet. Ich habe am Freitag geheiratet. Ich war am Freitag und am Montag nicht hier, weil ich geheiratet habe. Verstehst du? Geheiratet! Jeder von deinen

Bürostiften bekommt zwei Tage Sonderurlaub, wenn er heiratet. Jeder miese kleine Bürostift.«

»Nach Anmeldung.«

»Ist das alles, was dir zur Hochzeit deines einzigen Sohnes einfällt?«

»Du wirst schon wissen, warum du klammheimlich heiraten mußtest.«

»Ich liebe Linda.«

»Ihren Hintern? Ihre Brüste? Ihre Position XY? Mir machst du nichts vor.« Das Brillenetui aus Hartkunststoff klickte. Auf und zu, auf und zu …

»Glaubst du, ich heirate einen Hintern?«

»Ja! – War's das? Dir stehen dieses Jahr noch acht Tage Urlaub zu, gegen Vorlage der Heiratsurkunde zehn Tage.« Brillenetui auf, klick, Brille auf die Nase, Arbeitshaltung, Griff nach einem Ordner.

»Und du willst deine Schwiegertochter nicht einmal sehen?«

»Wenn ich einen schönen Hintern sehen will, gehe ich in die Alte Pinakothek in München.«

»Ich werd's meiner Frau ausrichten.«

»Tu das!«

Dieter griff nach der Türklinke. Die Tür zum Vorzimmer war nur angelehnt. Scheiße!

An seinem Schreibtisch, Blick auf die limitierte Occasion an der Wand gegenüber, flossen Dieter Morus die Sätze zu, die er hätte sagen können und sagen sollen.

›Ich werde …‹, hatte er eben gesagt, und darauf sein Vater ›Ja, was wirst du?‹, danach hatte Dieter nicht mehr weitergewußt. Vor fünf Jahren, oder vor zehn Jahren, vor zehn Jahren bestimmt, hätte er seinem Vater die Brocken hingeschmissen. Die Konkurrenz hätte ihn mit Kußhand genommen! Natürlich empfingen die ihn auch jetzt noch mit offenen Armen. Ende Dreißig war kein Alter, und er hatte die Pläne fix und fertig in der Schublade liegen, lackschwarz und kirschrot, unschlagbar.

Dieter zog die Schreibtischschublade auf: Zackig und lackschwarz das ›M‹, dahinter weich und sehr rot das ›O‹, MORUS, MORUS, plötzlich hüpften die Buchstaben vor ihm auf der Hochglanzpappe schadenfroh durcheinander. Dieter preßte die Hand darauf, es wimmelte plötzlich von pfiffigen kleinen Ausreißern. MORUS, MORUS, die fünf Buchstaben hüpften nun um eine Art Marterpfahl, aber der war in Wirklichkeit eine gewaltige Nähnadel, und das ›M‹ und das ›O‹ und das ›R‹ und das ›U‹ und das ›S‹ sprangen diszipliniert durch die Öse und reihten sich diszipliniert zur Spulwurmschrift auf. ›In meiner Firma herrscht Disziplin‹, DISZIPLIN, DISZIPLIN … Dieter ratschte die Hochglanzpappe durch, einmal längs, einmal quer, die Kanten waren messerscharf.

»Scheiße!« brüllte er. »Verdammte Scheiße!«

Niemand reagierte. Dieter hatte keine Sekretärin und keine Vorzimmerdame, die besorgt hätten reagieren können. Er preßte seinen blutenden Daumen – es blutete heftig, es war unglaublich, wie heftig solch ein Winzschnitt bluten konnte – gegen sein Hemd. Er trug DIE Marke, hoffentlich bekam Linda die Flecken heraus. Ob sie überhaupt ordentlich waschen konnte?

Dieter drehte den Wasserhahn in der Herrentoilette auf und hielt den blutenden Finger unter den Kaltwasserstrahl. Kam ihm bekannt vor, erst verbrüht und dann geschnitten, immerhin hatte Linda seine Hand bandagiert, Linda war seine Frau …

›Wenn ich einen schönen Hintern sehen will …‹, hatte der alte Morus gesagt.

Guten Tag, Frau Hintern, der Schwiegerpapa läßt

freundlich grüßen! – Dieter drehte den Kopf zur Seite, er konnte kein Blut sehen. Es tropfte rot in die weiße Keramik und wurde unter dem Wasserstrahl blaßrot und gurgelte rosarot in den Abfluß. Ihm wurde übel. Er rannte in die WC-Kabine und erbrach sich. Es war ein beschämendes Gefühl, über einer Kloschüssel zu würgen.

Lächeln an Edelstahl

Linda sah sich im Spiegel. Der Spiegel zog sich über die ganze Wand hin, er gehörte zur Ausstattung des Studios.

Linda hatte einen Zeitvertrag als Tanztherapeutin mit dem Studio ›Li-Lo‹. Das hörte sich flott an, aber hinter dem ›Li-Lo‹-Vertrag steckten zwanzig Wochenstunden bei Kunstlicht im Souterrain.

Nur die Spiegelwand war großartig, und davor hüpften und schwitzten Lindas Schülerinnen, Alter fünf bis fünfzig …

»… und jetzt heben wir langsam den linken Arm, führen ihn hoch über den Kopf und seitwärts Richtung Hüfte«, kommandierte Linda und hob ihren linken Arm, der einen anmutigen Bogen beschrieb und nachfederte. Linda sah ihre Brüste unter dem knappen Trikot mitwippen. Spieglein, Spieglein an der Wand …! Dann sah Linda eine Art Fleischknäuel hinter sich, das Knäuel ächzte, das Knäuel hieß Frau Dinkelborn und verbandelte soeben die linke Schulter mit der linken Hüfte, dazwischen klemmte der Kopf.

»Rechte Hüfte«, brüllte Linda und entzerrte Frau Dinkelborn, die dankbar lächelte: »Ach so, und ich dachte schon …«

»Bitte alle zurück in die Ausgangsposition.« Linda lächelte, das Brüllen eben war ein Ausrutscher. Therapie hieß lächeln, immerzu lächeln, ›Li-Lo‹ bezahlte sie fürs Lächeln, ›Cheese‹-Pantomime, ›tallahassee‹ ging auch, das machte das Lachen noch breiter, Hauptsache lächeln. Soviel konnte ihr gar keiner bezahlen, in fünf Jahren würden das ›cheese‹ oder ›tallahassee‹ zwei tiefe Kerben in ihre Wangen gefräst haben, therapeutische Lachkerben, ihr war nach Heulen. Dann fiel Lindas Blick auf den Ring an ihrer Hand. Lindas Berufslächeln sprang um. »Wir führen jetzt den rechten Arm …«, rechts war besser, viel besser, rechts saß ihr Ehering, er glänzte in dem Spiegel vor ihr. Von wegen in fünf Jahren!

»Können wir auch mal wieder andersrum?« stöhnte es hinter Linda. »Mir tut der rechte Arm schon ganz weh.«

Linda vollführte eine Art Pirouette, hin zu Frau Dinkelborn, die mit einem verzerrten Lächeln ihren rechten Arm massierte, der in einer Hand mündete, an der auch ein Ehering steckte. Marke Gardinenring! Linda drehte an ihrem eigenen Ring und strahlte.

»Haben Sie im Lotto gewonnen?« fragte Frau Dinkelborn.

»Sozusagen.« Linda schaltete den Kassettenrecorder an, Disko-Fox, rhythmisch. Die Hausfrauen in der Spiegelwand hüpften und schwitzten nun gegen den Rhythmus an. Linda sah sich selbst in der Spiegelwand. Geschafft, jubelte es in ihr. Das Ächzen und Stampfen lagen bald hinter ihr. Plötzlich tauchte im Spiegel das Gesicht von Frau Dinkelborn auf, rotgefleckt und doch irgendwie selig, so als ob der Rhythmus von ›Let's go‹ sie an etwas erinnerte, was vor der Ära Hausfrau und Mutter lag. Frau Dinkelborn war seit fünfzehn Jahren verheiratet. Linda fiel der Vorname von Herrn Dinkelborn ein: ›Mein Dieter‹, hatte Frau Dinkelborn neulich gesagt. Auch ein Dieter, komisch! Und in weiteren fünfzehn Jahren? Linda tastete über ihren Ring, der war nicht glattgescheuert und dünn wie ein Gardinenring. Noch nicht …

Linda spazierte durch Dieters Wohnung, die ›Loft‹ hieß. Sie tippte gegen die Drahtgestell-Frau, »Hallo, Kollegin!«, die Drähte federten vor und zurück, kamen zum Stillstand, wahrscheinlich war's doch nur eine stumme Dienerin.

Linda probierte die Liege mit dem tollen Namen aus. Kürbis? Nö! Leider hatte sie absolut kein Gedächtnis für Namen, nicht mal für tolle, und französisch konnte sie sowieso nicht, weil sie nach der mittleren Reife mit Englisch und Latein vom Gymnasium abgegangen war. Es war irgend etwas Französisches gewesen. Kürbis auf französisch …

Ob sie Dieter in seiner Firma anrufen und fragen sollte? ›Ich möchte bitte meinen Mann sprechen?‹ – ›Ihren Mann?‹ – ›Herrn Morus!‹ …

Hörte sich klasse an. Aber vielleicht war er mitten in einer Konferenz, Linda sah ein Dutzend Herren rund um einen Konferenztisch sitzen, und da hinein die Sekretärin: ›Ihre Frau auf Apparat XY.‹ Es würde wie eine Bombe einschlagen, aber womöglich wollte Dieter die Bombe persönlich zünden. In jedem Mann steckte ein kleiner Junge, und kleine Jungen zündelten für ihr Leben gern. Sie könnte genausogut etwas essen. Sie hatte Hunger.

Linda wippte nach vorn, das Chromgestell wippte ohne sie zurück. Mal sehen, was ein Junggeselle so gehortet hatte. Sie stellte sich stapelweise Ölsardinen und Ravioli und Pizza vor, eingedost und tiefgefroren.

Linda zog an dem ersten Oberschrank, die Tür bewegte sich nicht. Sie zog kräftiger, ziehen war's nicht. Seine Küche, das unbekannte Wesen! Als Linda aufgab und die Unterkante des Oberschranks streifte, schnellte der hoch, einen Zentimeter an ihrem Kopf vorbei. Linda sprang zurück und wartete. Als nichts weiter passierte, trat sie wieder vor und inspizierte das Schrankinnere: Ein Glas Nutella, ein Paket Schokostreusel, ein Paket Schokoladentäfelchen zartbitter, ein Karton Schokomüsli. Ihr Mann war ein Süßer. Fast schade, daß sie nicht backen konnte und wollte. Dann könnte sie mal eben schnell ihre Mutter anrufen: ›Mom, schick mir mal bitte das tolle Rezept für deinen Schokoladenkuchen, ich bin jetzt nämlich verheiratet.‹

Plötzlich pfuschte sich das verzerrte Lächeln von Frau Dinkelborn vor: ›Wir sind seit fünfzehn Jahren verheiratet, mein Dieter und ich …‹

Irgendwo in dieser verdammten Nobel-Pantry-Küche mußte es doch noch etwas anderes als Schokoladiges zu essen geben. Linda fand Rundkornreis. Milch stand im Kühlschrank. Und in einem Glaszylinder mit Chromkappenverschluß schimmerte es bräunlich, so wie Zimt. Natürlich hätte ein Etikett die tolle Optik des Zimtbehälters empfindlich beeinträchtigt. Einen Moment lang betrachtete Linda nachdenklich die noble Gewürzparade. Zwanzig Glaszylinder mit Chromkappe, darin zwanzig Farbtöne von Weiß bis Schwarz, passend zum Schachbrett-Küchenboden, dazwischen alle möglichen Farbabstufungen, vorzugsweise Rotbraun. Linda fielen Dieters rotgepunktete Hände ein, als er sich verbrühte. Er hatte reichlich komisch ausgesehen. Und dann hatte er ihr leid getan, und sie hatte ihn mit Pralinen gefüttert. Schokoladenpralinen, ihr Mann war ein ganz Süßer. Vielleicht konnte er sogar backen und am besten auch kochen. Einer, der zwanzig Gewürzgläser ohne Etikett beherrschte, mußte das einfach können. Klasse! Die meisten Top-Köche waren sowieso Männer. Linda konnte allenfalls süßen Reisbrei kochen und Spiegeleier braten, vorausgesetzt, daß der Herd funktionierte.

»Beim Zeitzeichen ist es sechzehn Uhr«, sagte der Radiosprecher, als Linda sich mit ihrer Edelstahlschüssel in die Liege mit dem tollen Namen fallen ließ. Alles, was größer als eine Espressotasse und tiefer als ein Eßteller war, trug in diesem Haushalt ein Stahlkorsett. Das Chromgestell der Liege wippte heftig, der Reis rührte sich trotzdem nicht. Er pappte fest am Schüsselrand. In der Biberstraße war ihr süßer Reis ein Gedicht gewesen, cremig und weiß. Linda pulte mit der Löffelspitze einen dunkelbraunen Streifen aus der Pampe, nacheinander deponierte sie etliche angekokelte Milchhäute auf dem Glastisch, der natürlich auch ein Chromgestell hatte. Sie hätte ihre Doppelkochplatte aus der Biberstraße mitbringen sollen, anstatt sie dem Nachmieter zu schenken. Das Zeug hier schmeckte fürchterlich! Ein Löffel für Papi, Papi war tot. Ein Löffel für Mami, Mami lebte. Anstatt sich mit dieser Pampe zu vergiften, konnte sie auch jetzt gleich ihre Mutter anrufen. Sie würde es überleben.

Linda nahm das getigerte Mobiltelefon (schick!) und tippte die Nummer in Moosbach ein. Moosbach war nicht schick, aber die Heimat ihrer Mutter.

Das Freizeichen erklang und dann eine Frauenstimme. Bei dem ›Guten Tag! Hier spricht Adele Erz‹ verzog Linda den Mund.

»Dong! Beim Zeitzeichen ist es Viertel nach süßem Reis«, antwortete sie. Immer, wenn ihre Mutter sich so förmlich am Telefon meldete, überkam Linda die Lust zum Blödeln.

»Linda, wann wirst du endlich erwachsen?«

»Ich bin erwachsen. Mir ist gerade mein Milchreis angebrannt, aber dafür bin ich jetzt verheiratet. Wie findest du das?«

»Laß den Unfug, Linda!«

»Soll ich mich wieder scheiden lassen?« Linda sah sich um, von diesem Chromgehäuse scheiden wäre nicht schlecht. Und von Master Sitte, Herrn der zwanzig namenlosen Gewürzgläser? Mal sehen! Linda sah das Tanzstudio ›Li-Lo‹ vor sich. Nö! Besser doch nicht scheiden, zur Not lernte sie eben backen. Linda, Herrin der zwanzig Kuchenrezepte, zwei taten es auch, und danach fraß er ihr aus der Hand, ihr Mann war ein ganz Süßer, und Mister Moon gab es schließlich auch noch.

»Mit so etwas spaßt man nicht, Linda!« sagte Lindas Mutter.

»Okay«, sagte Linda, »ich behalte ihn.« Und nach einer Pause: »Ich bin wirklich verheiratet.«

»Linda!« Tonfall von ›Habe ich dich schon wieder mit einem Kitschroman erwischt?‹

»Ich heiße jetzt Linda Morus, und er hat 'ne Kleiderfabrik. Ich schwör's beim Schnuffel.« Schnuffel war Lindas Hund, mittlerweile schon ein älterer Herr von neun Jahren, den Lindas Mutter in Pension hatte, weil Schnuffel aus der Biberstraße rausgeflogen war. Eigentlich könnte er jetzt zu ihr zurückkommen. Linda sah sich um, vielleicht nicht gerade in dieses verchromte Junggesellendomizil, aber bald, wenn sie umzogen. Dieter hatte von einem eigenen Haus gesprochen.

»Was stimmt nicht mit dem Mann?« fragte Lindas Mutter. Klar, es mußte etwas nicht stimmen, Adele Erz dachte immer praktisch. Wenn ihre Tochter klammheimlich heiratete, war mit dem Bräutigam etwas nicht in Ordnung, oder ... – »Oder bist du schwanger?«

»Nö«, antwortete Linda, »wirklich nicht.« Wollte sie auch nicht, sie wollte leben, selbst leben und nicht für Rotznasen, die achtzehn Jahre lang oder noch länger als nichtzahlende Pensionsgäste auftraten und dann abzischten, womöglich unter Hinterlassung eines Hundepensionärs, ebenfalls nichtzahlend und in Hotels und anderen öffentlichen Etablissements unerwünscht, weshalb Muttern weitere neun Jahre oder länger housebound war, und dann kam vielleicht doch noch ein Enkelchen: ›Mom, kannst du mal?‹ ... »Nö, danke vielmals«, wiederholte Linda.

»Seit wann kennst du den Mann?« Praktisch, ihre Mutter dachte einfach praktisch.

»Na ja ...« Mußte nicht sein, die Angeklagte verweigert

die Aussage, von wegen Selbstbelastung. Ihr Schweigen sagte auch etwas. Ihre Mutter dachte über alle Maßen praktisch: Wenn das Kind bockt, hat's was verbrockt, logo.

»Kleiderfabrikant, sagst du?« hakte Adele Erz nach.

»Kleiderfabrikant«, bestätigte Linda. Vielleicht sollte sie auch gleich den militärisch-preußisch distinguierten Senior als Trumpfkarte ins Spiel bringen.

»Das ist ein Heiratsschwindler«, verkündete ihre Mutter.

»Wer?«

»Der Kleiderfabrikant natürlich.«

Welcher, wollte Linda fragen, der junge oder der alte? Aber sie verkniff es sich. Später! Statt dessen sagte sie: »Nö, ist er ganz bestimmt nicht.« Witzig war es schon, schließlich hatte sie das auch ganz kurz angedacht, aber das war am ersten Morgen nach der Hochzeitsnacht. Horrorvisionen von Heiratsschwindlern und Frauenmördern hatten sie heimgesucht. Alles Humbug! Die Morus KG gab's wirklich. Putt-putt-putt, und sie war das Aschenputtel aus der Biberstraße, moderne Aschenputtel kämpften mit Edelstahl statt mit Asche.

»Schick mir doch mal das Rezept von deiner tollen Schokoladentorte rüber«, sagte Linda laut, »nur falls Dieter doch nicht backen kann.«

»Ich komme nach Köln. Mit dem nächsten Zug.«

»Nein!« Will er nicht, noch nicht, will er absolut nicht, konnte sie aber nicht sagen, Muttern wäre stinkbeleidigt. »Hör mal«, sagte Linda hastig, »ich muß jetzt Schluß machen, ich ruf' dich wieder an, okay?« Weg mit dem Hörer, sie fand den Aus-Knopf nicht, Scheißtechnik! Das wurde brenzlig, brenzliger als angekokelte Reispampe, und ihre Mutter konnte so ungeheuer praktisch denken. Und handeln!

›Handeln ist praktisches Denken‹, behauptete Adele

Erz. Man kaufte sich keinen Hund, ohne zuvor die Genehmigung des Hausbesitzers einzuholen. Man lief nicht barfuß über die Wiese, weil die mit Hundkötteln gespickt war, aß kein nährwertloses Fast food und ließ sich nicht mit Hallodris ein, weil das Aids, Babys, ein leeres Portemonnaie, eine durchgeschnittene Kehle und einen schlechten Ruf gab.

Linda hatte eine Schwäche fürs Barfußlaufen und Pizzaessen und Hallodrilieben.

›Was soll nur aus dir werden?‹ fragte Adele Erz bei jedem neuen Schnupfen und jedem frischen Liebeskummer.

Frau Kleiderfabrikantin, durchzuckte es Linda, jetzt hatte sie die Antwort. Wenigstens theoretisch. Ihre Mutter hielt leider nicht viel von Theorien: ›Ein Backrezept ist Papier, und mein Bienenstich schmeckt. Lern endlich kochen und backen und werde vernünftig, Linda!‹

Mach ich, Mom! Mach ich alles, dachte Linda. Nur bleib mir von der Pelle! Das Rezept für den Schokoladenkuchen kannst du mir ja schicken, oder besser gleich den fertigen Kuchen, aber halt dich raus, okay? Adele Erz im Anmarsch auf Köln verkrafte ich nicht.

Dieses ›Morus‹ brachte ihre Mutter blitzschnell auf die richtige Fährte. Sie hätte das ›Morus‹ und die Kleiderfabrik nicht herauslassen dürfen.

›Und Sie wollen eine Kleiderfabrik besitzen? Gehört der Jaguar wirklich Ihnen? …‹ Adele Erz würde die Fabrik und die Bilanzen und die Autopapiere sehen wollen. Sie war tierisch praktisch. Scheiße!

»Was ist das?« fragte die Stimme.

Linda war in der Liege mit dem tollen Namen eingeschlafen. Fix und alle! Neben ihr tutete das getigerte

Mobiltelefon, Freizeichen, gräßlicher Ton! Die Männerstimme war nicht besser, falls es die Stimme von einem Mann war. Es hörte sich eher nach einem sprechenden Bullterrier an. Linda blinzelte, die von der Decke baumelnden Drahtseile waren voll aufgedreht. Bullterrier im Flutlicht! Der Bullterrier hieß Dieter. Linda kniff die Augen rasch wieder zu.

›Ich komme nach Köln, mit dem nächsten Zug!‹ wiederholte die Phantomstimme aus Moosbach. Hilfe! Linda riß die Augen weit auf.

Ein paar ausgefranste Würmlinge pendelten vor ihrem Gesicht. Dieters Daumen und Zeigefinger klemmten die fest. Linda schwang mit der Liege nach hinten. Das verchromte Fußteil schwang hoch und gegen Widerstand, der Widerstand war Dieters Knie, er verzerrte das Gesicht und tat einen Brüll. Ein Rudel Bullterrier. Klar, so ein Eisenzeug tat weh. Hoffentlich ließ er die Würmlinge nicht fallen. »Tu das bitte weg«, bat Linda, »das sieht ja total eklig aus.«

»Das ist total eklig.« Dieter zeigte auf den Glasbeistelltisch, auf dem in einer suppigen Lache noch mehr Würmlinge lagen, daneben stand eine Edelstahlschüssel. Der Kokelreis, dachte Linda, und sie hatte die Kokelhäute herausgefischt und auf den Tisch gelegt. Sie war eingeschlafen. Wer schläft, sündigt nicht. Dieter sah ziemlich angesäuert aus.

»Hör mal«, setzte Linda an und schob eine Prise Schmelz in ihre Stimme, von wegen Flitterwöchnerin. Sie mußte schließlich sowieso mit ihm reden, von wegen Schwiegermama im Anmarsch.

»Ich höre«, sagte er.

»Mäh!« Linda war gut im Nachmachen von Tierstimmen. Mit ihr doch nicht! Am Anfang wurden die Weichen gestellt.

»Das reicht!« Tonfall ›Bitte setzen!‹ Dieter verschwand

Richtung Küche, die Würmlinge samt Schüssel nahm er mit. Na bitte! Der Brüll aus der Pantry-Küche war weniger gut.

»Was hast du mit meinen Herd angestellt?«

»Gekocht«, sagte Linda. »Oder ist dein Luxusherd nicht auf Kochen eingestellt?«

»Sieh dir das an!«

»Nö«, sagte Linda, »keine Lust.« Die Milch war ihr übergekocht, aber nur ein bißchen. Niemand konnte von ihr verlangen, ein knallheißes Kochfeld sauberzuwischen. Eben war das noch knallheiß, überhaupt kannte sie sich nur mit normalen Herdplatten aus, da wußte man wenigstens, wo es kochte und wo nicht. »Gleich«, fügte Linda hinzu, ihr Magen knurrte. Drei Löffel Reispampe und morgens zwei Brötchen hielten nicht vor. »Kannst du eigentlich kochen?«

»Du offensichtlich nicht.« Dieter kam mit der Edelstahlschüssel in der Hand zurück, der angetrocknete Reis darin sah nicht sehr appetitlich aus.

»In der Biberstraße war mein Milchreis immer ein Gedicht.«

Linda hörte den Müllschlucker auf und zu klappen. »Dein Gedicht ist entsorgt«, verkündete Dieter. »Welche Gedichte hast du sonst noch auf Lager?«

»Spiegelei«, antwortete Linda. Braves Mädchen, gib hübsch Pfötchen! »Und du?« fragte sie (Drehen wir den Spieß doch mal um!), »ich meine, außer Espresso an Fußboden.«

»Spar dir deine Witze!« Dieter schien mit der Edelstahlschüssel Pfannkuchenwenden spielen zu wollen. Natürlich spielte der Reis im Topf nicht mit. Kalter Reis wurde sowieso immer fest. »Ich kenne sonst keine Frau, die nicht kochen kann. So absolut nicht kochen kann.« Er schleuderte die Schüssel hoch.

Achtung, Junge, ein Pfannkuchenteig würde dir längst an der Decke kleben, sei froh, daß es nur Reispampe ist. Aber er sah kein bißchen froh aus, geschweige denn dankbar. Er sah biestig aus, da verging ihr glatt das Magenknurren. »Du hättest 'ne Köchin heiraten sollen. Und 'ne Reinemachfrau. Vielleicht auch noch 'ne Krankenschwester.«

»Leider ist meine Frau Sonja noch zehn Tage bei ihrer Schwester. Sonja ist ein Schatz.«

Linda ließ das Chromgestell der Liege vorschnellen. Das war nicht mehr witzig, überhaupt nicht. – ›Das ist ein Heiratsschwindler!‹ Originalton Adele Erz. – Hilfe, Mami!

»Nett«, sagte Linda mühsam. Wie war das noch mit dem praktischen Denken und in dem Fall mit der Kleiderfabrik? Zweitfrauen sahen hierzulande in die Röhre, außer Mister Moon nichts gewesen. – »Und wer ist, bitte schön, Schatz Sonja?«.

»Sonja Niemann ist alles, was du offensichtlich nicht bist, eine Perle. Sie arbeitet seit fünf Jahren für mich.«

Haushälterin, alles klar. Dummes Mädchen! Natürlich hatte einer mit Jaguar und Fabrik auch eine Perle, die für ihn kochte und putzte und bügelte. Die zehn Tage bis zur Ankunft der Perle überbrückten sie locker.

»Wir könnten essen gehen«, schlug Linda vor. »Ich habe nämlich Hunger. Und morgen kaufe ich Pizza, magst du lieber die mit Salami oder die mit Schinken?«

Dieter überging ihren Vorschlag, so als ob die Frage ›Salami oder Schinken?‹ unter seinem Niveau wäre. Stattdessen sagte er: »Fassen wir zusammen«, er sah demonstrativ auf seine Uhr, was immer das besagen sollte, außer daß es Zeit fürs Abendessen war.

Wo war das Richterkäppi? Bitte alle aufstehen, gleich kam ›Im Namen des Volkes‹, wetten? Linda angelte einen Kaugummi aus ihrer Hosentasche, das gab wenigstens einen frischen Atem, anscheinend war ihm der Text ausgegangen, sie steckte den Streifen in den Mund und kaute los. Pfefferminze, lecker! Hatte Dieter noch nie ein Kaugummi gesehen? Sie hielt ihm die Packung hin und ließ eine Blase aus ihrem Mund blubbern, die war riesig, die absolut Super-chewing-gum-Blase.

»Ich verabscheue Kaugummi in meiner Wohnung«, sagte er.

Meine Wohnung? Nicht gerade freundlich, fand Linda. Macht der Gewohnheit, sie war ja nicht so.

»Wir wollten umziehen«, erinnerte Linda, die Prachtblase fiel zusammen. »In ein Haus.« Dann hole ich Schnuffel zu mir, dachte sie, und Mom besucht uns mit ihrem tollen Schokoladenkuchen. Toll! Aber irgendwie fehlten Linda im Moment die bunten Bilder dazu in ihrem Kopf, eine Seite Kitschroman fehlte, am Ende wurde sie noch erwachsen.

Dieter hatte eine komische Lache drauf. »Wir beziehen ein Haus«, sagte er, »alles klar. Sonja arbeitet im Haus, und ich arbeite für das Haus und für Sonjas Gehalt und für alles andere, meinst du das so?«

Meinte er mit ›alles andere‹ sie, überlegte Linda. Drohne Linda, das war nicht ihr Ding. Sie hatte nur gedacht, als Frau Kleiderfabrikantin und Lady Sunshine hörte der Alltagsärger auf. Eigentlich hatte sie überhaupt nicht nachgedacht. Sie hatte geträumt. Denk praktisch, Linda! – Vergessen Se dat Treppenputzen nicht!

»Ich arbeite natürlich auch«, sagte sie laut.

»Und wie habe ich mir das vorzustellen? Du ersetzt Frau Niemann? Dann fang bitte an!« Dieter zeigte auf den Kokelreis, er hielt noch immer die Edelstahlschüssel im Arm, dann stippte er mit dem Daumen über die Schulter Richtung Pantry. »Vielleicht könntest du wenigstens ein paar bunte Schnittchen richten. In einer halben Stunde kommen Ferdi, Anton und Alex. Geschäftlich!« Bunte

Schnittchen! Lindas Mutter war Expertin für bunte Schnittchen zum Abendbrot. Tomaten achteln, Kräuter hacken, Schinken rollen, Käse würfeln, Radieschen als Rosenknospen kostümieren und Gurken in Fächer schneiden. Nö, dachte Linda, das nun gar nicht. Dann schon lieber Frau Dinkelborn zum Schwitzen bringen, ›Jetzt heben wir den linken Arm …‹, Frau Dinkelborn war garantiert auch Expertin für bunte Schnittchen und Schokoladentorte.

»Nö«, sagte Linda laut, »ich arbeite im Studio ›Li-Lo‹, hast du das vergessen?«

»Du willst den Job behalten?«

Willst du in fünf Jahren Lachkerben quer durch alle Sommersprossen haben, hätte er genausogut fragen können. Wer redete von wollen? – Denk praktisch, Mädchen! Step by step, womöglich lernte sie wirklich backen, ihr Mann war ein ganz Süßer, und hier ging es ums Prinzip, Verteilung der Missionarsstellung, sie war ja nicht blöd.

»Vorläufig«, sagte Linda sanft. »Solange können wir die Hausarbeit und das Kochen ja zusammen erledigen, falls dir Frau Niemann zu teuer wird.«

»Wieso zu teuer?« fuhr Dieter auf. »Wer redet von Geld?«

Na bitte, dachte Linda, Achillesferse geortet, sogar schon zwei: Schokoladiges und Money und von beidem viel. Sie stand auf, um die Ferkelei in der Pantry-Küche wegzuwischen – das war taktisch klug – und sich umzuziehen. Schwarzer Mini an Chrom, Handeln ist praktisches Denken.

»Kümmerst du dich bitte um die Getränke, Schatz?« bat sie. So stand es in jedem Kitschroman, der Hausherr kümmerte sich um die Getränke und Frauchen ums Essen. Im Tiefkühlschrank hatte Linda diverse Käsebaguettes entdeckt, leider erst nach der Reis-Koch-Aktion. Linda sah sich überbackene Baguettes auf blitzendem Edelstahl servieren, mit einem blitzenden Lächeln obendrüber. Sie war die Gastgeberin.

Sag mal ›cheese‹, ›tallahassee‹ ging auch, step by step, denk praktisch, Linda! Trauzeuge Alex kam auch gleich, er hatte ein Faible für sie. Konkurrenz belebt das Geschäft, das galt auch privatissime.

»Wie gefalle ich dir?« fragte Linda. Es hatte gerade geklingelt. Aus der Pantry-Küche duftete es nach geschmolzenem Käse. Linda kam aus dem Bad.

»Das tollste Serviergirl, das ich kenne.«

»Siehste!«

»Kochen wäre auch nicht übel, ich meine richtig kochen.«

»Hast du schon mal das Serviergirl kochen sehen? Oder 'ne Lady Sunshine?« Linda wedelte, einmal Vorderfront und einmal Rückpartie.

Dieter gab ihr einen Klaps. Die Klapshand kraulte ihr den Rücken hoch. Mister Moon war aufgewacht. Halleluja! Jetzt mußte sie ihm nur die Ankunft von Königin Mutter verklickern. Linda blinzelte Richtung Futonbett. Später!

Halbzeit

»Also«, sagte Frau Niemann, »ich fahre dann jetzt nach Lindenthal. Der Dekorateur will um zehn Uhr dasein und der Küchenplaner um zwölf, ich könnte zwischendurch rasch zum Markt fahren und frische Pfifferlinge und Salat für heute abend mitbringen. Ist es wirklich recht, wenn ich Ihren Wagen nehme?«

»Es ist recht.« Linda gab sich Mühe, ein Kichern zu unterdrücken. Für eine Lady war es schließlich die normalste Sache der Welt, jeden Morgen solch einen Appell mit ihrer Haushaltsperle durchzuexerzieren.

Gelegentlich rieben sich ein halbes Jahr als Lady Morus und ein Dutzend Jahre als Biberstraßen-Queen noch aneinander, besonders so früh morgens nach dem Aufwachen. Im Halbdämmer waren die Perle und das in Kürze bezugsfertige Haus und erst recht das nagelneue knallrote Sportcoupé DER Marke noch sehr weit weg.

Dieter hatte ihr den Sportflitzer, der laut Marktumfrage DAS Lieblingsauto aller Frauen war, zu ihrem dreißigsten Geburtstag geschenkt. Leider hatte Linda bei der Führerscheinprüfung vor zwei Wochen ein Stoppschild nicht hinreichend ernst genommen, wie der Prüfer meinte. Linda fand zwar, daß abbremsen und fast stehen quasi dasselbe wie ganz stehen war, überhaupt war die Stoppschildkreuzung wie leergefegt gewesen, aber der TÜV-Mensch saß am längeren Hebel und wollte ihr das Papier nicht geben, weshalb Linda Dieters großzügiges Geschenk derzeit nur theoretisch genießen konnte. Das war wie Hunger haben und in Kochbuchillustrationen blättern.

Linda wartete, bis das Türschloß hinter Frau Niemann einrastete, dann sprang sie vom Eßtisch auf. Halleluja! Freigang von der Perle! Linda drehte den Lokalsender

›Radio Köln‹ voll auf und registrierte zufrieden, daß Burk am Mikro saß und kein Import-Kölner, der sich vergeblich einen abkölschte und doch nie den Nerv der Stadt traf. Sie sah kurz auf die Uhr, gleich halb zehn. Von neun bis halb elf hüpften die Hausfrauen sich im Studio ›Li-Lo‹ fit, seit gut vier Wochen unter der Regie von Lindas Nachfolgerin.

Linda zog den Brotkorb auf sich zu und überlegte, ob sie lieber noch eine Scheibe Rosinenplatz oder ein Sesambrötchen essen sollte. Es war ein himmlisches Gefühl, sich am hellichten Tag über nichts weiter den Kopf zerbrechen zu müssen als darüber, was ihr schmeckte und wie sie den Tag verbringen sollte. Sie mußte nicht einmal den Frühstückstisch abräumen, geschweige denn kochen oder gar putzen.

›Lassen Sie nur alles stehen‹, sagte Frau Niemann immer, wofür Linda sie hätte küssen mögen. Frau Niemann war seit dem Ersten dieses Monats von einer halben Perle zur vollen Perle aufgerückt. Die Dinge hatten sich in den letzten sechs Monaten einfach prächtig entwickelt, und Linda hatte das Ihrige dazu beigetragen. Natürlich bügelte sie Dieters Oberhemden rasend gern selbst, nur für die Knitterfalten und Knickkrägen und spurlos verschwundenen Knöpfe konnte sie nichts. Der Luxusherd machte Linda einfach nervös, und wenn sie nervös war, gelang ihr rein gar nichts mehr, schade um die teuren Zutaten. Beim Staubwischen beispielsweise bekam sie ihre Allergie, hatte sie Dieter wirklich nie von ihrer Hausstaub- und Putzmittelallergie erzählt?

Linda hatte den Winter investiert, um Gatten Dieter in die gewünschte Richtung zu schubsen. Er schubste sie schließlich auch, Tag für Tag, dafür machte er sich nachts rar. Die geplante Zuwachsrate auf dem Konto von Mister Moon konnte sie sich abschminken, Dieter war auf dem Erfolgstrip und eindeutig materiell ausgerichtet. Zum

Glück war sie pfiffig genug, ihren Traum den veränderten Gegebenheiten anzupassen. Besser reich und um einen Traum ärmer als rundum arm. Ohne ihr Zutun wäre Dieter natürlich nie ins richtige Fahrwasser gerutscht, sondern hätte sie womöglich in echter Chef-Manier als Gratisputzmarie und Gratisköchin und Gratisbettwärmer ausgenutzt. Nicht mit ihr! Mit den Waffen einer biberstraßengewitzten Frau hatte sie ihn peu à peu dahin gebracht, sie von der Doppelbelastung ›Li-Lo‹ und Haushalt zu befreien, praktischerweise gleich von beidem.

Geld spielte schließlich keine Rolle, er betonte das oft genug, nur bei seinem Vater markierte er gern den armen Schlucker, obwohl der eigentlich am besten wissen mußte, was sein Sohn Monat für Monat verdiente. Linda wußte nicht, was ihr Mann verdiente, hinter dem ›Juniorchef‹ verbarg sich alles mögliche, sie hielt sich lieber aus dem Gerangel zwischen Vater und Sohn heraus. Sie bekam ein dickes Haushaltsgeld und dicke Geschenke, und demnächst zogen sie nach Fein-Lindenthal, wo Dieter eine alte Villa gekauft hatte. ›Zu einem Spottpreis‹, hatte er gesagt, und nun wurde dort schon seit Wochen umgebaut und angebaut und renoviert, laut Dieter ›alles schwarz und für die Hälfte‹. Er schien überhaupt gerne zu maggeln, das war fast wie früher in der Biberstraße. Linda wurde immer klarer, daß der Unterschied zwischen Biberstraße und Chefetage eigentlich nur an den Stellen links vom Komma ablesbar war. Bei Dieter mußte links vom Komma eine Menge stehen. Wie die Menge dahinkam, sollte Linda egal sein. Sie arbeitete weder für den Fiskus noch für die Himmelspforte, geklüngelt wurde überall.

Linda bestrich sich gerade ihre Brötchenhälfte mit Salzbutter, als der Gong ertönte. Paketpost, dachte sie, sonst klingelte um die Zeit niemand. Linda drückte auf und raffte ihren Kimono zusammen, dann öffnete sie die Tür.

Von wegen Briefträger, vor ihr stand Hans-Maria, das war wie die Rückblende in ein Uraltmärchen.

»Du?« fragte Linda.

»Ich«, antwortete der Mann. »Ich war gerade hier in der Kante und dachte mir, schau doch mal bei Sweet-Linda rein, ob's die noch gibt. Man hört und sieht ja nichts mehr von dir.«

»Mich gibt's noch! War's das?« Linda hielt sich den Ausschnitt zu, vor nicht mal zwei Jahren hätte sie es blitzen lassen. Hans-Maria hatte zu den Hallodris gehört, bei denen Linda sich in ein Flutschgummi verwandelte. Als Hans-Maria seine Top-Frau in Fein-Junkersdorf ehelichte, hatte Linda sich mindestens zwei Wochen lang mit Eistüten und Lakritzkätzchen therapieren müssen, immer abwechselnd, bis sie das klebrig-süße Zeug zum Kotzen fand und Hans-Maria auch. Tempi passati, sagte sie doch, der Typ ließ sie kalt.

»He«, sagte er, »das kannst du doch nicht machen, so mir nichts, dir nichts, schließlich hatten wir 'ne tolle Zeit miteinander. Du hast gerade Kaffee gekocht, wie? Hier riecht's prima nach Kaffee.« Schwups, drängte er sich an ihr vorbei und steuerte den Eßtisch an, mit einem anerkennenden Rundum-Pfeifen, schon saß er.

»Möchtest du nicht fünf Minuten hereinkommen?« fragte Linda.

»Schon passiert! Lecker sieht das aus, hast du die Tanzfee an den Nagel gehängt und machst jetzt auf Küchenfee? Hätte ich dir gar nicht zugetraut, wenn ich so an deine Kochkünste in der Biberstraße zurückdenke.«

»Ich lasse kochen«, sagte Linda von oben herab.

»Oho! Die Dame läßt kochen, und wie ich höre, zieht ihr bald ins Bonzenviertel um. Hat dein lieber Gatte zufällig eine Bank geknackt?«

»Mein lieber Gatte hat zufällig einen Job.«

»Der Witz ist gut. Als besserer Laufjunge bei Morus könnte er sich nicht mal die Schickimickibude hier leisten, geschweige denn eine Villa und einen Jaguar und eine Frau, die kochen läßt.«

»Klappe!«

»Klappe? Darfst du nicht reden, oder hab' ich dich soeben aus deinem Dornröschenschlaf geholt?« Hans-Maria nahm sich schon das zweite Croissant. »Die Dinger sind köstlich«, hängte er an, so als ob es einen inneren Zusammenhang zwischen Lindas Dornröschenschlaf und dem üppigen Frühstück gäbe.

»Du bist ein Schwätzer«, sagte Linda. »Eigentlich warst du das schon immer. Du tust gerade so, als ob du mit einem aus der Morus-Chefetage per du wärst.«

»Ich nicht. Aber meine Frau mit dem alten Morus. Ich glaube nicht, daß der Alte über eure Villa Bescheid weiß, der bekäme die Platze.«

»Mein Schwiegervater weiß sehr wohl, daß wir umziehen, und unsere Villa ist ein Altbau mit verrosteten Rohren und kaputter Elektrik und abgeplatztem Putz, so sieht das aus.«

»Klar, das machen sie alle so, um das Finanzamt zu bescheißen. Das Objekt wird für 'ne lächerliche Summe X gekauft, und dann werden noch mal extra etliche hunderttausend in bar über den Tisch geschoben, für den Hauskauf und für Handwerker, die ihre Steuerkarte verloren haben. So bringt dein lieber Gatte sein Schwarzgeld unters Volk. Wenn nur sein Alter nicht dahintersteigt, der könnte sich fragen, woher das Schwarzgeld kommt. Peinlich, wie?« Hans-Maria lachte und biß ab, die Orangenmarmelade quatschte über und tröpfelte auf sein Kinn. Er wischte mit dem Finger darüber und leckte dann den Finger ab.

Prolet, dachte Linda. Seit Frau Niemann schon morgens früh kam und das Frühstück servierte, achtete Linda darauf, daß sie sich nicht beim Fingerablutschen und Schlürfen und Gieren erwischte. So was war schlicht unmanierlich, in welcher Kante von Junkersdorf Hans-Maria wohl gelandet war? Anscheinend doch nicht in der feinen!

»Das Telefon«, sagte Hans-Maria in ihre Gedanken hinein. »Oder beschäftigst du auch einen Sekretär?«

Linda stand auf. Sie hatte den Dallas-Summton leiser gestellt, um ungestört Radio hören zu können. Sie nahm den Hörer ab, »Linda Morus – ach du bist es – nö, woher soll ich wissen, ob der Soßenfleck gestern aus deinem Leinensakko rausgegangen ist – ich hab's weggehängt, glaub' ich – nö, Frau Niemann ist schon in Lindenthal – Pfoten weg!«, Linda klapste Hans-Maria auf seine Neugierfinger, die gerade zu einem Nostalgietrip unter ihren Kimono starten wollten, »nö, natürlich ist keiner bei mir, wer soll denn bei mir sein, meine Mutter kommt erst in einer knappen Stunde an – ja, mach' ich, meinetwegen bring' ich das Sakko auch in die Expreß-Reinigung, tschüs.«

Linda legte den Hörer auf und drehte sich zu Hans-Maria um, der nun wieder unschuldsvoll am Eßtisch saß und sich ihren Lachsschinken reinpfiff. »Wie bist du denn drauf? Behalt ja die Finger bei dir! Bei so was kennt mein Mann keinen Spaß.«

»Sprichst du aus Erfahrung? Wir beide könnten auch ganz diskret der guten alten Zeiten gedenken.«

»Nein danke! Ich halt' ja auch keine Gedächtnisstunde für jedes Lakritzkätzchen ab, das ich mal gegessen habe.«

»Toller Vergleich, und so günstig.«

»Hast du Angst, die Haribos könnten beleidigt sein? Also, ich muß los, meine Mutter kommt gleich am Hauptbahnhof an.«

»Rührend, Besuch der Schwiegermutter, will dein Gatte ihr zu Ehren sein Sakko gereinigt haben?«

»Ich muß los.«

»So?« Hans-Maria zeigte auf den Kimono.

»Keine Bange. Ich ziehe mich schon noch um.«

»Tu dir keinen Zwang an.« Die Männeraugen funkelten, und der Adamsapfel zuckte, diesmal galt das nicht dem Schinken aus der Metzgerei.

»Hättste wohl gerne?« Linda kam seine Lady in den Sinn, auf die sie einmal zwei Wochen lang rasend eifersüchtig gewesen war und wegen der sie sich um ein Haar eine Eistüten-Lakritz-Vergiftung zugezogen hätte. Tempi passati, aus und vorbei, überhaupt hatte Hans-Maria etwas Derbes, darauf fuhr sie nicht ab, nicht mehr, früher hatte sie das mal für kernig und männlich gehalten. Von wegen!

»DAS hätt ich sehr gerne!« Er funkelte und zuckte weiter, am Markt vorbei, keine Nachfrage.

»Sorry!« sagte Linda und steuerte das Badezimmer an. Eine Viertelstunde später erschien sie ordentlich frisiert und in einem schlichten Leinenkostüm, schlicht, aber edel. Ihre Kronjuwelen ließ Linda sicherheitshalber aus. Mutter Erz neigte dazu, bohrende Fragen zu stellen, am Ende wollte sie noch die Quittung für den Schmuck sehen, den Dieter seiner Frau schenkte. Linda besaß schon einen recht ordentlichen Fundus. Gemessen an der einen echten Zuchtperlenkette, die sie mit in die Ehe gebracht hatte, besaß sie sogar ein Vermögen.

»Du hast den Dreh raus«, sagte Hans-Maria, »das Ich-bin-'ne-feine-Dame-Kostüm paßt dir wie angegossen. Könnte selbst ich drauf reinfallen, wenn ich's nicht besser wüßte.«

»Gib dir keine Mühe, dir paßt es garantiert nicht.« Linda klapperte mit dem Wohnungsschlüssel, bis er sich endlich widerwillig von ihrer Frühstückstafel losriß und aus ihrem Stuhl hochkam.

»Hübsch! Bist du das auch?« Hans-Maria tippte im Vorbeigehen gegen einen späten Picasso. Jeder kannte diese klaffende Darstellung einer Vulva hinter so einer Art Maschendraht, bei dem Künstler steckte eine tiefe Symbolik hinter den dargestellten Schamlippen.

»Das ist von Picasso und weltberühmt.« Linda hielt auffordernd die Wohnungstür auf.

»Weltberühmt?« kicherte Hans-Maria. »Na, so weit ist deine Muschi ja wohl noch nicht, oder?« Er schaffte es, im Vorbeigehen dorthin zu kneifen, wo das sich vorwölbte, was bei Picasso tief symbolisch war.

»Pottsau«, sagte Linda.

»Eber«, korrigierte er, »Potteber, wenn ich bitten darf, oder soll ich's dir noch mal beweisen? Du warst mal tierisch wild drauf, erinnerst du dich?«

Linda zog die Aufzugtür auf. Nur weg hier! Sie bewohnten einen feinen Loft in einem feinen Haus, plötzlich roch es in dem feinen Haus so gewöhnlich, noch gewöhnlicher als der Mief in der Biberstraße. Nur weg!

»Nein«, sagte Mutter Erz energisch und stellte ihre beiden schweren Taschen mitten in der Bahnhofshalle ab. »Warum sollten wir ein Taxi nehmen? Das wäre die pure Verschwendung, wo doch die U-Bahn fast bis vor deine Haustür fährt.«

Linda seufzte und stellte ebenfalls kurz die dritte Tasche und den Bastkorb ihrer Mutter ab. Es klirrte, der Geier mochte wissen, was da drin war. Als vorhin der Zug eingelaufen und Adele Erz hochbepackt ausgestiegen war, war in Linda regelrecht Panik aufgekommen. Das sah nach einem mehrtägigen Besuch aus, geplant waren zwei Tage, und auch das nur, weil Dieter heute abend zu einer Neueröffnung nach Stuttgart fuhr und dort übernachtete. Er hatte es bis jetzt erfolgreich vermieden, seine Schwiegermutter länger als für ein Mittagessen oder eine Tasse Kaffee ertragen zu müssen. Die beiden waren sich nicht grün, und zum Glück taugte die Ein-Saal-Loftwohnung nicht für Logiergäste.

»Also«, sagte Lindas Mutter, »worauf wartest du, wo müssen wir überhaupt runter?«

Linda überlegte, welche Bahnlinie sie nehmen mußten. Im letzten halben Jahr hatte sie sich zu einer passionierten Taxifahrerin entwickelt. Es war herrlich, einfach einzusteigen und ein Fahrtziel zu nennen und einen Schwatz mit dem Mann hinterm Steuer zu halten. Gelegentlich fuhren sie parallel zu einer vollgepfropften Straßenbahn. Linda wußte noch genau, wie es war, sich eingekeilt zwischen wildfremden Schwitzkörpern an eine Halteschlaufe zu klammern und in ein vorbeigleitendes Taxi zu sehen. Sie roch's noch. Sie hatte nur die Nummern der Linien vergessen. Was sollte sie damit? Passé!

»Da lang«, entschied Adele Erz und ging klirrend vor Linda her. Ein paar Leute sahen sich nach dem Klirren um, und dann glitten die Blicke automatisch von der älteren Dame in Juhu-Hut und Lodenkostüm zu Linda, die auf hohen Hacken und im schmalgeschnittenen Leinenmodell hinterherklirrte.

In der Bahn war nur noch ein einzelner Sitz frei. Adele Erz setzte sich, ihre klirrende Habe sorgte für Aufsehen. »Paß ja gut auf!« befahl sie, und Linda nickte ergeben. Ihre Mutter würde sowieso nicht glauben, daß keiner vier ramponierte Skai-Taschen und einen Korb mit Plastikblümcheninnenleben klauen wollte. Fünf Stationen lang bekamen Linda und mit ihr alle Fahrgäste in einem Radius von mindestens fünf Metern zu hören, wie unhygienisch diese modernen Textilpolster gemessen an den abwaschbaren Bänken in den Straßenbahnen früher waren, daß sich vorhin im Zug tatsächlich einer im Nichtraucherabteil eine Zigarette angesteckt hätte und Adele Erz den Schaffner einschalten mußte, und daß jede Minute Lindas Jackenknopf abgehen würde, sie sollte ja aufpassen, der hing ja nur noch an einer losen Strippe, heute wurden die Knöpfe eben nicht mehr von Hand angenäht, und das Kostüm war ja wohl neu und bestimmt nicht billig ...

»Nö«, unterbrach Linda hastig, »der Knopf geht garantiert nicht ab, ich hab' eben farblosen Nagellack über den Faden gestrichen, das hält immer.«

Verstohlenes Gelächter ringsum, jetzt duckte der Juhuhut sich, darunter hauchte es verzweifelt »Linda!« Es klang original wie früher, nach diesem resignierenden ›Linda!‹ kam fast automatisch die Frage ›Was soll nur aus dir werden, Kind?‹

Linda grinste, sie strahlte nach rechts und nach links, sie hätte sogar dieses Flatschgesicht vor sich küssen mögen. Alle mal hersehen, was aus der schlampigen und ewig verträumten Linda geworden ist! Moosbach adé! Biberstraße adé! Auf nach Fein-Lindenthal, und wenn der Knopf verlorenging, besorgte die Hausperle eben einen neuen oder einen ganzen Satz neue Knöpfe, falls Linda bis dahin nicht sowieso die Lust an dem modischen Taubengrau verloren und sich ein neues Frühlingskostüm gekauft hatte. Geld war kein Problem. Den Besuch von Adele Erz würde sie schon überstehen, immerhin war's ihre Mutter.

»Wie lange bleibst du eigentlich?« fragte Linda vorsichtig.

»Willst du es in Stunden oder in Minuten wissen?« fragte Adele Erz zurück.

Auwei, dachte Linda, und laut sagte sie: »In Tagen reicht's, ich meine ja auch nur so, wegen Dieter und allem.«

»Wann kommt dein Mann zurück?«

Auwei, dachte Linda zum zweiten Mal. Sie hatte keinen

Ton davon gesagt, daß ihr Mann wegfuhr, wenigstens nicht direkt. Ihre Mutter dachte eben so ungeheuer praktisch. »So wie's aussieht, morgen«, sagte Linda, »er läßt sich entschuldigen, natürlich hätte er dich wirklich gern noch gesehen, aber er kann nicht vor morgen abend heimkommen, sorry.«

»Womit die Zeitfrage geklärt wäre.« Adele Erz stand auf. »Wir müssen, du scheinst dich in deiner eigenen Gegend nicht auszukennen, fährst du hier nicht auch zum Studio ›Li-Lo‹ lang?«

Linda bückte sich schnell nach dem Bastkorb und der Tasche und ließ es kräftig klirren. Irgendwie war sie noch nicht dazu gekommen, ihrer Mutter zu erzählen, daß sie nun nicht mehr als Tanztherapeutin arbeitete, daß ihre ›Stundenhilfe‹ jetzt vierzig Stunden die Woche und bei Bedarf auch länger kam und daß die neue Wohnung eine Villa in Fein-Lindenthal war. Ein Glück, daß die Perle mit dem roten Flitzer unterwegs war, Adele Erz dachte wirklich ungeheuer praktisch, angenehm war das nicht immer. Wirklich nicht.

»Kind!« sagte Adele Erz, Tonfall Weltuntergang und Zeigefinger auf den nicht abgeräumten Frühstückstisch. »Das wird dir ja alles schlecht, der Schinken und das Roastbeef, und sieh dir nur mal die Leberpastete an, eine Schande ist das!«

»Schmeckt doch prima!« Linda steckte sich eine Wurstscheibe in den Mund und kaute demonstrativ genüßlich.

»Und das Brot«, Adele Erz hielt eine Scheibe hoch, deren Kontur leicht knöchern wirkte.

»Prima Entenfutter«, sagte Linda, »willst du einen Kaffee oder so?«

»So wie das bei dir aussieht, bliebe mir jede Bohne einzeln im Hals stecken, wahrscheinlich hast du auch wieder nicht gespült, ich kenne dich doch.«

Ich habe nicht gespült, aber Frau Niemann, dachte Linda erleichtert. Die Perle würde auch den Tisch abräumen, dann war wieder alles picobello, ihre Mutter regte sich völlig umsonst auf. Momentan inspizierte sie die Küche und wunderte sich garantiert, weil dort vom silbernen Tee-Ei bis zur Edelstahlspüle alles blitzte. Möglicherweise war das genau der Moment, um auf den intensivierten Arbeitseinsatz der Hausperle hinzuweisen.

»Also, Mom, unsere Frau Niemann, du weißt schon …«

»Eure Putzfrau, ich weiß Bescheid. Hoffentlich habt ihr sie versichert, im Haushalt passieren die meisten Unfälle, daran sollte man nicht sparen.«

»Alles bestens«, sagte Linda und zählte an den Fingern vor, wie umfassend Frau Niemann versichert war: »Arbeitslosen-, Renten-, Kranken-, Unfall- und jetzt auch noch die neue Pflegeversicherung.«

»So?« sagte Adele Erz nachdenklich und begann, die mitgebrachten Taschen auszupacken. Einweckgläser mit Schattenmorellen und Pfirsichen und süß-sauren Gurken und natürlich Marmelade, dann getrocknete Pfefferminzblätter und die ersten jungen Kartoffeln und Möhrchen. Linda stellte sich Dieters Gesicht vor, wenn er jetzt hereinkäme. Er spielte schon verrückt, wenn ein liegengelassener Apfelkitsch oder ein farblich abweichendes Küchentuch seine chromblitzende Symphonie störte.

»Ich hab' in der Zeitung gar nichts über die neue siebenjährige Hungersnot gelesen«, murmelte Linda.

Adele Erz stellte das letzte Einweckglas ab. »Bei eurer losen Geldwirtschaft solltest du froh um jede gesparte Mark sein«, sagte sie, »das geht nicht gut.« Dann griff sie nach ihrer Handtasche, zog ihre Geldbörse heraus und hielt Linda einen dünnen Umschlag hin. »Das ist noch zu deinem Geburtstag, hast du überhaupt ein Sparbuch?«

»Nö«, sagte Linda, »aber ein Girokonto.«

»Es geht um die Zinsen. Am besten gehst du gleich los und legst ein Sparbuch an, ich kenne dich doch, dich juckt jede lose Mark im Portemonnaie. Wenn du zurückkommst, können wir Kaffee trinken.« Adele Erz nahm die Platte mit dem Aufschnitt und den Brotkorb hoch. »Solange mache ich hier klar Schiff. Es gibt frischen Johannisbeerkuchen.«

»Klasse!« Linda drehte den Umschlag hin und her, sie kannte ihre Mutter. Die würde nicht eher Ruhe geben, bis sie das Sparbuch mitsamt Einzahlungsvermerk in Händen hielt. Bei ›Oppi‹, das war Dieters Bankverbindung und natürlich DIE Adresse, würden sie dumm gucken, wetten? Da sah sogar der Pförtner vornehmer aus als der Zweigstellenleiter in Lindas alter Sparkasse. Linda könnte natürlich auch zu ihrer alten Sparkasse gehen, aber dazu hatte sie noch weniger Lust. Das war vorbei, dann nahm sie schon lieber ein blasiertes ›So, Sie wollen fünfhundert Deutsche Mark zinsgünstig anlegen?‹ in Kauf.

»Also?« fragte Adele Erz, während sie jede Wurstsorte getrennt in Klarsichtfolie abpackte. Sie haßte es, kostbare Zeit zu vertrödeln.

»Okay«, sagte Linda, »ich geh' ja schon.« Von wegen gehen, dachte sie und überlegte, ob ihre Mutter von oben sehen konnte, wenn ihre Tochter unten an der Ecke in ein Taxi stieg. Nein, entschied Linda bei sich, trotzdem huschte sie leicht gebückt in den Mietwagen und gab ihr Fahrtziel an. »Sie können warten«, sagte sie zu dem Fahrer, als der Wagen vor dem Geldpalast hielt. Dann betrat Linda die Bank. Jedesmal wenn sie durch das Marmor-Entree schritt, überkam sie ein Gefühl wie ganz früher in der Kirche, fehlte nur noch der Weihrauch.

»Was ist Ihr Begehr?« fragte der Bankangestellte. Das war auch wie ganz früher, aber noch vor Lindas Zeit, so in etwa aus der Ära historischer Kitschromane.

»Ich möchte Geld anlegen, heute nur eine kleinere Summe«, antwortete Linda, woraufhin sie weiter in die marmorne Pracht hineingeführt wurde. Geldanlage wurde anscheinend noch feudaler betrieben als Giroverkehr. Feudal bezog sich auch auf die Höhe des ›Anlagevermögens‹, wie der Anlageberater Lindas Begehr nannte, und unter dreihunderttausend lief bei Oppi da nun einmal rein gar nichts, woraufhin Linda schamrot ihre fünfhundert Mark wieder einsteckte und den langen Weg zurück durch die ineinander übergreifenden Hallen antrat. Ich komme wieder, schwor sie sich, mit einem LKW voller Banknoten. – Spielgeld, feixte Moser-Linda in ihr drin, es war eine Strafe, dieses spitzzüngige Wesen in sich drin beherbergen zu müssen.

»Schnauze!« befahl Linda. Sie trat ins Helle.

»Wie bitte?« fragte der Taxifahrer, der direkt vor dem Portal an seine Autotür gelehnt eine Zigarette rauchte.

»Zur Sparkasse«, sagte Linda, das ›Schnauze‹ mußte ihr tatsächlich laut herausgerutscht sein. Sie konnte dem Fremden schlecht erklären, daß sie sich selbst damit meinte, der würde sie glatt statt zur Sparkasse in die Riehler Heimstätten fahren.

»Zur Sparkasse«, wiederholte der Mann und warf Linda einen mitleidigen Blick zu. »Tja, die Bänker hier wollen von unsereins nichts wissen, ich hab' mich schon gewundert, daß Sie hierherwollen. Aber machen Sie sich nichts draus, unter diesen Geldsäcken treffen Sie die größten Ganoven an. Wenn ich einer von denen wäre, könnte ich mich morgens nicht mehr ruhig im Spiegel ansehen.«

Linda nickte, der Mann meinte es gut, eine ehrliche Haut, logo. Trotzdem stachelte es in ihr ,und sie sehnte sich nach ›Oppis‹ Marmorpracht. Es mußte himmlisch sein, dort von einem hofiert zu werden, der päpstlicher als der Papst auftrat: ›Gnädige Frau, wieviel Milliönchen wollen Sie denn heute anlegen?‹ – Linda liest Kitschromane! Wann wirst du endlich erwachsen? …

Der Angestellte in der Stadtsparkasse sah erstaunt hoch, als Linda ihn bat, ihr ein ›paar Milliönchen‹ zinsgünstig in einem Sparbuch anzulegen, dann hüstelte er, wahrscheinlich weil Geld auch für Volks-Banker eine ernste Sache war. Hinter Lindas Rücken lachte es, das waren die Kunden, die ebenfalls Kleckergeld anlegen oder abheben wollten. Linda wollte nicht kleckern. Nie mehr kleckern! Sie schob ihre fünfhundert Mark über den Kassenschalter und wartete, bis sie ein blaues Büchlein zurückbekam, als Geheimwort gab sie lauthals ›Milliönchen‹ an. Das Lachen hinter ihr wurde lauter, der Kassierer verzog keine Miene, mit Geld spaßte man nicht, logo. Adele Erz verstand auch keinen Spaß, wenn es um Geld ging. Hoffentlich war wenigstens der Kaffee fertig. Linda hatte noch immer Schwierigkeiten mit Dieters Pantry-Küche.

»Hm«, sagte Linda. Es roch gut. Nach frischem Kaffee und selbstgebackenem Kuchen. Der Kaffeetisch sah auch einladend aus, ihre Mutter schien den Kampf mit Dieters chromblitzender Technik gewonnen zu haben. »Hattest du keine Probleme mit dem Herd?« fragte sie.

»Probleme? Wozu gibt's denn eine Bedienungsanleitung?« fragte Adele Erz zurück.

Bedienungsanleitung, alles klar, dachte Linda. Auf die Idee war sie kein einziges Mal gekommen, und jetzt war es sowieso überflüssig, weil Frau Niemann als Vollzeit-Perle beschäftigt war.

»Klar«, sagte sie laut.

»Wer hat eigentlich das Quittengelee gemacht? Bei dir im Schrank stehen zehn Gläser bestes Quittengelee, das macht heute kaum noch jemand selbst.«

»Frau Niemann schon«, antwortete Linda stolz. Endlich einmal etwas, was ihrer Mutter imponierte. »Sie ist eine Perle, es gibt nichts, was sie nicht kann, ihr Geschnetzeltes und ihre Rösti sind eine Wucht, und erst die Pfannkuchen, hauchdünn ...«

»Sie kocht also auch für euch?«

»Claro.«

»Und du?«

Linda stopfte sich rasch ein Stück Kuchen in den Mund. Wie sollte sie ihrer Mutter ihren eigenen Part erklären? Auwei, und wenn dann noch die Kündigung bei ›Li-Lo‹ rauskam ... Besser noch nichts sagen! Linda kaute sehr langsam, gründliches Kauen war wichtig und viel gesünder. »Wir ziehen doch jetzt um«, nuschelte sie, »das Haus ist ziemlich groß, Frau Niemann wohnt dann bei uns. Und erst mal der Garten, der reinste Dschungel, dafür könntest du glatt einen Gärtner beschäftigen, natürlich mache ich das selbst, ich liebe Gartenarbeit, und im Wintergarten kann ich die tollsten Pflanzen ziehen, wenn du willst, zieh' ich da auch ein Orangenbäumchen für dich.«

»Also«, sagte Adele Erz, »das hört sich so an, als ob du und dein Mann beabsichtigten, in eine Villa zu ziehen und eine Haushälterin zu beschäftigen. Erinnerst du dich an Tante Käthe?«

»Klar.« Linda erinnerte sich vor allem an den Geruch von Uralt-Lavendel und weiße Aufsteckkragen, unter der Woche waren die schlicht und glatt und sonntags mit Spitzenbordüre. Tante Käthe kam immer an ihrem freien Nachmittag zu Besuch, ansonsten arbeitete sie für die Hautevolee in Moosbach, sie sprach nur von ihren ›Herrschaften‹.

»Tante Käthe dürfte so alt wie eure Frau Niemann sein,

ich weiß zufällig, was sie als Haushälterin verdient. Dagegen ist das, was du bei ›Li-Lo‹ bekommst, ein Pappenstiel. Und Immobilien in Köln sind praktisch unerschwinglich, das stand in der Zeitung, Köln ist die fünfteuerste Stadt, und ihr zieht in eine Villa. Wovon, frage ich mich?«

»Du tust so, als ob dein Schwiegersohn Hilfsarbeiter wäre.«

»Ich kenne zufällig seinen Chef. Nichts gegen Carl Morus, aber er wird seinem Sohn kein dickes Gehalt zahlen, zumal die beiden sich nicht grün sind. Du hast doch nicht etwa einen Schuldschein unterschrieben?«

»Nein, großes Ehrenwort, wirklich nicht. Dein Johannisbeerkuchen ist übrigens wirklich klasse, ich könnte für Johannisbeeren sterben, kannst du nicht mal für Frau Niemann das Rezept aufschreiben ...«

Es klingelte an der Tür. Linda sprang auf, egal wer das war, den Klingler schickte ein barmherziger Engel. Im Moment hätte sie sogar Hans-Maria die Engelflügel geherzt. Linda drückte auf, öffnete die Wohnungstür und wartete, bis der Aufzug bei ihr anlangte.

Es war ein Morus-Vertreter, er kam einmal im Monat hierher. Heute kam er außer der Reihe, er sollte das frisch gereinigte Leinensakko für seinen Chef abholen. Linda hatte das Sakko total vergessen.

»Hallo, Herr Stümper, kommen Sie rein! Ich muß nur noch schnell eben zur Reinigung an der Ecke. Das ist meine Mutter.« Ihre Mutter würde dem Vertreter schon mit einem Stück selbstgebackenem Kuchen die Zeit vertreiben, wetten?

»Das Jackett, bitte schön«, sagte die Frau in der Expreßreinigung, »alle Flecken sind herausgegangen, zwölf Mark macht das, und hier, das war in den Taschen, bitte schön.«

Die Frau hielt Linda ein zusammengekniffeltes Papier hin.

»Danke.« Linda stopfte das Papier in ihre Handtasche und bezahlte. Sie mußte sich beeilen, es würde schon kein Liebesbrief sein. Komisch, früher bei Andy und auch bei Hans-Maria hätte solch ein Zettel sie schon in Schwulitäten versetzt. Männer brachten die unmoralischsten Sachen, wenn ihnen was juckte. Wahrscheinlich machte es einfach einen Unterschied, anständig verheiratet zu sein, das gab ein Gefühl von Sicherheit. Leider war nach nur sechs Monaten Ehe auch das ganz große Feuerwerk abgeschossen. Komische Vorstellung, sich bis zur goldenen Hochzeit mit Knallfröschen zufrieden geben zu müssen, danach juckte wahrscheinlich sowieso nichts mehr.

Im Aufzug zog Linda den Zettel aus ihrer Tasche, neugierig war sie doch. Es war eine Gehaltsabrechnung der Morus KG, ausgestellt für Dieter Morus, die Zahl dort war nicht übel, achttausendzweihundert brutto waren kein Pappenstiel. Linda steckte den Zettel rasch wieder weg, sie war im fünften Stock angekommen.

»Hallo«, sagte sie fröhlich, »da bin ich wieder.« Sie hielt dem Morus-Vertreter den Bügel mit dem in Plastikfolie eingeschlagenen Sakko hin.

Der Vertreter schob sich aus seinem Stuhl, er kaute noch.

»Ich habe Herrn Stümper gerade eine Tasse Kaffee und ein Stück Kuchen angeboten«, sagte Adele Erz. Der Satz war länger als das übliche ›Linda!‹, aber er bedeutete dasselbe. Ordnungsruf, so habe ich meine Tochter nicht erzogen, sei ein wohlerzogenes Mädchen!

»Pardon«, sagte Linda, »so war's nicht gemeint, bleiben Sie ruhig sitzen.« Sie nahm dem Mann das gereinigte Sakko wieder aus der Hand und setzte sich ebenfalls an den Kaffeetisch.

Achttausendzweihundert Mark, überlegte sie, davon gingen viertausend Mark Haushaltsgeld ab, und dann noch die Miete und das Gehalt für die Perle. Linda hatte keine Ahnung, was eine Hausperle so verdiente. Ach ja, die beiden Autos hätte sie bald vergessen, und wenn Linda mit Dieter shoppen ging, lief das über eine von seinen vielen Kreditkarten, das Geld wurde am Monatsende diskret bei ›Oppi‹ abgebucht. Wenn sie das alles zusammenrechnete, konnte ihr glatt schwindelig werden, gemessen an diesen Ausgaben waren die achtzwei wohl doch nicht die Welt. Dieter mußte ganz tüchtig maggeln, was immer das im Klartext hieß. So 'ne Villa gab's garantiert auch nicht auf Pump …

»… wußtest du, daß Herr Stümper meine Lieblingsmarke vertritt?« Adele Erz zeigte auf eine Klarsichthülle, die der Handelsvertreter zwischen seinem und ihrem Kaffeegedeck abgelegt hatte. »Ich habe zufällig auf seiner Liste den Namen stehen sehen und ihn danach gefragt. Leider hat er nicht die Sachen aus der Werbung, er vertritt eine Nebenlinie, sagt er. Ist das nicht interessant?«

»Hm.« Linda war noch beim Maggeln, und die Lieblingsmarke ihrer Mutter interessierte sie sowieso nicht, die konnte es glatt mit den Altjuffermodellen von Morus aufnehmen. Dieses Pepitakostüm von Morus mit der roten Paspel zum Beispiel war ein Alptraum, einer, den es auch in Übergröße gab, ab Größe vierundvierzig wurde das Pepitamuster zum Karo-Zeltlager. Etwas schubste unter dem Tisch gegen Lindas Bein, automatisch sah Linda zu dem Vertreter hin, der würde doch wohl nicht etwa? Bei Männern war alles drin. Aber dieser Mann war dem Johannisbeerkuchen verfallen. Adele Erz war die Schubserin, anscheinend war sie mit der Antwort ihrer Tochter unzufrieden. Sei ein wohlerzogenes Mädchen, Linda!

»Tut mir leid«, sagte Linda höflich und sah den emsig kauenden Vertreter an. »Ich wußte wirklich nicht, daß Sie noch für eine andere Firma tätig sind, Herr Stümper. Ist das so üblich in der Branche? Irgendwie arbeiten Sie ja dann gleichzeitig für die Konkurrenz, wenn ich das richtig sehe.«

Herr Stümper hüstelte, hielt die Hand vor den Mund, steigerte sich in einen bellenden Husten und zog ein Taschentuch – immerhin eines aus Stoff – aus seiner Anzugtasche. »Nein, ja, also so ist das eigentlich nicht, verstehen Sie das bitte nicht falsch, das hier ist übrigens für Ihren Mann, und ich müßte jetzt auch los, Sie wissen ja, die Eröffnung in Stuttgart heute abend, also dann nochmals vielen Dank für den Kuchen, hat mich sehr gefreut, gnädige Frau …«, Herr Stümper griff nach der Türklinke.

»Moment«, rief Linda, »das Sakko für meinen Mann, das will er doch heute abend tragen.«

»Ach ja, natürlich, danke vielmals.«

Linda schüttelte den Kopf. Komisch. Der Mann war glattweg aus dem Häuschen, gewöhnlich hatte er die Ruhe weg. Hoffentlich führte er seine Verkaufsgespräche nicht genauso verworren. So einem traute Linda nicht einmal zu, daß er in dem altjüfferlichen Damenoberbekleidungsfachgeschäft in Moosbach, das die Lieblingsmarke von Adele Erz führte, das Pepitakostüm mit roter Bordüre in Zeltgröße verkauft bekam. Ach nee, das war ja sowieso von Morus, aber irgendwie war es doch ein Stil.

Linda legte die Klarsichthülle des Vertreters auf Dieters Schreibtisch. Komisch, dort stand tatsächlich der Name von Mutters Lieblingsmarke, und daneben standen Zahlen. Stückzahlen und DM-Beträge. ›Zweihundertachtzig Pepitakostüme, rote Zierpaspel, Gr. 42–48, à 198,– DM‹, danach folgten Kleider und Hosenanzüge, ganz unten stand die Summe. Linda stieß einen Pfiff aus. Unter der Summe stand in Klammern ›Provision für März 1994«, Linda stieß einen zweiten Pfiff aus. Handelsvertreter verdienten an jedem Teil, das sie verkauften. Prozentual, außerdem bekamen sie ein Fixum, hatte Dieter ihr erklärt. Mit dieser Provision hätte man glatt eine fünfköpfige Familie über den Winter gebracht, und natürlich kassierte ein Vertreter nur einen Bruchteil dessen, was der glückliche Hersteller der erfolgreich verkauften Modelle einstrich. Leider handelte es sich hier um verkaufte Stückzahlen und Gewinnzahlen einer fremden Marke, auch wenn die offensichtlich denselben Vertreter wie die Morus KG beschäftigte und ebenfalls rot gepaspelte Pepitakostüme in Zeltgrößen herstellte.

Linda fragte sich nur, was Dieter mit den Verkaufslisten der Firma zu schaffen hatte, die Mutters Lieblingsmarke produzierte. An der Stelle des fremden Kleiderfabrikanten hätte Linda ihrem Vertreter tüchtig auf die Finger geklopft, wenn der ihren Absatz bei der Konkurrenz rundgetragen hätte. So was gab's doch gar nicht. Kein Wunder, daß der liebe Herr Stümper nervös geworden war. Er hatte ein sauschlechtes Gewissen, das war es. Sie, Linda, hatte die Pflicht, ihren Mann auf das unkorrekte Verhalten seines Mitarbeiters hinzuweisen.

Stop! Gatte Dieter war der offizielle Empfänger dieser Liste, also mußte er eingeweiht sein. Linda wischte sich übers Kinn, sie hatte automatisch an ihren Haaren zu suckeln begonnen. Sie stand vor einem kniffligen Problem, dann mußte sie einfach suckeln.

»Linda.« Adele Erz kam aus der Küche, sie hatte inzwischen schon zum zweitenmal ›klar Schiff‹ gemacht und die Kuchenreste in Folie abgepackt und das schmutzige Geschirr abgespült. In Moosbach verwahrte sie auch einen Rest Kaffee auf, der wurde dann später in einem Stieltopf auf dem Herd aufgewärmt. Es gab nichts Ekligeres als aufgewärmten Kaffee.

»Was hast du mit dem Rest Kaffee gemacht?« fragte Linda und ließ die patschnasse Haarsträhne aus dem

Mund gleiten. Sie war bescheuert, sich Dieters Kopf zu zerbrechen. Das ging sie nichts an. Wirklich nicht! Eine Linda Erz mußte nichts von den Geschäftspraktiken eines Kleiderfabrikanten verstehen, und vom Klüngel mußte sie auch nichts verstehen. Sie war nur Frau Sitte, basta!

»Ich habe den Rest Kaffee umgefüllt und in den Kühlschrank gestellt«, erwiderte Adele Erz, »mit Vanilleeis gibt das einen köstlichen Eiskaffee, und es wäre doch wirklich zu schade um den guten Kaffee, es waren mindestens noch zweieinhalb Tassen.«

Linda nickte ergeben und überlegte, was inzwischen wohl eine Tasse Kaffee im Stehausschank bei Tchibo kostete. Sie war Ewigkeiten nicht mehr im Stehausschank gewesen, mindestens ein halbes Jahr nicht. Wetten, daß ihre Mutter noch dorthin ging? Adele Erz verkniff sich lieber ihren Kaffeedurst und den Appetit auf ein Stück Kuchen, als daß sie fünf Mark sechzig in einem gemütlichen Café für etwas ausgegeben hätte, was sie zu Hause fast umsonst oder im Stehausschank für ein paar Pfennige haben konnte.

Adele Erz und Carl Morus hatten wirklich eine Menge gemeinsam. Eigentlich schade, daß aus den beiden kein Paar geworden war.

Em Höttche

»Dein Wagen steht vor meiner Garage«, sagte Dieter.

»So?« fragte Linda. Wußte sie doch selbst, daß ihr Wagen noch draußen stand. Sie beugte sich zum Spiegel vor. Echter Jugendstil, sah super aus. Mit ihrem Lidstrich stimmte trotzdem etwas nicht.

Zehn Jahre Natur-Girl rächten sich. Ungefähr so lange war sie mit Seife und Lipgloss ausgekommen, den Rest hatten ihre Sommersprossen und die erbsengrünen Augen und die rotblonde Mähne besorgt. Dieter stand noch immer da. Er machte sie nervös. Natürlich würde er sich nicht mit ihrem ›So?‹ zufriedengeben, obwohl es nicht wirklich um seine blockierte Garage ging. Das bevorstehende Familientreffen lag ihm im Magen. Wenn Männer Wut im Bauch hatten, suchten sie ein Ventil, irgendeins, das bequemste hieß Ehefrau. Linda hatte in diesem Jahr eine Menge dazugelernt. Nicht nur, wie Frau sich richtig schminkte. Auf ein Gramm Schminke kam eine Tonne Wissen über Mann, ihr Mann hieß Dieter Morus. Juniorchef der Morus KG? Von wegen ... »Wieso steht dein verdammter Wagen schon wieder vor meiner Garage?«

Linda zuckte die Schultern, der Eyeliner-Stift in ihrer Hand zuckte mit. »Scheiße! Hast du mal ein Kleenex?« fragte sie in den Dielenspiegel. Dieter stand jetzt genau hinter ihr und klimperte mit seinem Autoschlüssel. »Frau Niemann hat meinen Wagen fürs Einkaufen gebraucht, deshalb steht er draußen«, fügte sie hinzu.

»Frau Niemann hat seit sechs Uhr frei. Jetzt ist es zehn nach sieben.«

»Zwölf nach«, korrigierte Linda. Die Standuhr konnte sie auch im Spiegel sehen, genauso wie ein Stück Treppenpfosten und die Flügeltür, die in den Wintergarten führte.

Endlich saß der Lidstrich, Linda trat einen Schritt zurück. Gestatten, Lady Morus! Man könnte sie glatt für eine Lady halten. Die Biberstraßen-Queen versteckte sich hinter einem eleganten Kostüm und echtem Schmuck und hochgesteckten Haaren. Heute war der totale Lady-Morus-Tag. Sogar das Kostüm war ›made by Morus‹, dem alten Morus zuliebe. Er feierte seinen fünfundsechzigsten Geburtstag.

»Wieso haben wir eigentlich eine zweite Garage anbauen lassen?« fragte Dieter. Das Schlüsselklimpern steigerte sich.

»Damit du bei anderen damit angeben und mich anmosern kannst, deshalb!« Linda pflückte ihren eigenen Autoschlüssel von der Glaskonsole. Puder stäubte auf, sie klopfte über den BMW-Anhänger und hielt ihn Dieter hin. »Bitte schön, bedien dich.«

»Anscheinend«, sagte er und musterte sie, »brauchst du jeden Tag vierundzwanzig Stunden, um dich als Lady zu verkleiden. Du kommst nicht einmal mehr dazu, Frau Niemann korrekte Anweisungen zu geben.«

»Fehlten die Bügelfalten in deinen Unterhosen?« Linda verstaute Lippenstift und Puderdose in ihrer Handtasche und ließ den Bügel zuschnappen. »So«, sagte sie, »wir können.«

»Prächtig«, sagte er.

»Danke«, sagte sie. »Freut mich, daß ich dir gefalle.« Er haßte es, wenn sie eine Bemerkung von ihm umkippte, ganz besonders, wenn er glaubte, etwas Tolles losgelassen zu haben. In Wahrheit waren seine Bonmots stumpfe Geschosse. Als Mister Moon hatte er die noch hübsch aufbauschen können, bei Master Sitte fielen sie schnurstracks durch den Rost.

»Ich meine nicht dich«, sagte er. »So schön bist du nun auch wieder nicht.«

»Du bist natürlich der Schönste. Mengenmäßig betrachtet.« Linda tätschelte im Vorbeigehen über Dieters Bauch.

Das tolle Trimmrad war mit umgezogen, es hatte unten im Fitneßraum etliche Kollegen bekommen, von den Hanteln bis zur Rudermaschine war alles da. Aber die einzige, die sich hier in Form brachte, war sie selbst.

»Ich halte mein Gewicht konstant.« Dieter zog den Bauch ein, was den Brustkorb vorschnellen und sein Gesicht rot werden ließ. Es sah komisch aus.

»Verteilst du dein Gewicht auf zwei Waagen? Dann kommt es hin.« Linda stieß einen Finger gegen seinen Bauch, der Zweireiher schnellte vor, es war ein Reflex. Etwas klickerte.

»Meine Hose!« Dieter bückte sich.

»Hast du an, Schokoladenjunge!«

»Nenn mich nicht Schokoladenjunge!« Dieter kam mit einem Knopf in der Hand hoch: »*Das* warst du.« Er knöpfte sein Jackett auf und zog den Gürtel aus der Schnalle, ohne Gürtel sprang der Reißverschluß unter dem nun knopflosen Hosenbund nach unten. Die Hose klaffte und gab kleingetupfte Boxershorts frei.

»*Das* waren Schokoriegel und Schokokuchen und Schokomüsli und Schokoeis.« Linda lächelte süß. »Die Tupfen sind aber niedlich.«

»Es ist gleich halb.« Dieter raffte den Hosenstoff über dem Kleingetupften zusammen. »Du kennst meinen Vater.«

Linda spitzte die Lippen. Sie konnte nicht pfeifen, trotzdem ließen sich die paar Töne unschwer als Marschmusik identifizieren. »Auf geht's!« Linda wandte sich Richtung Haustür.

»Meine Hose«, schrie Dieter.

Linda drehte sich zu ihm um. »Wetten, daß dein Vater auch Knöpfe annähen kann?«

Beim Militär lernte Mann, seine Knöpfe anzunähen und sein Bett zu beziehen und sein Spind auf Vordermann zu bringen. Dieter war wegen chronischer Magenschleimhautentzündung ausgemustert worden, ha-ha! Sein Vater hatte es dafür bis zum General gebracht, was er gerne einfließen ließ und was Dieter wurmte. Nicht daß Linda viel fürs Militär übrig hätte, aber so einen zackigen General mit reichlich Lametta stellte sie sich nicht übel vor, der hatte wenigstens Power, und seine Knöpfe selbst annähen konnte er auch.

Es war fünf nach acht, als das Ehepaar Morus junior endlich die Ausfahrt Dormagen erreichte. Carl Morus hatte für acht Uhr eingeladen. Er würde seit halb acht an dem reservierten Tisch sitzen und alle fünf Minuten die goldene Taschenuhr aus seiner Weste ziehen. Ein Sohn war übersetzt in die Militärsprache eine Art persönlicher Adjutant, und übersetzt auf die Morus KG eine Art Pantoffelträger.

Sohn-Adjutant-Pantoffelträger Dieter kam zu spät. Linda summte, während Dieter mit Karacho in die Kurve ging und mit neunzig über die Hauptstraße bretterte. Das Lokal hieß ›Em Höttche‹, übersetzt ›In der Hütte‹, der hauseigene Parkplatz war besetzt. Dieter fluchte, setzte zurück, hundert Meter Hauptstraße retour, Wendemanöver, ein Fußgänger wies auf die durchgezogene Linie und tippte sich gegen die Stirn, recht hatte er! Hauptstraße wieder runter. Stop. Linda zeigte auf den Zebrastreifen, den der Jaguar zuparkte: »Könnte teuer werden.«

»Scheiß drauf! Nun komm endlich!«

Linda stieg aus, strich ihren Rock gerade, dann ihre Strümpfe und zuletzt ihre Haare. Dazu summte sie weiter, das Lied war noch nicht fertig gewesen, das Lied hieß ›Lady Sunshine and Mister Moon‹.

»Das nervt.« Dieter tippte gegen Lindas Ohrclips. »Die passen übrigens auch nicht zum Kostüm.«

»Und wieso passen sie nicht?« Linda zupfte an einem Clip, zu dem dezenten Kostüm waren die auffälligen Clips genau richtig. Alle großen Modemacher arbeiteten mit Kontrasten. Dieter hatte ihr den Schmuck kurz nach der Hochzeit gekauft, »Du kannst dieses verrückte Zeug tragen«. Das ›verrückte Zeug‹ war nicht billig gewesen und echt, Tigerauge in Rotgold gefaßt. Zu Weihnachten hatte sie einen in Platin gefaßten Brillantring bekommen, wenn sie den trug, begleitete Dieter sie am liebsten zu den ›Damen‹. Am liebsten hätte Linda den Brillantklunker gar nicht mehr getragen. »Wieso?« wiederholte Dieter. »Weil diese Ohrgehänge zu einem weißen Kostüm schlicht billig aussehen. Du solltest einen Kurs belegen, so etwas gibt es, ich bezahle ihn dir.«

»Mußt du da nicht erst Papi fragen?« Linda nickte Richtung Restaurant. ›Em Höttche‹ glich einem in die Länge gezogenen Hexenhaus alle Fenster hatten Butzenscheiben, und innendrin mußte Dieter den Kopf einziehen, um nicht gegen die Eichenbalken an der niedrigen Decke zu stoßen. Alles war auf rustikal getrimmt, nur die Preise nicht.

»Guten Abend, die Herrschaften!« sagte einer in schwarzer Livree. »Haben die Herrschaften reserviert?«

»Morus«, antwortete Dieter, offensichtlich fühlte er sich angesprochen. Klar, er war der Herr, äußerlich betrachtet. Der Livrierte saugte sich an Dieters Gardemaß und an dem Namen ›Morus‹ fest. Tippen Sie den Geheimcode ein! ›Morus‹ war das ›Sesam-öffne-dich‹. Bedauerlicherweise gehörte das ›Morus‹ dem Alten, der am Kopfende eines Tischs am Ende des Hauptgangs saß, von wo aus er alles unter Kontrolle hatte: Den Eingang und fremde Gäste und seine eigenen. Lindas Mutter war natürlich auch schon da.

»Bitte.« Dieter klappte den Arm Richtung Hauptgang auf. Es sah wie die Parodie des Oberkellners aus, der zuvor

Dieter mit derselben Bewegung den Weg gewiesen hatte und nun stehenblieb.

»Nach dir, Liebling.« Liebling hat Hosenschiß, dachte Linda. Verständlich, so wie Vater General dreinsah. Gleich kam ›Runter in den Schlamm und robben!‹ Männerspiele, einer hatte Spaß, und die Schlammrobber hatten das Nachsehen. Linda war happy, kein Mann sein zu müssen. Aber wenn sie einer wäre, würde sie das Kommando führen, wetten?

Linda sah auf Dieters Rückpartie. Er hatte eine Hand in die Hosentasche gesteckt. Total unfein, tat er nur, wenn er kribbelig war. Seine Karten wurden immer schlechter, Vater Morus legte Wert auf gute Umgangsformen. Das hochgezogene Jackett gab die Gesäßtasche frei, in der die Brieftasche saß. Kneif die Backen zusammen, Junge! Geld in der Klemme! Linda lächelte fröhlich, das hier war spannender als die Opern, in die Dieter sie einmal im Monat schleppte.

Vor zwei Wochen war die mit der Nadelkissenstimme gestolpert, vermutlich hatte ihr der gewaltige Brustwulst die Sicht versperrt. Das war wenigstens Action, und mit etwas Glück trillerte sie beim nächsten Mal nicht mit. Ein Triller-Gips machte sich schlecht im Kulturprogramm. Kultur war etwas Ernstes, geschneuzt und gelacht wurde höchstens in den Pausen. Linda gäbe sonstwas für einen Abend im ›Tingeltangel‹, die neue Lesben-Show juckte sie auch, aber Dieter befand beides als unfein. Entweder um sie zu kasteien, oder um nicht selbst aus der Rolle als feiner Pinkel zu fallen.

Dieters Rücken vor ihr stoppte und buckelte. Jetzt küßte er seinen Vater: »Tut mir leid, herzlichen Glückwunsch!« Dann war Linda an der Reihe, sie küßte und gratulierte auch, die Verspätung war Dieters Sache. Natürlich sagte der Alte coram publico keinen Ton, brauchte er auch nicht.

Er konnte einfach auf seinem Posten ausharren, noch ein Jahr oder zwei oder so lange er wollte, das war Strafe genug. Er war der Chef, und mit fünfundsechzig in den Ruhestand galt nur für normale Menschen mit Rentenanspruch, die froh waren, wenn sie endlich Zeit für ihren Schrebergarten oder ihre Zuchttauben hatten. Carl Morus war nicht der Typ dazu.

Leider war er auch nicht der Typ für selbstgebackenen Kirschstrudel und Bienenstich. Linda umarmte ihre Mutter. »Hallo, Mom!«

»Guten Abend, Linda!« Mutter saß rechts von Carl Morus, immerhin. Ihm imponierte ihre energische Art, von wegen ›Handeln ist vernünftiges Denken‹.

Kurz nach der Hochzeit war Adele Erz in der Morus KG aufgetaucht und hatte deren Chef, eingerahmt von Öl in Gold und an wuchtiger Eiche, zur Rede gestellt. »Wundert mich, wie du zu so einer prächtigen Schwiegermutter kommst‹, hatte der hinterher zu Dieter gesagt. Dieter konnte prompt ›Königin Mutter frisch aus der Eifel« nicht ausstehen, trotz absolut köstlichen Schokoladenkuchens. Der alte Morus war leider Diabetiker, sonst hätte Lindas Plan – einsamer distinguierter Herr zu einsamer backwütiger Dame – vielleicht doch noch funktionieren können. Immerhin hatte Linda ihrer Mutter zu Weihnachten die neue Braun-Küchenmaschine geschenkt, die rührte auch vollautomatisch, allerdings nur ein Kilo Mehl auf einmal. Für eine alleinstehende Dame reichte die ›Braun‹ und eigentlich sogar der Dreimix mit Handbetrieb.

»Wie geht's Schnuffel?« fragte Linda.

Dieter vertrug sich nicht mit ihrem Hund. Angeblich hatte Dieter eine Allergie gegen Hundehaare. Wahrscheinlicher war, daß er Angst hatte, gebissen zu werden. Er machte um jeden größeren Hund einen Bogen. Schnuffel war eine Seele von Hund, eingepackt in den Körper eines

Neufundland-Terriers, die beiden Rassen steckten schätzungsweise in ihm. Schnuffel machte auch einen Bogen um Dieter.

»Schnuffel ist verliebt«, antwortete Lindas Mutter. »Er hat schon dreimal ein Loch zum Nachbarn hin gegraben, der hat jetzt eine Pudeldame. Nun rennt dein Hund vor dem Maschendraht hin und her und jault zum Gotterbarmen.«

»Das Tier braucht Bewegung«, mischte Carl Morus sich ein. »Bewegung ist das A und O. Ich schwimme jeden Morgen meine zwanzig Bahnen, abends jogge ich durch den Wald, und am Wochenende benutze ich grundsätzlich nur das Fahrrad.« Der Fünfundsechzigjährige klopfte sich gegen den Bauch, Trommelwirbel, straff gespannt. Linda warf Dieter einen anzüglichen Blick zu. Dieter warf einen wütenden Blick zurück.

»Meine Beine spielen nicht mehr mit«, wandte Adele Erz ein. »Und außerdem ist es Lindas Hund. Es ist kein Hund für eine alte Frau.«

»Jaja, heutzutage müssen wir Alten die Arbeit von den Jungen mittun, so ist das. Die werden sich noch umschauen, keinen Mumm in den Knochen und keine Disziplin.« Carl Morus zückte seine goldene Taschenuhr, Deckel hoch, Lockfinger Richtung Oberkellner: »Ich habe die Suppe für halb neun bestellt.«

Der Befrackte katzbuckelte, weil die Suppe zwei Minuten über die Morus-Zeit war.

»Tolle Uhr«, sagte Linda, »ein Erbstück?« – Mit den ›Jungen ohne Mumm‹ meinte der Alte nicht nur seinen Sohn, natürlich war Schnuffel IHR Hund, aber SEIN Sohn schob die Hundallergie vor. Die Parallele stank Linda gewaltig.

Der Alte nickte (Nick-Lüge!) und steckte die Golduhr hurtig wieder weg. Blick zu Dieter rüber, ob der das

Geheimnis des gekauften Erbstücks gelupft hatte. Verräter, sprich! Mit einer kräftigen Portion Pathos in der Stimme sagte er: »Mein Großvater und mein Vater haben hart für den Erfolg der Firma Morus arbeiten müssen, genau wie ich. Manchmal frage ich mich, wozu?« Zweiter Blickschuß zu Dieter hin.

»Du solltest dich schonen, Vater«, sagte Dieter prompt. »Wirklich! Du hast dir deine Ruhe redlich verdient.«

Linda holte tief Luft, plumper ging's nicht. Warum schlug er seinem Vater nicht gleich ein Meeting mit dem Pfleger oder dem Totengräber vor? – Lieber Vater, im Pflegeheim kannst du dich prima schonen, und in so einer hübschen Eichenkiste hast du noch viel mehr Ruhe, ich spendier' dir eine aus Massivholz. – Trottel! Linda blitzte ihren Mann an.

»Und du übernimmst meine Arbeit, richtig?« fragte Carl Morus seinen Sohn.

Dieter nickte eifrig.

Obertrottel! Auf den Leim gegangen! Linda blitzte in Potenz.

»Meine Arbeit und die Fabrik und notgedrungen ein bißchen Kapital?«

»Ich bin ein Morus und dein einziger Sohn«, antwortete Dieter. Faust in die Hosentasche und ›cheese‹ aufs Gesicht gespannt. Nützte nichts.

Ober-Ober-Trottel!

»Du bist ein geborener Morus und ein hausgemachter Hallodri. Prost!« Carl Morus hob sein Champagnerglas, die anderen taten es ihm nach. Glasklirren und verlegenes Lächeln und synchrones Schlucken, überlaut in der plötzlichen Stille, und da hinein fünf Kellner mit der Suppe, jeder balancierte zwei Teller. »Guten Appetit!« Löffelklappern und dezentes Schlürfen und betontes »Ah! Köstlich!«

Nö, ging es Linda durch den Kopf, Hallodri stimmte

nicht. Hallodri hatte sie auch einmal gedacht, sie hatte ein Faible für Hallodrilieben. Die Hallodris roch sie förmlich, und ein Dieter Morus hatte nach Top-Hallodri im goldenen Nest gerochen. Das Nest war nicht übel. Natürlich waren ein schnuckliges Haus in Fein-Lindenthal (das lag quasi zwischen Biberstraße und Fein-Junkersdorf) und ein rotes Cabriolet und aller mögliche Schnickschnack nicht übel. Aber der Spender hieß Carl Morus, einen Teil spendete er offiziell, und den Rest zapfte sein feiner Sohn ihm hinterrücks ab. Er zapfte nicht schlecht und nicht wenig, deshalb Faust in der Tasche und smilen.

Echte Hallodris waren Abenteurer. Ein Hallodri war kein Arschkriecher.

»Prost!« sagte Linda und hob ihr Glas. Früher hatte sie süßen Spumante getrunken, das war die Ära Hallodri Andy. An den Geschmack von Champagner konnte sie sich gewöhnen, vielleicht hatte sie sich auch schon zu sehr daran gewöhnt. Aber sie brauchte eine ganze Menge von dem teuren Kribbelzeug, um die Hallodri-Sehnsucht runterzuspülen. Die Sehnsucht nach einem echten Hallodri.

Fein-Lindenthal

Linda wurde von dem leisen Klirren des Porzellans neben ihrem Bett wach. Frau Niemann brachte Lindas Tee, das tat sie jeden Morgen um halb acht.

Eigentlich hätte Linda lieber Kaffee getrunken, so wie Dieter. Aber in letzter Zeit hatte sie immer öfter das Bedürfnis, etwas für sich allein zu tun. Also trank sie Tee. Am liebsten hätte Linda auch ein Schlafzimmer für sich allein gehabt, Platz genug war in diesem Haus. Aber Dieter bestand auf dem gemeinsamen Ehebett, obwohl er sich jedesmal aufregte, wenn sie nachts das Licht anknipste und noch ein paar Seiten las oder einen Apfel aß oder das Radio einschaltete.

»Danke«, sagte Linda und richtete sich auf, um an die Teetasse auf ihrem Nachttisch zu kommen. Die weißen Vorhänge vor den beiden Fenstern und der Terrassentür dazwischen blieben heute dämmrig grau. Wenn die Sonne darauf schien, wurden sie durchsichtig, und die Bäume schimmerten durch. Es war Sommer, trotzdem begrüßte die weiße Stoffront Linda morgens seit Tagen mit diesem stumpfen Grauweiß. Sie konnte genausogut weiterschlafen, es gab keinen Grund für sie, schon aufzustehen. Keinen außer dem gemeinsamen Frühstück um halb neun. Darauf bestand Dieter auch.

Neben ihr rumorte es. Zum Glück hatten sie zwei getrennte Matratzen, trotzdem wäre ihr fast der heiße Tee übergeschwappt, als Dieter sich in seiner Betthälfte hochwuchtete.

»Paß doch auf!« sagte sie.

»Welch nette Art, guten Morgen zu sagen!« Dieter nahm seine Kaffeetasse hoch.

Linda sah nicht zu ihm hin, aber sie hörte das dreifache

›Plop‹. Mittlerweile nahm er drei Stücke Zucker in seinen Kaffee. Er mußte sich wirklich nicht wundern. »Guten Morgen, Sugar boy!«

»Guten Morgen, Rotnase«, erwiderte er. »Leider paßt das Tulpenrot von deiner Nase absolut nicht zu deinen fussigen Haaren.«

Linda rieb sich über ihre Nasenspitze. Sie hatte sich gestern abend anläßlich der Geburtstagsfeier ihres Schwiegervaters tüchtig einen auf die Nase gekippt, zugegeben, aber wahrscheinlich war dieses ›Rotnase‹ nur eine billige Retourkutsche auf ihr ›Sugar boy‹.

»Damit hast du wenigstens keine Probleme«, sagte sie, »du paßt zu dir inklusive Kummerbund.«

Linda warf ihre Bettdecke zurück, sprang auf und reckte sich. Nackt, sie schlief immer nackt, aus den Augenwinkeln fing sie Dieters Plüschblick auf.

Nichts da, Junge! Erst ›Rotnase‹ und dann ›Schnuckiputzi‹, nicht mit ihr. Überhaupt störten sie sein Bauch und der aufgeklebte Smilie. Ihr fiel die Szene gestern abend im ›Höttche‹ wieder ein: ›Du solltest dich schonen, Vater!‹ und Faust in der Tasche. CHEESE. Wetten, daß heute der nächste Griff in die Firmenkasse folgte. TALLAHASSEE.

Dieter schlug nun ebenfalls ein Stück Bettdecke zurück. Alle mal hersehen! Hab' ich nicht 'ne tolle Morgenlatte?

Morgens früh vor dem ersten Urinieren waren sie alle die größten und hatten den Größten, aber spätestens nach der ersten Klosettspülung fielen sie wieder zusammen.

F... dich selbst! dachte Linda. In ihr drin applaudierte Moser-Linda, was natürlich wieder mal der blanke Hohn war. Linda hatte tatsächlich nur ›F...‹ gedacht, so weit war sie schon. Fast eine echte Lady! Vollmundiges Ficken war nichts für Ladies.

Linda schwenkte nach links, links lag ihr Bad, das wenigstens gehörte ihr allein.

Der Architekt dieses Hauses hatte vor rund zwanzig Jahren in weiser Voraussicht zwei Bäder eingeplant. Linda drückte die Tür mit der Ferse zu, Dieter outside, er hatte ihr mit seinen Gieraugen fast zwei Löcher in den Po gestiert. Mit einem Liter Restalkohol in der Blase war Dieter morgens besonders wild aufs Ri-ra-rutsch. Sie nicht mehr, sie war wild aufs Frühstücken.

Nach rund zehn Jahren Knäckebrot und Muckefuck-Kaffee in der Biberstraße gierte Linda nach frischen Brötchen und duftendem Kaffee und frisch ausgepreßtem Orangensaft. Frau Niemann war wirklich eine Perle und längst nicht mehr nur Dieters Perle. Linda war ja nicht blöd, sie ließ der Perle freie Hand: ›Sie wissen das doch alles viel besser, liebe Frau Niemann!‹ Hoffentlich machte Frau Nie-Mann ihrem Namen Ehre. Die Chancen standen nicht schlecht. Ladies mit Damenbart und Stützstrümpfen waren schlecht an den Mann zu bringen. Halleluja!

Linda nahm die Glaskaffeekanne von dem Glasstövchen (wirklich edel) und schenkte zuerst Dieter und dann sich selbst ein. Sie reichte ihrem Mann auch die versilberte Brotschale an. Die Tür zur Küche hin stand noch offen, für Meine-deine-Perle bot sich somit ein idyllisches Bild, als sie nun mit dem flaumigen Rührei an den Tisch trat und zuerst Linda und dann Dieter eine Portion auffüllte. Ladies first, feine Benimmregel. Herren bekamen nur den Probierschluck zuerst, weil es da ums Entscheiden ging.

Dieter wartete, bis die Küchentür sich hinter Frau Niemann schloß. Linda kaute schon genüßlich. Dieter griff nach der Fleischgabel und ließ sie über der Aufschnittplatte pendeln: »Was ist das?«

»Aufschnitt«, nuschelte Linda und schluckte den Rest

Rührei hinunter. »Garantiert schokoladenfrei und sogar kalorienreduziert.«

»Wo ist meine Pfälzer Leberwurst? Und der Käse?«

»Weißt du, wieviel Fett darin steckt, Liebling? Noch mehr als in deiner Nutella.«

»Wo ist die Nutella?«

»Denk an den Hosenknopf auf Vaters Geburtstag.« Linda stülpte die Lippen vor und produzierte ein lautes ›Plop‹. Das ›Plop‹ lockte Frau Niemann aus ihrer Küche.

»Fehlt etwas?« fragte sie.

»Fehlt etwas, Liebling?« Linda sah Dieter an und lächelte, süßer als sein süßester Schokoladenhaselnußaufstrich.

Er konnte nichts machen, der Smilie hatte ihn im Griff. Faust in die Tasche, CHEESE … »Nein«, sagte er, »nein danke, Frau Niemann.« Dann nahm er sich brav eine Scheibe von der mageren Putenbrust. So wenig wie heute frühstückte er selten. Heute würde er ausnahmsweise pünktlich in der Firma sein, falls er keinen Stop am Kiosk einlegte. Von wegen ›Pack den Schokotiger in den Tank!‹

»Mensch«, stöhnte Petra und ließ sich auf einen Korbsessel im Wintergarten plumpsen. »Ist das 'ne Himmelfahrt mit dem Bus zu dir.«

»Nimm ruhig Platz«, sagte Linda.

Aber offensichtlich hatte die andere kein Feeling für ironische Zwischentöne. Im Grunde hatte sie das noch nie gehabt. Im Grunde war Petra simpel gestrickt. Sie bildete sich tatsächlich ein, Lindas Aschenputtel-Karriere würde sich an ihr auf wundersame Weise wiederholen. Nur weil Exoten-Ferdi gelegentlich noch eine Runde mit ihr im Bett drehte. Petra war hoffnungslos naiv, und ihre Art, unangemeldet hereinzuplatzen und sich breitzumachen, nervte.

Was Petra betraf, gab Linda fast ihrem Mann recht: ›Ein Milligramm Hirn auf zehn Kilo Körpermasse.‹

»Weißt du schon das Neueste?« fragte Petra. »Alex hat sich das neue Jaguar-Modell bestellt.«

»Wovon?« fragte Linda, obwohl sie eigentlich in gelangweilt machen wollte. Dieters Freund Alex konnte sich gar keinen neuen Jaguar leisten, er konnte sich nicht einmal mehr den alten leisten, weil sein Oberstudiendirektor-Vater ihm endgültig den Monatswechsel gestrichen hatte.

»Eben.« Petra strahlte.

»Und woher hast du die Story?«

»Von Ferdi.«

»Ich habe gehört, Ferdi ist jetzt mit einer aus dem Tennisclub verbandelt.«

»Woher hast du denn die Story?«

»Von meinem Mann.« Linda lächelte.

»Dein Mann ist 'ne Schwätzbacke. Ferdi spielt nun mal gerne Tennis, und diese Erika auch. Ich kann kein Tennis, und außerdem habe ich einen Job. Nicht jede hat so 'nen Lenz wie du.« Petra sah sich um, Linda auch.

Der Wintergarten war ein Prunkstück, eingebettet in den Garten und Stille und Vogelzwitschern. Linda war mehr an dröhnende Musikboxen und ›Haben Se mal 'ne Mark?‹ und ›Vergessen Se dat Treppenputzen nicht!‹ gewöhnt. Manchmal machte die Ruhe hier sie kribbelig. Der ›Lenz‹ hatte auch seinen Preis.

»Alles klar«, sagte Linda. »Mein Mann ist 'ne Schwätzbacke, und in der Bhagwan-Disco werden neuerdings Aufschläge mit dem Tennis-Racket geübt. Da sind dein Ferdi und seine Tennisbraut nämlich morgens um drei rausgekommen.«

»Scheiße!« Petra schniefte. »Okay, er hat was mit dieser Schnepfe, aber nur, weil sie im weißen Röckchen über die

Aschbahn tänzelt und ihr Vater Zahnklempner und Kunde bei Ferdi ist.«

»Klar«, sagte Linda, »nur deshalb. Möchtest du vielleicht etwas trinken?«

»Nö«, Petra schniefte, schnüffelte, heulte los. »Aber ein Happen Schokolade wäre nicht schlecht. Du weißt doch, daß ich immer was Süßes einwerfen muß, wenn ich so drauf bin.«

»Ja, weiß ich.« Sehe ich, dachte Linda, die Figur ihrer Freundin sah nach dreihundertfünfundsechzig Tagen ›schlecht drauf sein‹ aus. Linda stand auf. Sie kam mit einem Paket Tempos und einer Tafel Schokolade zurück, die Papiertaschentücher zuoberst. Das Schniefen nervte total.

»Bitte schön.«

»Danke.« Tempos beiseite, das Schokoladenpapier ratschte, und dann knisterte Stanniol. Erster Riegel und zweiter, dazwischen Schniefen. »Hm, das tut gut, und so 'ne gute Sorte, die ist nicht von Aldi.«

»Die Tempos auch nicht.« Linda zeigte auf das achtlos auf den Tisch geschobene Päckchen Original-Tempos.

»Wie?« fragte Petra und stippte mit dem Finger die letzten Schokokrümel von dem Silberpapier. Simpel! Naiv! Nervig! – Linda sprang auf.

Petra sah hoch. »Du bist so zibbelig. Und für meinen Geschmack auch zu dünn. Seit du hierhergezogen bist, kommst du mir manchmal wie eine von diesen Hopfenstangen-Ladies vor, über die wir uns früher totgelacht haben. Weißt du noch?«

»Danke!« Linda knüllte das Schokoladenpapier zu einer Kugel zusammen und bückte sich nach einem Fitzchen Stanniolpapier.

»Nichts für ungut, wir sind doch Freundinnen, und zwischen so guten Freundinnen ...«

Linda manövrierte Freundin Petra hinaus. »Wir kriegen noch Besuch.« Gelogen! ›Kriegen‹ sagte eine echte Lady auch nicht. Egal!

In ihrem Damenzimmer, Pendant zu seinem Herrenzimmer, daneben lag das herrschaftliche Schlafzimmer, drehte Linda sich vor dem großen Ankleidespiegel hin und her. Von wegen Hopfenstange! Sie hatte im letzten Jahr ein paar Kilo abgenommen, endlich hatte sie ihre Traummaße. Lady Traumfrau …

Weißt du noch? – Natürlich wußte Linda noch, wie sie mit Petra durch Fein-Junkersdorf geschlendert war, lästernd und neidisch und albernen Kichergören gleich. ›Den da mit dem Silberpfeil catchen wir uns …‹, sie hatten gewartet, bis sich einer mit Haarlichtung und Bauchwölbung aus seinem metallicsilbernen Cabrio quetschte, und dann waren sie mit wackelnden Hüften und wippenden Brüsten vor dem Silberpfeil-Besitzer herstolziert, bis dem die Augen überquollen. ›Seine Lady Hopfenstange wird sich wundern – so wild wie ein Mustang – und mitten in der Woche …‹, Linda und Petra hatten sich ausgeschüttet vor Lachen, und in der Biberstraße hatten sie eine Flasche Spumante geköpft. Was war dagegen Hopfenstangen-Champagner in der frei stehenden Villa mit dem Silberpfeil vor der Tür?

Nö, dachte Linda, alles Humbug! Wir waren zwei dusselige Gören und hatten 'ne lustige Zeit, aber irgendwann hörte das auf. Irgendwann waren der Schaumwein und die Schokolade von Aldi nur noch billig. Dann schon lieber Fein-Lindenthal und DAS rote Traumauto.

Linda streckte ihrer Spiegelbild-Traumfrau die Zunge heraus. Bäh!

»Hast du das gelesen?« Dieter hob einen amtlich aussehenden Bogen hoch.

»Knolle?« fragte Linda zurück.

Das gräuliche Umweltpapier und der Umschlag mit dem Stempel hatten das übliche Outfit von Strafmandaten. Davon kassierte Dieter reichlich. Natürlich hatte sie den Brief nicht gelesen, sie besaß schließlich keine Röntgenaugen. Außerdem interessierte sie Dieters Post nicht. Seine rhetorische Fragerei nervte, trotz Hochdeutsch, vielleicht auch gerade deshalb. Angekölscht klangen manchmal sogar Sottisen gemütlich. Ein Heimatdialekt hatte etwas Gemütliches, und Lady war Kölnerin. Geborene Kölnerin! Herzenskölnerin! Überzeugte Kölnerin! Nur ihre Mutter kam aus Moosbach, ›Ich brauche meinen Garten und das Zwitschern der Vögel und die Ruhe hier.‹ Lindas Mutter war nach dem Tod des Vaters wieder nach Moosbach gezogen. Sie hatte nie verstanden, was ihre Tochter an der Biberstraße fand.

»Anzeige«, knurrte Dieter.

»Weshalb?«

»Wegen allem. So wie sich das liest, wegen allem. Geschwindigkeitsübertretung und Falschparken und verbotenes Abbiegen auf der Hauptstraße und-und-und. Du bist mit einem Kriminellen verheiratet.«

Linda verzog die Mundwinkel. »Wem sagst du das?«

Angeklagt als Verkehrssünder und schuldig als Klaubruder, sie kam ihm schon noch auf die Schliche. Womöglich wurde der fabrikneue Jaguar für Freund Alex aus derselben Quelle finanziert wie ihr eigenes rotes Flitzauto und Fein-Lindenthal. Die vier Freunde steckten unter einer Decke, und Dieter spielte den Bandenchef, so weit war sie schon. ›Einmal Prinz zu sein‹, grölten die Massen im Kölner Karneval, das war der Hit. ›Einmal Chef zu sein‹, grölte Dieter, natürlich stumm. Einer mit Faust in der

Tasche und Smilie auf dem Gesicht grölte wortlos und ohne Melodie.

»Wie darf ich denn das verstehen?« fragte Dieter.

Linda zuckte die Schultern. »Vielleicht als höhere Gerechtigkeit?« Mit Fragezeichen. Aber dumm war er nicht, dafür feige.

»Zur Verhandlung kommst du mit.« Dieter knallte den Brief auf den Eßtisch und verschwand nach draußen.

Linda nahm den Brief vom Tisch und wunderte sich. Die Brüder waren fix. Gestern gesündigt und morgen angezeigt. Nächste Woche wurde verhandelt, am Amtsgericht Köln. Und sie sollte mit, befand Dieter. Als was? …

Richter: Bekennen Sie sich schuldig?

Angeklagter: Ich bin unschuldig. Meine Frau hat meinen Jaguar blockiert und meinen Hosenknopf gesprengt.

Richter: Im Namen des Volkes …

Weiter kam Linda leider nicht mit ihrer Gerichtsszene (Von wegen Kitschroman! Ich steige um ins Kriminal-Genre).

Draußen brüllte Dieter, das Gebrüll rückte näher: »Du hast schon wieder mit deinem verdammten Karren meine Einfahrt blockiert.«

»So?« Fiel ihm aber früh ein! Eben, als er heimkam, stand ihr Wagen haargenau an derselben Stelle wie jetzt. Jetzt hatte er eine Wut im Bauch. Er würde sich wundern.

Ehe-Frau hieß nicht Putz-Frau und nicht Kinder-Frau, so weit waren sie schon, das war Lektion eins gewesen. Auf Lektion eins folgt Lektion zwei. Er würde sich wundern und smilen, CHEESE und TAllAHASSEE, er war ein Smilie, der Smilie hatte ihn fest im Griff.

Ihn – nicht sie. Sie nicht mehr. Heureka!

Rendezvous mit dem Richter

Linda kannte das Amtsgericht. Von außen. Ein alter Kasten mit unsinnig vielen Stufen rundherum. Wenn sie ihr Rad dabeihatte, mußte sie es treppauf und treppab schleppen oder einen Umweg machen. Der Gerichtsklotz hatte ihr jahrelang den Weg zu McDonald's und zur Domplatte blockiert.

Jetzt kurvte Dieter mit ihr um den Klotz und fluchte, weil er keinen Parkplatz fand.

»Park doch einfach da!« Linda zeigte auf den Aufgang zum Hauptportal.

»Bin ich lebensmüde?«

»Nö, aber angeklagt. Kannst du vielleicht alles in einem Aufwasch erledigen lassen, dann lohnt sich die Zeche.«

»Warum habe ich dich eigentlich mitgenommen?«

»Als dekoratives Gegengewicht?«

»Aus der Biberstraße?«

»Aus der Biberstraße«, bestätigte Linda. Lieber Biberstraßen-Queen als Hampelmann in der Kleiderfabrik!

Das Innenleben des Gebäudes enttäuschte Linda. Lange Korridore mit Türen, an denen das Furnier absplitterte. Womöglich traten die Verurteilten wild um sich, wenn sie abgeführt wurden. Linda sah zur Seite, Dieter trug ein saharabeigefarbenes Sakko, das Oberhemd war anthrazitgrau, die Krawatte eine Mischung aus Beige und Grau, beigegraue Streifen. Linda kicherte, gestreift war gut. Sie sah Dieter schon zebramäßig verpackt gegen die Tür keilen, der Richter hatte ihn verknackt, der Smilie bröckelte von seinem Gesicht, die Gefängniskost slimte seine Taille, und Faust in die Tasche ging auch nicht mehr, weil die Zebrastreifen für Knastbrüder Schlottermänner aus Schlotterstoff waren, und um die Fäuste kamen Handschellen (Linda liest Kitschromane! Nein, neuerdings Kriminalstories …)

»Linda!«

»Wie?« Linda sah Dieter nicht an, wozu auch? Seine Rote-Karte-Stimme reichte ihr.

Spaßverderber! Sie hörte auf zu kichern. Ein bißchen Knast täte ihm wirklich nicht schlecht, sie müßte mal mit dem Richter talken. Im Knast könnte Dieter seine gelben und roten Karten durchs Gitter stecken, coole Vorstellung. Gab es überhaupt noch Gitterstäbe im Gefängnis? Im Kino gab's die noch.

»Du bist hier nicht auf dem Rummelplatz«, sagte Dieter.

»Leider«, antwortete Linda.

»Zimmer zweihundertsechzehn, da.«

Zimmer zweihundertsechzehn, las Linda. Gemessen am Kino war das hier wirklich ein Flop. Statt Saal gab es ein Zimmer, als die Tür aufging, sah Linda auf eine Art Küchentisch, daneben stand ein zweiter Küchentisch, obendrauf stand ein Aktenkoffer, der gerade zugeklappt wurde. Der Kofferbesitzer warf sich etwas Schwarzes mit Plüschkragen über den Arm, das war eine Robe, der Kofferbesitzer mußte folglich Anwalt sein. Abgeführt wurde keiner. Kino war wirklich tausendmal besser.

»Das sind wir«, sagte Dieter. Er zeigte auf einen Zettel in einem Glaskasten neben der Tür.

»Ich dachte, das wäre die Speisekarte.« Es sah aus wie der Aushang in einer billigen Spunte, aber statt ›Bockwurst‹ las Linda ›Morus‹, mit Datum und Uhrzeit und Nummer. Dieter Morus war Nummer sechs an diesem Vormittag.

Linda sah auf ihre Armbanduhr. »In zwei Minuten«, sagte sie.

Der Koffer-Roben-Träger neben Linda lachte auf. »Nein«, sagte er, »das können Sie vergessen.«

»Doch«, widersprach Linda und tippte auf den Glaskasten, Höhe Nummer sechs, »da steht's.« Als Anwalt müßte er eigentlich besser Bescheid wissen.

»Morus?« fragte der Anwalt.

»Morus«, nickte Linda. »Aber das da«, sie tippte auf den Schaukasten, »bin trotzdem nicht ich.«

Der Koffer-Roben-Träger blickte von dem gedruckten ›Dieter Morus‹ zu Linda hin. Linda sah mit zu sich hin, ihr Saharabeige war entschieden aufregender als das von ihrem Mann. Jetzt waren ihre langen Beine im Visier, bitte schön. Als er bei ihren erbsengrünen Augen ankerte, zwinkerte sie vergnügt, der Koffer-Roben-Träger war futsch, vor ihr stand ein Mann. Nicht ihr Typ, aber gemessen an dem Küchentisch-Ambiente hier ein flotter Hecht, der nun »Das denke ich mir, daß Sie nicht Dieter Morus sind« sagte.

Linda sah kurz zur Seite, dorthin, wo eben noch ihr Mann gestanden hatte. Aber der hatte sich, Gesicht zum Fenster, abgewandt. Das Fenster war circa acht Meter weit weg am Ende des Korridors, und außer dem Fensterrahmen war nur ein mickriger Blumentopf auf der Fensterbank davor zu sehen. Vielleicht wollte ihr Mann im Moment nicht gern Dieter Morus sein, von wegen Angeklagter Nummer sechs auf der Speisekarte des Amtsgerichts.

Linda sah zurück zu dem Anwalt, der war mit seinen Augen wieder zu ihren Beinen abgewandert. Als er wieder in Gesichtshöhe anlangte und hüstelte (erwischt!), fragte Linda: »Und wieso sind wir nicht um zwanzig nach an der Reihe, wenn es doch da schwarz auf weiß steht?«

»Weil«, dann kam eine Serie von Räuspern, die brauchte Mann, um wieder sachlich zu werden, endlich ging der Satz weiter: »... weil vor uns noch ein Kollege dran ist und danach ich und dann erst Sie, respektive Herr Morus.« Tippfinger auf Nummer vier, fünf und sechs im Glaskasten.

»Wieso Sie schon wieder?« fragte Linda. »Sie waren doch gerade eben da drin.«

»Ich habe zwei Termine.« Zweifaches Tippen.

Linda folgte dem Tippen und las zwei verschiedene Namen und neben jedem in Klammern gesetzt Dr. Altmann. Das mußte folglich ihr Koffer-Roben-Mann sein. »So sehen Sie gar nicht aus«, lächelte Linda. Sie schätzte ihn auf Mitte Vierzig, gut erhalten.

»Nomen non est omen«, smilte der, griff in seine Tasche und zückte eine Visitenkarte.

Kleiner Bildungscheck, dachte Linda, mit lateinischen Binsenweisheiten kannte sie sich aus. Die servierte ihr humanistisch gebildeter Gatte (was war ihr kleines Latinum gegen sein großes?) ihr schon zum Frühstück. ›Non‹ hieß ›nicht‹, folglich mußte sie die Binsenweisheit nur auf den Kopf stellen, ganz einfach. Alt-Mann auf den Kopf gestellt ergab Jung-Mann.

»Freut mich, Herr Jung-Mann!«

»Freut mich auch sehr, Frau …«

Nö, dachte Linda, Jung-Frau ist nicht, schon lange nicht mehr. Sie dachte es nur, aber anscheinend dachte er dasselbe oder las es in ihren erbsengrünen Augen mit, jedenfalls lächelten sie beide.

»Erz«, sagte Linda, und nach einer kurzen Pause, »nö, Morus.«

»Wie Nummer sechs?« fragte er. Das vordere ›s‹ zischte …

»Sozusagen«, antwortete Linda.

»Sozusagen Morus?« fragte er. Alter Lateiner, alles klar, Morus kam von Sitte.

»Sozusagen«, bestätigte Linda.

Dr. Altmann drehte den Kopf zur Seite, Richtung Dieter, der noch immer abseits stand und unentwegt auf den mickrigen Blumentopf am Gangende starrte. »Schade«, sagte er.

Linda lächelte, die Lady in ihr hüstelte, die Biberstraße schlug Purzelbaum. Das war seit fast einem Jahr der erste Flirt, total harmlos, es klappte noch, herrlich! Es war verflixt stressig, zwölf Monate im Jahr Lady Sitte zu sein.

Die Lampe über der zweihundertsechzehn blinkte auf, dann knatterte eine unsichtbare Stimme los. Bei ›Dr. Altmann‹ schlüpfte der Mann neben Linda seufzend in seine Robe. »Die werfen heute wieder einmal alle Termine durcheinander.« Weg war er.

Linda trat neben Dieter, Blick auf den Blumentopf-Mickerling. »Warum hast du dir eigentlich keinen Anwalt genommen?«

»Damit ich für deine billigen Mätzchen auch noch bezahle?«

»Was für Mätzchen?«

»Freut mich, Herr Jung-Mann ...«, äffte Dieter sie nach. »Du machst mich unmöglich.«

»Und DU bist Nummer sechs«, sagte Linda.

»Verkehrsdelikte sind Kavaliersdelikte.«

»Buchstabier doch mal!«

»Das ABC kannst du auch nicht?«

»Kommt darauf an, welches. Wetten, daß dein Vater ›Kavaliersdelikt‹ anders buchstabiert als du?«

»Du bist meine Frau.«

Linda spitzte die Lippen. Dünne Pfeiftöne zur Melodie von ›Lady Sunshine and Mister Moon‹.

Ehe-Frau war nicht Haus-Frau und nicht Kinder-Frau

und erst recht nicht Frau Kavaliersdelikt. Lady Sunshine war's auch nicht mehr.

Dieter sagte nichts. Der Smilie hatte ihn wieder im Griff. Oder der Hosenschiß?

»... also«, fuhr Dieter auf, »das war so ...«

Eigentlich fuhr und begehrte und regte er sich seit einer Viertelstunde nonstop auf. Er hätte sich wirklich besser einen Anwalt genommen.

Linda lehnte sich zurück, der Richter da vorn bewies eine Engelsgeduld. Wie der Heilige Sankt Michael saß er über diesem Küchentisch-Sammelsurium zu Gericht, erhöht durch eine Art Podest. Das Podest war total überflüssig. Linda könnte glatt ein Faible für den Heiligen Sankt Michael entwickeln, falls der so aussah, wie sie ihn sich vorstellte. Blondes glattes Haar, nicht gerade kurz, hinten stieß es auf den schwarzen Samtkragen. Ein paarmal hatten die grauen Richteraugen – schiefergrau, stark – Linda gestreift. Hallo, hatte sie geplinkert, hallo! Es tat ihr verdammt leid, daß er sich mit ihrem Mann über Wendemanöver und blockierte Gehwege streiten mußte. Sonst war sie diejenige, die alles zuparkte, vorzugsweise Dieters Garage, aber niemals Zebrastreifen, und natürlich war ihr Mann ein rücksichtsloser Raser, hatte sie ihm schon hundertmal gesagt, täte sie nie. Linda mußte sich zwingen, nicht an den falschen Stellen (falsch für Dieter Morus, von wegen ›Du bist meine Frau‹) zu nicken. Einmal tat sie es doch, der Richter erwischte ihr ihm zustimmendes Nicken und plinkerte schiefergrau, das machte sie total schwach.

Heiliger Sankt Michael, erbarme dich! Das gab's doch gar nicht. Traummänner gab es nur im Traum, und Mister Moon hatte sie mit seinem Picknick auf dem Wasserturm und Ri-ra-rutsch (der Kinderspielvariante) vor der Graugans herumbekommen, sozusagen über die Traumkulisse. Das hier war keine Traumlandschaft. Abgeplatztes Furnier und schäbiger Linolboden als Hintergrund für Dieters Auftritt, zuerst als dicker Steuerzahler und zuletzt als kleiner Angestellter. Der Jaguar war plötzlich nur noch ein Firmenwagen, was dem Richter ein ›Sie müssen einen verflixt guten Steuerberater haben!‹ entlockte. Der Richter hatte Köpfchen. Köpfchen und Body, Linda malte sich den aus, passend zu dem muskulösen Hals und den breiten Schultern. Oder waren das Amtsrobenpolster?

Heiliger Sankt Michael!

Er hatte sehr lange und schmale Finger. Pianistenfinger! Linda sah ihn damit über die Tasten eines gewaltigen Flügels donnern (sie lernte gerade Klavier), sah ihn mit federnden Schritten über den Tennisplatz stürmen (sie bekam jetzt Trainerstunden) und hoch zu Roß aus dem Königsforst auf sich zupreschen (sie nahm auch Reitunterricht, die Fortgeschrittenen ritten im Königsforst aus) …

»Toll«, sagte Linda draußen auf dem Gerichtskorridor.

»Spinnst du? Der Typ hat gerade meinen Führerschein für einen Monat kassiert.«

»Aber wie«, entgegnete Linda und streckte die Hand nach Dieters Autoschlüsseln aus, sozusagen auf höchst richterliche Anweisung hin …

»Und was ist mit meinem Jaguar, binde ich mir den auf den Rücken?« hatte Dieter im Termin gebauzt, darauf der Richter: »Ihre Gattin chauffiert Sie bestimmt gern, das ist doch Ihre Gattin?«

Sozusagen, hatte Linda gedacht und nur ganz schwach genickt. Dieter hatte auch nur ein schwaches ›Ja‹ herausgelassen, vermutlich weil Linda einmal an der falschen

Stelle genickt und sonst keinen Ton gesagt hatte und jetzt zur Belohnung seinen Jaguar fahren durfte.

Eigentlich brauchte sie nur ein bißchen zügig zu fahren, um wieder beim Heiligen Sankt Michael zu landen. Linda drückte den Gasfuß durch.

»Spinnst du? Runter vom Gas«, brüllte Dieter.

Spielverderber, sagte sie doch. Linda nahm trotzdem den Fuß vom Gas. Ein Richter sympathisierte wohl kaum mit Straftätern, und mit kleineren Delikten handelte sie sich höchstens eine Knolle und Streß mit Dieter ein. Sie mußte sich etwas anderes einfallen lassen. Mal sehen. Linda spitzte die Lippen.

»Laß das!«

»Wie?«

»Du pfeifst. Du kannst nicht pfeifen. Gräßlich.«

»Komisch!« Linda hatte gar nicht gemerkt, daß sie pfiff. Ihr Unterbewußtsein hatte für sie gepfiffen. »Was war's denn für 'ne Melodie?« fragte sie.

»Melodie«, raunzte Dieter. »Du willst doch nicht etwa behaupten, daß dieser Sülzkopf Ramazotti in der Lage ist, etwas Melodisches zu produzieren?«

Eros Ramazotti, dachte Linda, alles klar. Italienischer Troubadour in Sachen Liebesgeflüster, äußerlich das absolute Gegenteil von ihrem Richter. Dieter war da schon eher der südländische Typ, rein äußerlich betrachtet, aber was nützte ihr ein Plüsch-Troubadour? Der schmelzende Song ging ihr unter die Haut, sie spitzte erneut die Lippen, aber diesmal sang sie. Den Refrain und noch ein paar Liedzeilen darüber hinaus kannte sie auswendig. Eros sang's rauchig und sie in der weiblichen Variante, amore blieb amore. Himmlisch!

»Hör endlich auf, oder …!«

Linda grinste. »Oder …?« Ihm blieb wenig Wahl, im Moment konnte er nur ausharren oder aussteigen.

Ihr Mann war ein Smilie. Er stieg nicht aus. Faust in der Tasche, cheese aufs Gesicht, tallahassee ging auch.

Der Richter war Himbereis mit Sahne, tonnenweise, Zaubereis, von dem Frau schlecken konnte, ohne Speck anzusetzen oder sich den Magen zu verkorksen.

Heiliger Sankt Michael, erscheine mir!

Wie in Japan

»Sie?« fragte der Richter.

»Meine Handtasche«, antwortete Linda.

Er grinste.

Ein total jungenhaftes Grinsen, die Richterrobe hatte er sich unter den Arm geklemmt. Er trug Jeans zum Sakko, das mochte Linda auch.

Natürlich war sie keine Handtasche, aber als er da eben um die Ecke des langen Gerichtskorridors bog und auf sie zukam, war alles weggewesen, was sie sich zurechtgelegt hatte.

»Also«, begann Linda noch einmal neu und wickelte sich eine Haarsträhne um den Finger. Schillerlocken-mäßig, an der Nase kitzelte das so schön. (Linda!) Erschrocken ließ Linda die Haarsträhne zurückflitschen (alles okay, Mom!) …

»… die Handtasche«, erinnerte der Heilige Sankt Michael.

»Danke. Ich habe nämlich gestern da drinnen meine Handtasche liegengelassen, glaube ich.« Endlich war es heraus, von wegen Starauftritt!

»Dann sehen wir doch einmal zusammen nach, okay?« Er blinzelte und klinkte die Tür auf, drinnen saß eine Schreibmamsell. Linda hatte sich verdrückt, als die vor zehn Minuten auftauchte. Was sollte sie mit der Schreibmamsell?

»Okay«, antwortete Linda und betrat hinter ihm Zimmer zweihundertsechzehn, blinzelte über die fremde Frau hinweg und ihren Richter an, der die Küchentischzeilen für sie abschritt und Holzstühle abrückte und sich bückte. Ob er ihr die vergessene Handtasche abnahm?

»Saharabeige«, sagte sie.

»Ich weiß«, sagte er und blinzelte wieder, »saharabeige wie Ihr Kleid gestern.«

Auwei, dachte Linda, er hat Augen wie ein Luchs, er weiß Bescheid. Klasse, mischte sich die kesse Linda ein, wenn er sich schon die Farbe von deinem Kleid gemerkt hat, zappelt er an der Angel.

»Frau Moll«, wandte sich der Richter an die Schreibmamsell, »könnten Sie wohl einmal unten nachsehen, ob eine Handtasche in Saharabeige gefunden worden ist?«

Frau Moll sah auf die Wand, dort tickte eine Uhr, eine die zu den Küchentischreihen paßte. Frau Moll hätte auch besser in eine Küche als an die Seite des Richters gepaßt, dralle Birnenform und besserwisserisch: »Der erste Termin ist um neun Uhr.«

Wer war denn hier der Richter?

»Ich weiß«, sagte der (zeig's ihr!). »Ich brauche sowieso noch das Protokoll der Polizeiwache zu Aktenzeichen XY III/b.« (clever, Junge!)

Die Birnenform stemmte sich hoch und verschwand. Der Richter kam aus der hintersten Küchentischreihe auf Linda zu. »Jetzt müssen Sie einen Moment mit mir vorliebnehmen«, er lehnte sich neben ihr an die Fensterbank.

Die Fensterbank war nicht sehr breit, durch das Fenster schien die Sonne. Nach zehn Tagen miesem Juliwetter schien endlich die Sonne wieder, der Sommer kam zurück, eine Tonne Sommer pro Sekunde.

»Ja«, antwortete Linda, »das muß ich wohl.«

Tauchbad, Erbsengrün in Schiefergrau, Augentauchbad, zwischen ihnen stand nur ein mickriger Blumentopf, der schien hier zur Grundausstattung zu gehören. Der Topf ruckelte, ein Blatt piekste Linda, das Ding war ein Gummibaum, ihn piekste es auch. Mehr als ein in die Enge getriebener Gummibaum war nicht mehr zwischen ihnen beiden, als die Tür aufstieß.

Die Birnenform schaffte es, zeitgleich aufzustoßen und anzuklopfen.

Der Gummibaum konnte aufatmen.

»Nichts«, verkündete die Frau und schnupperte, als wäre die Luft in Zimmer zweihundertsechzehn plötzlich stickig geworden.

»Schade«, sagte der Richter, und mit Blick auf die Wanduhr: »Vielleicht lassen Sie mir Ihre Telefonnummer da, Frau Morus, falls die Tasche doch noch auftaucht.«

»Gern.« Linda kramte und reichte ihm ihre Karte. Gelegentlich war es nicht übel, eine Visitenkarte zu haben. Fingerkuppe gegen Fingerkuppe, Hand in Hand, Auge in Auge.

Sankt Michael war ein Heiliger. ER war ein Mann, das hatte sogar der schlappe Gummibaum eben kapiert und sich dünne gemacht. Die Birnengeformte hatte es gerochen und Linda roch, sah, fühlte es. Halleluja!

Linda lag mit geschlossenen Augen in der Badewanne, die verschwenderisch groß und fast schon ein Pool war. Nacken und Schultern schmiegten sich in die üppig mit Badeschaum ausgepolsterte Kuhle, ihre Hüften und Beine pendelten hin und her, sie war eine veritable Wassernixe im Fichtentann. Sie hatte tüchtig Fichtennadelelixier ins Wasser gekippt.

Als sie klein war, durfte sie einmal die Woche in Fichtennadeln baden. Ein Fichtennadelschaumbad war der totale Luxus. In Ermangelung einer Badewanne hatte sie in der Biberstraße jahrelang auf diesen Luxus verzichten und sich mit einer nachträglich eingebauten Duschkabine begnügen müssen, die ihr bei jedem Griff nach der Billigseife einen neuen blauen Flecken eintrug. Es war himmlisch, ein Luxusgeschöpf zu sein. Momentan brauchte sie eine Megaportion wohlduftende Schaumflöckchen um sich herum, um ihren Auftritt im Amtsgericht Revue passieren zu lassen. Der war nicht nach Plan gelaufen, kein bißchen.

Sie hatte extra für diesen Auftritt ein Bild von sich entworfen, wie sie den Heiligen Sankt Michael schwach machen würde. Das war eine Mischung aus biblischer Magdalena und irdischer Lady gewesen, außen Lady und innen Maggy. Sie wollte Sünden-Maggy dezent durchschimmern lassen, sehr dezent, statt dessen hatte sie Klein-Linda herausgelassen, volles Rohr. Er hätte Grund gehabt, sie auszulachen. Er hatte gelacht, schiefergrau, das wirkte wie ein Blockadebrecher. Als Linda bei dem Gummibaum in Not anlangte, lachte sie spontan und in memoriam mit.

Das Badewasser schwappte hoch. Linda öffnete die Augen und zog den Stöpsel heraus, das fast kalte Wasser gurgelte ab.

Es war schon nach elf, als Linda wieder nach unten ging. Sie setzte sich in den Wintergarten, wenn sie hier saß, fühlte sie sich automatisch ein bißchen wie eine Prinzessin. Vor zwölf Uhr würde ihr Richter nicht anrufen, der Plan vor Zimmer zweihundertsechzehn war Lindas Komplize. Recht gesprochen wurde von neun bis zwölf. Er war ein guter Richter, sie hatte ihn in Aktion erlebt. Um zwölf ging er zu Tisch, stellte sie sich vor, oder er nahm ihre Visitenkarte aus der Tasche …

Linda malte sich aus, daß er die schon ein paarmal herausgenommen hatte. ›Linda Morus‹, sie sah ihn die Lippen bewegen und ihren Namen murmeln, so wie sie ›Heiliger Sankt Michael‹ murmelte. Auf Dauer wurde das lästig, aber sie wußte nicht, wie er wirklich hieß.

Vielleicht würde er heute gar nicht anrufen, eine Frau täte das auch nicht. Männer waren anders gestrickt. Sie würde jedenfalls nicht ins Freibad gehen, sie konnte sich genausogut in den Garten legen und lesen. Ob er gern las? Linda sah ihn von dicken Wälzern umgeben in einer Art Hollywoodschaukel schwingen, der Wind blies ihm die ziemlich langen blonden Haare ins Gesicht. Neues Richterimage, sollten sie mal im Fernsehen kopieren, die Glatzköpfe und Messerschnitte wurden allmählich öde. Dann sah Linda eine Frau mit zwei Gläsern und einem Glaskrug hinzutreten, in dem Krug klirrten Eisstücke, der Richter sah erfreut auf. Linda durchfuhr ein Mordsschreck: Und wenn er nun verheiratet war? Es gab Männer, die prinzipiell keinen Ehering trugen. Er nicht, entschied Linda. Sie strich ein Glas aus ihrem Bild, die Person war einfach seine Perle.

Als hätte Frau Niemann nur auf ihr Stichwort gewartet, trat sie bei Lindas gedachtem ›Perle‹ in den Wintergarten.

»Hier sind Sie also, Frau Morus.«

»Wieso?«

»Ein Herr Rumbold hat für Sie angerufen. Schon zweimal.«

»Kenne ich nicht.« Linda wollte an ihrem Bild weiterträumen, Meine-deine-Perle störte. Gelegentlich riefen Leute an, die Linda nicht kannte, meistens waren die Anrufe dann doch für Dieter bestimmt.

… also, ihr Richter saß in einer Art Hollywoodschaukel und las …

Und wenn er nun so hieß? Hans …? Linda sprang auf und rannte hinter Frau Niemann her: »Ruft er wieder an, dieser Hans Sowieso?« keuchte sie.

»Ja«, antwortete die Perle (Perle im Haushalt, nicht im Kopf, dumme Kuh!). »Er versucht es später noch einmal.«

»Warum haben Sie nicht zu mir durchgestellt?«

»Sie waren im Bad.«

»Ich denke, er hat zweimal angerufen?« Zweimal hintereinander, klarer Fall, er war es. Dusselige Kuh!

»Sie waren über eine Stunde im Bad.«

Besserwisserisch! Linda fiel die Birnengeformte im Amtsgericht ein, die war auch so. Null Feeling für romantische Töne.

»Ich bin erreichbar«, sagte Linda laut. »Jederzeit, wenn Herr Hans wieder anruft.« Herr Hans klang saublöd, zugegeben, aber sie hatte sich den Nachnamen nicht gemerkt, als Frau Niemann den rausließ. Von ihr ausgesprochen, hatte sich der nach Versicherungsvertreter angehört.

Linda ging hinüber in die Bibliothek, manchmal sagte Dieter auch Herrenzimmer dazu, es war jedenfalls sein Zimmer und das mit den meisten Büchern. Zwei Regalwände voller Bücher, die deckenhohen Holzpaneele machten viel her. ›Herr Morus erwartet Sie in der Bibliothek‹ machte auch viel her, Dieter Morus machte wahnsinnig gern viel her, die Perle würde auch in gestärkter Spitze nicht viel hermachen, ihr Handicap waren die Gummistrümpfe und ihr Küchenverstand.

Linda schoß hoch. ›Und ewig singen die Wälder‹ polterte zu Boden.

Telefon! Auf Dieters Schreibtisch stand auch ein Apparat. Linda wartete, die Hand am Hörer, zweites Klingeln und drittes Klingeln, dann wurde endlich abgenommen. Einen Moment Stille, dann summte es unter Lindas Hand. Das war die hausinterne Verbindung.

Linda nahm ab. »Ja?«

»Herr Hans (Pause) Rumbold.«

»Danke«, sagte Linda (blöde Kuh!), und dann schluckte sie kräftig, die blöde Kuh löste sich auf, Bühne frei für den Richter. »Hallo«, meldete sie sich, »hier Linda.« Das ›Morus‹ wollte ihr nicht über die Lippen.

»Nur Linda?«

Er war's! Halleluja! »Wenn Sie mögen, nur Linda.«

»Auch wenn ich Ihre Handtasche noch immer nicht gefunden habe?«

»Ja«, sagte Linda, »ist ja nicht Ihre Schuld.«

»Trotzdem«, sagte er, »so eine schöne Handtasche. Darf ich Sie zur Entschädigung wenigstens auf einen Kaffee einladen?«

»Kaffee ist gut. Ich bin eine Kaffeetante.«

»Tante?« fragte er, mit einer Tonne Witz in der Stimme. Männer mit Humor waren eine Rarität. Männer konnten gut aussehen und gut im Bett und gut im Job sein, aber Humor hatten die wenigsten.

»Na ja«, sagte Linda, »über die Tante können wir ja dann beim Kaffee reden.«

»Über DIE Tante könnte ich ziemlich lange reden. Morgen um drei? Kennen Sie das Kommödchen?«

»Ja«, sang-jubelte-tirilierte Linda. »Morgen um drei im Kommödchen.«

Erschöpft legte Linda den Hörer auf. Sie war fix und alle und reif für ein Vollbad. Das Kommödchen mußte mitten auf der Milchstraße liegen. Hoffentlich hatte er das Singen-Jubeln-Tirilieren nicht voll mitbekommen. Die Telekom schluckte eine Menge, hoffentlich.

Linda bückte sich nach ›Und ewig singen die Wälder‹ und stopfte die in Halbleder gebundene Buchclubausgabe zurück in Dieters mächtig eindrucksvolle Paneelwand.

Linda liest Kitschromane, nö, Krimis, nö, Linda tut's! Mutters brave Tochter! Handeln ist praktisches Denken! Das ›praktisch‹ wird ausgetauscht gegen ›verliebt‹, morgen um drei auf der Milchstraße im Café Kommödchen, sing-jubel-tirili!

Ade, lieber Heiliger! Ich taufe dich um, du heißt jetzt Hans! Hans im Glück! Hans und Linda! Andersrum, von wegen Ladies first: Linda und Hans!

Guten Tag! (langweilig) – Hallo! (hatten wir schon am Telefon) – Ich freue mich! (steif) – Grüß Sie (fehlt nur noch der Seppelhut) … streng dich an, Linda!

Linda parkte und strengte sich an, genaugenommen strengte sie sich schon seit siebenundzwanzig Stunden ununterbrochen an, das war sogar Dieter aufgefallen (nimmst du neuerdings Marmelade in den Kaffee?). Nur fiel ihr partout nichts Pfiffiges für das erste richtige Rendezvous ein, und da vorne war schon das ›Kommödchen‹.

Zwei Stufen nach unten, aufgepaßt! Das nostalgische Café mit den Häkelspitzen und dunklen Möbeln und Schwarzweißfotos und Spiegeln an den Wänden verwandelte das Sonnenlicht in schummriges Gelb. Linda kniff die Augen zusammen und hob schon die Hand zum Über-die-Augen-rubbeln, das saß so in ihr drin, als ihr zum Glück ihr Eyeliner einfiel. Mit Kletschauge zum Rendezvous wäre der nackte Horror gewesen. Sie ließ die Hand wieder sinken und blinzelte. Hinten rechts winkte es. Blond und schlank, er stand auf.

Linda trat zu ihm, er hatte einen Tisch mit einer altmodischen Sitzbank und zwei Lehnstühlen ausgewählt, ihre an einem Schulterriemen pendelnde Handtasche rumste gegen die Tischplatte, peinlich. »Meine Tasche«, sagte sie, im Fernsehen spielten sie auch immer dieselbe Erkennungsmelodie: Tasche – Richter, Richter – Tasche, pawlowscher Reflex, nicht mehr zu ändern. »Diesmal 'ne knallrote«, fügte sie hinzu.

»Ich passe gut drauf auf«, sagte er. »Rot ist eine tolle Farbe.« Dabei sah er sie an, ihr Rotblond. So übel war der Einstieg über die Tasche gar nicht. Linda schob sich auf die Zweierbank, auf der er gesessen hatte. Ladies first, er rückte nach.

»Was nehmen Sie? Der Cappuccino ist vorzüglich.«

»Cappuccino ist okay.« Italienischer Cappuccino wollte sie sagen, das sagte sie sonst immer dazu, weil sie keine Sahne mochte. Aber bitte mit Sahne war typisch deutsch. Fett, fetter, am fettesten! Linda schwieg. Der Kaffee kam mit Sahnehaube. Selber schuld! Linda rührte.

»Also ...«, er hob seine Tasse.

»Also ...«, Linda hob ebenfalls ihre Tasse. Sie spitzte die Lippen und schluckte synchron. Igitt!

»Gut?« fragte er. Seine Tasse war halb leer.

»Sehr gut.« Linda nahm den Löffel, es schwappte auf den Unterteller, ihre Tasse war zu voll.

»Wie in Japan?« fragte er und bewegte seinen Kopf mehrmals auf und ab.

»Wie in Japan.« Linda lachte erlöst. Durchschaut! Nicken hieß ›nein‹, und Kopfschütteln hieß ›ja‹, ihr Richter war cool, Mann mit Wortwitz. »Ich hasse Schlagsahne«, gestand Linda. Es war eine Lust, sich vor ihm bloßzulegen. Kein Wunder, daß er Richter geworden war, der Richterberuf war eine Berufung, er war berufen. Linda sah die verstocktesten Sünder im Bann dieser schiefergrauen Augen weich werden und gestehen. Seine Stimme und alles andere waren nicht weniger cool, Linda verzieh ihm sogar sein Faible für Schlagsahne. ER konnte sich die leisten, und das mitservierte Schokoladenplätzchen ließ er links liegen. ER war kein Schokoladenjunge.

»Und was mögen Sie noch nicht, außer Sahne und Autorasen?«

»Schokolade«, sagte Linda. »Ich kann nichts Schokoladiges mehr sehen.«

»Gut«, erwiderte er, »sehr gut!«

»Mögen Sie auch keine Schokolade?« Wußte sie doch längst. Detektivin Linda, von wegen links liegengelassenes Schokoladenplätzchen.

»Ehrliche Antwort?« fragte er.

»Logo!« Mach's nicht so spannend, Junge! Detektivin Linda weiß längst Bescheid.

»Ich liebe Schokolade (Pause) und schlanke Frauen.« Schiefergrau über ihre Brüste und die Taille und hinab in die schattige Mulde, Linda schlug rasch die Beine übereinander. Die herabhängende Spitzendecke ließ nur noch einen zart gebräunten Oberschenkel durchschimmern, zehn Zentimeter mehr Haut als eben, weil der schmale Rock hochrutschte, sobald sie die Beine verhakelte.

»Also dann …«, Linda nahm das Schokoladenplätzchen von ihrer eigenen Untertasse und hielt es ihm hin. Ihre Hand vibrierte leicht, das Plätzchen bebte ihr zwischen Daumen und Zeigefinger.

»Also dann …«, er umschloß ihr Handgelenk und führte es auf sich zu, dann nahm er ihr das Plätzchen mit den Lippen weg. Lindas Zeh zuckte, alles zuckte, und er kaute und sagte: »Die erste wirklich tolerante Frau, der ich begegne. Und die erste, der ich aus der Hand nasche.«

Toll! Es war einfach toll, tolerant zu sein. Aus ihm würde nie ein Schokoladenjunge werden, einer mit Hüftspeck nie! Dazu hatte er zuviel Power, er powerte am Piano und hoch zu Roß und kreuz und quer über die Aschbahn.

Nö, wußte sie ja alles gar nicht, das war aus ihrem Bilderbuch (Linda liest Kitschromane …). Aber vielleicht stimmte es trotzdem, könnte ja sein, manchmal holte die Wirklichkeit die kitschigste Romanstory ein.

Verwirrt leckte Linda sich Daumen und Zeigefinger ab, die waren schokobraun getupft. Sein Plätzchen hatte abgefärbt.

Rotbrüstchen gegen Schokoladenjunge

»Tough!« Der Haarzopf wippte vor und wieder zurück, um den Zopf war ein Haarband in Maisgelb gewickelt, das Sakko hatte dieselbe Farbe. Die Socken waren ebenfalls maisgelb.

Alexander Röhrig, Traum in Maisgelb, dachte Linda und zog rasch ihre Hand zurück. Das ›Tough!‹ war aufgesetzt. Der Handkuß war aufgesetzt. Der ganze Mann war aufgesetzt. Ein Spreizvogel!

»Dieter kommt gleich.« Linda drehte sich zur Anrichte um.

Sie hätte doch das Tomatenrote anziehen sollen, das schloß dicht vom Hals bis zum Knie. Aber Schokoladenjunge Dieter wollte protzen, deshalb hatte er ihr mit dem Wickelding in den Ohren gelegen: ›Es steht dir phantastisch‹, und sie war prompt darauf hereingefallen. Jetzt hatte sie oben ein tiefes V und unten auch eins, das untere V war auf den Kopf gestellt und ließ bei jedem Schritt ihre langen Beine hervorblitzen. ›Tough‹, würde Alex augenzwinkernd kundtun, wenn er das untere Blitzen mitbekam. Nö, dachte Linda, wollte sie nicht, das war nicht sein Part.

»Was macht eigentlich Monika?« fragte sie halb über die Schulter, während sie die Zitronenspirale in die Silberschnute des Kalte-Ente-Kristallkrugs hängte.

»Hat Petra sich bei dir beschwert?« Alex trat dicht hinter Linda.

So war's nicht gemeint. Er hörte sich an, als ob er absolut nichts dagegen hätte, wenn sich ein Dutzend Petras beschwerte. Spreizvogel, sagte sie doch.

»Hast du schon den neuen Jaguar?« fragte sie zurück.

»Das weißt du auch schon?« Spreizlächeln, nach dem

Motto: Alle Frauenherzen fliegen mir zu, und die Pferdestärken auch, was ich so unter der Haube habe …

»Ja dann …«, Linda zog die beiden Worte genüßlich in die Länge, »dann wundert es mich nicht, daß die Monikas und Petras bei dir Schlange stehen.«

»Hör nicht hin«, mischte Dieter sich ein. »Sie hat eine Giftzunge und zum Ausgleich ein tolles Dekolleté.«

»Wo kommst du denn her?« Linda hatte ihn nicht kommen hören. Womöglich hatte er sich mit Absicht so leise angeschlichen.

Maisgelber Traum an doppeltem V, wie er das wohl fände? Igitt, dachte Linda, aber sie war sich nicht mehr sicher, ob Dieter auch so denken würde. Ehemann hier und Komplize da, was wog mehr?

Die vier Männer waren Komplizen, ihr machte keiner mehr etwas vor, und es war ein großer Coup, wenn dabei ein neuer Jaguar für Habenichts Alex Röhrig heraussprang.

Dieter schlug Alex locker gegen eine maisgelbe Schulter. Das Schulterpolster buckelte. »Hi!« und zu Linda hin: »Ich wohne auch hier, falls du das vergessen hast, Liebling.«

»Nö, so ein Glück habe ich nicht.« Linda nahm die Sektflasche aus dem Kühler.

»Giftnatter!« Dieter nahm Linda die Flasche aus der Hand. »Laß mich das machen!« Er prüfte den Wein und den Sekt. Marke stimmte, Temperatur stimmte, dank Meiner-deiner-Perle, was waren sie perfekt. Dieter betätigte den Korkenzieher und ließ es aus zwei Flaschen gleichzeitig in hohem Bogen über die Zitronenspirale in das Glasgefäß plätschern.

Gekonnt, vor einem Jahr wäre Linda noch beeindruckt gewesen. Ihr Vater hatte einmal im Jahr zu Silvester eine Flasche Sekt entkorkt, das war's dann, mit einem simplen Metallgewinde, das an einem Holzpinn saß. Dieser vornehme Öffner hier machte nicht einmal ›plop‹. In Fein-Lindenthal machte rein gar nichts ›plop‹. Hier schliefen auch keine Wermutbrüder vor der Haustür ihren Rausch aus, und nachts raste keine grüne Minna durch die Straße und kassierte Raufbolde.

»Plop«, machte Linda. Ihr war nach einem kräftigen, lauten, gewöhnlichen Plop.

»Wie bitte?« fragte Alex.

»Linda!« Gelbe Karte per Augenschluß, Dieter goß weiter seine Kalte Ente auf und schoß sie dabei an. Multitalent im Abschießen von gelben und roten Karten, die Zitronenspirale und die paar Liter Riesling extra dry waren Tarnung.

»Verstehe ich nicht«, sagte Alex dazwischen, »wer klärt mich auf?«

»Dieter«, antwortete Linda. »Er ist der Experte. Er knackt Sektflaschen ohne Plop und andere Sachen auch. Stimmt's, Liebling?« – Hosenschiß, Liebling?

»Andere Sachen?« wiederholte Alex, er hatte soeben das untere V von Lindas Wickelkleid entdeckt.

»Bei manchen Flaschen steht ›lieblich‹ auf dem Etikett, und heraus kommt Essig. Stimmt's, Liebling?« Dieter strich über Lindas Knie und weiter hoch, so weit war er schon seit zehn Tagen nicht mehr gekommen.

»Kommen Sie ruhig herein, Frau Niemann!« Linda sah zur Tür hin.

Dieters Hand zuckte zurück, öffentliches Fummeln machte auch ›plop‹. Ausgetrickst, keine Meine-deine-Perle weit und breit.

»Ich gehe mal in die Küche«, sagte Linda.

»Halt unsere Frau Niemann nicht auf, Liebling!«

»Also«, sagte Alex, »euch beiden wird es bestimmt nicht langweilig, wie?«

»Plop«, machte Linda und verschwand Richtung Küche.

Der Tisch war lachsrosa eingedeckt. Für fünf Gänge, und zu jedem Gang gab es den passenden Wein. Die kurzgesteckten Rosen und die Kerzen waren farblich auf den Lachston abgestimmt, Platzteller und Leuchter und Bestecke waren aus echtem Sterlingsilber, das Essen war ein Genuß. Frau Niemann kochte und servierte. Frau Niemann war eine Perle.

Linda saß am Kopf der Tafel und kam sich vor wie im Theater. Ein langweiliges Stück, nichts änderte sich, nur daß einmal Seeteufel und einmal Tournedos vom Angus-Rind vor ihr auf dem Teller lagen. Ein Bissen, Mundwischen, ein Schluck, weiteressen, viele Bissen, viele Schlucke, bis alle Gläser und alle Bestecke durch waren.

He, Linda! Sieh dich an! Aschenputtel ist nichts gegen dich, du hast es geschafft, die Biberstraßen-Queen hat Hochkonjunktur. Putt-putt-putt, sie im extravaganten Wickelkleid, DIE Marke, rechts zwei Herren, links ein Herr, und gegenüber der Prinz.

Nein! Linda musterte das Gesicht zwei Meter vor sich. Kerzen schmeicheln? Nein, stimmte auch nicht, das lachsrosa Flackern vertiefte nur die Röte in Dieters Gesicht. Protzrot! Saufrot! Vollgefressen rot! …

»… meine Frau«, sagte Dieter, »verkehrt neuerdings sogar mit einem Richter.«

Rot, selber rot, puter-, flammen-, feuerrot – Hilfe! Und ringsherum Gelächter. Drei Herren amüsierten sich königlich, weil die Frau von Prinz-Freund-Komplizen Dieter mit einem Richter verkehrte. Putt-putt-putt, um Mitternacht war der Spuk zu Ende, die teuren Kleider verschwanden, die blöden Sprüche auch …

»Deine Frau?« Anton schnappte nach Luft, vermutlich ein solidarisches Ehemann-Luftschnappen. Außer Dieter war er der einzige Ehemann am Tisch, die beiden Junggesellen konnten da nicht mitreden.

»Per Tennisschläger.« Dieter fegte ein imaginäres Racket durch die Luft. »Stimmt's, Liebling?« Er sah zu Linda hin.

Linda sah weg. Wenn sie sich anstrengte, bekam sie noch einen Tropfen aus ihrem Glas gesaugt.

»Der blonde Flattermann etwa?« fragte Ferdi. Exoten-Ferdi bezahlte seinen Clubbeitrag fürs Anpeilen potentieller Beutestücke. Ihm entging nichts.

»Unser Richter ist semmelblond«, bestätigte Dieter und sah wieder zu Linda hin.

Sag jetzt ›Stimmt's, Liebling?‹, und ich massakriere dich mit dem Käsehobel, dachte Linda.

»EUER Richter?«

»Unser Richter. Mir hat er den Führerschein abgeknöpft, und mit meiner Frau spielt er Tennis.«

»Paß auf, daß die beiden sonst nichts zusammen spielen«, witzelte Ferdi.

»Keine Bange! Linda weiß, wo die Butter auf dem Brot sitzt.«

»Butter?« Männerlachen, vier anzügliche Lacher und mittendrin Linda, ausnahmsweise stumm. Der Schreck saß ihr in den Knochen und die Röte im Dekolleté.

»Rotbrüstchen!« Dieter prostete ihr zu und versenkte seinen Daumen kurz in dem oberen V von Lindas Wickelkleid. »Sieht sie nicht niedlich aus?«

»Zum Auffressen!« Wieder vier Lacher, Synchronlacher, die vier waren bestens aufeinander eingespielt.

»Prost, Schokoladenjunge!« Ohne Pep, Linda hob folgsam ihr Glas. Natürlich wußte sie, daß Dieter wußte, daß sie mit dem Richter Tennis spielte. »Stell dir vor …«, hatte sie erzählt, und zum Schluß hatte Dieter genickt: »Wer weiß, wozu die Bekanntschaft mit einem Richter nützlich ist?« Aber gerade eben hörte es sich anders an. Verdammt anders. Ob er etwas witterte?

Linda hat Hosenschiß, äffte es in ihr, Hosenschiß,

Hosenschiß. Von wegen Schlaraffenlandleben ade! In Fein-Lindenthal machte nichts ›plop‹. Linda, pssst!

»… dieser Käse ist vorzüglich«, sagte Dieter, zeigte auf ein Stück Tortenbrie und sah zu Linda hin: »Stimmt's, Liebling?«

»Käse!« sagte Linda. Plop!

Kurzes Schweigen und dann Männerlachen, dreifach, dann stimmte Dieter auch ein, jetzt waren es vier Lachmänner. Guter Witz, ho-ho! Gelbe Karte, blitzte Dieter synchron. Dann geleitete er die Herren ins Herrenzimmer, das hörte sich toll an. Die vier Herren nahmen ihren Mokka im Herrenzimmer und führten Herrengespräche.

Garantiert waren der Kaffee und der Cognac auch nur Tarnung, genauso wie die Kalte Ente.

»Meine Handtasche«, sagte Linda. Das war das Losungswort.

»Welche?« fragte er. Er stieg sofort in das vertraute Spiel ein.

»Such aus. Such du aus.« Linda lag ausgestreckt auf ihrem Bett. Ein himmlisches Gefühl, um elf Uhr abends im Bett mit ihrem Richter zu telefonieren. Im Herrenzimmer Herren-Talk und in ihrem Bett …

›Meine Frau verkehrt mit einem Richter‹, hatte Dieter gesagt. Prophet Dieter! Pfui, Linda!

»Rot«, antwortete ihr Richter. »Rot ist total deine Farbe.«

Puter-, flammen-, feuerrot, dachte Linda, serviert an lachsrot, passend zum Tischtuch und den Rosen, Kerzen. Ihr Dekolleté hatte geglüht, ›Meine Frau verkehrt …‹, hui! Linda kicherte.

»Du hast einen Schwips«, sagte der Richter.

»Ja. Ich mußte. Wir hatten ein Dinner. Fünf Gänge, fünf Weine. Brrr!«

»Ich hatte Tiefkühlpizza.«

Poor boy, die Ära hatte sie auch hinter sich. Süßen Reis und Spiegelei und Pizza. »Nächstes Mal lade ich dich ein, okay?« Linda mußte hicksen. Tolle Idee! Darf ich vorstellen, mein Verkehrs-Richter …

»Du hast wirklich einen Schwips.«

»Ich lade dich ein.« Warum eigentlich nicht?

»Und dein Mann?«

Ah ja, mein Mann! Darf ich zitieren: ›Wer weiß, wozu die Bekanntschaft mit einem Richter nützlich ist?‹

»Ich mache das schon!« sagte Linda laut. Sie war sich ziemlich sicher, wozu die Bekanntschaft mit einem Richter nützlich war. Pfui! Nö, hui!

»Zieh am Samstag etwas Rotes an, bitte!«

»Zum Tennis?« kicherte Linda. Zu Rot fiel ihr eine Menge ein: Puterrot, flammenrot, feuerrot, lachsrot. TUSCH. Naturrot & rotblond. Die Rotpalette funktionierte bei ihr an beiden Polen. Rot vor Schreck und rot vor …

Sie besaß ein rotes Höschen. Das würde sie untendrunter anziehen und ›Such mal!‹ sagen. Kalt! Heiß! Sehr heiß! Verbrannt! Und dann kamen die hausgemachten Rottöne, einer nach dem anderen und zuletzt alle zusammen a capella.

›Meine Frau verkehrt mit …‹

Mach ich, Prophet Dieter! Mach ich glatt! Das ploppt.

In zwei Tagen war Samstag.

Gelegenheit macht Liebe

Tee! In Linda dachte es ›Tee!‹ Jeden Morgen holte das Porzellanklirren sie aus dem Schlaf. Angenehmer als ein Wecker, logo! Sie blinzelte ins Dunkle. Dunkel? Die Teetasse summte. Nein, taten Teetassen nie (Linda liest Kitschromane, nö, da summte höchstens die adlige Verkäuferin, und morgens wurde es auch im Kitschroman hell).

»… Moment! Ich gehe nach unten …«, sagte jemand.

Linda kniff blitzschnell die Augen zu und blieb still liegen. Dieter! Sie hörte Dieter leise aus dem Ehebett und über den Parkettboden aus dem Schlafzimmer huschen. Von wegen Frau Niemann mit dem Tee! Meine-deine-Perle war übers Wochenende bei ihrer Schwester, jedes zweite Wochenende hatte sie frei, so stand es im Vertrag. Es war stockfinster, weil es noch Nacht war, und Ehemann Dieter schlich sich mitten in der Nacht nach unten, um ungestört telefonieren zu können. Gesummt hatte das Telefon.

Linda schob sich auf Dieters Betthälfte und nahm vorsichtig den Hörer ab.

»Hallo?« fragte eine Männerstimme.

Linda drehte den Kopf zur Seite, damit der Mann ihr Atmen nicht hörte. Es war Alex.

Es klickte. Das war Dieter, er war unten angekommen und nahm dort ab: »So, jetzt kann ich reden. Wieso in Brügge? Was treibst du um halb vier morgens in Brügge, wenn du Samstag früh in Ostende ausliefern sollst?«

»Ich hab 'ne Pause gemacht«, darauf Alex, »ist doch wohl erlaubt, oder nicht? Fahr du mal vier Stunden in dieser Klapperkiste von Lieferwagen.«

»Ich werde bei Jaguar nachfragen, ob sie dir einen LKW konstruieren. Mein Vater wird entzückt sein, per Jaguar auszuliefern. Genauso entzückt wie über einen in Brügge geklauten Lieferwagen, der eigentlich auf dem Hof der Morus KG stehen sollte. Idiot!«

»Vielleicht findet die Polizei den Dieb rechtzeitig. Ich wollte dich nur zuerst informieren, bevor ich zur Polizei ...«

»Vielleicht findet die Polizei noch ganz andere Sachen, wie?« – Linda hielt den Hörer vom Ohr weg, Schokoladenjunge Dieter produzierte einen satten Sound, Komplize Alex produzierte Schrumpftöne, cool! (Linda liest Kitschromane, nö, Krimis, die sind spannender und jetzt sogar live).

»Wieso? Die Papiere sind doch in Ordnung?«

»Klar doch! Dieses hübsche Papier mit der Diebstahlmeldung wird meinen Vater besonders interessieren. Autokennzeichen: Seins. Fahrer: Alex Röhrig. Ware: Seine. Empfänger: Nie gehört. Der Alte ist zwar blöd, aber so blöd ist er auch wieder nicht. Rühr dich nicht von der Stelle! Ich komme! Wo genau ...?«

Linda legte synchron mit Dieter auf (einmal Klick, clever!), rollte zurück in ihre Betthälfte und murmmelte sich in ihre Decke ein. Schlafpuppe Linda, pssst! Schlafpuppen und Ehefrauen hatten nachts kein Herzflattern, nie!

Tapsende Schritte, dann senkte die Matratze nebenan sich, der Körper kam näher, eine Hand legte sich auf sie. – Hilfe! Ertappt! Bitte nicht abmurksen, ich verrate auch nichts, ehrlich nicht ...

»Linda?«

Atmen, nur ganz ruhig weiteratmen, aus-ein-aus-ein ...

»Schläfst du?«

Den Ton kannte sie, Schokoladenjunge mit Hosenschiß, na warte! – »Tee«, murmelte Linda und räkelte sich.

»Schlaf weiter, Liebling, es ist noch früh. Ich muß kurz weg. Schlaf dich aus!« Judaskuß, Rumoren in seinem Bad, die Haustür, das Garagentor.

Adios Schokoladenjunge! Linda schob sich zum zweiten Mal auf Dieters Betthälfte und nahm den Telefonhörer ab.

Es tutete. Natürlich war Hans da, wo sollte er sonst morgens um halb vier sein?

Es tutete noch immer. Hans war Junggeselle (Weißt du noch, Linda? Andy, Tobias, Hans-Maria, Paolo … Gilt nicht! Bangemachen gilt nicht!).

Tuuut!

»Hier Rumbold.«

Halleluja! »Magst du lieber Spiegelei oder Rührei zum Frühstück?« – Eier konnte sie, Eier und süßen Reis.

»Rot«, murmelte er. Pawlowscher Reflex, alles klar.

Nacht zum Samstag, er hatte von ihr geträumt. ›Zieh am Samstag etwas Rotes an‹, hatte er gesagt. Puterrot. Flammenrot. Feuerrot. Lachsrot. Rotblond. Konnte er alles haben. Naturrot tonnenweise zum Frühstück. Frühstück im Bett. Gelegenheit macht Diebe! Diebe – Liebe – reimte sich sogar …

»Okay«, sagte Linda, »ich tu' dir Ketchup aufs Ei.«

»Ketchup aufs Ei?«

»Spiegelei oder Rührei?« erinnerte Linda. Verschlafen hörte er sich sehr süß an. Er mochte gern Schokolade. Mom, schick mir mal dein Super-Schokotorten-Rezept! Konnte so schwer doch nicht sein, ein bißchen zusammenrühren und ab in den Ofen.

»Moment«, sagte er, »ich komme nicht mit. Weißt du, wie spät es ist?«

»Früh«, korrigierte Linda, »gleich vier, bis du hier bist fünf. Ich lade dich zu 'nem Frühaufsteher-Frühstück bei mir ein.«

»Und dein Mann?«

»Hat soeben leider einen dringenden Anruf aus Brügge bekommen und ist weg. Kommst du?«

»Brügge? Belgien?«
»Brügge! Belgien!«
»Ich komme!«

Linda räumte die beiden Teller und die beiden Tassen und die beiden Bestecke in die Spülmaschine. Alles paarig. So wie an jedem perlenfreien Wochenende, wenn Linda das Frühstück machte. Paarig! Linda grinste und stopfte sich eine Scheibe Schinken in den Mund. Zwischen paarig und paarig lagen Welten. Sie hatte Hunger. In Köln hieß es Kohldampf. Nö, Kohl mochte sie nicht, Dampf paßte schon eher. Linda strich sich mit dem Finger zwischen ihren nackten Brüsten durch. Der Finger flutschte, subtropisches Klima. Sie hatten gedampft, pfui-hui und alle Rottöne durch. Gegessen hatte sie so gut wie nichts. Er schon. Männer waren anders gestrickt. Mann mampfte und dampfte ungeniert. Frau hielt sich zurück, nahm zierliche Happen und das gute Deo. Früher stand Frau beim Essen hinter Mann, Frau machte Fortschritte, manchmal lag sie sogar oben, pfui-hui-naturrot.

Linda rollte sich die letzte Scheibe Schinken zusammen – gerollt ohne Brot war der schiere Luxus, in der Biberstraße ging's öfter umgekehrt. Sie kaute und sah sich um, ob alles Paarige aus der Superküche verschwunden war. Dieter würde irgendwann aus Belgien zurückkommen. Sie würde gleich duschen und sich anziehen und zum Tennisclub fahren: ›Guten Tag, Herr Rumbold! Haben Sie heute gut gefrühstückt? ...‹

»Schmeckt es?«

Linda fuhr herum. »Du?«

»Ich wohne auch hier, weißt du?«

»Jetzt, wo du es sagst.«

»Mir fällt da etwas ein, kleine Erinnerungshilfe ...« Dieter kam näher und streckte die Hand nach ihr aus. Puterrot. Flammenrot. Das funktionierte bei ihr an beiden Polen …

Linda kratzte ihm über die Grabschhand. Krallenrot, sie hatte lange Fingernägel, ein roter Striemen zog sich über seinen Handrücken.

»Spinnst du?« Die Grabschfinger zuckten zurück.

»Spinnst DU?« Wer grabschte denn hier?

»Wenn du splitternackt um ein Uhr mittags in der Küche rumturnst.«

»Ich werde Frau Niemann vorwarnen.« Linda drehte ihm ihre Kehrseite zu.

»Wohin willst du?« rief er ihr hinterher. »Ich will mit dir nach Brügge.«

»Ich aber nicht mit dir!« Fast wäre ihr etwas in Richtung ›Brügge-Fieber‹ herausgerutscht, aber sie hatte ja geschlafen und wußte von nichts. Wer schläft, sündigt nicht! Huipfui! Sie mußte sich beeilen. »Ich habe 'ne Verabredung.«

»Mit unserem Richter?«

»Zum Tennis«, sagte sie. (Aufgepaßt!)

»Nimm ihn mit.«

»Spinnst du?«

»Einen Richter setzt man nicht drauf. Wer weiß, wozu der noch nützlich ist.«

(Könnte ich dir sagen, tu' ich aber nicht!) »Was sollen wir in Brügge?«

»Bummeln, essen gehen, es ist ein reizendes Städtchen.«

»Führen die Läden dort auch MORUS?« fragte Linda unschuldsvoll.

»Nein, nun mach schon! Wir fahren am Club vorbei und laden deinen Richter ein.«

»… bist du sicher?« fragte der Richter.

Der Wind pustete ihm die glatten blonden Haare hoch. Schiefergraue Augen, leicht skeptisch, dazu diese Flatterhaare und die Bilder in Lindas Kopf, Richtung: ›Wie war Ihr Frühstück heute?‹ Hans Rumbold machte sie schwach.

»Sicher bin ich sicher«, antwortete Linda. »Nun komm schon.«

»Nach Brügge? Ich denke, er kommt gerade aus Brügge?«

»Er hat das Brügge-Fieber und Dreck am Stecken.«

»Dreck am Stecken?« wiederholte Hans Rumbold.

»Sagt man so in Köln, wenn einer nicht ganz kittelrein ist.«

»Geschäftlich?«

»Geschäftlich auch.«

»Und er wittert nichts?«

»Er findet, Richter haben so was Solides.« Linda wandte sich Richtung Ausgang.

Der Jaguar parkte direkt vor der Tür des Clubhauses. Dieter stieg aus. Zweimal ›Freut mich!‹, dann hielt Dieter dem Richter die Autoschlüssel hin. »Haben Sie Lust?«

Welcher Mann hatte keine Lust auf zwölf Zylinder und zweihundertvierzig Pferdestärken und einen zum Sprung ansetzenden Jaguar auf der Kühlerhaube?

Lindas Richter nahm die Schlüssel. Schiefergrauer Jubel, aber der galt diesmal nicht Linda.

Lindas Mann öffnete die Beifahrertür, ließ den Sitz vorklappen und reichte Linda eine Hand: »Bitte!« Sein braunäugiges Jubeln galt seiner Frau auf der Rückbank und dem Richter auf der Chauffeurbank.

Linda setzte sich in den Fond. Na warte! Sie schlug die Beine übereinander, aus dem Rückspiegel blitzte es sie Schiefergrau an, via Rückspiegel blitzte sie zurück. Wenn ihr Richter sich Mühe gab, konnte er das weinrote Blitzen unter ihrem Minirock orten. – ›Ziehst du am Samstag etwas Rotes an?‹ hatte er am Telefon gefragt. – Klar doch! Heute war Samstag. Ihr Höschen war weinrot.

»Hier?« fragte der Richter. Er ließ sich von Dieter das Innenleben der metallicroten Blechdame erklären.

Männer! Bis nach Brügge waren es dreihundertzwanzig Kilometer. irgendwann …

»Sie heißt Lady«, sagte Dieter.

Der Richter nickte zustimmend. Die Jaguar-Lady wurde hochgekitzelt, gelobt, widerwillig gezügelt.

»Hundertzwanzig Kilometer auf der Autobahn«, schimpfte Dieter, »so ein Schwachsinn!«

Der Richter nickte auch dazu und fuhr mit seinen Pianistenfingern zärtlich über das Mahagoni-Zirbelholz des Armaturenbretts: »Ihre Lady ist zum Verlieben!«

Linda, aufgewacht! Du bist wieder an der Reihe! Ihr Richter war ein Mann mit Wortwitz. Doppelsinnig, irre komisch und zum Totkringeln war das, ihr Geliebter sagte zu ihrem Mann: »Ihre Lady ist zum Verlieben …«

Linda alias DIE Lady morste via Rückspiegel, erbsengrün und weinrot, eine geballte Ladung Lady zum Verlieben.

Ein schiefergraues Augenpaar strich über den Spiegel.

Na endlich!

Die schiefergrauen Augen schwenkten nach links, Kontrollblick: »Den Langweiler überholen wir!« Die Blechlady schnurrte, drehte auf, überholte. Praller Triumphsound! Blechkonkurrenz auf dem Vormarsch!

Wer war hier eigentlich DIE Lady?

»Sie kennen die Strecke gut?« fragte Hans Rumbold. Er hatte sich an den Schildern orientieren wollen, aber Dieter dirigierte ihn um, ›der Weg da ist kürzer.‹

Dieter nickte. »Ich war neulich hier.«

Neulich ist gut, dachte Linda.

»Verkaufen Sie viel nach Belgien?« fragte ihr Richter. (Fangfrage, logo!)

Dieter schüttelte den Kopf. »Gar nicht. Ich bin an einer Immobilie in Brügge interessiert. Stop! Da wird ein Parkplatz frei. Von hier aus seid ihr in fünf Minuten in der Altstadt.«

»Ihr?« wiederholte Linda. »Und was ist mit dir?«

»Sage ich doch, eine interessante Immobilie. Ich schlage vor, ihr bummelt ein bißchen, und wir treffen uns in zwei Stunden an dem Tor dort.« Dieter verriegelte seine Blech-Lady, zückte seine Brieftasche und zog ein paar Scheine heraus. »Belgische Francs, manche Läden nehmen keine Kreditkarte. Also, um sieben an der Ezelspoort. Viel Spaß!«

Schon steuerte er die Eselspforte an, das Pfeffer&Salz-Muster seines Sakkos verschwamm zu einem beigebraunen Flecken. Linda legte einen Schritt zu, der Richter auch. Gleiche Richtung, gleicher Takt. Ein Bus spie eine Ladung Touristen aus, der beigebraune Fleck verschwand, auf der Brücke tauchte er wieder auf, glitt in schmale Gassen und blieb endlich vor einem buckeligen Haus stehen, klopfte, weg war er.

»Eine interessante Immobilie«, zitierte Hans Rumbold.

»Dreck am Stecken«, sagte Linda. Die Romantik der schmalbrüstigen Backsteinhäuser zerfiel in der Nähe. Aus den Angeln gerissene Fensterläden, mit Pappe ausgebesserte Fensterscheiben, in die Gosse gekippter Müll, an einem Auto fehlten die Reifen und bei dem anderen die Scheinwerfer, das Haus Nummer neun sah völlig verwahrlost aus.

»Dreck am Stecken«, wiederholte der Richter nachdenklich. »Glaubst du oder weißt du?«

»Rieche ich.« Linda tippte sich gegen die Nasenspitze. Sie hatte ein Näschen für krumme Touren.

»Dir macht so leicht keiner etwas vor, stimmt's?«

»Stimmt!« Linda war nach Detektivspielen. Komplize Alex hatte sich irgendwo in Brügge einen Lieferwagen stehlen lassen. Samt Ware. Besitzer war die Morus KG. Die Morus KG produzierte Textilien. Textilien wurden in Textilläden verkauft. Mal sehen …

»Führen Sie auch MORUS?« fragte Linda.

»Non, Madame, je regrette«, antwortete die Verkäuferin und schüttelte bedauernd den Kopf. Also nein.

Linda schlenderte weiter, ihr Richter kam hinterher (streng dich an, Junge, ich hab' was gut!).

»Hübsch«, sagte Linda und zeigte auf ein Kleid in Saharabeige. Heureka! Es war der siebte oder achte Laden, ihre Füße quollen schon über die Riemchensandalen, à la Rollschinken.

»Das ist doch dein Kleid!« Der Richter zeigte synchron. In diesem Saharabeige hatte er sie das erste Mal gesehen.

»Das ist ein Morus-Kleid«, verbesserte Linda. Ihre Hand glitt über gut zwei Dutzend Morus-Kleider, dahinter kamen Kostüme, Hosen und Röcke der Marke Morus. Die kleine Boutique war vollgestopft mit Morus. Zwei Dutzend Kleider, das Stück siebentausendzweihundert Francs, Linda rechnete zusammen und von Belgischen Francs in Deutsche Mark um, sie kam auf rund dreißigtausend Mark. In einen Lieferwagen paßte noch mehr, in ein Lager auch.

Detektivin Linda auf dem Vormarsch! Was waren dagegen hirnlose zweihundertzwanzig Pferdestärken?

»Morus«, sagte Dieter. »Ich habe für vier Personen reserviert.«

»Morus«, wiederholte der Maître und blätterte in einem ledergebundenen Büchlein mit Goldschnitt. Linda sah sich um: Ein Dutzend Tische, aufgeputzt wie für ein Bankett, nur die Gäste fehlten. Der Maître blätterte noch immer.

»Für 1995«, murmelte Linda.

»Madame?« Der Mann sah auf.

»Der runde Tisch am Fenster wäre hübsch.« Linda lächelte und zeigte auf den Tisch. »Da.«

»Voilà!« der Mann nahm das ›Reservé‹-Schild weg.

»Merci«, sagte Linda (na bitte!), ließ sich den Stuhl unter den Po schieben und ließ Dieters gelbe Karte – von wegen ›1995‹ – abblitzen. Bewährte Männerregel: Der Erfolg zählt!

»Kir Royal«, sagte Linda, als der Maître fragte, welche Aperitifs gewünscht würden.

Zweite gelbe Karte für sie. Dieter hatte zuvor mit dem Maître auf französisch über Champagner palavert und schließlich ›Trois Cremant?‹ gefragt und auch schon per Nicken geordert. Linda boykottierte soeben seine feine Zunge und sein gepflegtes Französisch und den Platzhirsch.

Na, so was! Mal sehen, wer als erster vom Platz ging.

»Ist das vierte Gedeck für deinen Immobilienmakler?« fragte Linda.

»Sozusagen. Ein reizender Herr, leider spricht Monsieur Coq kein Deutsch. A votre santé!«

Cremant an Cremant, vornehmes Glasklingeln, Ehemann trifft Geliebten.

»Prost!« Linda hob ihr Glas mit dem Kir Royal und trank auch. Prost war unfein in feinen Lokalen. Dritte gelbe Karte!

Draußen schlug eine Kirchturmuhr, acht Schläge. Dieter stand auf. »Ihr entschuldigt mich einen Moment!« Dieter folgte dem Pfeil an der Wand. Weg war er.

»Ich muß auch mal.« Detektivin Linda schlug an, Linda stand hastig auf. Der Pfeil führte sie treppab. Auf der vorderen Tür ein Männeken Piss (stehend), und auf der hinteren Tür das weibliche Gegenstück (hockend), zwischen den beiden Türen ein altmodischer Holzkasten, aus dem es murmelte. Unter dem Glasfenster klebte ein goldenes Telefonzeichen, in dem Glas spiegelten sich zwei Schultern, eine in Pfeffer & Salz, und die andere maisgelb. Hallo Alex, Traum in Maisgelb! Linda konnte sich Bequemeres vorstellen, als zusammengequetscht in einem Holzhäuschen zu stehen und zu diskutieren. Rund hundertachtzig Kilo Mann auf achtzig mal achtzig Zentimeter, größer war die Kiste nicht.

Linda huschte an dem Sichtfenster vorbei, Richtung ›Mädchen auf dem Topf‹. Sie ging nicht aufs Töpfchen. Mit der Alibitür im Rücken, die Hand auf der Klinke, drückte sie sich an die Holzwand und horchte …

»… reg dich ab! Hauptsache, der Lieferwagen von deinem Alten ist wieder da.«

»Und die Ware? Monsieur Coq wartet auf seine Ware. Bar Kasse bei Lieferung, das ist soviel wie dein halber Jaguar.«

»Das Zeug ist nun mal geklaut. Ich habe nur 'ne Pinkelpause eingelegt.«

»Pinkelpause in Brügge, klingt logisch. Du fährst sechzig Kilometer Umweg, um in Brügge zu pinkeln. Sind in Ostende alle Latrinen verstopft?«

»Reg dich ab!«

»Steckst du mit drin? Diese Kaschemme Nr. 9 ist verdammt komisch, du hast verdammt komische Freunde. Kleiner Extradeal, wie?«

Die Holzkiste fing an zu schaukeln. Nichts wie weg, dachte Linda und tat zwei Schritte vor. Zwei Meter rechts von ihr trat auch jemand vor. Rechts von ihr war Männeken Piss, stehend. Linda hatte kein Türquietschen und keine Schritte gehört. Sie blinzelte nach rechts. Er blinzelte nach links. Es war ihr Richter. Ach nee!

Linda huschte an der heftig schaukelnden und heftig murmelnden Holzkiste vorbei, zu zweit huschten sie die Treppe hoch zurück ins Lokal. Komplizenhuschen, oben erwartete sie der Maître mit einer fremden Dame. Die Dame wollte zu Herrn Morus, sie stellte sich vor: »Madame Coq aus Ostende.«

»Sie machen in Immobilien?« fragte Linda. Fangfrage, logo.

»In Immobilien? Nein, in Mode.« Madame Coq sprach fließend Deutsch. Linda schloß Madame spontan in ihr Herz. Madame Coq war zu bedauern, Monsieur Morus hatte ihrem Mann für Samstag morgen eine große Lieferung zugesagt, aber die war nicht eingetroffen. Statt dessen hatte Monsieur Morus ihren Mann auf den Abend vertröstet, ihr Maurice war zu gutmütig, außerdem sprach er keinen Ton deutsch. Das ›Ambrosius‹ war ein hübsches Lokal, vielen Dank für die Einladung, aber schließlich ging es um die Herbstkollektion aus Deutschland. Die war nicht da. Der Chef war nicht da. Die Augen von Madame funkelten. Sie war da.

»Dort kommt Monsieur«, sagte Linda. »Voilà.« Sie lernte sogar Französisch, und nicht nur das. Dieter war sehr rot im Gesicht, er küßte Madame die Hand, die Röte floß in seinen Nacken. »Ihr habt euch schon bekannt gemacht?« fragte Dieter, er war beängstigend rot. Dann redete er auf Madame Coq ein, leider sprach er fließend Französisch. Mit dem beim Maître abgehorchten ›voilà‹ konnte Linda ihm nicht folgen. Ihr Richter schon. Schiefergrauer Jubel.

»Ist der Vertrag perfekt?« fragte Linda dazwischen. Wer war denn hier die Spürnase?

»Nein«, antwortete Madame Coq. Auf deutsch, höflich, sympathisch, frauensolidarisch. »Ich warte bis Ende nächster Woche, dann platzt der Vertrag. Dieser und alle weiteren.«

»Der Hausvertrag?« fragte Linda.

»Wieso schon wieder Haus?« fragte Madame Coq. Der Rest war französisch und weder höflich noch sympathisch. Wut hatte international denselben Klang. Das Wort ›fou‹ kam mehrmals vor, dabei tippte die Frau sich gegen die Stirn, das war auch international.

»Madame ist gar keine Immobilienmaklerin?« fragte Linda unschuldsvoll.

»Non! Mode. Kleider. Häuser non!« Schrumpfdeutsch für die deutsche Ausländerin, Madame Coq hörte sich erschöpft an.

Linda strahlte.

»Wir sind bestohlen worden«, sagte Dieter. »Eine ganze LKW-Ladung.« Er klang auch erschöpft.

Linda strahlte in Potenz. Warum nicht gleich so?

»Häuser non! Kleider!« Madame Coq sah Linda an.

»Kleider«, wiederholte Linda folgsam. »Morus-Kleider?«

»Morus-Kleider«, sagten Dieter und Madame im Chor.

»Hier in Brügge?« fragte Linda.

»Hier in Brügge. Der LKW ist wieder da. Leer. Die Ware ist spurlos verschwunden.«

»Nö«, widersprach Linda. Sie lächelte Madame Coq zu. »Ihre Herbstkollektion von Morus hängt in der Polderstraat bei ›Devreese‹.«

»Devreese?« Madame Coq sprang auf.

»Devreese?« Monsieur Sitte sprang ebenfalls auf.

»Le billet!« Der Maître stellte sich den beiden mit der Rechnung in den Weg. Bankettzauber an zwölf Tischen, davon ein einziger besetzt. Mit Zechprellern. Non!

Linda grinste ihren Richter an. »Bin ich eine Spürnase?«

»Prost, Lady Spürnase!« Er hob sein Glas und trank ihr zu, während Dieter lautstark die Rechnung beglich: »Wieso nehmen Sie keine Kreditkarte? Alle guten Häuser akzeptieren die Master Card. Was ist das denn für ein Schuppen hier, verdammt?«

Die Stimmen überschlugen sich, die Saalkiste wackelte (achtzig mal achtzig Zentimeter waren ein Klacks dagegen), der Bankettzauber zitterte mit, deutsch-belgische Feindschaftsbegegnung, und mittendrin saßen Linda Morus – alias Lady Sunshine, alias Spürnase – und Hans Rumbold, genannt der Richter, und stießen miteinander an.

Gläserklingen im Orkan, dachte Linda, cool. Kitsch and crime live! Zwei romantische Spürnasen! Zwei? Mal sehen …

Dieter klinkte die Flügeltür auf, trat in den Wintergarten und baute sich vor der fast mannhohen Birkenfeige auf, wobei er eine Schuhspitze auf den Rand des Terrakotta-Topfs stellte. »Damit das klar ist, du weißt von nichts!« sagte er.

Die Farbe seines Anzugs paßte nicht in diesen Raum, wo alles auf Lindas üppig wucherndes Dschungelgrün und den sattblauen Markisenstoff, mit dem sie dem eher blassen Großstadthimmel auf die Sprünge helfen wollte, abgestimmt war. Dieter trug eine Art Schlammgrün, zweireihig geknöpft, die Goldknöpfe ließen den Tarnfarbenanzung noch idiotischer aussehen. »Wovon weiß ich nichts?« fragte Linda.

Sie wässerte weiter ihren Oleander, ein paar Blätter zeigten helle Flecken, aber Ungeziefer hatte er keins, sie würde einfach die Blumenfrau um Rat fragen. – Natürlich wußte Linda, worauf Dieter anspielte. Im Befehlston, darunter kauerte der Hosenschiß.

»Stell dich nicht dümmer an, als du bist«, sagte er. »Ich rede von Brügge.«

»Hübsches Städtchen. Kann man prima bummeln und essen und shoppen gehen.«

»Die Morus-Lieferung nach Belgien geht meinen Vater nichts an.«

»Gratuliere! Hat er dir endlich die Firma überschrieben?«

»Du weißt genau ...«

»Ich denke, ich soll nichts wissen.«

»Ich denke, du weißt, wo die Butter auf dem Brot sitzt.«

»Ich weiß sogar, wie sie darauf kommt. Vergiß die

Gewinn- und Verlustrechnung nicht, sonst wird der Butterspender sauer. Er hat schon zweimal angerufen, wo du bleibst.«

»Und was hast du ihm gesagt?« Dieter faßte nach der Birkenfeige und begann, an den glänzenden Blättern zu knibbeln. Meine-deine-Perle besprühte den Ficus Benjaminis mit verdünnter Schmierseife, das gab dem Grün diesen tollen Glanz.

»Laß meinen Ficus in Ruhe!« Linda wartete ab, bis Dieter die Finger von ihrem Ficus nahm, dann redete sie weiter: »Ich habe ihm vorgeschlagen, dich zum Geschäftsführer für Benelux zu nominieren. Drei-Länder-König, wär das nichts?«

»Du lebst gefährlich.«

»Ich?« Linda ging an Dieter vorbei in die Diele. Dort lag in grüne Pappdeckel eingebunden die Firmenbilanz vom letzten Jahr. Obenauf lag Dieters Autoschlüssel.

Freund Alex hatte die Bilanz vor drei Tagen zur Dinner-Einladung mitgebracht. Linda hatte sich am nächsten Morgen mit dem Faxgerät Kopien davon gezogen, während Dieter unter der Dusche stand. Einmal hatte sie Schritte auf der Treppe gehört, und die Tür zur Bibliothek war kurz aufgegangen. Linda hatte einen mittleren Anfall bekommen, einen mit Wackelpeter quer durch, doch es war nur Frau Niemann gewesen. Die wußte auch, wo die Butter auf dem Brot saß. Linda ließ ihr freie Hand, das zahlte sich aus. Linda hatte die letzten Bilanzseiten auch noch fotokopiert, nun brauchte sie nur noch den Schlüssel, der dieses Wirtschaftschinesisch knackte.

Linda war in einen Buchladen gegangen, der Verkäufer hatte sie spontan bei Bellestristik angesiedelt und ihr DEN Frauenroman andrehen wollen, anscheinend gab es DEN

Roman ebenso wie DIE Hose. Daraufhin hatte Linda den Kopf geschüttelt, obwohl DER Roman vermutlich leichter verdaulich gewesen wäre. »Danke nein! Ich brauche ein Schnüffelbuch«, hatte sie gesagt, woraufhin der Verkäufer seinerseits ratlos den Kopf geschüttelt, sodann ein Quiz gestartet und schließlich ein Werk mit dem Titel ›Bilanzanalyse leicht gemacht‹ herausgerückt hatte. Möglicherweise brauchte sie jetzt noch ein zweites Schnüffelbuch, mit dem sie dem Geheimcode des ersten Schnüffelbuchs auf die Schliche kam, um dann endlich Dieters Machwerk knacken zu können.

Der alte Morus wollte nichts von moderner Datenverarbeitung wissen, vielleicht verstand er auch nur die modernen Schnüffelbücher nicht, in dem Fall konnte er Lindas Mitgefühls sicher sein. Jedenfalls überließ Carl Morus den modernen Schnickschnack seinem Sohn und dem Sohn seines Steuerberaters. Freie Bahn den Verschwörern! Immerhin blieben Zahlen Zahlen, daran änderte auch das schlimmste Fachchinesisch nichts. Die Bilanz setzte mit dem alten Gewinn ein, fette Zahl in Fettdruck, Ouvertüre volles Rohr. Im letzten Geschäftsjahr posaunten nur noch die Umsätze, der Gewinn war auf der Strecke geblieben, die Strecke hieß Dieter & Kumpel. Ob Vater Morus die Schrumpfzahl schluckte?

Linda griff nach dem grünen Pappdeckel auf der Dielenkonsole, Dieters Autoschlüssel klimperte und rutschte zur Seite, Linda fächelte sich mit dem Ordner kühle Luft zu. »Stimmt die Kasse?« fragte sie harmlos.

Dieter tat einen Satz nach dem schwankenden Grün. »Bist du des Teufels? Das ist ein Dokument, mit Testat und Siegel.«

»Nicht zu glauben, worauf sie einem heute so alles ein

Amtssiegel pappen. Geprüft und beglaubigt, warum verkaufen sie die Stempel nicht gleich im Supermarkt?«

»Kümmere dich um dein Grünzeug, davon verstehst du mehr. Und wenn dir die Zeit lang wird, spiel Tennis oder geh reiten, unser Verkehrsrichter leistet dir bestimmt gerne Gesellschaft. Hast du gesehen, wie ihm meine zweihundertvierzig Pferdestärken ins Blut geschossen sind? Der Mann wurde regelrecht menschlich.«

»Menschlichkeit in Pferdestärken gemessen, du bist ein echter Heuler. Achtung!« Linda hielt die Sprühflasche auf den Dielenfarn, der konnte auch etwas Sprühregen vertragen. Dieters Tarnanzug anscheinend nicht, vielleicht wurden dann die Goldknöpfe matt, jedenfalls sprang er zurück und regte sich auf. Kasperle im Tarn-Look, Linda ließ ihn stehen und ging weiter ins Gäste-WC, um die Sprühflasche frisch aufzufüllen.

»Ich fahre jetzt los«, rief er durch die angelehnte Tür, »falls mein Vater noch einmal anruft, sag ihm, ich bin unterwegs.«

Linda drehte den Wasserhahn auf. Sie hatte keine Lust, ihm zu antworten. Natürlich würde sie ihn nicht bei seinem Vater in die Pfanne hauen, obwohl die Vorstellung nicht übel war.

Das Wasser plätscherte in die Sprühflasche, in der Biberstraße hatte sie nicht mal eine Gießkanne besessen. Wozu auch? In Winter fror dort sogar die Wasserleitung ein, und im Sommer war die Dachwohnung ein begehbarer Grill, das hielt keine Pflanze aus. Sie vielleicht auch nicht mehr. Sie müßte auf mehr verzichten als auf ihre tollen Pflanzen …

Das Wasser blubberte über den Rand, es spritzte. Linda drehte den Wasserhahn zu und schraubte den Sprühkopf wieder auf. Natürlich brauchte sie nicht unbedingt eine Villa in Fein-Lindenthal, und ein Kleinwagen täte es auch.

Es war unsinnig, sich ständig neue Klamotten zu kaufen, so kam sie nie zu etwas. Mal sehen! Wieviel wohl ein Richter heutzutage verdiente? Ihre Rolle als Lady Spürnase schien ihm nicht schlecht zu gefallen, natürlich stand einer, der im Namen des Volkes Recht sprach, auf der Seite des Rechts und keinen Millimeter daneben. Linda hatte nichts dagegen, bei den Guten mitzuspielen. Aber keiner konnte etwas dagegen haben, wenn den Bösen zuvor ein Stück Diebesbeute abgeknöpft wurde, damit war schon Robin Hood grandios herausgekommen.

Linda schob die Tür auf, davor stand Dieter, in einer Hand den Autoschlüssel in der anderen den grünen Pappdeckel, er schien sich nicht von ihr losreißen zu können.

»Möchtest du noch ein Küßchen zum Abschied?« fragte Linda.

»Ich warte auf meine Antwort.«

»Du ätzt.« Linda hob die Sprühflasche, der Dielenfarn würde nicht gleich absaufen, wenn er noch ein paar Tropfen abbekam. Der Sprühnebel zischte über eine Partie Goldknöpfe. Linda wartete auf die Kasperle-Nummer, aber nichts passierte.

Diesmal wischte Dieter nur kurz über die Knöpfe und sagte: »Ich habe auch eine Überraschung für dich. Heute nachmittag.«

»Einen Riesenlutscher?« fragte Linda. Wieso wurde er nicht wütend? Sie fühlte sich verscheißert. »Eine Riesenüberraschung«, antwortete Dieter, der Sanftmütige. »Mach dich schick!«

»Für ein paar Gäule?« fragte Linda.

Sie hatte genickt, als Dieter gestern auf der Heimfahrt von Brügge den Besuch auf der Rennbahn vorschlug. Sie hatte synchron mit ihrem Richter genickt. Alles, was mit Pferdestärken zu tun hatte, schien Männern ins Blut zu gehen, dagegen war nicht einmal ein Hans Rumbold gefeit. Allerdings war ihr noch immer nicht klar, wieso ihr Mann diese Freundschaft forcierte. Sie selbst wußte schon, was sie an ihrem Richter hatte, hui-pfui usw. Aber Dieter?

»Wart's ab. Wir starten um zwei.« Dieter polierte wieder an seinen Goldknöpfen, während er die Haustür ansteuerte.

Linda steuerte ihr Zimmer an. Freie Bahn für ›Bilanzanalyse leicht gemacht‹. Linda nahm das Buch und die kopierten Seiten der Morus-Bilanz aus ihrer Wäschekommode. Das Versteck taugte nicht viel, weil Meine-deine-Perle auch die Wäsche bediente, Linda würde sich etwas Besseres einfallen lassen müssen. Bis jetzt hatte sie kein Versteck gebraucht. Tempi passati! Auf lateinisch hörte es sich entschieden schicker an, wenn die Zeiten sich änderten.

Der Bucheinband hob sich angenehm von dem tristen Schwarzweiß der Kopien ab, farblich betrachtet, der Fond war gelb und die Schrift peppig rot, aber das war's dann auch schon. Der Verfasser hieß Engel-Bock, dieser Name hätte sie schon im Buchladen stutzig machen sollen. Einer, der sich mit solch einem Namen an die Öffentlichkeit traute, mochte auch Wörter wie ›Sale-and-lease-back-Geschäfte‹ harmlos finden.

Linda hangelte nach dem Telefon, die Nummer saß in ihren Fingerspitzen. Es klingelte nur ein einziges Mal, dann hob ihr Richter ab. Klarer Fall von Telepathie, seine Empfangsschüssel war voll auf sie ausgerichtet. Wenn das so weiterging, konnten sie beide bald auf das Buschtrommelprinzip oder auf die Nummer mit den Joghurtbechern zurückgreifen, die Lindas Physiklehrer vor etlichen Jahren wiederholt zur Veranschaulichung benutzt hatte. Reichweite gleich Rufweite, der Ärmste hatte viel Spott einstecken müssen, möglicherweise kam nun die Stunde seiner Rehabilitation, leider hatte er nichts mehr davon.

»Ißt du gern Joghurt?« fragte Linda, sie war in Gedanken noch immer bei dem Telefonieren via Joghurtbecher.

»Willst du mich wieder zum Frühstück einladen?«

»Nö, doch nicht sonntags um zehn, wenn alle anständigen Deutschen am Kaffeetisch sitzen.«

»Bin ich etwa kein anständiger Deutscher?«

»Zum Glück nicht, die sind mir nämlich ein Greuel. Du bist das absolute Gegenteil.«

»Du hast ja eine tolle Meinung von mir.«

»Ja. Nein. Quatsch mit Soße. Ich meine …«

»… daß Richter Hans Rumbold ein Galgenvogel ist.«

»Du bist der Größte«, platzte Linda heraus. Besser gesagt, es wurde aus ihr abgeschossen, an der Trickkiste vorbei, Absender unbekannt.

»Der größte Galgenvogel oder der Größte ohne alles?«

»Such's dir aus!« Gerettet! Jeder andere hätte sich gierig den Superlativ übergezogen und Profit daraus geschlagen, er nicht. Er zog sich sogar probeweise den Galgenvogel an. Einer, der sozusagen auf dem Recht thronte, konnte sich das leisten. Er war wirklich der Größte, garantiert kannte er sich auch mit Bilanzchinesisch aus.

»Weißt du zufällig, was ein Rohergebnis ist?«

»Nach dem Gesamtkostenverfahren oder nach dem Umsatzkostenverfahren?«

Sagte sie doch, ihr Richter war der Größte, der kannte sich sogar mit Bilanzen aus. »Weiß ich nicht«, antwortete Linda, »keine Ahnung, da steht nur Rohergebnis, ist das wichtig?«

»Wenn dein Mann – es geht doch um deinen Mann? – das Jahresergebnis drücken will, wird er den Personalaufwand und andere betriebliche Aufwendungen abziehen, das ist dann das Umsatzkostenverfahren.«

»Und wie komme ich dahinter, ob er das tut oder nicht?«

»Sieh im Anhang nach.«

Linda blätterte weiter. »Es gibt keinen Anhang.«

»Dein Mann hat eine Kapitalgesellschaft. Nach § 264 Abs. 1 HGB muß es einen Anhang geben, wenn Posten in der Bilanz nicht einzeln ausgewiesen sind.«

»Es hängt keiner dran, ich habe alles kopiert, von der ersten bis zur letzten Seite, und jetzt ist er mit dem Original ab zu Vater Morus.«

»Ohne Anhang«, sagte Hans Rumbold, es hörte sich sehr nachdenklich an.

»Und was mache ich nun?«

»Ist das dein Problem?«

»Meine Nase juckt.«

»Die Spürnase?«

»Genau die, ich will ihm auf die Schliche kommen, ihm und seinen sauberen Freunden.«

»Dann beschaff dir den Anhang und die Bilanzen der letzten Jahre. Je mehr Vergleichszahlen du hast, desto besser.«

»Scheiße! Wie soll ich denn da dran kommen?«

»So schnell gibt eine Superdetektivin nicht auf.«

»Na ja.«

»Bleibt es bei unserem Rendezvous?«

»Logo. Hast du ein Fernglas?«

»Für das, was ich sehen will, brauche ich keins.«

»Und was willst du sehen? Gib mir mal 'nen Tip!«

»Rot! Naturrot!«

»Rot ist phantastisch. Bis gleich.« Linda beobachtete ihre Hand, die den Hörer zurücklegte, glatt und gepflegt, aber zitterig wie bei einer Tattergreisin. Bei ihr war mehr als nur die Schüssel auf dem Dach auf Hans Rumbold ausgerichtet, noch das Schwarze unterm Fingernagel jubelte ihm zu. Reiß dich am Riemen, Mädchen! Riemen? Linda lächelte, soweit waren sie beide endlich auch, hui und pfui und wunderschön.

Linda kuschelte sich in ihren Sessel, das betriebliche Rohergebnis der Morus KG war vergessen. Am besten würde sie dieses Fachchinesisch gleich zu ihrem Richter hinüberschieben, er war der richtige Mann dafür und für alles andere und besonders für das eine …

Unten ging die Haustür. Linda schreckte hoch. Sie saß in einem Wust von Kopien, zig Seiten Morus KG, sie raffte die Blätter zusammen und stopfte sie zurück in die Wäschekommode. Es klopfte, das übliche Pro-forma-Klopfen, dann ging die Tür auf. Linda bemühte sich um ein lockeres Bild auf ihrem Sessel, à la Grazie in Ruhepose, es schien zu wirken.

»Kleines Nickerchen gefällig?« fragte Dieter.

»Was dagegen?« fragte Linda.

»Überhaupt nicht. Ruh dich nur aus, wir haben Zeit genug. Um so hübscher bist du nachher. Ich wecke dich dann, einverstanden?« Dieter smilte und machte kehrt, die Tür klickte sanft ins Schloß, etwas stimmte nicht mit ihm. Zu viele Sätze, zu sanfte Sätze, zu sanfte Töne. Linda stand auf, schlich zur Tür und öffnete sie behutsam. Sie sah nur noch Dieters Hinterkopf, er steuerte die Tür zum Herrenzimmer an. Zum Herren-Talk?

Linda huschte über den Gang ins Schlafzimmer. Dieter hatte dafür gesorgt, daß in ihrem eigenen Zimmer ein Telefon ohne Umschaltknöpfe installiert worden war. Aber vom Eheschlafzimmer aus konnte sie mithören. Sie wartete, bis die Zwei aufleuchtete. Apparat zwei stand im Herrenzimmer, ihr Näschen hatte richtig angezeigt. Herr Sitte wollte ungestört telefonieren, dafür hatte er einen Schub sanften Sound produziert, was ein Fehler war. Detektivin Linda ließ sich nicht einwickeln.

Linda drückte auf die Mithörtaste und hielt die Luft an,

ihr Gatte dröhnte volles Rohr: »... was soll das? Wie kommst du dazu, die beiden Alten zusammen auf die Rennbahn zu lotsen? Mein Alter ist sowieso auf hundertachtzig, weil sein Gewinn in den Keller gerutscht ist.«

»Reg dich ab, das haben wir doch längst besprochen.« Linda mußte nicht lange überlegen, das war Ferdi. Er hörte sich gereizt an. »Jeder in der Branche stöhnt und ächzt«, sagte er gerade, »die gestiegenen Herstellungskosten sind eben schuld, und ohne Bilanz-Anhang kann dein Vater nirgends den Finger drauflegen.« Es klang so, als ob er zu einem nicht sehr aufgeweckten Gegenüber spräche.

Dieter schien es nicht zu gefallen, für nicht sehr aufgeweckt gehalten zu werden. Er wechselte in die ironische Schublade über: »Und du glaubst, mein Vater parkt seine Wut über das miese Geschäftsergebnis friedlich neben seinem Steuerberater-Freund und ergötzt sich an ein paar vorbeigaloppierenden Gäulen, ohne auf den Busch zu klopfen?«

»Laß ihn klopfen! Mein Vater hat nur testiert, die Bilanz habe ich erstellt, und ohne Aufschlüsselung der ausgewiesenen Sammelpositionen klopfen beide im stockfinsteren.«

»Mit dem feinen Unterschied, daß dein Vater möglicherweise verdammt neugierig wird, was er da so testiert hat, wenn sein alter Freund Carl Morus ihm ans Leder will.«

»Blödsinn! Dann müßte mein Vater erst mal zugeben, daß alles, was mit elektronischer Datenverarbeitung zu tun hat, für ihn böhmische Dörfer sind, zu denen er jahrelang nur klug genickt hat. Er wird den Teufel tun und auf die Pferde am Start abbiegen.«

»Phantastisch! Was glaubst du, was mein Vater sagt, wenn Edmondo am Start gemeldet wird. Sein Gewinn rutscht in den Keller, und ich kaufe mir ein Rennpferd.«

»Ich denke, Edmondo läuft auf den Namen deiner Frau?«

»Und meine Frau hat heimlich eine Million mit in die Ehe gebracht?«

»Ich kann nichts dafür, daß du dir diesen Gaul anschaffen mußtest.«

»Aber daß zwei alte Männer Interesse am Rennsport zeigen, nach fünfundsechzig Jahren und ausgerechnet heute, dafür kannst du etwas.«

»Irrtum! Deine Rennzeitungen waren der Auslöser, also beschwere dich nicht. Womöglich entdecken unsere Senioren ihr Herz für Pferde, und wir sind sie quitt.«

»Grimms Märchenstunde, wie?«

Linda zuckte zurück. Ihr lieber Mann hatte den Hörer aufgeknallt, und für sie hatte er eine Riesenüberraschung in petto, die hieß ›Edmondo‹. Oh, là, là!

Linda überlegte, was sie als Besitzerin eines Vollblutes anziehen sollte. Sie war noch nie auf einer Rennbahn gewesen, aber sie hatte ein Bild davon im Kopf, das stammte aus My Fair Lady, wo die Heldin mit unglaublichem Schick auftrat und trotz einfacher Herkunft und Dialekt alle feinen Ladies ausstach. Linda hatte zwar keine Mandelaugen und war überhaupt ein anderer Typ als jenes Elfenwesen, aber ›es‹ hatte sie auch, und sie brauchte keinen Professor Higgins, um ›es‹ herauszukitzeln. Sie brauchte höchstens ihren Richter.

Linda entschied sich für schwarzes Leinen. Der Rock war eine Röhre, das Oberteil war kastig im neuen Look und taillenkurz, kombiniert mit dem neuen Hut würde sie wie Lady Di und My Fair Lady und Claudia Schiffer in Personalunion aussehen.

Nö! Linda sah sich auf die Tribüne zusteuern, Logenplatz, logo! Die ladylike Silhouette verschwamm, und ihre rotblonden Locken und erbsengrünen Augen und eine

Prise Biberstraße brachen durch, bei jedem Schritt schlüpften ihre endlos langen Beine aus dem vornehmen Stoffetui, und wenn sie sich reckte – von wegen Fernglas an die Augen –, blitzte ein Stück makelloses Bauchfell. Wenn sie ihrem Edmondo nach dem Sieg einen Lorbeerkranz um den Hals hängte, mußte sie sich auch recken, dann würde das Hautblitzen von Fotoblitzen im Bild festgehalten und in der Zeitung veröffentlicht werden. ›Linda, wir haben dich in der Zeitung gesehen …‹, vielleicht war sogar das Fernsehen da. Linda Erz als Fernsehstar …

Lindas Gehen wurde zum Schreiten, an der untersten Treppenstufe erwartete Dieter sie. Ungeduldig, er hatte schon zweimal oben an ihre Tür geklopft.

»Wie siehst du denn aus?« fragte er.

»Wie sehe ich denn aus?« Linda lächelte, sie hatte mindestens ein Dutzend Posen vor dem Ankleidespiegel hinter sich. Sie war perfekt, sie hatte sogar die echten Brillanten angezogen, die Dieter automatisch in einen Bodyguard – nein Klunkerguard – verwandelten. Standing ovations? Bitte schön, tu dir keinen Zwang an.

»Probst du auf Königinmutter? Wir besuchen ein Pferderennen und keine Gala.«

»Hast du Angst, die Pferde könnten meine Brillis mit Zuckerstückchen verwechseln?«

»Dein Mundwerk verwechselt garantiert keiner mit etwas Süßem.«

»Armer Liebling! Du bist so nervös. Wer kommt denn noch so alles mit?«

»Dein Richter!«

»Und für dich? Dein Vater vielleicht?«

»Hast du …?«

»Habe ich was …?«

»Nichts. Paß auf, daß die Biberstraße nicht mir dir durchgeht.«

»Ich überleg's mir. Könnte aufregend werden.« Linda ging voran, sie summte ihre Erkennungsmelodie.

In der Bibel stand das auch, ›Und sie erkannten sich‹, in der Bibel war das die Umschreibung fürs Ri-ra-rutsch in der nicht jugendfreien Variante. Bei der Melodie von ›Lady Sunshine and Mister Moon‹ hatten Dieter und sie sich einmal ›erkannt‹. Es war einmal ..., so fingen alle Märchen an. Es war nicht ihre Schuld, daß Dieter zum autobiografischen Thriller übergewechselt war und sie als Lady Sunshine entthront hatte. Sie wär's gern geblieben. Die Kronjuwelen und alles, was so dranhing, waren nicht übel, aber sie ersetzten die Märchenstunde nicht. Als Mister Moon hätte Dieter auf sie zählen können, in der Rolle hätte sie für ihn sogar die Kohlen aus dem Feuer geholt. Passé! Wenn sie jetzt summte, war's wie die Einstimmung auf eine Krimiserie, mit ihr selbst in der Hauptrolle als Lady Spürnase.

Linda ging vor, neben der Beifahrertür seines Jaguars blieb sie abwartend stehen. Laß kommen, Junge! Deine Blütezeit ist vorbei!

»Paß beim Einsteigen auf deine Krone auf.« Dieter hielt ihr die Tür auf.

Braver Junge! Linda zog den Röhrenrock vorsichtig hoch. Es war nicht einfach, sich mit einer Leinenröhre in einem Sportwagen zu parken und knitterfrei wieder auszusteigen. Sie stieg über die tiefgelegte Schwelle und ließ die Seitennähte los, jetzt kam die Sitzpartie dran, einmal glattstreichen. Es rumste.

»Scheiße!« Linda tat einen Brüll, nicht ladylike, aber aus tiefstem Herzen. Sie war mit dem Kopf gegen den Metallrahmen geknallt.

»Ich habe dich gewarnt.« Dieter hatte eine Doppelration

Schokolade in der Stimme, sämig und glatt und zum Draufknüppeln.

»Klugscheißer!« Linda zwang sich, nicht über die Stelle zu streichen, wo ihr Kopf explodierte. Hoffentlich hatte ihr Hut nichts abbekommen.

Es war unglaublich, daß man für ein winziges Stück Kopfbedeckung genauso viel wie für einen ausgewachsenen Wintermantel bezahlen konnte. Lindas Besuch bei der Hutmacherin war ein Erlebnis gewesen, ein Gebilde nach dem anderen war von den Hutstumpen auf Lindas Kopf gewandert. Anfangs hatte sie sich komisch gefühlt, aber dann hatte sie sich den Kunstwerken angepaßt und sich sportlich oder mondän oder verspielt gegeben, je nach Hut. Sie besaß ein ›Hutgesicht‹, meinte die Hutmacherin, was immer das bedeutete. Jedenfalls hatte Linda das Geschäft mit drei Hutschachteln verlassen. Diese Kreation hier war die gewagteste und größte, über der breiten Krempe war schwarzes Leinen mit einer dicken Propellerschleife drapiert. Linda hatte Mühe gehabt, dem Schlotterleinen den saloppen Fall zu verpassen, den die Hutmacherin mit einem Handgriff hinbekommen hatte.

Jetzt war eine Delle in der Krempe. Linda schob eine Faust in den Hut und zog mit der freien Hand von außen an dem Leinen, die Propellerschleife gab nach. Das ganze kunstvolle Gebilde machte schlapp. Linda war nach Heulen, und ihr Kopf brummte.

Dieter grinste. »Ist was mit deiner Krone?«

»Neidisch?« Linda bleute kräftiger gegen das Leinen. Ihre streng im Nacken zusammengefaßten Haare waren auf den Hut abgestimmt, garantiert sah sie wie eine Gouvernante aus.

»Dein Hofstaat erwartet dich schon.« Dieter hupte dreimal und preschte mit achtzig Stundenkilometer an dem leuchtendroten Golf von Hans Rumbold vorbei, der nun vorschriftsmäßig mit fünfzig hinterherzockelte.

»Er ist Verkehrsrichter, und in geschlossenen Ortschaften gilt immer noch Tempo fünfzig.«

»Er ist dein Freund, und meine Lady findet er zum Verlieben.«

Alles klar, dachte Linda, kotz dich nur aus. Sie besaß neuerdings sogar ein Rennpferd, Dieter wußte nur noch nicht, daß sie davon wußte. Es sollte schon Männer gegeben haben, die ihren Frauen ganze Villen überschrieben, um den Fiskus oder die Gläubiger zu linken, und die dann staunten, wenn sie nicht nur auf dem Papier enteignet waren.

Dieter bremste. So dreist, eine hochrote Ampel zu überfahren, war er nun doch nicht. Linda drehte sich um, ihr Richter holte auf, ein roter Punkt, der eine Kühlerhaube und eine Windschutzscheibe und ein Gesicht dahinter bekam. Sein Gesicht. Für einen Richter fand sie diese knallrote Lackierung unglaublich peppig, garantiert gurkten die meisten seiner Kollegen in gediegenem Anthrazit durch die Gegend. Linda winkte. Hans Rumbold winkte zurück. Die Autos fuhren jetzt Kolonne, rechts war schon alles rennbahngrün, links standen bescheidene Reihenhäuser.

»Hier wohnen die Trainer«, erklärte Dieter. Sein Tacho zeigte nun fünfundvierzig an, im Stau nutzten ihm seine zweihundertvierzig Pferdestärken auch nichts mehr.

»Du scheinst dich gut auszukennen. Bist du außer an Immobilien auch noch an vierbeinigen Kapitalanlagen interessiert?«

Dieter reagierte nicht. Er blinkte, vor ihnen tauchte ein Schild mit einem Pfeil nach rechts auf: ›Privatparkplatz Rennstall Hochstein‹.

Ein Pferdetransporter ruckelte an ihnen vorbei, Dieter

hob grüßend den Arm, der Fahrer grüßte zurück. »Was hältst du davon, wenn wir unser Kriegsbeil mal für ein paar Stunden begraben?« fragte Dieter beiläufig.

»So circa bis Viertel nach Schwiegerpapa?«

»Friede?«

»Mal sehen.« Linda sah sich um. Hans Rumbold schloß dicht auf, sie parkten Seite an Seite, und er sprang aus seinem Golf und hielt Linda den Wagenschlag auf. »Klasse«, sagte er, »diese klassische Frisur steht dir unglaublich gut, die betont deine Meerkatzenaugen. Kätzin, du!«

Linda strich sich über die zusammengekordelten Haare, den Hut konnte sie sowieso vergessen. ›Klassische Frisur‹ war etwas völlig anderes als ›Gouvernantendutt‹, beim Ballett trugen sie alle einen Chignon, und natürlich hatte sie schöne Augen, Meerkatzenaugen. Kätzin, du! Ihr Richter war eine Wucht.

»Wir dürfen hier parken?« fragte Hans Rumbold.

»Ich darf hier parken«, erklärte Dieter. »Und meine Gäste. Also, gehen wir!«

Sie gingen zu dritt an dem gemeinen Parkplatz vorbei, auf dem Kleinwagen und Mittelklassewagen sich zu bunten Tupfenreihen aufspulten, dazwischen wieselten Menschen. Linda sah karierte Bermudas über bleichen Herrenwaden und das C&A-Schnäppchen aus der Werbung über Stöckelschuhen und Turnschuhen und Gesundheitsschuhen und geschnürten Stiefeletten. Mint war DIE Farbe, wenigsten bei C&A-Schnäppchen, bei dem dreißigsten Modell in Mint hörte Linda zu zählen auf. Buggys und Hunde und Rucksäcke wurden ebenfalls mitgeführt, der Geruch von Bratwurst und gebrannten Mandeln strich ihr in die Nase. Volkswanderung zur Galopprennbahn Köln-Weidenpesch, der Weg zu den Tribünen war mit ketchupverschmierten Papptellern und Holzstielen von DEM Eis gesäumt, in das Schieben und Schwitzen und Palavern hinein schmetterte eine Blaskapelle ›Ich kauf' mir lieber einen Tirolerhut‹.

Nur gut, daß mein Modellhut schlappgemacht hat, dachte Linda. Als My Fair Lady, in Personalunion mit Claudia Schiffer und Lady Di, wäre sie hier mächtig fehl am Platz.

Wenn die Vollblüter genauso geschrumpft waren wie das Publikum, würde sie möglicherweise als Besitzerin eines Schaukelpferdes Furore machen …

»Hier.« Dieter hielt Linda zwei Karten hin, »falls wir uns im Getümmel verlieren, wir sitzen in Loge fünf.« Dieter griff nochmals in seine Jackentasche. Er klappte seine Brieftasche auf. »Falls du wetten willst, die Wettschalter sind gleich dort, bei Platzwetten riskierst du am wenigsten, Einlaufwetten sind für einen Anfänger praktisch aussichtslos, am besten kauft ihr euch ein Programm, ich muß mal kurz jemand begrüßen.« Dieter tauchte in die Menge ab.

Linda starrte auf den Hunderter in ihrer Hand. Na warte, Junge!

»Tja«, sagte Hans Rumbold, er sah auch auf den Geldschein. »Dein Mann hat so etwas ungeheuer Feinfühliges.«

»Tempi passati.« Linda schlug einen Bogen um den nächsten Pappteller, diesmal einen mit Senfresten, die mit Ketchup gaben den Ton an. Die Zeiten änderten sich. Dann gab sie den Ton an. Wetten?

Das erste Rennen wurde schon eingeläutet, als Linda zusammen mit Hans Rumbold auf Loge fünf zusteuerte. Die weißgestrichenen Holztribünen, das aufgeregte Tänzeln der Tiere vor den Startboxen, die hochzuckenden Ferngläser und die Ansage aus den Mikrophonen ähnelten schon eher dem Bild, das Linda aus dem Kino mitgebracht hatte. Sie stieg an dem höflich grüßenden Wachmann vorbei ein paar Stufen hoch, die Volkswanderung unter ihr verschwamm zu zwei bunten Rollbändern. Eins rollte auf die Wiese zwischen Rennbahn und Tribünen zu, das andere Richtung Wettschalter. Linda überflog die Logenkästen, in jeden Kasten waren drei Stuhlreihen gepackt, in Loge fünf war nur die vorderste Reihe besetzt. Carl Morus saß dort, zusammen mit seinem Steuerberater-Freund Alfred Kurze, von den beiden Junioren Dieter und Ferdi war weit und breit nichts zu sehen. Lindas Gruß ging in dem Knattern der Lautsprecher über ihrem Kopf unter. Sie setzte sich in die zweite Reihe. »Baron von Mizzlaf bitte zur Rennleitung, ich wiederhole …«, endlich ließ das Knattern und Pfeifen über Lindas Kopf nach. Vor ihr talkten die beiden Senioren, Linda beugte sich vorsichtig vor …

»… wie gefällt dir die Startnummer sechs? Ein Dreijähriger aus dem Gestüt Amarello, der Besitzer muß verkaufen, hat sich finanziell übernommen, soll vorkommen, möglicherweise könnte ich ein gutes Geschäft machen«, sagte gerade Ferdis Vater. Er sprach laut, wie viele alte Leute, Linda fand das ausgesprochen sympathisch von Ferdis Vater. Überhaupt gefiel er ihr besser als sein Sohn, in Sachen Optik hatte er ihm sogar entschieden etwas voraus. Alfred Kurze trug einen klassischen Glencheck, nichts spackte, der Mann war gut in Form. Lindas Schwiegervater daneben ähnelte eher einem Stück Dörrobst. Selbst im Sitzen erschien er geschrumpft, und die mageren Halskräusel hätte jeder Schildkröte Ehre gemacht. Bei Lindas Mutter, mit selbstgebackenem Strudel und Streusel, käme er garantiert besser heraus. So war er auf dem besten Weg, sich zu einem eigenbrötlerischen Müsli-Apostel zu entwickeln.

»Im Geschäftemachen bist du anscheinend großartig.«

Der Schildkrötenhals drehte sich zur Seite, der Adamsapfel zuckte vor und zurück, Linda zuckte erschrocken zurück. »Wenn ich mir deine Rechnung und meine Bilanz vor Augen halte, wird mir klar, wieso du dir ein Rennpferd leisten kannst«, fuhr ihr Schwiegervater fort.

Der Glencheck zuckte die Schulterpolster. »Nur weil wir befreundet sind, kann ich bei dir nicht ständig auf die übliche Erhöhung verzichten. Meine Unkosten steigen auch, genau wie deine, nur daß bei dir noch die gesamte Fabrikation dranhängt. Du solltest im Ausland produzieren lassen. Mein Sohn berät dich gerne, wenn du …«

»… Herr Nicki Starosta bitte zur Waage, ich wiederhole, Herr Nicki Starosta bitte zur Waage«, schmetterte es aus dem Lautsprecher.

Der freie Stuhl neben Linda wurde zurückgezogen, sie sah hoch.

»Da seid ihr ja alle schon«, sagte Dieter und ließ sich auf den freien Stuhl fallen. Er klopfte den beiden älteren Herren vor sich auf die Schultern, die drehten sich um und nickten knapp. Linda war mittlerweile klar, woher Dieter den Platzverweis per Augenschuß hatte. Carl Morus konnte über sein superleichtes Titan-Brillengestell hinweg mindestens ebensogut gelbe und rote Karten abschießen. Im Moment war Dieter eindeutig vom Platz, sie selbst wurde geduldet, immerhin war sie die einzige Schwiegertochter und nicht verantwortlich für die Schrumpfzahl in der Gewinnrechnung der Morus KG. Nachdem Linda »Hans Rumbold, Richter am Amtsgericht« vorgestellt hatte, war sie fast schon willkommen.

Linda lehnte sich zurück und zwinkerte ihrem Richter zu, hui und pfui, die Amtsperson täuschte. Ihr Herr Richter tauchte in den Schlitz von ihrer Rockröhre ab, natürlich auch nur augenmäßig, leider! Jeder Rock rutschte im Sitzen hoch, eine so enge Röhre rutschte ganz besonders hoch, Linda schlug langsam ein Bein über das andere, Totale auf einen samtigen Oberschenkel, je nach Blickwinkel bis zum Spitzentanga. Hans Rumbold rückte seinen Stuhl ein Stück zur Seite, in der dritten Reihe rückte es synchron. Linda drehte sich um, das Sahnelächeln verging ihr. Hinter ihr versuchte Ferdi, sich einen Logenplatz für ihren Rockröhrenschlitz zu erschleichen. Linda schlug den lose herabhängenden Röhrenteil über das lose Hautblitzen, Ferdis Schulterpolster sackten enttäuscht nach unten, auch großkariert, nur leider nicht in klassischem Anthrazitgrau wie bei seinem Vater.

»Darf ich mal?« Linda griff nach Dieters Programmheft. Er nickte und hob das Fernglas an die Augen. Linda hatte es leid, ewig und drei Tage auf das Tänzeln an den Startboxen zu starren, und wenn erst noch einer gewogen werden mußte, konnte das dauern. Nicki Starosta war ein Jockey, vor dem Rennen wurden jeder Jockey und jedes Pferd gewogen, hatte Dieter ihr erklärt. Manchmal bekam einer zur Strafe ein Eisengewicht an den Sattel gehängt. Das war dann Pech für das Pferd, weil es mehr zu schleppen hatte, und obendrein Pech für den Besitzer, weil damit dessen Gewinnchancen sanken. Manchmal war auch einfach der Jockey zu schwer, zum Beispiel weil er am Abend zuvor gesumpft hatte. Das war dann Pech für alle drei: Das Pferd mußte zuviel Lebendgewicht schleppen, der Pferdebesitzer war sauer auf den Jockey, und der Jockey riskierte seine Prämie. Linda fand dieses Gerangele wenig erheiternd. Sie blätterte in dem Programmheft. Mal sehen, wann *sie* startete. Linda glitt mit dem Finger über die Spalten, das Pferd Edmondo lief im vierten Rennen, und dort stand tatsächlich in runden Klammern ihr eigener Name, ihr Mädchenname, Linda Erz. Es war zum Schieflachen. Linda kicherte.

»Wozu bist du eigentlich mitgekommen?« Dieter umfaßte ihre Schulter, nicht eben sanft, zum Glück war ihre modische Kastenjacke gut ausgepolstert.

Wegen der Siegerehrung wollte Linda schon antworten, aber sie schluckte die Worte hinunter. Poor Dieter sollte seine Riesenüberraschung ruhig persönlich verkünden, die gönnte sie ihm, und sich selbst gönnte sie alles, was sonst so dranhing. Wieviel hing eigentlich dran?

»Was bekommt man eigentlich, wenn man in so 'nem Rennen erster wird?« fragte sie laut.

Dieter verzog spöttisch die Mundwinkel. »Erster beim Seniorenrennen mit ein paar alten Kleppern oder erster beim Hauptrennen?«

Linda verzog ebenfalls die Mundwinkel, ihr Mann war so ungeheuer feinfühlig. Zwischen ihm und den beiden Senioren in der ersten Reihe war kein halber Meter Abstand, warum titulierte er seinen Vater nicht gleich als alten Klepper und bestellte den Pferdeschlächter?

»Die Rennen heute sind bis zu hundertzwanzigtausend Mark für den ersten Platz dotiert«, sagte Hans Rumbold. »Am Gewinn sind der Pferdehalter und der Trainer und natürlich auch der Jockey beteiligt.«

Linda lächelte Hans dankbar zu. Das nannte sie eine präzise Auskunft. Es wunderte sie kein bißchen, daß er sich sogar im Rennsport auskannte. Sie sah flüchtig nach vorn, das Rennen mußte begonnen haben, denn die Startboxen waren nun leer. Weit entfernt sah sie einen dunklen Klumpen vorbeihuschen, obendrüber flatterten ein paar bunte Punkte.

»Wir nähern uns der Zielgeraden, die Sechs geht in Führung, Sommerwind mit der Startnummer sechs aus dem Gestüt Amarello übernimmt die Spitze, dicht gefolgt von Rambo, der Nummer elf, die Zwei fällt zurück, ein spannendes Rennen ...«, die Lautsprecherstimme dröhnte, die Holzbänke hinter den Logenplätzen gerieten in Bewegung, die Logenplatzinhaber sprangen nun auch auf, manche brüllten sogar. In der Loge nebenan feuerten sie die zurückgefallene Nummer zwei an, garantiert waren das die Besitzer. Der dunkle Klumpen lösten sich in viele kleine Klumpen auf, es war auch ein heller dabei, aus den immer näher kommenden Klumpen wurden Striche und schließlich Pferdekörper mit flatternden Mähnen und Schweifen, auf denen sich die bunten Punkte reckten. Stehreiter in bunt flatternden Seidenhemden, nur die weißen Reithosen und die schwarzen Reitkappen waren bei allen gleich, die weißen Gesäßflächen und die schwarzen Kopfpunkte bildeten praktisch eine Linie.

»Sommerwind führt, Som-mer-wind«, dröhnte der mikrophonverstärkte Vorsprecher, die Menge rund um Linda skandierte folgsam mit: »Som-mer-wind-Som-mer-wind …«

»Zieeel«, brüllte der Vorbeter, dann flaute das Schreien ab, die bezahlten Sitzbänke und Logenplätze wurden wieder eingenommen, von der Wiese strömte es Richtung Wettschalter und Bratwurststände.

Dieter stand ebenfalls auf. »Ich muß noch jemanden begrüßen. Bis gleich.«

Linda überlegte, wann ihr Mann ihr mitteilen würde, daß sie nun stolze Besitzerin eines Vollbluts sei. Oder ob er die angekündigte Riesenüberraschung dem Mikrophonmenschen überließ: ›Die Startnummer sechs geht in Führung, Edmondo übernimmt die Spitze, Frau Linda Erz bitte zur Siegerehrung …‹ Irgendwie mußten der Sieg und die hundertzwanzigtausend Mark doch bejubelt werden, natürlich würde sie dem Trainer und dem Jockey ihres Pferdes gerne etwas abgeben. »Habt ihr gut gemacht, Jungs!« Dann würde sie ihren klassischen Chignon und ihre Meerkatzenaugen dem Kamerablitzen zuwenden, vielleicht eine Hand an den Nüstern ihres siegreichen

Edmondo, hoffentlich sabbelte er nicht, obwohl er für hundertzwanzigtausend auch mal sabbeln durfte. Sie fand es nur eklig, und die Riesenhauer in solch einem Pferdemaul waren ihr auch nicht ganz geheuer. Von weitem sahen diese Vollblüter total edel aus, von nahem waren Linda die braven Pferde in ihrer Reitschule lieber. Als Besitzerin hatte sie natürlich die Pflicht, näher an ihr vollblütig tänzelndes und schnaubendes Rassetier heranzurücken. Eigentum verpflichtet, stand sogar im Bürgerlichen Gesetzbuch, hoffentlich spurte ihr Jockey. Wehe, er hatte sich gestern abend die Hucke vollgesoffen. Sie sollte sich persönlich ein Bild von dem Jockey machen, der gleich für sie ritt, fand Linda. Die meisten ritten in mehreren Rennen, das hatte sie im Programmheft gelesen. Gewogen wurden sie alle. Linda schlußfolgerte haarscharf, daß die Chancen für einen Check up an der Waage besonders gut stünden.

»Laß uns mal zur Waage gehen, okay?« schlug Linda vor und stand ebenfalls auf.

Ihr Richter nickte. Linda hatte keine Sekunde daran gezweifelt, daß er wußte, wo man in diesem Trubel nach der Waage zu suchen hatte. Bei Waage dachte Linda automatisch an ihre schicke kleine Badezimmerwaage mit Digitalanzeige, was naiv war. Linda sah das ein, als sie vor dem separaten Gebäude haltmachten. Es gab ein komplettes Waagehaus. Linda kicherte bei der Vorstellung, wie Edmondo auf ihre zierliche Digitalwaage daheim kletterte, scheibchenweise. Mußte er nicht, Gott sei Dank, er durfte sich im Stück und ganz bequem wiegen lassen. Ihr Reiter auch, obwohl diese Männlein allemal bequem auf Lindas Badezimmerwaage gepaßt hätten. Linda überlegte kurz, wieviel so ein Jockey – ihrer hieß Rolf Heberlein – wohl von den hundertzwanzigtausend abbekam, wenn er dafür auf die normalen Freuden eines Menschen-Mannes verzichtete. Linda beobachtete die hin und her schwirrenden

Jockeys, hier waren sie zum Greifen nah. Linda mochte schlanke Männer mit festen Pobacken, solch ein Knackpo war überhaupt etwas Herrliches, zumal Männer sonst im Vergleich zu einem hübschen Frauenkörper nicht sonderlich viel zu bieten hatten. Linda hatte schon immer gern mal dorthin gepackt, das gab sie offen zu, und hingucken tat sie auch gern, aber diese weißen Reithosenpopos ließen sie total kalt, die sahen nur ausgemergelt aus, und selbst die wenigen flotteren Modelle taugten allenfalls für den Nachttisch, einmal angucken und ausknipsen. Nippes-Männlein, vielleicht würde sie ihrem Rolf Heberlein noch einen Hunderter drauflegen. Poor boy!

»Hast du 'ne Ahnung, wer von denen Rolf Heberlein sein könnte?« fragte Linda.

Hans Rumbold blätterte in seinem Programmheft zum zweiten Rennen um: »Er reitet gleich Melba, das ist die Nummer vierzehn.« Lindas Richter fixierte die Reiter rund um das Waagehaus. »Dort«, sagte er schließlich und ließ seine Kinnspitze nach rechts rucken, »dort steht dein Rolf Heberlein, das müßte er sein.«

Linda folgte dem Kinnrucken mit den Augen zu einer Gruppe von Männern, zwei davon weiß behost, einer trug die Startnummer vierzehn auf den Rücken gepappt. Linda zuckte zusammen. Gesumpft hatte dieses Fliegengewicht gestern nacht garantiert nicht, ein Fingerhut Kölsch würde ihren Jockey umwerfen, der konnte auf einem Rosenblatt durch die Lüfte segeln. Linda machte sich ernsthaft Sorgen, wie dieses spindeldürre Männchen ihren kraftstrotzenden Edmondo dirigieren wollte.

Linda schluckte und sah ihren Richter halbschräg von der Seite an. »Du«, sagte sie lässig, »was ist das vierte Rennen eigentlich für eins?«

Er schelmte halbschräg zurück: »Jedenfalls kein Oparennen. Zufrieden?«

»Zufrieden.« Linda strahlte und hörte auf, im Kies zu scharren. Natürlich trug sie zu ihrem schwarzen Röhrenkostüm auch schwarze Pumps, die überzog nun eine graue Staubschicht. Aus dir wird nie eine Dame, hatte ihre Mutter getönt, wenn sie als kleines Mädchen ferkelte. Linda hatte sich gebessert, entschieden, und eine Lady war sie nun auch, sogar eine im Doppelpack: Lady Sunshine und Lady Sitte, nur manchmal brach Ferkel-Linda durch. Oder die Biberstraße. Zum Glück hatte sie keine Kinder, denen sie die Biberstraßen-Allüren austreiben und das Damenhafte einimpfen mußte. Sie hätte das nicht gebracht, irgendwie machte das Geferkel ihr immer noch mehr Spaß …

Contenance, Linda! rief sie sich selbst zur Ordnung, klappte ihre Handtasche auf, zog ein Taschentuch heraus – dem Anlaß entsprechend eines aus Batist – und wischte damit über ihre kiesgrau bestäubten Pumps. Das Wort ›contenance‹ hatte Lindas Tanzschullehrerin ständig im Mund geführt, das war nun auch schon fast vierzehn Jahre her. Linda hatte keinen Schimmer gehabt, was dieses ›contenance‹ bedeutete. Nur daß es sehr wichtig sein mußte, war ihr klar gewesen. Den anderen Kursusteilnehmern auch, denn bei jedem ›contenance‹ hörten das Kichern und Tuscheln und Scharren auf dem Parkettboden kurz auf. Linda mußte unbedingt einmal in Dieters Bibliothek nachschlagen, was diese französische Vokabel konkret bedeutete. Oder sie fragte ihren Richter.

Linda öffnete schon den Mund, da begegnete sie seinem Grinsen. Was gab es denn hier zu grinsen, bitte schön? »Hab' ich Dreck im Gesicht?« fragte sie und wischte schon einmal vorsorglich über Kinn und Nase und Stirn. Die kajalgrün konturierten Meerkatzenaugen sparte sie aus, sie war ja nicht blöd.

Hans Rumbold schüttelte verneinend den Kopf, gleichzeitig vertiefte sich das Grinsen in seinen Mundwinkeln. »Nein«, sagte er, »im Gesicht hast du keinen Dreck, aber auf deinem feinen Batisttuch.«

Linda starrte auf das ehemals weiße Tuch in ihrer Hand. »Schiet!« Sie mußte mit ihren Stöckelschuhen den halben Platz umgepflügt haben, so verdreckt wie das Tuch jetzt war. Irgendwie war die Lady, die sie sich im Doppelpack zugelegt hatte, wohl doch nur die Sparversion von einer echten Dame. Eine echte Dame war immer Dame, rund um die Uhr. Nö, wollte sie nicht! Linda schüttelte energisch den Kopf, dann wendete sie das Taschentuch, die andere Seite war noch top, und friemelte solange, bis eine Stoffmaus mit weißem Fell entstand. Na bitte! »Kannst du das auch?« fragte sie stolz.

»Du bist eine Nummer!« verkündete Hans Rumbold.

»Ich bin keine Nummer«, widersprach Linda, »Nummern gibt's wie Sand am Meer.«

»Du bist einmalig! Du bist die Nummer eins! Einverstanden?«

Linda überlegte, ob er das ernst meinte. Seine Nummer eins zu sein wäre nicht übel. Prompt meldete sich auch Lady Liederlich unter dem Röhrenrockschlitz zu Wort, aber die war nur ein Teil der Crew, Abteilung Zubehör, die Kommandobrücke befand sich upstairs. Überhaupt hatte Linda im Moment keine Zeit fürs Liederliche und fürs Zubehör, so schön wie das war. Sie war Besitzerin eines Vollbluts, und ihr Jockey machte ihr ernsthafte Sorgen. Im Moment hatte sie nicht einmal Zeit für ihren Richter-Traum.

Als das zweite Rennen eingeläutet wurde, ließen Linda und Hans sich wieder Richtung Tribüne schieben, wo sie in Loge fünf wie zuvor auf Dieter und seinen Freund Ferdi und die beiden Senioren-Väter stießen. Diesmal nahm Linda ihr Opernglas aus der Tasche und beobachtete besorgt ihren Reiter, der das fremde und nicht sehr ansehnliche Pferd mit dem kuriosen Namen Melba zuerst mühevoll in die Startbox trieb und dann wieder hinaus und voran. Ein lahmer Gaul! So, wie ihr Rolf Heberlein sich ins Zeug legen mußte, sah Linda schwarz für das vierte Rennen. Für ihr Rennen! Linda schluckte immer Traubenzucker, wenn sie ausgepowert war, in ihrer Handtasche mußte noch eine eiserne Reserve sein. Sie kramte das Päckchen mit den fünf in Cellophan verpackten Pastillen hervor und drehte sie unschlüssig in der Hand. Sollte sie etwa zum Waagehaus rennen und dieses Männlein mit ihrem Traubenzucker vollstopfen? So spillerig, wie es war, würde es möglicherweise laut um Hilfe schreien, schließlich war ihm seine neue Chefin noch nicht vorgestellt worden. Linda steckte den Traubenzucker wieder weg.

Das Pferd Melba ging als zweites durchs Ziel, triefnaß, was das schmuddelig braune Fell nicht hübscher aussehen ließ. Die zu Zöpfen verflochtene Mähne war ebenfalls nicht sehr kleidsam und wahrscheinlich eine Auftragsarbeit des Besitzerehepaares, das am Ausgang lauerte und liebevoll an den Zöpfen zupfte und auf Lindas Jockey einredete, anstatt das ebenfalls triefnasse Männlein endlich weiterreiten und sich trockenlegen zu lassen. Linda malte sich aus, wie gleich ein Niesen und Schniefen über ihren Edmondo hereinbrach, das Vollblut stieg und ging durch, durchgehende Pferde wurden vom Rennen ausgeschlossen, nur das nicht. Linda klappte ihre Handtasche auf und fingerte erneut nach dem Traubenzucker. Vielleicht sollte sie doch …?

»Fehlt dir etwas?« fragte Dieter.

»Mir fehlt gar nichts.« Linda nestelte nervös an dem Cellophan und beobachtete wütend, wie dieses Paar sich an sein Pferd und ihren Jockey hängte und den Weg nicht freigab. Ferdi hüstelte. Es war diese Art Kunsthusten, mit dem manche Leute sich wichtig machten. Es funktionierte, sogar Hans Rumbold merkte auf. Ferdi lächelte zufrieden und zeigte sodann auf den Übergang von Lindas Kastenjacke und Röhrenrock. »Wenn junge Frauen plötzlich anfangen, sich unwohl zu fühlen und zu naschen, hat das meistens einen Grund ...«

»Liebling?« Dieter gefiel die Schmierenkomödie, vielleicht hoffte er auch, seinen Vater mit der Vision von einem Enkelkind zu besänftigen.

Die Vision war ein Trugbild, mit dem Storch und den Zuckerklümpchen funktionierte das Babygeschäft nur in Ammenmärchen. Gott sei Dank, denn sonst hätte Linda sicherheitshalber jedes Zuckerkorn aus dem Haus entfernt und die Schrotflinte auf jeden Storch angelegt. Dieter mochte die Idee gefallen, sie als Muttertier zu knebeln, rein theoretisch. Praktisch köchelte er seit zwei Wochen auf Sparflamme. Die zwei Matratzen im Ehebett entwickelten sich zu feindlichen Lagern, sobald Dieter sich über die Ritze wagte, machte Linda dicht: ›Laß mich!‹ Sie war keine, die's mit zwei Männern trieb und erst recht nicht mit Ganoven.

Linda schenkte ihrem Mann ein strahlendes Lächeln und strich über sein Schlankmachersakko. Dieter trug neuerdings Längsstreifen und Fischgrät. »Liebling?« flötete sie zuckersüß zurück, »gibt es etwa Schokoladennachwuchs?«

Es sah so aus, als ob sogar Carl Morus Gefallen an diesem Ehe-Talk fände, jedenfalls hörte er aufmerksam zu. Der Aufmerksamkeit des Seniors war es vermutlich zu verdanken, daß Dieter sich nur ein gequältes Lächeln abrang, um gleich danach wieder mit einem »Ich muß noch jemanden begrüßen« zu verschwinden und erst zum dritten Rennen wieder in Loge fünf aufzutauchen. Danach verschwand er allerdings nicht mehr, wenigstens nicht solo. Statt dessen wandte er sich an Linda und ihren Richter und forderte die beiden auf, in den Führring mitzukommen.

»Mußt du niemanden mehr begrüßen?« fragte Linda harmlos.

»Nur mit dir zusammen«, erwiderte Dieter und umschloß den Ellbogen seiner Frau, um sie an seiner rechten Seite zu dem bewußten Führring zu dirigieren. Es schien ihm wichtig zu sein, sich mit Linda an seiner Seite zu präsentieren. Der Richter wurde ins Gefolge abgeschoben, immerhin durfte er zusammen mit dem Ehepaar Morus den Führring betreten, wo die Besitzer sich samt Trainer über ihr Pferd und ihren Jockey hermachten. Begafft von den Schaulustigen außerhalb der Balustrade und fotografiert von der Presse, die natürlich Zutritt hatte. Sobald eine Kamera sich auf ein Pferd richtete, verdoppelten sich das Nüsternstreicheln und Halsklopfen. Eine Dame brachte mit ihrer fotogeilen Zärtlichkeitsanwandlung sogar die Nummer eins zum Steigen. Linda wäre auch gestiegen, wenn dieses Duftpaket sich an sie geschmiegt hätte, obendrein mit einem Stroh-Schleierhut. Nummer eins wurde gebändigt, die Dame mit dem Stroh auf dem Kopf und dem Parfüm all around the body – sie hatte eine Menge body – mußte zurücktreten, Linda nahm das symbolisch. Das fremde Pferd hatte nur die Startnummer eins, bitte zurücktreten, hier kommt die echte Nummer eins. Nur wo? Linda sah sich nach Edmondo um, besser gesagt nach der im Rennprogramm ausgedruckten Nummer sechs, nichts! Von eins bis vierzehn waren alle Startnummern vertreten – alle außer der sechs. Linda wurde regelrecht nervös.

»Möchtest du?« fragte da Hans Rumbold.

Linda sah zu ihm hin, sie hatte ihren Richter tatsächlich einen Moment lang vergessen. Jetzt hielt er ihr ein sauber geplättetes und gefaltetes Herrentaschentuch hin. Sie hatte keinen Schnupfen.

»Was soll ich damit?« fragte Linda.

»Falls du noch mal eine Maus knüpfen willst«, antwortete er.

Linda fand sein Verhalten reichlich kindisch, wahrscheinlich paßte es ihm nicht, daß er mal nicht im Rampenlicht stand. Männer waren so. Linda zuckte die Schultern, sie hatte jetzt wirklich keine Zeit für ihn. Dann beugte sie sich vor, weil sie etwas im Schuh hatte. Diese winzigen Kiesel überall waren der absolute Schwachsinn. Es fühlte sich an, als ob sie ein Pfund Kieselsteine in ihrem Pumps beherbergte.

Der ehemals schwarzglänzende Schuh war staubgrau. Kieselstaubgrau!

Das Kieselzeug provozierte sie eben zum Scharren, zumindest solange ihre Suckelhaarsträhne in einem klassischen Chignon auf dem Hinterkopf festgezurrt war. Wenn sie schon nicht suckeln konnte, mußte sie scharren. Linda dämmerte, was Hans Rumbold mit dem Taschentuch meinte, sie leistete Abbitte, aber nur ganz kurz, denn das Pferd, das gerade in den Ring geführt wurde, mußte ihres sein. Die Startnummer und das Sattelzeug fehlten noch, aber die Farben dort reichten ihr vollauf zur Identifikation. Lachsschwarz und kirschrot, das Rot war die Grundierung, darüber hüpfte eine Zuckerhutparade. Zwillingszuckerhüte, jedes Paar ergab ein zackiges ›M‹. ›M‹ für Morus, diese Initiale würde Dieter für sein Leben gern beherrschen und in alle Welt verkünden. Aber das ›M‹ gehörte seinem Daddy und hüpfte weiter brav durch die stilisierte Nadel im alten Firmenlogo. Ersatzweise ließ Dieter nun seine Zuckerhut-Ms über eine Pferdedecke und eine Jockeybluse hüpfen, Pferd und Reiter trugen die Farben des Besitzers. Pfusch! dachte Linda, mit diesen

Zuckerhut-Ms hatte sie nichts zu schaffen, höchstens die kirschrote Basis konnte bleiben. Rot war ihre Farbe.

Linda bewegte unwillig ihren Ellbogen, jemand zupfte an ihrer Kastenjacke. Ruhe jetzt, seht ihr nicht, daß mein Pferd aufgesattelt wird? Linda ließ Edmondo nicht aus den Augen, gleich war er soweit. Hoffentlich war sein verspätetes Auftreten hier im Führring kein böses Omen. Die Stars kamen auch immer als letzte, tröstete Linda sich, überhaupt schien ihr Hengst besonders vollblütig zu sein. Es brauchte drei Stalljungen, um ihn ins Geschirr zu pressen, es schnürte Linda die Kehle zu. Sie verstand ihr Pferd, sie ging auch nicht gern im Geschirr, aber für hundertzwanzigtausend mußte man auch mal eine halbe Stunde Fremdherrschaft hinnehmen, in diesem Fall nur die von einer halben Portion. Die lackschwarzen Zuckerhüte auf kirschrot glänzender Kunstseide gaben Lindas Jockey das Outfit eines Zauberlehrlings, en miniature, versteht sich.

Das Zupfen an Lindas Jacke wurde zum Zerren. »He«, protestierte sie.

»Linda«, knirschte Dieter, nur seine Lippen lächelten weiter, augenmäßig schoß er sie gleich mit einem ganzen Bündel gelber Karten an. Rote Karte ging nicht, er wollte sie ja auf dem Platz halten. Er zerrte sie zu einem Herrn, bei dem die Karos auffällig groß und die Statur auffällig klein waren. Es könnte sich glatt um einen gealterten und als Herr verpackten Jockey handeln, dachte Linda.

»Ich möchte dir Herrn Hochstein vorstellen«, sagte Dieter. »Er ist der Trainer von Edmondo.« Und zu dem großkarierten Männlein hin: »Meine Frau.«

»Ich gratuliere«, sagte das Männlein und zelebrierte einen Handkuß. »Ich hoffe, Ihr Edmondo wird Ihnen Ehre machen.«

Linda wußte, daß sie nun erstaunt sein mußte, sie war ja nicht blöd. »Mein Edmondo?« Sie zog das ›mein‹ in die

Länge, um die Überraschung noch echter klingen zu lassen.

»Eine Überraschung«, erklärte Dieter. »Ich wollte meine Frau überraschen.«

»Oh, là, là«, staunte der Trainer, »das nenne ich großzügig. Sie haben einen großzügigen Gatten, gnädige Frau. Ihr Gatte hat Ihnen ein wunderbares Pferd geschenkt.«

»Danke, Liebling!« Linda wehte Dieter mit gespitzten Lippen einen Kuß zu. Der Dank und der Symbolkuß waren wichtig, die besiegelten sozusagen die Schenkung.

Ihr Vollblut hatte eine feine Witterung, genau in diesem Moment hörte es auf, Luft in seinen Bauch zu pumpen. Der Gurt wurde festgezurrt, die Steigbügel wurden eingestellt, der Reiter saß auf. Hoffentlich rutschte ihm der Winzkopf nicht in die vom Wind aufgeblähten Zuckerhut-Ms! Jetzt zog er sich sein Reiterkäppi auf, schon besser, schwarzer Samt trug auf. Linda steuerte auf die beiden zu, der Trainer und ihr Mann und ihr Richter folgten ihr. »Gratuliere, Ihre Frau hat Temperament«, hörte sie das großkarierte Männlein hinter sich sagen. Möglicherweise bekam er fürs viele Gratulieren einen Extrabonus, trotzdem gefiel es Linda nicht, nun sozusagen Dieter Morus als Besitz zugeordnet zu werden. Sie war die Besitzerin von einem Vollblut, herzlichen Glückwunsch! Dieter ließ sich als Besitzer eines temperamentvollen Weibis beglückwünschen, sein ›Danke‹ klang kugelrund. Mal sehen, ob er auch noch ›danke‹ sagte, wenn sie ihn zur Kasse bat. Temperamentvolle Weibis konnten unglaublich unberechenbar sein, die stiegen und keilten und siegten auch – nur anders als die vierbeinigen Vollblüter.

Der Jockey brachte Edmondo neben Linda zum Stehen und begrüßte sie als Besitzerin. Edmondo tänzelte nervös. Das Männlein im Sattel tätschelte ihm den Hals, das Pferd schnaubte und verdrehte die Augen zwischen den Scheuklappen. Linda fiel wieder ihr Traubenzucker ein, sie fischte eine Pastille aus dem Cellophan und streckte die flache Hand mit dem Traubenzucker auf den Fingerspitzen aus. Edmondo blähte die Nüstern und nahm ihr die Pastille aus der Hand, seidenweich und ein bißchen sabbelig, sogar das Tänzeln ließ nach. Daß sie daran nicht gleich gedacht hatte! Der Traubenzucker stand ihrem Pferd zu, das Männlein obenauf sollte selbst sehen, wie es klar kam, das wurde für seinen Job bezahlt. Mit Edmondo und ihr war das anders, zwischen ihnen beiden entspann sich auf Anhieb eine tiefe Sympathie. Edmondo trug Dieters Farben, und sie selbst trug Dieters Ring. Linda überlegte, wie die neue Pferdedecke für Edmondo aussehen sollte und was das kostete. Ihr fiel der Richter ein. Wo steckte er überhaupt?

Linda drehte sich um, er stand ein paar Schritte zurück und lächelte ihr zu. Ein Mann mit Taktgefühl, bestimmt wußte er auch, wie sie günstig an eine neue Pferdedecke und an eine neue Bluse für den Reiter kam.

Linda warf einen kritischen Blick zu Rolf Heberlein hoch und hielt ihm den letzten Traubenzucker hin. »Wollen Sie?«

Das Männlein hüstelte, nickte und griff zu. Während es Edmondo in die Pferdespur zurücklenkte und rundmarschieren ließ, malmten die beiden Kiefer synchron Lindas eiserne Traubenzuckerreserve. Linda stöhnte innerlich, ringsum wimmelte es von Männern, die edle Pferde striegelten und fütterten und trainierten, nur an einen aufmunternden Kraftstoß fürs Finish dachte keiner von ihnen. Wenn's darauf ankam, waren Frauen einfach praktischer.

»… eine Occasion«, erklärte Dieter in Loge fünf seinem Vater, der inzwischen im Programmheft die Besitzerin der Startnummer sechs im vierten Rennen ausgemacht hatte.

Linda stöhnte, natürlich wieder nur innerlich. In eine französische Vokabel verpackt, wurde das ›Schnäppchen‹ nicht glaubwürdiger. Carl Morus glich der geslimten und gealterten Version eines HB-Männchens, gleich ging er in die Luft.

Das Mikrophon knisterte, das vierte Rennen wurde angesagt. Gnadenfrist für Dieter. Linda zückte ihr Opernglas.

Diese Startboxen waren die reinste Tierquälerei, ihr Edmondo wollte nicht in die enge Kiste hinein, was Linda total verstand. Trotzdem war es dumm, daß er seine Energie an solch eine dämliche Kiste verschleuderte, hinein mußte er sowieso, sonst durfte er nicht teilnehmen: Über Mikrophon verpetzte der Sprecher Lindas Pferd. Halt die Klappe, Junge! Endlich war Edmondo startklar, der Startschuß ertönte, die vierzehn Pferde preschten los. Alles drückte nach innen, die innere Bahn war kürzer, logo. Edmondo war phantastisch losgekommen und lag gleich vornean, Linda atmete auf. Etwas Feuchtes klebte an ihrer Backe, Linda tastete vorsichtig in ihr Gesicht. Eine durchgeweichte Suckelsträhne! Sie mußte sich eine Partie Haare aus dem Chignon gezupft haben, was eigentlich kein Wunder war, weil es in den Holzbodenlogen nichts zu scharren gab. Im Hinblick auf die bevorstehende Siegerehrung stopfte Linda die Suckelhaare in den Haarknoten zurück. Sähe ja komisch aus.

Edmondo fiel zurück.

Ausgerechnet der Gaul von der parfümgetränkten Strohhutfrau holte auf.

»Ed-mon-do-Ed-mon-do …«

»Linda!«

Wußte sie selbst, daß sie so hieß. Linda schüttelte den Mahnruf von Master Sitte ab. Er sollte sich lieber für seinen Fight mit Vater Morus präparieren. »Ed-mon-do …« Ihr Pferd sollte hören, daß sie zu ihm hielt. Pferde hatten ein unglaublich feines Gehör, hatte sie irgendwo gelesen. »Ed-mon-do …«

Die Startnummer eins führte jetzt mit zwei Pferdelängen, verkündete der Sprecher. Er tat es triumphierend, so als ob er irgend etwas dazu beigetragen hätte. Anscheinend hatte dieser Typ die Laudatio schon in seiner Schublade vorbereitet gehabt, vom Fohlenalter über die Ahnenreihe bis hin zu den Siegen rasselte er alle Daten der Startnummer eins hinunter. Womöglich steckte er auch mit der Strohhutfrau unter einer Decke! Was er hier servierte, lief auf psychologisches Doping hinaus. Wußte doch jeder, daß Suggestion die stärkste Droge war. Linda würde sich bei der Rennleitung beschweren. Das war das letzte. Linda setzte sich auf ihren Stuhl und kniff die Augen zu. Der Lautsprecher über ihrem Kopf knatterte gnadenlos weiter, »… wir nähern uns der Zielgeraden, die Nummer eins, Zauberkönig, weiterhin in Führung, Zauberkönig ist großartig in Form, Zauberkönig macht das Rennen …«

Ein Aufschrei!

Die Sprecherstimme schwang um. Tragisches Timbre: »Zauberkönig ist ausgebrochen – er hat den Reiter abgeworfen – der Reiter steht wieder auf – wir atmen auf, dem Reiter ist nichts passiert – Zauberkönig galoppiert auf die Stallungen zu – sein Trainer erwartet ihn – was für eine Enttäuschung!«

»Hurra!«Linda sprang von ihren Stuhl hoch, hob den Röhrenrock und kletterte auf den Stuhl. »Linda!« Diesmal war's die rote Karte. Dieter versuchte, sie vom Stuhl zu ziehen.

»Laß mich!« Linda schubste Dieter zurück. Wo war

Edmondo? Sie suchte das Feld mit ihrem Opernglas ab, die lackschwarzen Zuckerhut-Ms auf kirschrotem Grund hüpften ihr ins Glas, Edmondo lag vorn, Nase an Nase mit Nummer elf. Elf kam nach sechs, wußte doch jeder. »Ed-mon-do …« skandierte sie, sie hatte eine trainierte Stimme, zuerst war sie im Kirchenchor geschult worden und später beim Antreiben von hüpffaulen Teenies und Hausfrauen. Linda konnte herrlich brüllen, sie brüllte aus vollem Herzen, und Edmondo gab Gas. Braves Pferdchen! »Edmondo geht in Führung«, meldete der Vorsprecher, nun nicht mehr triumphal, sondern eher verblüfft. Blöder Kerl, dachte Linda, nur weil du ein Kerl bist und nicht zugeben willst, daß du aufs falsche Pferd gesetzt hast, mimst du jetzt den Erstaunten. »Ed-mon-do …«

»Edmondo aus dem Stall Hochstein gewinnt das Rennen mit knapp zwei Längen Vorsprung vor Abendröte und Ali Baba …«

Linda kletterte von ihrem Stuhl, ihr Richter stützte sie. Lindas Rockschlitz klaffte sekundenlang bis zum Spitzentanga, Ferdi strahlte. Dieter und sein Vater glichen gezündeten Sprengköpfen, sie sagten keinen Ton. Ferdis Vater gratulierte ihr. »Danke! Merci!« Sie mußte schleunigst zu Edmondo hin. Wo war der Lorbeerkranz?

Es gab keinen Lorbeerkranz. Aber immerhin gab es die Presse und Schaulustige. Linda versprach ihrem Pferd eine Riesenladung Traubenzucker und gratulierte dem Trainer und dem Jockey, schließlich wußte sie, was sich gehörte. Die beiden strahlten gehörig, worauf Linda sie auch noch zu einer kleinen Siegesfeier nach dem letzten Rennen einlud. »Wo geht man denn hier so hin?« Man verabredete sich für sechs Uhr im Weidenpescher Hof, der lag quasi um die Ecke. Bei einem Gewinn von hundertzwanzigtausend mußte ein Abendessen mit Umtrunk drin sein, alles andere wäre knauserig. Linda sah sich nach Dieter um, sie wollte ihn nicht völlig ausschließen, immerhin hatte er ihr zu Edmondo verholfen. Kein Dieter weit und breit! Dafür war ihr Richter ihr nachgekommen. Poor Dieter! Weggegangen, Platz vergangen, wußte jedes Kind! Hans Rumbold bekam eine Umarmung und einen Kuß, er hätte mehr daraus machen können, er zierte sich. Es wurde Zeit, daß sie ihm klarmachte, wie sie wirklich zu ihrem Mann stand. Natürlich küßte und fingerte ein Ehrenmann nicht in aller Öffentlichkeit die Ehefrau eines anderen ab. Linda störte im Grunde nur noch das Richtergehalt, aber mit den hundertzwanzigtausend heute hatte sie immerhin schon einen soliden Grundstein für das neue Glück gelegt.

Seite an Seite mit Hans Rumbold kehrte Linda zu den anderen in Loge fünf zurück.

»... einen Moment bitte«, sagte Dieter zu dem Richter gewandt und zog Linda von dem Jaguar weg in die andere Ecke des Privatparkplatzes.

»Na hör mal«, protestierte Linda, »meine Gäste warten im Weidenpescher Hof.«

»Deine Gäste auf meine Kosten. Darüber müßten wir ein paar Takte reden. Du hättest mich zumindest fragen müssen.«

»Wer redet von deinen Kosten? Ich erledige das natürlich selbst.«

»Von meinem Geld!«

»Von meinem Geld«, Linda klotzte jede Menge Betonung in das besitzanzeigende Fürwort. »Hundertzwanzigtausend müßten ja wohl für ein Abendessen langen, meinst du nicht?«

»Und du bildest dir ein, das Geld gehört dir?«

»Du hast mir ein Pferd geschenkt. Danke nochmals. Mein Pferd hat gesiegt. Die Sache ist klar.«

»Und wie steht's mit den laufenden Kosten? Was glaubst du, was so ein Tier summa summarum jeden Monat kostet?«

»Du wirst es mir sagen, denke ich.«

»Zweitausend! Dazu kommen Startgebühren und Arztkosten und weiß der Henker was noch.«

»Den Henker kannst du streichen, den brauche ich nicht. Alles andere übernehme ich.« Linda machte kehrt und steuerte den Jaguar an, wo Hans Rumbold sie lässig auf das metallicrote Autodach gestützt erwartete. Der Jaguar stand ihm gut zu Gesicht, keine Frage. Es schoß Linda durch den Kopf, daß sie es sich jetzt glatt leisten könnte, ihrem Richter von ihrem Gewinn einen Jaguar zu spendieren. Rein theoretisch! Natürlich würde sie ihm keinen Jaguar und keine klotzige Uhr und überhaupt nichts, was übers Symbolische hinausging, schenken. Die Ausgabe von Luxusgeschenken war das Privileg der Männer. Natürlich war Linda bereit, ihre Ansprüche an das Gehalt eines Richters neu zu bemessen. Notfalls schenkte sie sich selbst ein Stück Luxus, es fiele ihr wirklich schwer, sich von ihrem schnuckeligen Cabrio wieder trennen zu müssen, oder von dem Wintergarten, diesem in Fein-Lindenthal oder einem neuen, das war nicht so wichtig. Allein das Wort ›Wintergarten‹ war himmlisch. Im Winter Gartenfreuden genießen war wie Tanzen auf dem Mond oder eine Endlos-Zauber-Eis-Tüte.

Linda hörte ein Schnaufen in ihrem Rücken, das mußte Dieter sein. Er wollte wirklich etwas für seine Kondition tun. Aus dem Schnaufen wurde ein Zischen, es war Linda peinlich, was ihr Mann da an Geräuschen produzierte. Immerhin waren sie noch verheiratet. Linda drehte sich zu Dieter um. Er faßte prompt nach ihrem Arm und zerrte sie zurück in die Ecke, wo sie gerade eben gestanden hatten.

»Bist du nicht ganz dicht?« zischte Linda.

»Ich schon. Glaub ja nicht, du luchst mir mal eben ein kleines Vermögen ab.«

»Geschenkt ist geschenkt.«

»Wir sind Eheleute!«

»Na und?« Linda massierte ihr malträtiertes Handgelenk, von wegen liebevoller Umgang unter Eheleuten.

»Geht dir etwas ab bei mir?«

Linda grinste.

»Geld, meine ich«, schob Dieter hastig nach. »Ich bezahle dir jedes lausige Modellkleid und noch eine Menge mehr.«

»Darum geht's nicht, Schokoladenjunge!«

»Nenn mich nicht ..., worum geht es dann?«

Linda lächelte. »Müßtest du doch am besten verstehen, wie geil so ein dicker Batzen Geld ist.«

»Wieso ich?«

»Oder Ferdi!«

»Wieso Ferdi?«

»Oder Alex oder Anton!«

»Worauf willst du hinaus?«

»Fragt mal eure Daddys, wenn ihr's wirklich vergessen habt. So ein dicker Batzen Geld ist manchmal wie ein Wanderpokal. Taler, Taler, du mußt wandern – im Moment ist er zu mir gewandert, that's life.« Linda machte erneut kehrt. Seite an Seite neben Hans Rumbold auf das Dach von Dieters Jaguar gestützt, warteten sie, bis der Fahrzeughalter aus seiner Parkplatzecke zurückkehrte. Es hatte lustig ausgesehen, ein ausgewachsener Mann dort in der Ecke. Strafecke. Schmollecke. Dieter hatte gut und gerne noch fünf Minuten allein vor sich hin gewütet. Tempi passati, sagte sie doch.

Etikettenschwindel

Dieter schlürfte, wenn er heißen Kaffee trank. Es war nur ein leises Schlürfen, es war sozusagen auf vornehm getrimmt, trotzdem ging es Linda durch und durch.

»Warum kippst du dir das Zeug nicht gleich in die Untertasse?« fragte sie.

Das Service war von Meissen. Das Dekor hieß Schloßgarten, die Untertassen ähnelten Miniatur-Suppentellern. Dieter führte den total unpraktischen, suppentellerhohen Rand auf die Gepflogenheit der ersten Meissen-Kunden zurück, ihre heißen Getränke zwecks Abkühlung in die Untertasse zu kippen. Erstkunden mit blauem Blut, passend zum Namen ›Schloßgarten‹, heutzutage wußte jedes Kind, wie die Blaublütigen früher herumgeferkelt hatten: Die rülpsten und furzten und schissen bei Tisch, und wenn trotzdem nichts mehr in die ausgeleierten Mägen hineinpaßte, wurde die Pfauenfeder gezückt, und das Zeug kam oben wieder heraus, damit Neues nachgestopft werden konnte. Statt Seife wurde Parfüm benutzt, und die Korridore waren vollgekackt. Blaublütige Kacke! – Dieter liebte dieses altmodische Porzellan mit dem Blattgoldrand und den grünen Streublümchen, gegen die selbst Lindas geerbte Blümchenbettwäche peppig wirkte. Es war typisch für ihn, daß er selbst seine Porzellanliebe halbherzig betrieb und auf vornehm getrimmt schlürfte, statt voll zu ferkeln oder voll anständig zu trinken.

»Ich weiß, was sich gehört.« Dieter betonte das ›ich‹ – und ließ einen neuen Schlürfer folgen. »Man hört's«, erwiderte Linda und produzierte ein anschauliches Trockenschlürfen.

»Lady Biberstraße macht sich mausig?«

»Lady Biberstraße macht sich stadtfein.« Linda stand

auf, frühstücken konnte sie auch unterwegs. Ohne Ekelsound und Kitschdekor. Sie mußte sowieso zur Bank und nachfragen, ob Master Sitte ihre Rennprämie überwiesen hatte.

»Denk an Samstag«, sagte er.

»Wieso soll ich montags an samstags denken?« fragte sie.

»Ich feiere zufällig einen runden Geburtstag.«

»Soll ich sechs Tage vorher mit Meditieren anfangen?«

»Du solltest dir etwas Angemessenes zum Anziehen kaufen. In Pistazie, wenn's genehm ist.«

»Möchtest du mit mir im Zwillingslook gehen? Das macht dich auch nicht jünger.«

»Ich habe eine pistaziengrüne Dekoration geordert.«

»Und ich soll mich passend zum Tischtuch einkleiden?« Linda war baff, aber total. Gatte Dieter wünschte seinen Vierzigsten in Pistazie zu begehen, im pistaziengrünen Einheitslook. Poor Dieter hatte ein Problem. Die Gruftis, die von heute auf morgen aus ihren schnieken Zweireihern in Levis – natürlich Nummer 501 – umstiegen, waren schon erbärmlich genug. Jeans waren eine Einstellung, wenn einer sein Spießertum darin parkte, war das nur lächerlich. Dieter wollte sich zu Ehren seines Vierzigsten in einem pastelligen Grünton parken, sich und sie und das ganze gecharterte Schiff. Das lief auf eine pastellfarbene Massenbestattung hinaus. Happy birthday!

»Übrigens«, sagte Dieter und hob seine Tasse, saugte den längst abgekühlten Kaffee an und schickte ihn mit einem demonstrativen Gurgeln an dem heftig zuckenden Adamsapfel vorbei. »Übrigens«, wiederholte er, »der Leasing-Vertrag für dein BMW-Cabriolet läuft auch demnächst aus.«

»Wieso Leasing-Vertrag?« fragte Linda verdattert.

»Ich habe den Wagen für dich geleast. Üblicherweise

schließt man über solche Transaktionen einen Vertrag ab.«

»Du hast mir den Wagen geschenkt.« Linda sah den großzügigen Schenker vor sich, als wäre es gestern gewesen. Getarnt als Mister Moon hatte er ihr die Autoschlüssel überreicht, ›von mir für dich‹, noch vor der Probefahrt hatte er ein nicht jugendfreies Ri-ra-rutsch kassiert. In ihrem geliebten Wintergarten, sie waren von dem Korbsessel gerutscht, und er hatte ein großes Blatt von ihrer Monstera abgeknickt, aber sie hatte nichts gesagt.

»Hast du das irgendwo schriftlich?« Dieter grinste.

»Miesling!«

»Denk dran, Pistazie!«

Linda marschierte hinaus. Ihre Autoschlüssel lagen auf der Dielenkonsole, der Anhänger war ein Geschenk von ihrem Richter.

Er hatte ihr den Silberfisch in den Ausschnitt gleiten lassen, und sie hatte einen Schrei getan, weil das Metall sich auf ihrer warmen Haut kalt anfühlte. Etwas später hatte sie noch einen Schrei getan, genaugenommen war es eine Serie von spitzen Schreien gewesen. Ri-ra-rutsch-Schreie, und dann hatten sie den Fisch getauft, sozusagen im Naturtaufbecken, hinterher hatte Hans Rumbold den Fischanhänger an ihren Autoschlüsseln befestigt.

Mit einem Fischanhänger konnte man nicht fahren!

Geleast?

Pistazie!

Linda chauffierte Richtung Stadt. Ihr würde schon etwas einfallen.

»Ich suche etwas Elegantes in Pistazie«, sagte Linda zu der Verkäuferin.

»Pistazie?« fragte die geschockt. »Im Herbst kommen

Naturtöne, das neue Grün heißt Schlamm, wenn Sie einmal sehen wollen.«

Schlamm nützt mir nichts, wollte Linda sagen, aber da war die Verkäuferin auch schon verschwunden. Sie war eine von der übereifrigen Sorte, womöglich schloß sie von Lindas Garderobe auf eine neue, zahlungskräftige Stammkundin. Linda war noch nie zuvor in dieser Boutique gewesen, sie würde auch garantiert nicht mehr herkommen, der Laden gefiel ihr nicht. Seit gut zwei Stunden gefiel ihr kein einziger Laden mit Damenmoden mehr, die Freude am Einkaufen war ihr total vergällt. Es war ätzend, sich zwanzigmal hintereinander anhören zu müssen, daß im Herbst Naturtöne kamen, und das einzige modische Grün schlammfarben war.

»Bitte schön«, sagte die Verkäuferin, die mit mehreren Bügeln in der Hand zurückkam. »Dieses neue Schlammgrün müßte einfach toll zu Ihren roten Haaren aussehen.« Sie drapierte die Schlammfarbe an dem ersten Bügel vor ihrem eigenen Körper, was ihrer bleichen Haut den Farbton einer Wasserleiche verlieh.

Linda streckte eine Hand nach dem Kleid aus. Das kannte sie doch.

Die Verkäuferin lächelte eifrig und krempelte den Kragen um. Das eingenähte Etikett DER Marke wurde sichtbar.

Linda zuckte zurück.

Die Verkäuferin blickte ratlos. Wo das doch DIE Marke war.

»Das ist ein Morus-Kleid«, sagte Linda. Sie kannte die neue Herbstkollektion aus dem Effeff.

Die Verkäuferin wechselte die Farbe. »Sie müssen sich irren«, sagte sie und wechselte rasch die Bügel in ihrer Hand um. Ein weiteres Schlammgrün rückte nach vorn, eins von einem anderen Hersteller.

»Zeigen Sie mir bitte noch einmal das Morus-Kleid«, verlangte Linda.

»Nein, nein«, erwiderte die Fachkraft und wurde regelrecht zornig. »Ich werde ja wohl wissen, was ich verkaufe, nicht wahr?« Sie trug das Morus-Grün wieder weg.

Es war ein Morus-Kleid. Dafür legte Linda ihre Hand ins Feuer. Eins mit dem Etikett von DER Marke. Linda verließ den Laden.

Als ob das Schicksal sie nur in diese Einkaufsstraße hätte führen wollen, entdeckte Linda in der nächsten Auslage ein Kostüm in Pistazie. Linda betrat den Laden lustlos, in Gedanken war sie noch immer bei dem falschen Etikett.

Diesmal bediente sie ein junger Mann. Er schien glücklich zu sein, daß sich jemand für das Pistaziengrün interessierte. »Ein Einzelstück«, verkündete er, »sehr raffiniert, möchten Sie es anprobieren?«

Linda nickte lustlos.

Der junge Mann zupfte Dekorationsnadeln aus dem auf einer Schaufensterpuppe festgesteckten Kostüm und offenbarte Linda die Vielfalt des Kleidungsstückes.

»So«, sagte er, und zog an einem parallel zum Rockbund rundum laufenden Reißverschluß, woraufhin zwei Drittel des knöchellangen Rocks vornehm zu Boden fielen, und ein frecher Mini in der Hand des Verkäufers zurückblieb.

»So«, sagte er noch einmal und wendete den Mini blitzschnell. Aus dem pistaziengrünen wurde ein nilgrüner Rock. Mit dem Oberteil verfuhr er genauso. Ein Reißverschluß ratschte, die lange Jacke verwandelte sich in ein taillenkurzes Bolerojäckchen. Ein zweiter Reißverschluß ratschte, der klassische Kragen fiel ab. Gewendet schillerte das knappe Jäckchen nun ebenfalls nilgrün, der Knüller waren eingewebte rote Herzen.

»Ist das nicht phänomenal?« fragte der Verkäufer euphorisch.

»Phänomenal«, bestätigte Linda, schlüpfte in die Umkleidekabine und posierte kurz darauf in beiden Variationen vor dem deckenhohen Spiegel. Ladylike klassisch in der pistaziengrünen Langform, und keß im nilgrünen Mini mit roten Herzen. Das war's! Linda strahlte den Verkäufer an, der strahlte glücklich zurück. Glücklich und ahnungslos, schließlich konnte er nicht ahnen, daß er soeben Linda zu den neuen Farben für ihren Hengst Edmondo verholfen hatte. Rote Herzen auf nilgrünem Grund, das waren die Farben, jetzt mußte sie nicht einmal mehr ihren Richter um Rat fragen. Genaugenommen ging nichts über das Gefühl, ganz aus eigenem heraus zu entscheiden. Vorausgesetzt, die Richtung war klar. Linda fühlte sich bärenstark, als sie mit der schicken Tüte die Boutique verließ. Ihre Marschrichtung war klar.

Als Linda wieder an dem Geschäft mit dem getürkten Etikett vorbeiging, zögerte sie kurz. Wie kam das Etikett von DER Marke in ein Morus-Kleid? Spürnase Linda, streng dich an! Bei dem Wort ›Spürnase‹ fielen Linda prompt die Bilanzen ein, die sie sich verschaffen wollte. Samt Anhang! Zu Hause waren sie nicht. Sie könnte Dieter eigentlich einen Besuch in der Kleiderfabrik abstatten. Sie mußte nur noch herausfinden, wann er nicht in seinem Büro war.

»Es tut mir leid«, sagte die Morus-Empfangsdame in zeitlosen Biesen und zeitlosem Bubikragen zu Linda, »Ihr Gatte ist leider nicht im Haus.«

»Egal«, sagte Linda, »dann warte ich eben oben auf ihn.« Sie schwenkte nach links Richtung Aufzug, das Gemurmel in ihrem Rücken ignorierte sie. Wenn sie diese

Person noch länger ansah, färbte das womöglich ab, die hatte den Pep eines Dinosauriers. Zum Glück hatte Dame Zeitlos poor Dieter nicht ins Herz geschlossen, sonst hätte sie womöglich mit ihrem Dinosaurier-Pep die Schwelle von Dieters Heiligtum verteidigt.

Heiligtum?

Linda drückte die Klinke nach unten und betrat Dieters Zimmer. Von wegen Heiligtum! Das war ein besseres Kabuff, daran änderte auch der futuristische Siebdruck an der Kopfwand nichts. Linda steuerte den Schreibtisch an, sie schwitzte, obwohl sie eigentlich nie schwitzte, ihre Hand glitt zweimal an dem klobigen Schlüssel ab. Der Schlüssel steckte. Halleluja! Dieter war ein Trottel. Im Moment hatte Linda ein Faible für Trottel, für abwesende Trottel. Sie wußte, daß Dieter mit seinem Vater zu Elfi-Moden hinausgefahren war, zähneknirschend. Big Daddy befahl, little Dieter spurte. Allein die Fahrt hin und zurück dauerte eine Dreiviertelstunde, vor zwölf Uhr waren die beiden garantiert nicht zurück. Trotzdem glitschte alles an Linda. Sie überlegte, ob sie den wuchtigen Schreibtischsessel vor die Tür schieben sollte.

Nö, das wäre zu auffällig. Angenommen, ein blöder Zufall ließ jemanden an der Tür rappeln, dann ruckelte der Sessel zurück, und sie saß im Visier. Jedem Trottel wäre klar, daß sie etwas zu vertuschen hatte.

Linda zog die mittlere Schublade auf: Kulis, DER Füller, Lieferscheine und Briefbögen und Rechnungsblöcke, allesamt mit dem Morus-Logo in Spulwurmschrift, und darunter fünf Tafeln Halbbitter-Schokolade. Linda grinste.

Nach der fünften Schublade grinste sie nicht mehr. Sie war nicht hergekommen, um einen Schokoladenjungen zu überführen. Wo hatte er die verdammten Bilanzen versteckt, wenn nicht in seinem Schreibtisch? Viel Auswahl gab es nicht in diesem Kabuff, und zu Hause war nichts, garantiert nichts.

Linda hatte extra einen Abdruck von dem Schlüssel für Dieters Schreibtisch in Fein-Lindenthal gemacht. Drei Abdrücke! Es war eine Tortur gewesen, die Modeliermasse klebte überall dort, wo sie nicht kleben sollte. Linda hatte keinen Nerv für Knetgummispiele. Der Schlüsseldienstmensch hatte sie sehr merkwürdig angesehen, als sie dreimal hintereinander bei ihm erschien und er den dritten Ersatzschlüssel für sie fertigen sollte. »Wo wohnen Sie denn?« hatte er gefragt, und Linda hatte ohne nachzudenken ihre Adresse genannt. Woraufhin der Schlüsselmann meinte, es käme sie billiger, wenn er vor Ort selbst einen Abdruck von dem verlorenen Schlüssel nähme. Linda hatte abgewehrt, hochrot und vermutlich nicht sehr überzeugend. Gottlob hatte die dritte Kopie von Dieters Schlüssel gepaßt. Nur daß Linda zu Hause nicht fündig geworden war.

Und nun fand sie Halbbitterschokolade. Ob Dieter etwas ahnte?

Voll Wut nahm Linda den angeberischen Entwurf, mit dem er ganz zu Anfang bei ihr geprotzt hatte, hoch: ›Das wird mein neues Firmenlogo, wie gefällt es dir?‹ Kirschrot auf Lackschwarz, davon träumte er wohl noch immer, sich hier mit seinen Traumfarben als Besitzer der Morus KG aufspielen zu dürfen. Die Pappschablonen trudelten aus der Schweinsledermappe, in der er seine tollen Entwürfe aufbewahrte. Echtes Schweinsleder machte Dieters Spinnerei auch nicht glaubwürdiger! Dann rutschte etwas in grünen Pappdeckeln nach. Die Bilanzen. Halleluja!

Linda zog die gelochten Blätter aus den drei Ordnern, über den letzten Seiten stand jeweils ›Anhang‹. Linda lächelte zufrieden.

Dann spazierte sie mit ihrer Beute auf den Gang, »Guten

Tag, was macht die Bandscheibe?« Den Namen der Schreibkraft hatte Linda leider vergessen. Dreistigkeit siegt, und immer hübsch grüßen, sie war die Frau vom Juniorchef, und wenn das nicht reichte, wahrscheinlich reichte es nicht, war sie die einzige Schwiegertochter vom alten Morus, also bitte! Der Kopierer stand neben dem Getränkeautomaten. Linda pappte hurtig ihren Blätterstoß mit dem Gesicht nach unten auf das Fach für den automatischen Blatteinzug. Wer jetzt vorbeikam, sah nur noch unschuldiges Weiß. Linda kannte sich mit dem Kopierer aus, er war idiotensicher. Sie klickte einfach das gewünschte Format an und dann die Zahl der gewünschten Kopien. Eine Kopie reichte, Linda stand unter Strom, nur schnell wieder raus hier. Sie drückte auf ›eins‹, nun mach schon! Es surrte. Irgendwelche Drähte wurden gereinigt, meldete der Apparat. Hatte sie nichts von gesagt, daß er Großreinemachen veranstalten sollte, wütend wiederholte Linda ihre Order und preßte erneut die ›eins‹. ›Bitte warten Sie!‹ Worauf sollte sie warten? Auf die Rückkehr von Morus junior und Morus senior?

Linda sah die beiden förmlich aus dem Aufzug treten und erstarren. Sie könnte ›Hallo Liebling! Hallo Schwiegerpapa! Ich kopier' nur mal schnell, was ihr so Hübsches im Schreibtisch habt!‹ sagen, das wär's dann, dann käme der Hausdetektiv angerannt, falls es den bei Morus gab. Hausverbot gab's garantiert. Und am nächsten Morgen stünde im Express die fette Headline: ›Biberstraßen-Queen beklaut reichen Schwiegerpapa!‹ – Toll!

Linda hatte eine Stinkwut im Bauch, sie bohrte den Finger in die Taste, die man angeblich nur sanft antippen mußte. Eine Kopie, verstanden?

Der Apparat hörte auf zu summen, jetzt produzierte er einen vollmundigen Sound. Na bitte! Er ratterte los, ein Apparat mit vollautomatischem Blatteinzug und vollautomatischer Sortiereinrichtung, wenn er einmal lief, war er nicht mehr zu stoppen. Linda bückte sich über den Auswurfschacht, die erste Seite sprang ihr entgegen, dann noch einmal die erste Seite und immer wieder die erste Seite, nichts als Seite eins. Es war die reinste Höllenmaschine. Der Blattstapel wuchs. Halt, soviel hatte sie nicht bestellt. Sie drückte auf ›Stop‹. Nichts stoppte.

Gleich würden die Leute zusammenströmen, lesen und nicken und schließlich zugeschüttet werden von der Blattflut. Was war dagegen das Schicksal einer Arche Noah, eine Sintflut war vergleichsweise gemütlich.

Das Display sprang Linda ins Auge, wieso stand dort ›111‹? Wer hatte etwas von einhundertelf gesagt? Daneben stand noch etwas, ziemlich kleingedruckt, Linda beugte sich vor: »Gewünschte Anzahl der Kopien: hundertelf, Ausdruckstand: sechsunddreißig.« Schicksal, nimm deinen Lauf! Jemand kam, Linda kannte den Knaben nicht. »Kann ich Ihnen helfen?« fragte er.

»Ausstellen«, krächzte Linda, »ich habe zuviel eingedrückt.«

Der Knabe lachte und tippte, die Teufelsmaschine gehorchte ihm aufs Wort und hörte auf zu speien. »Wenn Sie noch mal Hilfe brauchen, ich arbeite dort drüben!« Weg war er.

Ein süßer Typ! Linda raffte den Blattstapel an sich, zweiundvierzig mal Seite eins der ersten Bilanz. Schleich dich, Linda! Aus dir wird nie 'ne ordentliche Spürnase! Jeder Büroschwengel nimmt's mit dir auf! Dort hinten ist Dieters Zimmer, unten wartet ein schnuckeliges rotes Cabriolet, zu Hause wartet eine schnuckelige kleine Villa, jetzt hatte sie sogar ein eigenes Rennpferd und einen Richter zum Verwöhnen. Schleich dich, Linda!

Nö! Linda auf der Flucht blieb stehen. In der Biberstraße hatte sie es mit Pennern und Loddeln und diesem Fiesling von Hausmeister aufgenommen. Eine Linda Erz kniff nicht.

Linda ging zurück zu dem Kopierautomaten, legte den Stapel mit den Original-Bilanz-Seiten auf das Einzugfach, tippte einmal sanft auf die ›Eins‹, der Automat schnurrte los und versuchte erst gar nicht, sich mit Drähte reinigen herauszureden, er spurte. In Null Komma nichts hatte Linda ihre Kopien.

Als Linda die Schweinsledermappe mit den kirschrotlackschwarzen Tarnschablonen vorn und den säuberlich wieder aufgefüllten grünen Pappdeckeln dahinter in Dieters Schreibtischschublade zurücklegte, sprang ihr ein Schlüssel ins Auge. Eigentlich war es das billige Plastikschildchen an dem Schlüssel, das sie stutzig machte. Dort stand in Frau Niemanns sauberer Handschrift ›Keller 2‹. Was hatte der Kellerschlüssel aus Fein-Lindenthal hier in der Morus KG zu suchen?

Keller zwei war einer von insgesamt drei Kellerräumen. Soweit Linda wußte, bewahrte Dieter dort sein altes Surfbrett und derlei auf. Hatte er Angst, Frau Niemann würde heimlich auf seinem Brett surfen? – Linda steckte den Schlüssel ein.

»Sie gehen?« fragte Dame Zeitlos am Empfang. »Soll ich Ihrem Mann etwas ausrichten?«

»Müssen Sie nicht«, sagte Linda fröhlich. »War nicht so wichtig.«

Dame Zeitlos ließ besserwisserisch das zeitlose Brillengestell auf ihre Nasenspitze vorrucken. Hatte sie doch gleich gesagt, daß es keinen Zweck hatte, auf Herrn Morus warten zu wollen. Wenn du wüßtest, dachte Linda und gab sich Mühe, nicht zu breit zu strahlen.

Zu Hause mußte Linda warten, bis Frau Niemann endlich zum Einkaufen fuhr. Es war ätzend, wie lange Meine-deine-Perle brauchte, um ein paar Quadratmeter zu staubsaugen.

»Ich hätte gern nur ein paar frische Blaubeeren mit Creme double zum Mittagessen«, sagte Linda schon zum zweiten Mal und drehte den Schlüssel zu Keller zwei ungeduldig in ihrer Jackentasche.

»Ich fahre gleich los.« Der Staubsauger brummte erneut.

»Frau Niemann, meine Blaubeeren.«

»Sofort. Der Markt geht bis ein Uhr.«

»Ich habe Hunger.«

Widerwillig lederte Meine-deine-Perle das Kunststoffgehäuse mit einem feuchten Tuch ab, rieb trocken nach, zupfte ein paar Flusen aus dem Saugschlitz und kontrollierte die automatische Kabelaufwicklung. Endlich war sie weg.

Linda schlich sich die Kellertreppe hinunter, steckte den Schlüssel ins Schloß, der Schlüssel drehte sich, die Tür jaulte und gab nach. Bei diesem Jaulton wäre Meine-deine-Perle sofort mit dem Ölkännchen angestürzt gekommen. Es hätte eine Leiche in Keller zwei liegen können, sie hätte trotzdem umgehend das quietschende Scharnier gefettet.

Es lag keine Leiche im Keller. Linda sah sich um. An der Wand lehnte das Surfbrett, daneben lehnten Wasser-Skier und Langlauf-Skier, Skistöcke gab es auch, außerdem diverse Campingmöbel und ein Zelt. Traumhaft! Linda schüttelte sich bei dem Gedanken an eine Campingidylle mit Gatte Dieter. Ob er zum Camping auch sein echtes Meissen, Dekor Schloßgarten, mitnahm? Einen Schrank gab es ebenfalls.

Der Schrank, dachte Linda, das war's.

Sie zog die Tür auf. Schlafsäcke und Isomatten fielen ihr entgegen. Schiet! Wütend stopfte Linda das Zeug zurück.

Beim Hinausgehen wäre sie fast über einen Karton gestolpert, den jemand neben den Schrank gestellt hatte. Jemand?

Der Jemand konnte nur Dieter sein, er hatte sich den Schlüssel zu Keller zwei unter den Nagel gerissen.

Behutsam klappte Linda den Karton auf. Rollen mit Etiketten, lauter langweilige Etikettenrollen. Enttäuscht klappte Linda den Karton wieder zu.

Etiketten? Das waren keine Morus-Etiketten!

Hastig riß Linda den Karton wieder auf. Es waren Etiketten von DER Marke, fabrikneu, Linda zählte die Rollen, es waren zehn Stück. In diesem Karton lagen Tausende von Etiketten DER Marke und außerdem noch zwei kleinere Rollen, in die der Name von Adele Erz' Lieblingsmarke eingewebt war. Nachdenklich klappte Linda den Karton wieder zu, schloß ab und stieg die Kellertreppe hinauf. Sie setzte sich in ihren Wintergarten.

»Ihre Blaubeeren«, meldete Frau Niemann. »Soll ich hier oder im Eßzimmer aufdecken?«

»Ich habe noch keinen Hunger«, sagte Linda abwesend.

Frau Niemann rührte sich nicht von der Stelle. Das war der Ärger mit den Perlen, daß sie jedes Gespür dafür verloren, wann sie erwünscht waren und wann nicht.

»Später«, sagte Linda ungeduldig, »in einer halben Stunde oder so.«

Die Flügeltür zur Halle schloß sich. Reichlich laut, Linda zuckte die Schultern. Sie war auf einer heißen Spur. Ihre Spürnase juckte. Es juckte von Kopf bis Fuß, sogar ihre Kopfhaut spannte.

Wie war das noch in der fremden Boutique, wo die Verkäuferin ihr das schlammgrüne Morus-Kleid aufschwatzen wollte, in dem das Etikett von eben DER Marke eingenäht war? Ein Etikett, das fabrikneu und rollenweise im Keller des Juniorchefs der Morus KG lag.

Und vor ein paar Monaten die Story mit Herrn Stümper, der die Firma Morus vertrat und gleichzeitig eine ›Nebenlinie‹ von Mutters Lieblingsmarke. Seine Provision für die ›Nebenlinie‹ der Konkurrenzfirma rechnete der Vertreter ebenfalls mit Dieter Morus ab.

Etikettenschwindel, glasklar! Jetzt fehlte Linda nur noch das ›Cui pro‹, wie der Lateiner sagte. In Köln fragte man nach dem ›Reibach‹, der Reibach war das, was bei einem Geschäft für den Geschäftemacher heraussprang. Der Geschäftemacher hieß Dieter Morus! Cui pro? Pro Dieter, der langte bei DER Marke zu. Die Leute kauften DIE Marke blind, Hauptsache, das Etikett stimmte.

Linda erinnerte sich an Biberstraßen-Zeiten, wo alles mögliche vom Laster fiel, Nerzmäntel und Unterhaltungselektronik, und das sogar auf Bestellung: ›Lassen Sie doch um Viertel nach elf mal bitte hundert Videorecorder der Type VS-F270 vom Laster fallen!‹ In dem Stil.

Für Dieter ließ jemand Etiketten runterfallen, und er ließ sie einnähmen und verhökerte sie. Die Spur war brandheiß.

Don't break my heart

»Muß i denn, muß i denn zum Städtele hinaus ...«, schmetterte die pistaziengrün eingekleidete Vier-Mann-Kapelle, während der in eine pistaziengrüne Jacke gezwängte Seemann das dicke Hanfseil vom Anlegepflock zurrte. Über dem Sonnendeck schaukelten pistazienfarbene Lampions, und auf dem breitgespannten Transparent stand ›HAPPY BIRTHDAY, DEAR DIETER‹.

Natürlich war das Transparent auch pistazienfarben gestaltet. Pistazie hell und Pistazie dunkel. Auftraggeber der pistaziengrünen Geburtstagsorgie war Dieter Morus, logo!

Ein paar Schaulustige blieben auf der Rheinpromenade stehen und winkten. Pistazienfarbene Schiffsorgien waren eben eine Rarität. Linda hätte sich liebend gern einen Küchenkittel über ihr todschickes Pistaziengrün gezogen, das sie als tragendes Element dieser Charterfahrt auswies. Die geladenen Gäste trugen Abendkleidung, topmodische Naturtöne dominierten, Schlammgrün mischte ebenfalls mit, die älteren Herren und die vollschlanken Damen bevorzugten klassisches Schwarz und Marine. Von weitem sah es aus, als hätte jemand dunkles und helles Konfekt in eine pistaziengrüne Wanne geschmissen. Das dunkle Konfekt schunkelte, dieses ›Muß i denn, muß i denn zum Städtele hinaus ...?‹ war eine uralte Kamelle, das ging den Alten runter wie Butter, sogar Carl Morus sah zufrieden drein und sang den Refrain mit.

Linda malte sich das Repertoire der Vier-Mann-Kapelle für den weiteren Abend aus, vermutlich war ›Warum ist es am Rhein so schön?‹ DER Hit. Einer, der bei einer Rheinfahrt nicht oft genug wiederholt werden konnte. Linda beschloß, bei jedem Revival zum Klo zu verschwinden.

Das Klo war angenehm weiß und angenehm schalldicht, nicht mal das Klopapier war pistaziengrün, das Klo war entschieden der angenehmste Ort während dieser Abendfahrt über den Rhein.

»Toll!« sagte eine Dame. Sie trug Konfektionsgröße XXL und gehörte folglich zu der Gruppe ›dunkles Konfekt‹.

»Reden Sie mit mir?« fragte Linda.

»Ja, ich bin die Frau Schmelzer, wir hatten noch nicht das Vergnügen, aber Sie sind die junge Frau Morus, das sieht man ja auch, ha-ha, diese grüne Farbe überall ist eine tolle Idee, wahnsinnig toll. Kennen Sie das Café Riese, bestimmt kennen Sie das, da gibt es diese köstliche Marzipantorte, die hat haargenau dasselbe Grün, ich könnte für die Marzipantorte im Café Riese tot umfallen ...«

Ja, bitte! dachte Linda. Bitte fall tot um, wenn ich weg bin, kannst du meinetwegen wiederauferstehen. Linda hatte keinen Schimmer, wer DIE Frau Schmelzer war, überhaupt kannte sie die wenigsten Leute, die Dieter hier zusammengetrommelt hatte. Hundertfünfzig geladene Gäste. Toll! Wahnsinnig toll!

»Das ist Frau Schmelzer«, sagte Dieter zu Linda und beugte sich über die Hand der Dame. Hände wie Marzipanwürste, dachte Linda, gespickt mit Goldklunkern von Gold-Krämer. Sie nickte, mehr brachte sie nicht, ehrlich nicht.

Dieter kam aus seiner Handkuß-Position wieder hoch. »Frau Schmelzer ist die Gattin von unserem tüchtigen Herrn Schmelzer«, fuhr er fort.

»Nein wirklich?« flötete Linda. Wenn sie nicht achtgab, war gleich das Höschen naß. Frau Schmelzer war also die Frau von Herrn Schmelzer? Toll! Wahnsinnig toll!

Dieter smilte Dame Schmelzer an. »Meine Frau witzelt gern, sie ist ein waschechte Kölnerin.«

»Ich verstehe«, sagte die Dame, der Linda anhörte, daß

sie eine waschechte Hinterwäldlerin war, vor dem Nachsatz legte sie eine dicke Nachdenkpause ein. »Die Kölner sind ein Völkchen für sich mit einem ganz besonderen Humor«, sagte sie endlich.

»Wie wahr«, stimmte Linda zu, aus vollem Herzen, was Master Sitte ebenfalls nicht zu passen schien, denn er zog Linda hastig weiter. In dem Durchgang zum Oberdeck machte er halt: »Das ist die Frau von einem unserer besten Vertreter, spinnst du eigentlich total?«

»Warum sagst du das nicht gleich! Soll ich zurückgehen und ihr ein Küßchen geben?«

»Reiß dich am Riemen!«

»An welchem?« Linda grinste anzüglich.

»Halt dich zurück!«

»Na, was denn nun?« Linda merkte schon, daß ihr Gatte heute nicht in Laune für Anzüglichkeiten und kölschen Humor war. Er wollte es anscheinend zu Ehren seines Vierzigsten gediegen haben, mit Blaskapelle und in Pistaziengrün. Seinen Farbwunsch hatte sie ihm erfüllt, Linda fand, das reichte fürs erste. Sie überlegte, wann sie das Geheimnis ihres Wendekostüms lüften sollte. Vielleicht zum Dessert, ihr Gatte war bekanntlich ein ganz Süßer.

»Denk dran!« zischte der ganz Süße und ging ohne sie weiter, mit durchgedrücktem Kreuz und beschwingtem Schritt, er winkte, dann küßte er eine Dame. Dreimal, in Köln küßte man zweimal, vielleicht war die Dame Ausländerin. Linda mußte sich auf die Zehenspitzen recken, um einen Blick auf die Person werfen zu können. Sie sah nicht einmal übel aus, ihr modisches Schlammgrün preßte sich noch immer reichlich dicht an Dieters Pistaziengrün. Linda mußte zugeben, daß die Marzipantortenfarbe ihm nicht schlecht stand. Das Sakko hatte einen phantastischen Schnitt, dazu dieser edle weiche Stoff. Dieter war der Typ für diese Farbe, die brachte seinen olivfarbenen Teint und die dunklen Locken und die braunen Plüschaugen unglaublich gut heraus. Fand die Schlammfarbene offensichtlich auch. Linda hatte nicht übel Lust, sich dazwischenzuhängen. Ihr fiel nur kein Aufhänger ein. ›Hallo! Ich bin die Frau von meinem Mann!‹ paßte zu Dieters Vorstellung eben, zu ihr paßte das nicht. Mal sehen, wo ihr Richter abgeblieben war. Linda kehrte dem Drei-Küsse-Paar den Rücken zu und begab sich auf die Suche.

Es war mühsam, in Pistaziengrün von der Stelle zu kommen. Linda fühlte sich wie eine Fahne, eine in den Farben von Dieter Morus, geflaggt zu seinen Ehren. Herr Unbekannt und Frau Unbekannt stellten sich Linda in den Weg und schüttelten ihr die Hand. »Ich bin DER Heribert Schmitz, bestimmt hat Ihr Mann schon von mir erzählt, hoffentlich nur Gutes, ha-ha.« Logischerweise war seine Begleiterin dann »DIE Frau Schmitz, vielleicht haben Sie schon mal von mir gehört, auf die Morus-Weihnachtsfeier komme ich immer mit, die ist so stimmungsvoll.« Linda nickte und lächelte und zwängte sich weiter, es gab zwei Säle und darin bestimmt ein Dutzend Ehepaare mit dem Namen Schmitz, dicht gefolgt von Schulz und Müller. Dieter schien den halben Kölner Adel geladen zu haben. Offensichtlich führten nur die Herren einen Vornamen, jedenfalls stellten nur die Herren den vor. Die zugehörigen Damen begnügten sich in der Regel damit, die Frau mit seinem Nachnamen zu sein und einmal im Jahr mit auf seiner Betriebsweihnachtsfeier zu erscheinen. Toll! Wahnsinnig toll!

Linda überlegte, ob sie schon mal eine Erholungspause auf dem Klo einlegen sollte. Umrahmt von sauberen weißen Kacheln und schallisoliert. Ihr Richter schien sich in Luft aufgelöst zu haben. Linda stieg die acht Stufen zu den Toiletten hinab, hinter dem Zigarettenautomaten endete das Pistaziengrün abrupt. Linda spitzte die Ohren. Die Stimme kannte sie doch …

»… überlegen Sie es sich, in aller Ruhe! Viele Wahlmöglichkeiten haben Sie nicht. Und Fünf-Sterne-Komfort im Knast ist eine billige Zeitungsente, sage ich Ihnen …«

Linda blieb stehen und hielt den Atem an. Es war unglaublich interessant, was ihr Richter da zu Freund Alex sagte. Leider war ein Vergnügungsdampfer räumlich beengt, und die Zahl der Toiletten war ebenfalls begrenzt. Bei dem richterlichen ›sage ich Ihnen‹ polterte schon wieder jemand die Treppe hinunter, und die beiden Herren sahen auf.

Linda bemühte sich, salopp auf das Duo zuzugehen, als wäre sie genau in diesem Moment erst selbst die Treppe hinuntergekommen. Schließlich war sie keine Lauscherin! »Hallo, ihr beiden, gibt's euch auch noch?«

Alex knurrte etwas Unverständliches, etwas schien ihm tüchtig die Petersilie verhagelt zu haben. Linda überlegte, ob sie ihren Richter später fragen sollte, wie er Freund Alex zu überführen gedachte, wenn der sich nicht aus eigenem Antrieb stellte. Denn darum ging es ja wohl, daß ein Betrüger seine Untaten freiwillig gestehen sollte.

Ganz kurz ging es Linda durch den Kopf, wann Gatte Dieter an die Reihe käme. Wie gesagt, sie hatte nichts dagegen, bei den Guten mitzumischen, nur brauchte sie noch etwas Zeit, um die Vermögensverhältnisse angemessen zu ihren Gunsten zu richten und vielleicht auch einen Gnadenerlaß für Dieter, mit dem sie immerhin noch verheiratet war, durchzudrücken. Das konnte sie ihrem Richter schlecht so direkt abverlangen, einen Richter durfte man nicht bestechen, logo! Das ging höchstens durch die Blume, aber letzten Endes war auch ein Richter ein Mensch aus Fleisch und Blut. Einer, der wußte, daß es sich in einem Haus mit Wintergarten angenehmer als in einem begehbaren Wohn-Grill à la Biberstraße lebte, vom christlichen Gebot der Nächstenliebe ganz zu schweigen. Mal sehen …

»Alles klar?« fragte Hans Rumbold. Seine Stimme klang verändert, überhaupt kam er Linda irgendwie anders vor. Nervös, aufgekratzt, sie wußte es nicht genau zu sagen. Natürlich hatte das nichts mit ihr selbst zu tun. Linda überlegte, daß es ihm verdammt unangenehm sein mußte, seine Position als Geliebter mit seiner Richterwürde unter einen Hut zu bringen.

»Alles klar«, antwortete sie und schmiegte sich kurz an ihn, nur um ihm zu zeigen, daß sie auf seiner Seite stand. »Wollen wir tanzen?« Sie verspürte Lust, mit ihm zu tanzen. Tanzen war wie Träumen, irgendwann verschluckten einen die Melodie und der Rhythmus, und man schwebte los. »Tanzen wir.« Hans Rumbold steuerte die Tanzfläche an.

Sie hatten Glück, weil gerade ›UB 4‹ spielte. Die vier Jungs mit den Rastalocken spielten ›Don't break my heart‹, sie gaben sich ehrlich Mühe, den typischen Reggae-Sound der Jungs aus Birmingham zu kopieren. Der Baß wummerte, und wo ›UB40‹-Sänger Alistair Campbell negroiden Schmelz in seine Stimme packte, ließ der ›UB4‹-Sänger (wahrscheinlich hieß er Schmitz oder Schulz oder Müller) kölschen Zungenschlag hören. Auf englisch, versteht sich.

»Dein Mann läßt sich seine Geburtstagsparty etwas kosten«, bemerkte Hans Rumbold. Um sich verständlich zu machen, mußte er dicht an Lindas Ohr rücken. Was die Lautstärke betraf, nahm »UB 4« es mühelos mit »UB 40« auf.

»Hm«, brummte Linda. Seine Lippen hatten beim Sprechen ihr Ohrläppchen berührt, kußmäßig, sie war eine leidenschaftliche Küsserin. Sie hätte ihn jetzt gern geküßt, überfallartig, bis ihm und ihr Hören und Sehen verging. Bei dieser Art Kuß klappten Linda automatisch die Augen zu, dabei verschwamm sowieso alles, sonst sah sie auch gern mal genauer hin, schließlich sah sie sich ja auch an, was sie auf dem Teller liegen hatte. Linda blinzelte. Es schummerte schon.

»Zwei Kapellen, alle Achtung«, fuhr Hans Rumbold fort. »Das sind acht Leute, hochgerechnet auf sechs Stunden gibt das eine stolze Summe, dazu das Schiff plus Verköstigung, und erst die Getränke für hundertfünfzig Leute. Geht dieses Pistaziengrün auf seine Rechnung?«

Linda hatte die Augen geschlossen. Der stoisch monotone Rhythmus, zu dem sie sich bewegten, weckte in ihr die Vision von langen Tropennächten, sie dachte an Piña Colada und klirrende Eiswürfel. Nicht daß sie jemals auf einer dieser herrlichen Karibik-Inseln gewesen wäre, leider nein, aber sie kannte diese Tropenpracht aus dem Kino. Im Cinedom kam die unglaublich echt rüber, und wenn ihr Richter noch länger ihr Ohr durchpustete, erwachte Lady Liederlich, dann garantierte Linda für nichts, für rein gar nichts. Warum hörte er plötzlich auf, Worte in ihr Ohr zu lullen?

»He, hörst du mir überhaupt zu?« Diesmal entfernte sich auch sein Körper von ihrem, und der Druck seiner Hand in der Mulde zwischen Taille und Po wurde ebenfalls schwächer.

»Wie?«Linda sah in sein Gesicht. Das paßte nicht zu ihrem Jamaika-Feeling. Er sah aus, als wollte er gleich sein Richterkäppi aufsetzen.

»Ich habe dich gefragt, ob dieses Pistaziengrün überall auch auf Kosten deines Gatten geht?«

»Logo.« Linda nickte lustlos. Wen interessierte es schon, ob die Band und die Tischdecken und die Lampions pistaziengrün verpackt waren, wenn ›Don't break my heart‹ und ›Kingstontown‹ sich in ihr Ohr und von dort abwärts ins Tiefparterre schlichen und für Tropenklima sorgten. Hui und pfui, sie brächte eine Badewanne voll klirrender

Eisstücke zum Schmelzen, aber ihr Richter wollte nicht schmelzen. Er beschäftigte sich mit den Kosten, die Dieter Morus durch diese Geburtstagsorgie entstehen würden.

»Wetten, daß dein lieber Mann dieses Spiel hier über die Morus KG laufen läßt?«

»Ich bringe dir die Bilanz für 1995 mit, wenn sie fertig ist. Okay?«

»Apropos, hast du dir die Bilanzen besorgt? Mit Anhang?«

»Wolltest du sie *jetzt* lesen?«

»Du hast mich um Rat gebeten.«

»Okay. Laß uns was trinken gehen.« Die Stimmung war zum Teufel, überhaupt rückte jetzt wieder die ›Muß-i-denn-muß-i-denn ...‹-Vier-Mann-Kapelle an. Natürlich hatte sie ihn um seinen Rat gebeten, alles klar. Aber das bedeutete noch längst nicht, daß er ihre Love-Story in eine Bilanzanalyse umfunktionieren sollte.

»Keine schlechte Idee«, stimmte er zu. »Trinken wir etwas.«

Ich habe überhaupt ganz tolle Ideen, dachte Linda, während sie vor ihm her zur Bar ging. Das leise Schaukeln dess Schiffskörpers verstärkte das Schaukeln ihrer Pobacken und Hüften. Linda trug ein ziemlich exaktes Bild von dem, was sie ihrem Richter vor der Nase herschwenken ließ, in ihrem Kopf. Sie rechnete fest damit, daß ihn ein Schub Leidenschaft überwältigte. An der Bar drehte sie sich erwartungsvoll zu ihm um.

»Ist etwas?« fragte er.

»Nö.« Linda wandte sich dem pistaziengrün gewandeten Barkeeper zu, der prompt reagierte und ihr wohlwollend zusah, als sie ihre Piña Colada schlürfte. Der Junge war nicht blöd, häßlich auch nicht, er konnte schließlich nichts dafür, daß Gatte Dieter ihn in dieses alberne pastellgrüne Fräckchen gezwungen hatte. »Toller Sound«, sagte er und nickte Richtung Saaltür, wo eben noch die kölsche ›UB‹ gespielt hatte.

»Toller Sound«, stimmte Linda zu und ließ sich bereitwillig in ein Gespräch über Off-Beats und Bläsersätze verwickeln.

Ein paar Gäste wurden schon unruhig, weil sie auf ihre Drinks warten mußten. Der Keeper riß sich nur mit Mühe von Linda los. Na, bitte, dachte Linda. Vielleicht begreift Master Richter jetzt endlich, was ihm entgeht: Das könnte Ihr Preis sein! Greif zu, Junge!

»Vielleicht solltest du den Barkeeper fragen, ob er dich zu seinem nächsten Open-air-Festival mitschleppt«, sagte Hans Rumbold.

Offensichtlich hatte er nichts begriffen. Absolut niente. Funkstille im Hirn. Gatte Dieter schien abzufärben. »Mich schleppt keiner mit«, sagte Linda und ließ sich von ihrem Barhocker gleiten. »Sorry«, fügte sie hinzu, »ich muß mal so 'n bißchen die Runde machen.« Schließlich war sie die Gastgeberin, oder nicht? Und anscheinend schienen Hans Rumbold heute abend die Kosten für eine pistaziengrüne Schiffscharter mehr zu bewegen als das, was Linda unter ihrem pistaziengrünen Kostüm bewegte. Sein Pech!

Gatte Dieter schien Linda schon vermißt zu haben. Jedenfalls schoß er regelrecht euphorisch auf sie zu. Von der dreifach küssenden Schlammgrünen war auch weit und breit nichts mehr zu sehen. Linda beschloß, für eine Weile tatsächlich die Gattin und Gastgeberin an seiner Seite zu mimen. Allerhöchstens bis zum Dessert, garantiert ließ er reichlich Süßspeisen auftischen, dann konnte Schokoladenjunge Dieter sich an Mousse au chocolate und Tiramisu schadlos halten, während sie ihr Kostüm wendete.

»Ich möchte dir jemanden vorstellen«, sagte Dieter und

zog Linda zu dem Tisch, an dem sein Vater, der Vater von Freund Ferdi, Lindas Mutter und noch ein Herr saßen. Linda fand, daß ihr Schwiegervater heute ungewöhnlich jovial wirkte, vielleicht lag das an der Vier-Mann-Blaskapelle und dem oft wiederholten und mitgeschunkelten und mitgesungenen ›schönen Vater Rhein‹. Womöglich stimmte Carl Morus auch die reanimierte Freundschaft zu Alfred Röhrig heiter. Der Streit um dessen gestiegene Rechnung für einen geschrumpften Bilanzgewinn schien jedenfalls vergessen zu sein.

»Guten Abend, schönste Schwiegertochter«, begrüßte Carl Morus sie.

Der Wein, ergänzte Linda spontan als dritte Glückskomponente. Der Wein und die Schunkelmusik und die Mann-zu-Mann-Freundschaft.

Linda konnte sich nicht erinnern, daß ihr Schwiegervater ihr jemals ein Kompliment über ihr Aussehen gemacht hätte. Schönste Schwiegertochter! Wenn das nichts war. Linda beugte sich vor und küßte Carl Morus auf die rechte Wange. Sie zögerte kurz, dann fügte sie einen Kuß auf die linke Gesichtshälfte hinzu. In Köln küßte man zweimal. Es war nicht eklig, ihn zu küssen, fand Linda, trotz Schildkrötenschrumpelhaut. Sein Adamsapfel reagierte regelrecht aufgeregt, kurzerhand krönte Linda die Küsserei durch einen Widerholungsschmatz rechts. Die Schlammgrüne schien das Feld geräumt zu haben.

»Ich möchte dir Herrn Jedleslav aus Mladá Boleslav vorstellen.« Dieter zeigte auf den Herrn rechts neben seinem Vater.

Linda fixierte das schmale Gesicht, es kam ihr vage bekannt vor. Ein Tscheche, dem Namen nach mußte es sich um einen Tschechen handeln. Linda suchte in ihrem Gedächtnis nach alten Bekannten, sie graste sogar die Hallodri-Erinnerungskiste ab. Fehlanzeige! Ihr wollte nicht einfallen, woher sie diesen Herrn Jedleslav kannte.

»Herrn Jedleslavs Vater besitzt eine Kleiderfabrik in Mladá Boleslav«, erklärte Dieter. Er sah Linda an, während er redete, aber seine Lautstärke und der Tonfall schürten in Linda den Verdacht, daß er keinesfalls nur sie meinte. »Leider«, fuhr Dieter fort, »ist die Firma Jedleslav nicht voll ausgelastet, deshalb werden wir in Zukunft unsere Freizeitkollektion in Boleslav fertigen lassen, das nützt beiden Seiten. Herr Jedleslav könnte uns sogar leihweise Arbeiter für unsere Produktion in Deutschland überlassen, wenn wir knapp an Personal sind.«

»Nicht schlecht! Sag' ich euch doch schon die ganze Zeit!« Alfred Röhrig hob sein Weinglas und prostete zuerst seinem Freund Carl Morus und dann dem Fremden zu. Er trank auf ex, ganz nüchtern war er bestimmt nicht mehr. Nachdem er sein Glas wieder abgestellt hatte, stieß er seinem Freund Carl den Ellbogen in die Rippen und murmelte: »Alter Junge, das ist die Lösung, auf die Weise sparst du eine Menge Kosten, und ganz legal, Prinzip Leihfirma, ich lass' dir das von meinem Sohn raussuchen, ran an den Speck.«

Von wegen nicht mehr ganz nüchtern, korrigierte Linda sich. Herr Steuerberater Dr. Alfred Röhrig war voll wie eine Haubitze, sein Murmeln konnte man noch zwei Tische weiter hören. Wenn dieser Herr Jedleslav auch nur die Hälfte von diesem Gerede verstand, würde er morgen den Preis für seine Leiharbeiter tüchtig hochschnellen lassen.

»Auf Ihr Wohl«, sagte Linda und hob dem Fremden ihr Glas entgegen. Mehrkosten für die Morus KG schlugen sich indirekt auch in ihrem Portemonnaie nieder. Mal sehen, was sich retten ließ. »Pliska!« Herr Jedleslav hob ebenfalls sein Glas. Er hatte einen kräftigen Zug, und die Gier in seinen Augen war international.

Bei Herrn Jedleslavs ›Pliska!‹ stutzte Linda kurz. Komisch! Sie hatte gedacht, das wäre der Name von einem bulgarischen Schnaps. Vor sechs Jahren hatte sie auf einer Billigreise ans Schwarze Meer Schnaps aus braunen Stieltöpfchen getrunken. Eine bulgarische Spezialität, die nach einer bestimmten Region dort benannt war, hatte man ihr gesagt. Pliska? Linda hätte wetten mögen, daß dieser Schnaps Pliska hieß.

»Sprechen Sie Deutsch?« fragte Linda.

Herr Jedleslav schüttelte verneinend den Kopf.

»Leider nein«, mischte Gatte Dieter sich ein, »leider versteht unser Herr Jedleslav überhaupt kein Deutsch.«

»Und wie verständigt ihr euch?« fragte Linda.

»Auf französisch«, antwortete Dieter, und ließ sofort eine französische Salve auf Herrn Jedleslav los, die der Tscheche ebenfalls auf französisch erwiderte, gespickt mit einigen Rachenlauten, bei denen es sich logischerweise um tschechische Worte handeln mußte.

Wie praktisch, überlegte Linda. Der tschechische Vertragspartner sprach leider kein Wort Deutsch, und Lindas Schwiegervater sprach leider kein Wort Französisch. Notgedrungen mußte Carl Morus seinem Sohn die Abwicklung dieses Geschäftes überlassen. Linda musterte verstohlen den dunklen Anzug und das weiße Oberhemd und die dezente Krawatte des Herrn Jedleslav. Top gepflegt, dieser Herr Jedleslav, das mußte sie zugeben, und sehr konservativ, eigentlich war der Mann für solch ein Outfit noch viel zu jung. Er mochte Ende Dreißig sein, ein Mann in diesem Alter wirkte irgendwie kostümiert, wenn er die Garderobe eines Opas trug. Vermutlich gab's in Tschechien nur diesen Einheitsschnitt, den allerdings in einer Superqualität. Immerhin saß Herr Jedleslav an der Quelle, womöglich war das, was er trug, sogar ein Modell der väterlichen Firma. Das müßte ihrem Schwiegervater imponieren, er stand auf zeitlose Eleganz, auch wenn er sich mit dieser Devise ins eigene Fleisch schnitt. Zeitlose Klamotten konnte man ewig tragen, darüber mochte eine Kleiderfabrik Pleite machen.

Linda zeigte auf den Anzug, nickte beifällig – leider sprach sie nun mal kein Wort Französisch – und fragte auf deutsch: »Ist dieser Anzug aus Ihrer Firma?«

Herr Jedleslav nickte eifrig, woraufhin Dieter Morus hastig über die Morus-Freizeitkollektion zu sprechen begann, die nun in Tschechien und von Tschechen gefertigt werden sollte. Er sprach abwechselnd Deutsch und Französisch und sehr schnell, Linda wurde regelrecht schwindlig, aber vermutlich lag das an der Piña Colada, die sie eben an der Bar geschlürft hatte. Piña, Pliska, fing beides mit ›P‹ an, hätte sie nie gedacht, daß es zwischen der Südsee und Bulgarien und Tschechien soviel Gemeinsames gab, waren doch total verschiedene Kulturen, zumindest was die Südsee betraf. Völker aller Länder vereinigt euch! Linda schnappte das Wort ›Pasardshik‹ auf, tolles Wort, wieder eins mit ›P‹, der reinste Zungenbrecher, dann säuselte die Konversation des Herrn Jedleslav französisch weiter, bis zum nächsten ›P‹-Wort, er flocht ein ›Ploviv‹ ein. Linda kicherte, sorry, gehörte sich nicht. Nur fand sie es irgendwie irre komisch, daß der Tscheche ständig diese ›P‹-Wörter ausspuckte, so als ob jedes verdammte tschechische Wort mit ›P‹ begänne. Wenn sie es nicht besser wüßte, würde sie annehmen, daß dieser Mensch eine Seite aus dem Wörterbuch auswendig gelernt hatte. Die mit ›P‹.

Gatte Dieter ließ die Nasenflügel vibrieren, Linda kannte das, gleich kam die erste gelbe Karte. Ihr Kichern nervte ihn, logo. Linda behielt recht, er schoß einen dicken Verweis mit den Augen ab, aber der galt diesmal nicht ihr. Der Empfänger war Herr Jedleslav. Sieh mal an! Ging man so mit Vertragspartnern um?

Herr Jedleslav schien die richtige Antenne für Dieters Töne zu haben, jedenfalls schlich sich ein entschuldigendes Säuseln in sein Französisch, und sein geliebtes ›P‹ setzte er auch ab, jetzt war das ›N‹ an der Reihe. »Naretschen«, sagte er, mit einem kräftigen Rachen-›R‹ in der Mitte. Linda war prompt wieder nach Kichern. ›N‹ kam vor ›P‹, wußte jedes I-Dötzchen, anscheinend arbeitete Herr Jedleslav sich rückwärts durch sein Wörterbuch. Inzwischen floß der französische Text weiter, Dieters Miene lockerte sich wieder, na bitte! Dann wiederholte Herr Jedleslav sein ›Naretschen‹.

Stop! Naretschen war ein bulgarischer Kurort, das wußte Linda nun aber ganz genau. Dort gab es Mineralquellen, in denen ihre Großtante Gerti ihr nervöses Zucken auskuriert hatte. Das Zucken hatte zuvor von ihrem ganzen Körper Besitz ergriffen, und sie war nach Naretschen gereist, weil ein bulgarischer Kurort viel billiger als ein deutscher war. Jedenfalls war Tante Gerti geheilt aus Naretschen zurückgekehrt, wenigstens was das nervöse Zucken betraf. Ein halbes Jahr später war sie einem Leberleiden erlegen, aber dafür konnten die Mineralquellen in Naretschen nichts, höchstens der Pliska, den sie dort getrunken hatte. Sie süffelte für ihr Leben gern.

»Mom.« Linda faßte aufgeregt nach dem Taftärmel ihrer Mutter.

Lindas Mutter sah leicht verärgert auf, sie unterhielt sich gerade mit Carl Morus, es ging um seine Nieren. Mutter Erz war Expertin für Nierenleiden und Heiltees. »Linda!« sagte sie, das war fast schon eine gelbe Karte. Schließlich hatte sie ihrer Tochter beigebracht, daß man nicht einfach ein Gespräch unterbrach.

Linda ignorierte das mahnende ›Linda› kurzerhand. »Hör mal, Tante Gerti war doch in Naretschen zur Kur, erinnerst du dich?«

»Naretschen?« wiederholte Lindas Mutter nachdenklich. Dann nickte sie. »Naretschen, ich glaube, diese Quellen sind auch gut bei urologischen Erkrankungen, meine Schwester selig war total begeistert, vielleicht solltest du auch einmal ...«, sie faßte Carl Morus am Ärmel, schließlich ging es um dessen Nierenbeschwerden.

Plötzlich stand Dieter hinter Lindas Stuhl und ruckte an der Lehne. »Das ist unser Tanz, Liebling!«

»Was ist los?« fragte Linda. Die Vier-Mann-Blaskapelle intonierte gerade ›Schau-mi net so deppert an‹. Das mochte sein Tanz sein, okay! Dieter blickte nicht gerade selten reichlich ›deppert‹. Ihr Tanz war das garantiert nicht.

»Nun komm schon.« Dieter zog kräftiger, der Stuhl schürgelte mitsamt Linda rückwärts. Linda stand auf, schließlich wollte sie keinen Eklat provozieren. Sie quetschte sich an dem Stuhl des seltsamen Herrn Jedleslav vorbei, fast wäre sie an seinem Opa-Jackett hängengeblieben. Made in Tschechien by Jedleslav? Von wegen! Auf dem Etikett, mit dem sich um ein Haar der Reißverschluß von ihrem Pistaziengrünen verbandelt hätte, stand der Name eines alteingesessenen Kölner Herrenausstatters, und darunter war das Schildchen eines Kölner Leihhauses befestigt. Nun sieh mal einer an!

Herr Jedleslav schlug hastig die aufgeklappte Innenseite seines Jacketts wieder zu. Dieter schoß ein Bündel gelbe Karten ab, wieder an Linda vorbei, poor Mister Jedleslav. Einer, der sich seinen Abendanzug im Leihhaus borgen mußte, war gestraft genug.

Linda ließ sich von Dieter zur Tanzfläche ziehen, ringsum stampfte es polkamäßig, das war die Tanzserie fürs ›dunkle Konfekt‹. Lauter marineblaue und grauschwarze Tanzfiguren!

Linda dachte sich den dunklen Leihhausanzug und die

Kletschfrisur weg, Herr Jedleslav mußte ohne Pomade leicht gewelltes blondes Haar haben. Und einen Ohrstecker, logo, dieses Löchlein am linken Ohr wurde normalerweise von einem Ohrstecker ausgefüllt, daß sie da nicht gleich draufgekommen war.

Vor, zurück, einhaken, kreiseln, weitergehen, wieder vor und zurück, Linda absolvierte Polkaschritte mit DEM Herrn Schmitz und DEM Herrn Müller und bastelte heimlich weiter an ihrem Phantombild. Zuletzt kam sie wieder bei Dieter aus.

»Alles klar?« Er sah Linda prüfend an.

»Horst«, sagte sie. »Horst Irgendwas, verkrachter Student und verkrachte Existenz und Ex-Kommilitone von deinem guten Freund Alex.«

Von wegen Phantombild, den Typ kannte Linda live, den hatte sie zusammen mit Ganoven-Alex auf einer Sause erlebt. Der war so sehr Tscheche wie sie selbst, und natürlich war ›Pliska‹ ein bulgarischer Schnaps und ›Naretschen‹ ein bulgarischer Kurort. Der Typ hatte sich nicht mal die Mühe gemacht, seine bulgarischen und tschechischen Vokabeln zu sortieren. Verkrachter Student, alles klar!

»Halt ja die Klappe!« zischte Dieter.

»Pliska!« säuselte Linda. Das konnte schließlich alles heißen.

Hans Rumbold saß an der Bar. Es sah aus, als ob er sich in der letzten Stunde nicht von seinem Barhocker gerührt hätte. Linda näherte sich ihm von hinten, diese langen blonden Haare über den leicht nach vorn gezogenen Schultern sahen irgendwie traurig aus. Er hatte die Ellbogen auf die Theke gestützt, eine Hand klimperte nervös auf dem imitierten Mahagoni, die andere umschloß ein Cocktailglas. Piña Colada! Linda fand es irre, daß er dort saß und auf sie wartete und ihren Lieblingsdrink schlürfte.

Natürlich hatte er es eben auch gefühlt, tropennachtmäßig, ›UB40‹-mäßig, er war nur durcheinander, weil in ihm der Richter und der Geliebte stritten. Und sie hatte ihn schnöde sitzengelassen, nur um mal eben die Gastgeberin für Ganoven-Dieter zu mimen.

»Pliska!« sagte Linda und tippte gegen seine Schulter.

»Wie?« Er richtete sich auf.

»Es gibt Leute, die benutzen das Wort *Pliska,* wenn sie auf tschechisch *Prost* sagen wollen.«

»Blödsinn! Pliska ist ein bulgarischer Schnaps und außerdem die erste Hauptstadt des Ersten Bulgarischen Reiches.«

Klasse! Ihr Richter war einfach Klasse! Nur manchmal etwas kopflastig, das trieb sie ihm schon noch aus. »He!« Linda baute sich vor ihm auf, katzenäugig und rotmähnig und mit einer tüchtigen Prise ›Lady Liederlich‹. Der Barkeeper bekam schon Kinnwasser. Sorry! Geschlossene Vorstellung! Linda klickte exklusiv ihren Richter an. Na?

Klick! Na endlich! Die schiefergrauen Richteraugen verkündeten Generalabsolution. Wenn er sie so ansah …

»Plis-ka?« hauchte Linda.

»Was heißt das denn nun schon wieder, du verrückte Nudel?«

»Hast du Lust auf 'ne Überraschung, heißt das«, übersetzte Linda.

»Habe ich«, antwortete er. In seinen Augen parkte nun eine ganze Ladung Lust.

»Dann kneif mal fest die Augen zu und warte, bis ich ›Augen aufmachen!‹ sage«, kommandierte Linda.

Hans Rumbold schloß gehorsam die Augen, und Linda griff nach ihrem Zippverschluß. Zeit fürs Dessert war dann, wenn man Lust auf etwas Süßes hatte. Sie würde den Teufel tun und sich nach der Abfolge von Dieters Büffett richten. Sie hatte jetzt Lust, und ihr Richter auch. Also?

Der Metallreißverschluß ratschte einmal rundum, jetzt endete der Saum von Lindas Pistaziengrün in Oberschenkelmitte. Linda griff nach dem Jackenreißverschluß, ein zweites endloses Ratschen, dieses surrende Geräusch hatte etwas, sie sah es ihm an.

»Augen auf!« befahl Linda.

»Plis-ka!« stöhnte Hans Rumbold und rutschte mit den Augen an ihr hoch und wieder runter, zwei Drittel Stoff fehlten, was übrig blieb, war Linda pur. Endlich kapierte er, was Sache war, egal wie sie die nannten.

»Tan-zen?« schnurrte Linda.

»Tan-zen!« schnurrte ihr Richter zurück.

Linda bückte sich, hob die abgefallenen und überflüssig gewordenen Kostümteile auf und reichte sie dem Barkeeper. Dem fielen fast die Augen aus dem Kopf, die Backen blähten sich, Linda kicherte. »Könnten Sie das mal für mich aufbewahren?«

Der Mann nickte. Das Stoffpäckchen in seiner Hand nickte mit. Linda dachte, daß so die Figuren im Märchenwald nickten, die in dem kleinen Kasten, in den man fünfzig Pfennig einwerfen mußte. Für fünf Groschen nickten die unglaublich lange. So wie der Barkeeper. Geil!

Linda gluckerte vergnügt. Ihr Richter schien nichts dagegen zu haben. Diesmal betrat sie die Tanzfläche mit dem richtigen Mann. ›Taler, Taler, du mußt wandern‹, plötzlich fiel ihr der alte Kinderreim wieder ein, die Melodie wußte sie auch noch. Es war schon komisch, wieviel Weisheit in solch einem ollen Kinderlied steckte. ›Taler‹, stand für alles mögliche und bestimmt nicht nur für schnöden Mammon, obwohl sie nichts gegen eine gehörige Portion davon in ihrer Tasche hatte. Gegen einen Hans Rumbold hatte sie auch nichts.

»Kneif mich mal«, bat Linda.

»So?« Was ihr Richter da an ihrer Rückenpartie zelebrierte, war die hitträchtigste Kneif-Variante, die Linda jemals erlebt hatte. Pianistenfinger an weiblicher Klaviatur, hoffentlich spielten sie drinnen im Saal nicht wieder diese depperten Schunkellieder.

Wie auf ein Himmelskommando hin räumte die Vier-Mann-Blaskapelle das Feld. Statt dessen drummerte wieder ›UB 4‹ los. Rhythmisch, tropisch, himmlisch.

»Jetzt müßten sie noch mal ›Don't break my heart‹ spielen«, wisperte Linda. Ihr war sehr warm, fast schon heiß, und sehen konnte sie auch nichts mehr. Das lag nicht nur an den langen blonden Haaren und dem muskulösen Hals, die sie wie ein Nest auffingen und abschirmten. In ihr selbst waberte eine Art Nebel. Sie schnupperte und sog seinen Duft ein. Er roch gut und schmeckte gut und war gut. Ihr Richter war einfach gut für sie.

Sie mußten sich jetzt unmittelbar vor den Verstärkern drehen, praller Sound, Lindas Bauchfell vibrierte. Lichteffekte huschten über sie hinweg, hell und dunkel, dunkel und hell, wenn sie die Augen öffnete, würde es farbiges Licht sein. Alles würde in Farbe zu sehen sein, die Band und die Show und die Leute ringsum. Linda brauchte die fremden Farben nicht. In ihr ging gerade eine dicke Tropensonnenkugel auf und unter, Palmen wiegten sich, und die Südsee lag ihr zu Füßen. Der Song verklang. Ihr Richter murmelte etwas. Murmelte er mit ihr?

Linda blinzelte kurz. Eigentlich hatte sie keine Lust, die Jungs von ›UB 4‹ anzusehen. Sie sollten weiterspielen, verdammt! Linda wollte weiterträumen, Wange an Wange, Hüfte an Hüfte, den Druck seiner Hand in ihrem Rücken, mit Herzklopfen und Herzflimmern, es sollte nicht aufhören, nie! Don't break my heart!

DON'T BREAK MY HEART, die Jungs von der Band hatten es begriffen. Sphärenklänge, Linda schmiegte sich an ihren Richter, ihr Herz sprach zu seinem: Mach mir nicht das Herz kaputt, capito? Bleib im Takt, Junge! Wange an Wange, ich reck' mich auch, damit ich an dich rankomme, du bist 'ne kolossale Portion Mann. Ich bin wild auf dich! Und gleich düse ich ab aufs Klo und drehe mein Nilgrün nach außen, dann siehst du die roten Herzen, mindestens hundert Stück, alle für dich. Greif zu, Junge!

»Is everybody having a good time?« röhrte der ›UB 4‹-Vorsänger ins Mikro.

»Yeah«, schrie es zurück.

Linda schrie mit. Sie konnte ungeheuer laut schreien, von wegen Training im Kirchenchor und beim Drill von trägen Hausfrauen und lustlosen Teenies.

»Yeah!« schrie Linda. Um sie herum wurde es still. Lindas letztes Yeah war ein Solo, der Drummer setzte ein krachendes DONG darauf. Yeah!

Fauler Zauber

»Rot«, sagte Linda.

Sie mußte sich regelrecht Mühe geben, um dieses Erkennungswort mit dem richtigen Schmelz herauszulassen. Das lag nicht an ihrem Richter, bestimmt nicht. Schuld war der Typ, der sie vor dem Telefonhäuschen angemacht hatte und der jetzt weiter dort draußen herumlungerte und ihr Fratzen durch die Glasscheibe schnitt. Verpiß dich! Linda drehte dem Fratzenschneider den Rücken zu und hielt gleichzeitig den Hörer des öffentlichen Telefons auf Abstand. Wer da alles reingesabbelt haben mochte.

»Linda, ich bin mitten in der Arbeit.« Das war ihr Richter.

»Wie viele hast du denn schon verknackt?«

»Wenn uns einer hört.«

»Habt ihr Wanzen im Gericht?«

»Blödsinn! Aber du kennst meine Schreibkraft.«

»Brrr!«

»Im Grunde ist sie sehr patent und enorm fleißig.«

»Und so erotisch!« Linda streckte dem Fratzengesicht, das sich in diesem Moment auf der anderen Seite des Telefonhäuschens an die Glasscheibe preßte, die Zunge heraus. Bäh!

»Das Leben hat auch noch ein paar andere Komponenten«, kam es aus dem Telefonhörer. Richters Voice!

»Essen zum Beispiel«, pflichtete Linda ihm bei, auch wenn er das so nicht gemeint hatte. Wenn Männern etwas quer saß, suchten sie sich ein Ventil, darin waren sie alle gleich. Womöglich hatte sie mit ihrer Frage nach der heutigen Verknack-Quote einen wunden Punkt bei ihm erwischt, etwa weil er noch keinen einzigen Straftäter kassiert hatte. Alle Männer waren Jäger und Sammler, das steckte in ihnen drin. Auch ein Richter hatte seine Erfolgskennzahl, wenn er darunter blieb, sah es düster aus. Ihr Richter hörte sich düster an. Miesepetrig, hieß es in Köln. Sie würde ihn schon wieder aufmöbeln. »Laß uns zusammen Mittag essen gehen, okay?« Deshalb rief sie ja überhaupt an.

»Ich weiß nicht«, antwortete Hans Rumbold, »ich muß wirklich arbeiten.«

»Und essen. Um eins, okay? Ich muß dir unbedingt was zeigen.«

»Meinetwegen. Was denn?«

»Wie?« Linda hämmerte einmal kurz gegen die Glasscheibe, das Fratzengesicht draußen zuckte zurück. Eine Frechheit war das. Den Typ würde sie sich gleich vorknöpfen.

»Was du mir zeigen willst?« wiederholte Hans Rumbold.

»Später«, sagte Linda, »treffen wir uns im ›La Päd‹?«

»Lieber im ›Grande Milano‹.«

»Das ist viel weiter für dich. Zum La Päd hast du nur ein paar Schritte vom Gericht aus.«

»Dafür stimmt die Atmosphäre im Grande. Also, ein Uhr.« KLICK.

Linda starrte den Hörer an. »Klick?« fragte sie. Natürlich antwortete das blöde Kunststoffding ihr nicht! Und natürlich stimmte die Atmosphäre im Grande! Sagte ja schon der Name. Linda hatte absolut nichts gegen den Nobelitaliener. Sie fragte sich nur, wie ihr Richter das auf Dauer finanzieren wollte. Anfangs hatten sie sich in kölschen Kneipen und alternativen Cafés und Studentenpinten getroffen, eben überall dort, wo es nicht besonders teuer und trotzdem einen Touch besonders war. In letzter Zeit entwickelte Hans Rumbold einen Hang zum Exklusiven, nicht nur beim Essen. Aber ein Richter war nun mal kein Millionär …

»Biste endlich fertig da drin!« Das Fratzengesicht besaß die Frechheit, sich durch die Telefonhäuschentür zu schieben.

»Duz mich nicht, du Pißnelke!« Linda zog die Tür zu, sie ging hier nicht raus, und wenn sie mit Tante Gerti selig telefonierte. Bei dem Bild einer Hotline zur Himmelspforte mußte Linda prompt grinsen. Ob Tante Gerti da oben auch soff? Ohne Alk bekam sie garantiert wieder ihr nervöses Zucken, und dann hätten die Heiligen nichts mehr zu jubilieren. Gegen Tante Gertis Zuckungen war das Fratzengesicht draußen vor der Glasscheibe ein ästhetischer Genuß.

Linda riß die Tür auf. Schließlich war sie nicht kleinlich. »Du kannst!«

»Kannst ruhig mit drinbleiben«, sagte der Typ, dreist wie er war. Fast hätte er ihr mit seiner klotzigen Umhängetasche die Hüfte lädiert.

»Das hättest du wohl gerne, du Untergrundluschi!«

»Das hätte ich wohl gerne.« Er glitt einmal an Linda hinauf und hinunter, nur mit den Augen, was sein Glück war, sonst hätte er sich eine gefangen. Dann fingerte er kurz in der Tasche seines Lederblousons und zückte eine Visitenkarte. Es war nicht zu fassen, wer heutzutage alles eine Visitenkarte besaß. »Ich bin von der Presse«, nuschelte er.

»Und ich bin die Queen von Colonia.« Linda quetschte sich an seiner schwarzen Kastentasche vorbei. Die Angebermasche zog bei ihr nicht.

Queen von Colonia? Nicht übel!

›Colonia‹ hörte sich einfach edler an als ›Biberstraße‹. Jeder waschechte Kölner wußte, was es mit der Biberstraße auf sich hatte. Da fielen sogar die Jungfrauen auf Vorbestellung vom LKW. Nö, sie wollte schließlich nicht in einen falschen Ruf kommen.

Linda ging an lauter lächelnden Gesichtern vorbei. Es war toll, wenn wildfremde Leute einen so anstrahlten. Vielleicht hatten sie schon mitbekommen, daß hier die Queen von Colonia an ihnen vorbeischritt.

Linda spürte, wie ihre Mundwinkel zu zucken begannen. Die fühlten sich regelrecht taub an. Etwas stimmte mit ihrem Mund nicht. Linda blieb vor einem Schaufenster stehen. Die mit dem breit gespannten Grinsen in dem Schaufensterglas mußte sie selbst sein. Linda kippte ihre Mundwinkel zurück in Normalstellung, das Kribbeln und Zucken ließ nach.

Als sie weiterging, hörte auch das Strahlen der Leute auf. Blödes Volk! Die waren nicht mal in der Lage, einfach so und aus eigenem zu lächeln, die brachten gerade mal ein Reflexlachen zustande und brauchten eine fette Headline über die Milliönchen des neuen Lottokönigs oder eines geklonten Superweibs, um stärker in Wallung zu geraten.

Sie könnte ihnen den Finanzplan für ihren bestens angelegten Renngewinn unter die Nase halten. Angelegt von einer Frau, Linda hatte spontan auf das Schild ›Finanzberatung für Frauen‹ reagiert. Wenn die in echter Frauensolidarität mit nur einem Prozent Gewinnbeteiligung angelegten Mäuse sich weiter so mehrten, ihr Vollblut noch mehr Siege errang und Gatte Dieter pistaziengrünes Schweigegeld ausspuckte, gab's bald nichts mehr an der Queen von Colonia zu deuteln. Es wurde Zeit, ihrer Finanzberaterin mal wieder einen Besuch abzustatten.

Linda bummelte weiter über die Breite Straße und die Ehrenstraße, es gefiel ihr, wie sich hier alles mögliche Volk mischte. Das war Köln live, keine feine Stadt, nicht wirklich fein jedenfalls. Köln paßte zu ihr, sie hielt die Damenrolle auch keine vierundzwanzig Stunden durch.

Linda schäkerte kurz mit dem Schuhputzer, leider verdiente er nichts mehr an ihr, seitdem Meine-deine-Perle in Lindas Leben getreten war. Gelegentlich spendierte Linda ihm eine Eistüte von McDonald's, die waren absolut köstlich und riesig und kosteten noch immer nur eine Mark. Früher hatte der Schuhputzer hin und wieder Linda ein Eis spendiert.

An den Schaukästen von Herrn Neven Dumont blieb Linda ebenfalls stehen, um sich die Sex-&-Crime-Stories des Kölner Express reinzupfeifen. Natürlich hätte sie sich das Blatt auch kaufen können, aber bei der Erinnerung an den gequälten Ausdruck von Dieters Gesicht beim Anblick der Boulevardpresse neben seinem echten Meissen-Porzellan verkniff sie sich das lieber. Ein Boulevard war eine breite Straße, und Boulevardpresse war folglich Gedrucktes fürs breite Volk. Dieters Kaffeegeschirr ›Schloßgarten‹ von Meissen war Tischkultur vom Feinsten nur für feine Leute. Vermutlich waren Rülpsen und andere unappetitliche Gepflogenheiten lediglich unfein, wenn sie massenhaft abgelassen wurden.

Linda hielt auch kurz vor der Kinderboutique und dem Küchen-Studio, obwohl sie weder mit Kindern noch mit Kochen etwas im Sinn hatte. Sie blieb wegen der Schaufensterdekoration stehen. Diese Dekorateure waren die reinsten Zauberkünstler.

Einen Moment lang bekam sie geradezu Lust aufs Kinderkriegen, sie, Linda Erz. Sie stellte sich eine Miniaturausgabe von sich selbst im Safari-Look vor, mit Tropenhut und Stiefeletten und Schmetterlingsnetz, genau so, wie es hier bei ›Onkel Bill‹ dekoriert war. Lindas Mutter hatte früher alle Kinderkleider selbst genäht, das kam billiger. Sogar die Unterhosen hatte sie selbst gestrickt, das waren kratzende Ungetüme. Linda würde ihre Tochter niemals in lange Kratzhosen und Einheitsschnittkleider zwingen.

Ihre Tochter würde wie eine Prinzessin aussehen, natürlich durfte sie sich auch dreckig machen, schließlich gab es Meine-deine-Perle. Und Dieter! Papa Dieter? Nö!

Linda wandte sich demonstrativ dem Küchenshop zu.

Sie wußte nicht einmal, wie ihr Richter zu Kindern stand. Egal, sie wußte, wie sie selbst zu dem Thema stand. Das war ein gefährliches Thema, weg damit! So kurz nach ihrem dreißigsten Geburtstag konnte die Beschäftigung mit diesem Sujet sehr schnell süchtig machen. Nein! Mutter-Karriere war nicht ihr Fall.

Linda überflog die blitzenden Gerätschaften aus Edelstahl und Holz und Marmor und Granit, offensichtlich war in Deutschlands Küchen ebenfalls Natur angesagt. Toll! Es juckte Linda regelrecht in den Fingerspitzen, sie sah sich mit hochgesteckten Haaren (wegen der Hygiene) und einer vorwitzigen Locke (wegen der Ästhetik) Rundkornreis in einen dieser blitzblanken Töpfe mit dem superneuen Kupferkern-Sandwich-Boden kippen. Ihr Arm hob sich graziös, griff nach einem der ebenfalls chromblitzenden Schneebesen an dem chromblitzenden Gitter und verrührte locker aus dem Handgelenk die Reiskörner mit der Milch. Die Dunstabzugshaube aus gehämmertem Messing saugte den Milchgeruch weg. Der Kurzzeitwecker in Form eines Hahns tickte dreißig Minuten lang. Dann war der Reis fertig. Dann mußten der Topf gescheuert und das Messing und der Edelstahl poliert werden. Nö, war nicht ihr Fall! Überhaupt lohnte so eine Superküche fürs Milchreiskochen und Spiegeleibraten nicht, und für Meine-deine- Perle gab es bereits eine Traumküche mit perlgrauen Lackfronten. Letztes Jahr waren alle Traumküchen noch perlgrau lackiert gewesen.

Dekorateure Zauberkünstler? Linda schüttelte heftig den Kopf. »Betrüger!«

»Wie bitte?« fragte eine Frau, die neben Linda vor dem

Schaufenster stand und schon eine ganze Weile DEN Schnellkochtopf bestaunte.

»Betrug«, wiederholte Linda. »Augenwischerei! Kaufen Sie sich das Ding ja nicht, zu Hause setzt Ihnen darin alles an, todsicher, und nach drei Wochen sieht der blitzblanke Topf total versifft aus.«

»Hören Sie mal, das ist ja geschäftsschädigend«, mischte sich eine andere Dame ein. »Ich kenne diese Kochtopfserie, die ist wirklich phantastisch und jede Mark wert.«

»Werden Sie vielleicht dafür bezahlt, daß Sie hier stehen?« fragte Linda.

»Für DIE Art Stehen werden höchstens Sie bezahlt«, sagte die andere.

»Wie meinen Sie denn das?«

»Jedenfalls glaube ich nicht, daß bei Ihnen einer fürs Essen bezahlt. Können Sie überhaupt kochen?«

»Milchreis und Spiegelei«, antwortete Linda. Sie hätte sich auf die Zunge beißen können. Schuld war ihre Mutter, die ihr beigebracht hatte, immer offen und ehrlich zu antworten, wenn sie etwas gefragt wurde. Die da hätte als Antwort eins mit dem Pfannenstiel über verdient.

»Dachte ich mir«, erklärte die da höchst zufrieden.

»Und Sie?« fragte Linda, »was können Sie denn noch außer kochen und putzen und blöde Werbesprüche runterrasseln?«

Die fremde Dame kam ins Schleudern. Zuerst schien sie nachzudenken, dann wurde sie regelrecht wütend. »Das sage ich Ihnen doch nicht, wie käme ich denn dazu?«

»Sehen Sie«, sage Linda, »DAS habe ich mir gedacht.«

Die Ladenglocke bimmelte altmodisch, als Linda das kleine Geschäft betrat. Bis vor gut einem Jahr wurden hier Kurzwaren verkauft, jetzt gab's ›Finanzberatung für Frauen‹. Iris Stern war haargenau die Richtige, um sich mit Linda über eine männlichen Zaubersprüchen erliegende Kochfanatikerin zu amüsieren und die eigenen Milliönchen zu bekakeln. Es ging nichts über das satte Gefühl, dem eigenen Geld bei der Vermehrung zuzusehen.

Linda blieb neben dem Schreibtisch stehen. Komisch, etwas war anders hier, mächtig anders. Der Computer mit den fliegenden Toastern auf dem Bewegungsbildschirm fehlte, ebenso das Faxgerät. Die Telefonanlage mit den peppigen Mobilteilen in Knallrot war auch verschwunden, und vor allem war weit und breit nichts von der zierlichen und sehr weiblich anmutenden Finanzexpertin zu sehen, bei der Männer automatisch den Beschützer herauskehrten und bestimmt oft genug erst zu spät mitbekamen, daß sie soeben sanft ausgetrickst worden waren.

»Hallo, ist da wer?« rief Linda.

Endlich bewegte sich der Vorhang im Hintergrund. »Sorry«, sagte die Stimme, die Linda kannte und auch wieder nicht. Schlapp, dachte Linda, die kessen Töne waren futsch.

»Grippe?« fragte sie auf gut Glück. Im Moment grassierte wieder ein übler Virus.

»Diebstahl«, erwiderte die Finanzberaterin, »die haben alles mitgenommen, was nicht niet- und nagelfest war, sogar meinen Teekocher.«

»Scheiße!« Schlimmer als Grippe, dachte Linda, allein der Ärger mit der Polizei und der Versicherung, von dem Ausfall ganz zu schweigen. Eine Anlageberaterin konnte schließlich heutzutage nicht mehr mit Bleistift und Rechenkladde operieren. »Zahlt die Versicherung wenigstens prompt?«

»Die Versicherung zahlt überhaupt nicht. Ich habe nämlich keine. Ich habe doch das diebstahlsichere Eisengitter.«

»Und wie sind die Diebe durch das Gitter gekommen?« fragte Linda.

»Ich muß vergessen haben, abzuschließen. Gestern abend war mir alles egal, alles.«

»Au Backe!« Linda überlegte, ging sie ja nichts an, trotzdem. »Ein Kerl?« fügte sie hinzu. Zögerndes Nicken antwortete ihr.

»Scheißkerle!« sagte Linda.

Die Frau zögerte, nickte dann, öffnete den Mund und sagte ebenfalls »Scheißkerle!«, hinterher lächelte sie regelrecht befreit.

»Tut gut, wie?« fragte Linda. Diese feinen Benimmregeln, die Frauen verboten, im Klartext zu reden, waren todsicher eine männliche Erfindung. Via Keuschheitsgürtel oben und unten hatten die Männer über Jahrhunderte hinweg ihre Frauen in Schach gehalten, während sie selbst nach Herzenslust Dampf abließen, oben und unten, logo.

»Hm.« Iris Stern hatte offensichtlich noch Mühe mit dem ungenierten Dampfablassen.

»Wissen Sie was«, sagte Linda. »Ich lade Sie zu einem Kaffee auf den Ärger ein. Okay?«

Die Finanzberaterin sah sich um, dann nickte sie. »Auf den Ärger, arbeiten kann ich im Moment sowieso nicht.« Dann holte sie ihren Mantel, ließ das Rollgitter hinunter und schloß zuletzt die Ladentür ab. Doppelt.

Linda grinste.

»Blöd, wie? Jetzt wo alles weg ist!« Die Mundwinkel verzogen sich, die Nasenspitze vibrierte, und um die Augen legten sich lustige Kräusel. Aus dem immer leicht distanzierten Beratersmilie wurde ein sehr nettes, warmherziges Lächeln. Das Fluchen eben stand der Fachfrau auch nicht übel, es krempelte sie um.

Linda überlegte, daß sie eigentlich keine einzige richtige Freundin mehr hatte. Außer Petra, und die gehörte zu einer anderen Ära. Es tat gut, mal wieder mit einer Frau zusammenzusein. Irgendwie war das unverkrampfter, bei Männern schlichen sich immer sofort Balztöne ein. Das lag nicht nur an den Männern, die Chemie war schuld. Mann plus Frau war entweder Knistern oder Funkstille, dazwischen gab es nichts, nur leere Luft. Ein Thema, fand Linda, über das es sich glatt mit einer Iris Stern zu diskutieren lohnte. Natürlich erst, wenn diese wieder besser drauf war.

Die beiden Frauen setzten sich in den Innenhof der ›Limone‹. Die meisten Lokale hatten schon alle Stühle und Tische nach drinnen geräumt, aber hier, umzingelt von ziegelrotem Mauerwerk und blühendem Knöterich, saß es sich einfach herrlich in der Septembersonne.

»Herrlich.« Linda räkelte sich wohlig, bis ihr wieder einfiel, daß jemand, der soeben aufs übelste vom Schicksal und einem Kerl gebeutelt worden war, wohl kaum das richtige Feeling für beschauliche Herbststimmung aufbrachte. »Sorry!«

»Ist schon okay«, die andere winkte ab. »Vielleicht hätte ich mich ja öfter in die Sonne setzen sollen, als auf ein Wunder zu hoffen.«

»Ist er verheiratet?« Linda fielen auf Anhieb drei verheiratete Wundertüten der Marke XY ein, die letzte hatte sie selbst dingfest gemacht. Wie's aussah, brachte das auch nicht mehr. Iris Stern nickte. »Aber nicht mit mir. Eigentlich auch nicht mit seiner Frau. Eher schon mit seinem Tresor.«

»So was kenne ich.« Linda stockte. In ihr wallten Wut und Sympathie auf. Nicht jede hatte das Glück, im Stadium der Entzauberung auf die echte Liebe zu treffen, obwohl auch die gelegentlich haarig war. »Ich bin auch auf dem Absprung, verheiratet ist das noch viel schlimmer, irgendwie unmoralischer wegen dem vermaledeiten Bis-daß-der-Tod-euch-scheidet.«

»Solange warte ich garantiert nicht, eigentlich ist es nur noch wegen dem Geschäft. Er ist ein Fiesling! Er bringt's und setzt mich vor die Tür, wenn ich ihm ...« Iris Stern stockte.

»... seine Lustkür streiche«, sprang Linda ein.

Klassischer Fall, zu Haus Pflichtkür und aushäusig locker vom Hocker. Ein- oder zweimal die Woche, den Lustpreis bestimmte ER. Was hatte sie für Glück, daß sie selbst nicht in eine halbherzige Lustparade geschlittert war. Ihr Richter und sie teilten sich die Lustkür, hui und pfui und volles Rohr. Fragte sich nur, wieviel davon übrigblieb, wenn sie daraus etwas für immer machte. Darüber hatte sie überhaupt noch nicht nachgedacht.

»Aber ich streiche sie ihm, garantiert.« Iris Stern reckte sich. »Ich wollt's schon gestern tun, als er sich an meiner Kundenkartei vergriffen hat, um zu checken, bei wem ein Vertreterbesuch lohnt. Er hatte sich die Adressen schon ausgedruckt, ich bin ihm nach, dabei habe ich dieses Rollgitter vergessen. Der Einbruch wirft mich um Monate zurück. Aber ich werde ihm nicht zur Belohnung auch noch meine Firma nachwerfen, die Bürgschaft leistet er weiter, ich schwör's. Das habe ich mir verdient.«

»Finde ich auch!« Linda nickte. »Das haben wir uns verdient.«

»Wir?«

»Wir«, bestätigte Linda und winkte dem Kellner, um zwei Gläser Champagner zu ordern. Dieses frauensolidarische WIR mußte gefeiert werden, darin steckte etwas unglaublich Ehrliches, und natürlich hatte Frau sich einen Laden oder sonst etwas Eigenes verdient, wenn sie dafür jahrelang seiner Lust diente und seine Socken wusch.

Linda fiel kurz ein, daß sie noch nie Socken für Master Sitte gewaschen hatte, und abgesehen von dem Frühstücksei an jedem zweiten perlenfreien Wochenende hatte sie auch noch nichts für ihn gekocht. Was die Lustdienerin betraf, paßte die Leidensstory auch nicht so hundertprozentig, weil das Ri-ra-rutsch mit Mister Moon nicht gerade eine Marterstrecke war.

Gewesen war, verbesserte Linda sich. Weihnachten war mittlerweile öfter. Linda kniff, seitdem ihr Heiliger Sankt Michael ihr im Amtsgericht zu Köln erschienen war. Zwei Erscheinungen gleichzeitig funktionierten nicht, so eine war sie nicht. Schokoladenjunge Dieter war selbst schuld, seine Naschsucht galt nur noch der Marke Stollwerk und seinem Geldbeutel. Schokoladenjunge, das war das Stichwort. Linda atmete auf, endlich hatte sie die Quelle ihres heimlichen Martyriums erwischt.

»Steht dein Quasi-Ex-Mann auch so auf Süßigkeiten?« fragte Linda.

Iris verdrehte die Augen und stülpte den nicht vorhandenen Bauch vor. »Ich finde in jeder Ritze Stanniolpapier.«

»Ich nicht«, sagte Linda, »mein Schokoladenjunge ist obendrein ein Ordnungsfanatiker.«

»Meiner auch, wenn es um meine Unordnung geht. Auf uns Frauen!» Iris hob ihr Champagnerglas. »Auf uns Frauen!« Linda hob ebenfalls ihr Glas. Sie konnte sich nicht erinnern, schon einmal am hellichten Tag in einem seriösen Lokal mit einer seriösen Geschäftsfrau Champagner getrunken und so vom Leder gezogen zu haben. Sie wußte nicht einmal, was berauschender war, dieser Frauen-Talk oder das Schaumweingekribbel. Die Kombination war jedenfalls himmlisch.

»Immerhin hat deiner dich geheiratet«, sagte ihr Gegenüber. »Du bist abgesichert.«

»Geheiratet schon, trotzdem bin ich die Betrogene.

Wenn du wüßtest.« Am liebsten hätte Linda die komplette Story herausgelassen, aber die reichte für einen ganzen Roman, und sie war mit ihrem Richter verabredet, der gehörte ebenfalls zur Story. Ein Richter hatte Anspruch auf Diskretion. Linda warf einen Blick auf ihre Uhr, in zwanzig Minuten mußte sie sowieso los. Hans Rumbold wartete nicht gern. Linda verzichtete also auf die Preisgabe ihrer Lebensgeschichte, vielleicht später mal. Dann fielen ihr die Etiketten aus Keller zwei ein, die ihre Romanze fast zum Krimi umschrieben. Es konnte kein Fehler sein, wenn sie in puncto Etikettenzauber eine neutrale Person mit Köpfchen und dem richtigen Chromosomensatz um ihre Meinung fragte. Selbstverständlich anonym.

»Hör mal«, sagte Linda, »kannst du dir vorstellen, daß in einer Boutique Klamotten mit falschen Etiketten drauf verhökert werden? Mit Etiketten von DER Marke zum Beispiel.«

»Brauche ich mir nicht vorzustellen«, erwiderte die Finanzexpertin und hickste kurz. »'tschuldigung! Das passiert alle naselang.«

»Der Schluckauf? Hast du den öfter?«

»Nein, ich meine jetzt den Etikettenschwindel. Die Leute sind so was von scharf auf DIE Marke, daß sie alles kaufen, wo DAS Etikett dranhängt. Ich habe selbst eine Kundin aus der Modebranche, wenn die loslegt ...«

»Aber das ist Betrug! Wenn einer das Zeug verkauft, kann er in den Knast wandern.«

»Ach was. Ich muß als Ladeninhaber doch nicht wissen, daß etwas faul ist. Dann sagst du einfach, du hast über einen Großhändler XY gekauft, und schon bist du aus dem Schneider und hast DIE Marke für's halbe Geld.«

»Das iss ja 'n Ding! Die reinste Mode-Mafia.«

»Schwarzgeschäfte gibt's überall«, widersprach die andere, »bei uns genauso.«

»Für Tennisstar-Papis und so.« Linda nickte. Bei dem Gedanken, daß einer sich im Knast von einem Vier-Sterne-Koch den Gaumen kitzeln und als Talkgast zur Harald-Schmidt-Show kurzschließen ließ, bekam sie glatt die Platze. Wetten, daß so einer jede Menge Schwarzgeld hortete?

Lindas vis-à-vis schüttelte erneut den Kopf.»Krumme Geschäfte reizen *alle* Papis, die meinen, sie würden mit ihren Steuern sowieso schon ein Heer von Arbeitsscheuen und Ehefrauen durchschleppen. Mein Freund zum Beispiel findet es total dämlich von mir, daß ich meine Kanäle nicht nutze, um seine dubiosen Nebeneinkünfte am Finanzamt vorbeizuschmuggeln. Wahrscheinlich hat er mir mein Existenzgründungsdarlehen sowieso nur zu diesem Zweck verschafft, aber da spiele ich nicht mit.«

»Stark!« Linda wurde doppelt warm ums Herz. Eine zweite Lady Spürnase, die ebenfalls den geldgeilen Betrügereien ihres Typen auf den Fersen war. Männer, zieht euch warm an! Die Stunde der starken Frauen steht euch ins Haus, wir booten euch aus und machen selbst Karriere, aber hallo!

»Stark?« wiederholte die andere, »ich habe nicht einmal mehr einen Personalcomputer.«

Linda sagte spontan Hilfe zu. Wie das laufen sollte, wußte sie selbst noch nicht genau, aber irgendwie würde es klappen. Beschwingt von den Bildern eines dualen Höhenflugs winkte sie den Ober heran, bestand darauf, den Champagner zu übernehmen, und bedauerte fast, so überhastet aufbrechen zu müssen, weil ihr Richter sie erwartete und Unpünktlichkeit haßte.

Auf dem Weg zum ›Grande‹ ging sie diverse Möglichkeiten durch, wie sie selbst Karriere machen könnte. Kochkarriere und Mutterkarriere fielen flach, im Grunde konnte sie auch gleich die Karriere als Ehefrau streichen.

›Richterliebchen‹, kam ihr in den Sinn, gelegentlich richtete sich ihre spitze Zunge gegen sie selbst. Richterliebchen klang billig und war weit weg von der Karriere, zu der es Linda drängte. Was hatte sie denn sonst noch drauf? Die Spürnase, logo! Und wenn alles aufgedeckt und der Wohlstand gerecht umverteilt war, was dann? Sie könnte eine Frauendetektei aufmachen oder eine Tanzschule, aber das hatte alles noch nicht den richtigen Biß.

Linda hatte auch eine Vision. Vielmehr, sie hatte eine Vision von der Vision. Sie konnte sie nur noch nicht packen, jede Menge Märchenzauber schwebte davor. Sie seufzte, weil sie plötzlich eine dumpfe Ahnung verspürte, daß sie irgendwann aus dem Märchenwald herauskommen mußte. Bei Klein-Linda war das anders, die konnte fünfzig Pfennig in den Schlitz von einem dieser Kästen werfen, und Grimms Märchen wurden lebendig und wahr. ›Lady Sunshine and Mister Moon‹ war auch ein Märchen, aber eins, das nicht mehr brav weiterlief, wenn sie eine neue Münze einwarf. Moderne Märchen reagierten nicht auf Fünfzigpfennigstücke, überhaupt verlor Linda langsam die Lust an Stücken, wo jemand anders Regie führte. Mal sehen …

»Signora!« Der Besitzer des Grande Milano streckte Linda beide Hände entgegen. Er stand vor der Tür seines Nobelrestaurants und präsentierte sich in seinem proper weißen Koch-Habit. Den Rummel hier auf dem Hohenstaufenring schien er ebenso zu genießen wie den Rummel, den Kölns Schickeria um seine Kochkunst machte. Von Haus aus war er Dottore der Chemie, Kochen war seine Leidenschaft. Linda hatte ihn allerdings im Verdacht, daß er sich noch inbrünstiger als Schauspieler ins Zeug legte. Es war unglaublich, wie er einen flambierten Käse oder den Talk mit Schlagerstar Howie in Szene zu setzen verstand.

»Signore«, erwiderte Linda und reckte automatisch alles, was es so zu recken gab. Diese Augen in dem runden Gesicht unter der Kochmütze hatten etwas. Sie wußte das, und er auch. Ein paar Minuten standen sie beide da, redeten Banales und tauschten Blicke. Das war himmlisch, fand Linda.

»Linda!« sagte jemand von hinten.

»Du bist schon da?« Linda drehte sich zu ihrem Richter um, er sah verbiestert aus. Linda nahm es ihm übel, daß er ihren himmlischen Flirt mit Signor Minotti, himmlisch und leicht wie eins von dessen Soufflés, so jäh unterbrach.

»Wir waren für ein Uhr verabredet.«

»Sorry!« Linda drehte sich um und betrat das Lokal, wo sie schwarzer Marmor und glänzendes Silberzeug und überhaupt jede Menge italienischer Zauber empfingen. An den Tischen saßen Geschäftsleute, es waren fast ausschließlich Herren. Linda schnappte den üblichen Talk über Investment-Fonds und Steueroasen und Umsatzrentabilität auf. Am besten dachte sie sich die Biedermanngesichter weg, die waren nur Tarnung.

Linda ließ sich von Hans Rumbold einen Stuhl unter den Po schieben. Als sie ihm gegenübersaß, durchfuhr es sie, daß er sich so sehr nun auch wieder nicht von den Köpfen an den Nachbartischen unterschied. Er sah noch immer leicht vergnatzt aus. Fehlte nur noch, daß er sich ebenfalls über Steueroasen oder Umsatzrentabilität verbreitete.

»Also«, fragt er, »was wolltest du mir zeigen?«

»Darf ich vielleicht erst etwas bestellen?« fragte Linda und sah auf. Ihr Blick kreuzte sich mit dem von Signor Minotti, der Mann hatte ein Feeling für atmosphärische Störungen. Er schob die große Schiefertafel mit den Tagesempfehlungen auf Linda zu, tippte mit rundlichen Fingern jede Zeile an und verlas italienische Namen, die zu den verschiedenen Speisen gehörten. Signor Minotti verlieh jedem Wort eine besondere Melodie, dabei sah er Linda tief in die erbsengrünen Augen.

»Eigentlich ist bei Ihnen alles köstlich«, sagte Linda, als der letzte Name verklang. »Suchen Sie für mich aus, Signor Minotti.«

»Mit dem allergrößten Vergnügen, Signora.« Die Schiefertafel ruckelte schon los, um dann kurz wieder zu halten. »Signore, haben Sie auch schon gewählt?«

»Ich nehme das Menü zwei«, sagte Hans Rumbold, es klang wie ›Ich verurteile Sie im Namen des Volkes‹.

»Menü zwei«, wiederholte der Padrone. Natürlich besaßen diese zwei tristen deutschen Wörter keine eigene Melodie.

»Du solltest dich etwas zurückhalten«, sagte Hans Rumbold, als sie wieder allein waren.

»Bei dir?« fragte Linda.

»Ich rede von diesem verfetteten Italiener.«

»Jeder Italiener ist ein verkappter Papagallo, wie?«

»Kann man mit dir auch vernünftig reden? Ich denke, du hast mir etwas Wichtiges zu zeigen!« Eigentlich hatte Linda überhaupt keine Lust mehr, ihm irgend etwas zu zeigen. Miesepeter war gar kein Ausdruck. Sie hätte sich mit ihrer Finanzberaterin zum Essen verabreden sollen. Sie beide hier wären eine Wucht, da gäbe es keine atmosphärischen Störungen, garantiert nicht. Am Ende würden die Biedermanngesichter ringsum hecheln, von wegen zwei weibliche Appetithappen in Sicht. Linda und Iris würden sie abblitzen lassen, logo, und ihren Spaß haben. Im Moment hatte Linda keinen Spaß, nicht die Bohne.

»Also?« wiederholte Hans Rumbold.

Linda klappte ihre Handtasche auf, eher lustlos, und zog einen Stoffstreifen und eine Wegskizze heraus. Sie hatte beides für ihren Richter vorbereitet und sich ausgemalt, wie sie ihm die Früchte ihrer Arbeit als Lady Spürnase sozusagen als Rätselaufgabe servieren würde. Sie hatte sich eine großartige Szene ausgemalt.

»Da«, sagte Linda, »falls du damit was anfangen kannst.«

»Damit?« Der Richter beugte sich vor. »Das ist ja wohl nicht eure Marke.« Er zeigte auf den Namen DER Marke, zwanzigmal hintereinander, frisch von der Rolle. Linda hatte einen Meter Etikettenband abgeschnitten.

»In gewisser Weise doch«, antwortete sie. »Es werden nämlich Morus-Kleider als DIE Marke in den Handel gebracht, und dieser getürkte Tscheche mit den bulgarischen ›P‹s importiert Schwarzarbeiterinnen aus Tschechien, die die Etiketten für einen Hungerlohn einnähen.«

»Clever.« Es klang fast bewundernd. Wenn Linda nicht gewußt hätte, auf welcher Seite ihr Richter stand, hätte sie glatt glauben können, daß er Schokoladenjunge Dieter um seinen cleveren Einfall beneidete.

»Kriminell«, erinnerte Linda.

»Natürlich! Hast du Beweise, außer dem da?« Hans Rumbold hielt das Etikettenband hoch.

»Hab' ich! Ich weiß sogar, wo die Frauen untergebracht sind. In einer stillgelegten Backstube, stell dir das mal vor. Drei Frauen in einer zum Warenlager umfunktionierten Backstube, mit 'nem Camping-Chemieklo und drei Luftmatratzen auf der Erde. Heute abend werden sie umgesiedelt, es kommen auch noch zwei neue Näherinnen dazu.«

»Wohin?« fragte der Richter.

»Nach Porz«, sagte Linda. »Dieter hat am Telefon alles haarklein mit Alex besprochen, damit der nicht wieder etwas versiebt, und ich hab's mitgeschnitten, auf Tonband.« Linda kam unfreiwillig in Fahrt, als sie von ihrer Detektivarbeit berichtete. Sie hatte ganze Arbeit geleistet, im Grunde tat sie das für ihren Richter. Sie servierte ihm quasi die Bösewichte auf dem Silbertablett, sozusagen als Eintrittskarte in den Club der Guten.

»Wieso nach Porz?« fragte der Richter. Über seinem Kreuzverhör schien er alles andere vergessen zu haben.

»Weil's am Arsch der Welt ist, noch hinter Klöckner Humbold, dahin fährt keine Bahn und kein Bus mehr, und Ausländer fallen auch nicht auf, weil bei KHD sowieso kaum ein Weißgesicht rumturnt. Zufrieden?«

»Nicht übel.« Hans Rumbold griff nach der Wegskizze und ließ sie in seiner Tasche verschwinden.

»He!« protestierte Linda.

»Nicht daß du auf dumme Ideen kommst. Das wird zu gefährlich für dich.«

»ICH bin die Lady Spürnase.« Sie ließ sich doch nicht das Heft aus der Hand nehmen, wo gab's denn so etwas.

»Ich will noch lange etwas von meiner Lady haben.« Die Richterhand schlich sich unter das steif gestärkte Tischtuch, auf Lindas Oberschenkel landete eine Männerhand.

Prompt explodierten jede Menge Rottöne, hui und pfui und volles Rohr. Schlechte Zeiten für Lady Spürnase, jetzt war Lady Liederlich dran. Überhaupt war es ein unglaublich kuscheliges Gefühl, wenn dieses Bild von Mann sich schützend vor sie stellte.

»Du bist sicher, daß du nirgends Spuren hinterlassen hast?« Die Männerhand krabbelte weiter.

»Wie?« Lindas Hormone hüpften auf und ab. Was denn nun? Das war ja schlimmer als Wechselduschen. »Nö«, sagte sie endlich. »Ich bin doch nicht blöd.«

»Und du hast auch keine Kopien mehr von den Bilanzen gemacht, die ich für dich aufbewahre? Wenn die nämlich einer bei dir fände …«

»Nein!« Linda schüttelte den Kopf, ganz wohl war ihr dabei nicht.

Ihr Richter hatte ihr angeboten, die quasi unter Lebensgefahr beschafften Bilanzen der Morus KG für sie zu verwahren, weil das sicherer war. Sie hatte ihm die Papiere anvertraut, bei einem Richter ruhten die so sicher wie in Fort Knox.

Aber zuvor hatte sie alle Bilanzblätter noch ein zweites Mal kopiert, und weil die Schnüffelbücher ihr nicht weiterhalfen und ihr Richter auch nicht alles wissen mußte, war sie sogar zu einem vereidigten Wirtschaftsprüfer gegangen. Auch heimlich.

Die Adresse des Wirtschaftsprüfers hatte Linda aus dem Branchenverzeichnis. Sie hatte sich das zeilenmäßig größte Päckchen mit gleich fünf Namen herausgepickt und nach dem an der Spitze verlangt. Der besaß sogar zwei Doktortitel für sich allein.

»Können Sie fremde Bilanzen knacken?« hatte Linda gefragt, nachdem die Telefonistin sie endlich zur Vorzimmerdame umgestellt hatte, die wiederum eine Ewigkeit brauchte, um den doppelten Doktor für Linda ans Telefon zu bemühen.

»Ich denke schon«, antwortete die fremde Männerstimme. Fremd, aber nicht unsympathisch, dafür besaß Linda ein Ohr.

»Okay, dann möchte ich Sie gerne zwecks Bilanzanalyse anmieten, ich komme nämlich mit meinen Schnüffelbüchern nicht klar.«

»Anmieten ist gut. Wäre Ihnen der Donnerstag recht?« …

Und also war Linda donnerstags in die wirklich beeindruckenden Praxisräume im dreizehnten Stock des Colonia-Hochhauses gegangen, hatte eine halbe Stunde lang die drei Bilanzen auf ihrem Schoß festgehalten und mit der freien Hand etliche Tassen Kaffee zum Mund geführt, bis der doppelte Doktor endlich Zeit für sie hatte. Er entschuldigte sich sogar für seine Verspätung. »Also?« fragte er dann. »Wie kann ich Ihnen helfen?«

Linda gewann auf Anhieb Vertrauen zu dem Mann. Trotz dieses bombastischen Messingschilds draußen und Empfangsdame plus Sekretärin plus Bürovorsteher und zwei akademischer Titel war er nämlich auch ein Mann. Für das, was er bereits geleistet hatte, sogar noch ein ziemlich junger Mann, höchstens vierzig. In der Manier eines Zauberkünstlers fächerte er die Bilanzblätter der Morus KG aus, verglich und kombinierte und rechnete hoch, manchmal sagte er »Aha!«, dann durchzog es Linda jedesmal mit einem dicken Triumphgefühl. Zuletzt erklärte er ihr in normalem Menschendeutsch, wo überall Ungereimtheiten saßen, auf die er sich als Fachmann natürlich leicht einen Reim machen konnte. Gatte Dieter hatte Werbungskosten und Personalkosten innerhalb eines einzigen Geschäftsjahres kolossal hochgepuscht, und glatte fünfhunderttausend Kundenskonto waren ein Witz. Das Mißverständnis von Wareneinsatz und Warenertrag war ein noch viel größerer Witz.

»Ein Schelm«, sagte der Doktor-Doktor zuletzt, »ihr Gatte ist ein rechter Schelm. Er kann von Glück sagen, daß die meisten Finanzbeamten nicht über ihr eigenes jämmerliches Gehalt hinausdenken. Bei solchen Summen kippt einfach die Phantasie um.«

»Steht auf solche Schelmereien Gefängnis?«

»Wenn man ihm auf die Schliche kommt. Wollen Sie es genau wissen?« Der Wirtschaftsprüfer griff nach einem dicken Gesetzbuch.

»Nö, ist nicht nötig, ich meine nur so. Kann ich cash zahlen?«

»Ungewöhnlich«, der Doktor-Doktor hatte gelächelt, »aber mir scheint, Sie sind auch eine ungewöhnliche Frau.

Wenn Sie später noch Fragen haben sollten, rufen Sie mich an, jederzeit, das ist dann gratis. *Für Sie.*«

›*Für Sie*!‹ Linda kostete die Worte des vereidigten Wirtschaftsprüfers nach, während sie ihrem Richter im Grande Milano gegenübersaß. Seine Hand lag noch immer auf ihrem Oberschenkel, trotzdem war sein Gesichtsausdruck sehr beherrscht, fast schon amtlich. Viel amtlicher jedenfalls als dieses ›*Für Sie*!‹ von einem Wildfremden. Linda überlegte, daß es total richtig gewesen war, den Doktor-Doktor für sich zu behalten. Wer wußte schon, wozu ein studierter Bilanzknacker noch nützlich war?

Als das Essen kam, zog Hans seine Hand rasch von Lindas Bein weg. Es schien ihm nicht unangenehm zu sein, sie loslassen zu müssen. Als er den Wein probierte, blühte sein Gesicht kurz auf, das Menü schien ihm auch zu schmecken. Linda aß ihren Teller ebenfalls leer, aber mehr aus Gewohnheit und um Signor Minotti nicht zu enttäuschen. In Gedanken pendelte sie zu Iris Stern (die machte Karriere, garantiert), und zu ihrem Doktor-Doktor (der hatte schon Karriere gemacht, hochnäsig war er trotzdem nicht) und wieder zurück zu ihrem Richter, der sein Menü zwei und seinen Wein kaute und ihre Beweise für Dieters Ganovenstücke in seine Tasche gesteckt hatte.

»Ich muß los«, sagte Hans Rumbold und wischte sich den Mund ab, bevor er auf seine Uhr sah. Falsche Reihenfolge, dachte Linda und stand auf. »Wo steht dein Auto?« fragte sie.

»Nirgends. Ich bin zu Fuß.«

Komisch, dachte Linda. Ihr Richter war ein leidenschaftlicher Nicht-Fußgänger. »Dann nehme ich dich mit. Ich habe gleich um die Ecke geparkt.«

Er zögerte kurz, dann nickte er. »Okay, setz mich am Gericht ab.«

Draußen gingen sie an den parkenden Autos vorbei, der Ring war wieder einmal dicht.

»Sieh mal!« Linda blieb stehen. Ihr Richter hatte plötzlich einen mordsmäßig schnellen Schritt drauf, aber diese Speziallackierung erkannte sie trotzdem. »Da steht doch der neue Jaguar von Alex.«

»Blödsinn. In einer Millionenstadt gibt es davon auch mehrere.«

»Aber nicht in der Farbe«, beharrte Linda.

Die Fahrt über schwiegen sie. Linda parkte am Nebeneingang des Amtsgerichts. »Kommst du heute abend, wo Dieter doch auf Achse ist.«

»Tut mir leid, geht nicht, meine Mutter.« Küßchen auf den Mundwinkel, weg war er.

Linda zuckte die Schultern und wendete. Dann eben nicht. An der Ampel stellte sie fest, daß sie ihren Mantel im Grande hängengelassen hatte. Okay, fuhr sie eben noch einmal bei Signor Minotti vorbei, Zeit genug hatte sie.

Der Nobelitaliener war fast leer, alle Spesenritter waren in ihre Vorstandsetagen und Kanzleien zurückgekehrt. Ein Richter konnte nicht auf Spesen prassen, das ließ Linda plötzlich nicht mehr los. Seltsam.

Linda trank noch einen Cappuccino, dann ging sie zu ihrem Auto zurück. Sie stieg ein. Ein smaragdgrüner Jaguar fuhr an ihr vorbei. Niemand außer Alexander Röhrig kombinierte dieses metallische Grün mit dottergelben Sitzpolstern. Die hochragenden Kopfstützen waren eindeutig gelb, dottergelb, also hatte sie eben doch recht gehabt. Linda drückte auf die Hupe, der Jaguar vor ihr zischte ab. Wenn das ihr Verkehrsrichter sähe. Die Ringstraße legte sich in die Kurve, der Jaguar weit vor ihr auch. Linda erhaschte einen Blick auf den Fahrer, das war nicht Alex, garantiert nicht, den erkannte sie an seinem Zöpfchen meilenweit. Wenn sie nicht wüßte, daß das Blödsinn war, würde sie glauben, Hans Rumbold steuerte den Jaguar. Glatte und für einen Mann ziemlich lange blonde Haare flatterten im Fahrtwind, das Profil und die Brille stimmten auch … Schwachsinn!

Sie selbst hatte Hans Rumbold vor knapp einer halben Stunde am Gericht abgesetzt, wo er längst wieder Recht sprach und Missetäter verknackte.

Wer sich umdreht oder lacht ...

Linda fuhr heim. Sie war unzufrieden. Irgendwie war sie total unzufrieden.

»He, was ist los, Linda?« – Linda sah in den Rückspiegel und beobachtete, wie ihre Lippen sich bewegten. Sie sprach oft mit sich selbst, von Linda zu Linda. In dem Autospiegel vor sich begegnete sie einer Lady, wenigstens sah die da so aus. Das Drumherum stimmte ebenfalls, alles war vom Feinsten und DIE Marke, das Kostüm und das Auto und der Schmuck und überhaupt alles. Eine, die sich DIE Marke leisten konnte, hatte einfach die besseren Karten. Trotzdem rumorte Moser-Linda. Diese andere Linda tief in ihr drin war absolut unsensibel, was das Lady-Double und DIE Marke betraf.

Mach 'ne Spritztour mit deinem schnuckeligen Auto! – *Scheiß-Auto!*

Relax 'ne Runde in deinem dschungelgrünen Wintergarten! – *Scheiß-Wintergarten!*

Linda setzte sich trotzdem gleich nach ihrer Ankunft in ihren wunderschönen Wintergarten, wo sie von glänzendem Blattgrün und spiegelblanken Thermoscheiben umgeben war. Sie brauchte nur mit dem Finger zu schnipsen, dann erschien Meine-deine-Perle: Sie wünschen bitte? – *Scheiß drauf!*

Linda schwang die Beine auf die Korbliege, sie hatte noch ihre Schuhe an, und der weiße Bezug war superempfindlich. – *Scheiß drauf!*

Linda schloß die Augen. Sie würde eine Runde von ihrem Richter träumen. Im Tagträumen war sie einsame Spitze. Linda legte sich alle Zutaten tagtraumgerecht parat, die blonden ziemlich langen Haare und die schiefergrauen Augen und die schlanken Männerhände ... Der

Typ in dem smaragdgrünen Jaguar hatte genau wie ihr Richter ausgesehen, und ihr Richter hatte genau wie die Biedergesichter beim Nobelitaliener ausgesehen. – *Scheiß drauf! Scheiß drauf! Scheiß drauf!*

»Ich gehe jetzt, wenn's recht ist?« sagte jemand.

»Wie?« Linda schoß aus ihrer Korbliege hoch.

»Zar und Zimmermann«, sagte Frau Niemann und wedelte die zwei Opernhaus-Abonnementkarten durch die Luft, die das Ehepaar Morus ihr überlassen hatte. Linda hatte sowieso keine Lust, Dieters kultureller Ehrgeiz war mittlerweile auch erlahmt, also schickten sie Meine-deine-Perle stellvertretend zum Kulturfassen.

Linda nickte. Sollte sie jetzt jubeln oder Frau Niemann in ihrem Plisseekleid bewundern? Dieses schauerliche Plissee in Babyblau genügte, um einen Blinden in die Flucht zu schlagen.

»Ich habe Ihr Abendbrot auf die Anrichte gestellt, nur der Waldorfsalat und die Butter stehen noch im Kühlschrank«, sagte die Hausangestellte.

Linda nickte noch einmal, fing den tadelnden Blick auf ihre Schuhe auf dem weißen Polster auf, schloß die Augen – *Schleich dich!*

Iris Stern war der Boß von einem eigenen Laden. Minus ein paar Raten, aber ansonsten ging deren Rechnung auf.

Und sie, Linda Erz? Sie war der Boß von einer Vision, im Märchenwald gab's die für fünfzig Pfennig. – *SCHEISS DRAUF!*

Linda mußte eingeschlafen sein. Jedenfalls hatte sie einen Moment lang Probleme, sich zurechtzufinden. Sie hatte ihre Kleider an, Schuhe auch, über ihrem Gesicht wedelten die fleischigen Blätter einer Monstera, und dicht neben ihr waren Stimmen. Männerstimmen. Brüllstimmen.

»... ich schneide ihn dir ab! Wenn du's nicht selbst tust, schneide ich ihn dir ab! Kastratenstengel, ich bring' dich um.«

Linda zuckte zurück, das war Dieter. Nebenan war sein Herrenzimmer, ein Herr sprach nicht so. Ein Herr brachte auch keinen um, und ganz bestimmt nicht so. Herren duellierten sich höchstens, regelgerecht. Hier ging's ans Eingemachte! Wer war der Kastratenstengel?

»Ich regele das«, sagte eine zweite Stimme. »Was regst du dich dermaßen über eine Näherin auf? Ich schicke sie nach Holland oder besser gleich zurück in ihr tschechisches Kaff, dort gibt es garantiert auch Engelmacher, mit einem Tausender ist die Sache beigelegt. Ich schwör's dir.«

Linda schluckte, der Kastratenstengel war Ferdi. Hätte sie nicht gedacht, nie im Leben. Sie hätte Ferdi für wählerischer gehalten, und für vorsichtiger, aber offensichtlich hatte er eine von den tschechischen Arbeiterinnen geschwängert. In der Backstube?

»Nichts ist beigelegt«, brüllte Dieter. »Der Teufel ist los. Das Mädchen ist bei meinem Alten in der Firma.«

»Lenja spricht keinen Ton Deutsch, sie kann nichts verraten.«

»Wo lebst du? Hast du schon mal das Wort ›dolmetschen‹ gehört? Buchstabiert sich d-o-l-m-e-t-s-c-h-e-n.«

»Dein Vater wird die Sache nicht an die große Glocke hängen und einen Dolmetscher mit hineinziehen.«

»Mein Vater beschäftigt eine ihm treu ergebene Putzkolonne. Glaubst du, da ist keine Tschechin bei, die auch ein paar deutsche Sätze radebrecht?«

»Ich begreife nicht, wie Lenja überhaupt zu deinem Alten gekommen ist?«

»Mit dem Liebeslohn, den du Trottel ihr gegeben hast. Wir hatten vereinbart, daß keine einen Pfennig Geld in die Finger bekommt, solange sie hier ist, erinnerst du dich?«

»Zwanzig Mark, was sind zwanzig Mark?«

»Genug für ein Taxi zur Morus KG, die Adresse steht ja auf allen Kartons.«

»Und jetzt?« fragte Ferdi.

»Und jetzt?« äffte Dieter ihn nach. »Ich könnte dich umbringen! Weißt du überhaupt, was auf dem Spiel steht? Wenn mein Vater auf den Dreh mit den getürkten Etiketten kommt, ist der Ofen aus, dann platzt unser Ding.«

»Er wird sich nicht selbst ruinieren.«

»Du kennst den Alten schlecht, für seinen Ehrenkodex bringt der seinen eigenen Sohn ins Kittchen. Ich habe keine Lust, hinter Gitter zu wandern. Betrug, Diebstahl, Schwarzarbeit – glaubst du, ich will meinen Fünfzigsten in Köln-Ossendorf feiern? Und ihr seid aus dem Schneider! So sieht das doch aus.«

»Feine Gesellschaft in Köln-Ossendorf, sitzt da nicht auch noch unser kölscher Iwan ein? Mit dem kannst du dann zusammen Erbsensuppe löffeln. Fresserchen mit nem waschechten Bankier und Industriellen, ha-ha ...«

»Ha-ha? Ich bring' dich um, du Gurkengesicht, auf meine Kosten reißt du keine Witze mehr.«

Dieters Stimme schlug um, die andere Stimme stöhnte, ein Gurgeln drang durch die dünne Wand, Linda stopfte sich die Finger in die Ohren und machte sich auf ihrer Liege klein, ganz klein, embryomäßig. Bitte nicht umbringen! Ich will's nicht hören! Feine Herren duellieren sich höchstens! Vertragt euch doch wieder! Bitte!

Es rumste gegen die Wand. Einmal. Zweimal. Die fleischigen Blätter der Monstera über Lindas Gesicht schaukelten. Gleich kam der Putz runter. Hilfe! Wußte doch jeder, Zeugen mußten mit dran glauben. Linda vollführte einen waghalsigen Purzelbaum über die Rücklehne der Korbliege, dahinter war sie unsichtbar, ein todsicheres Versteck! Nein, ›sicher‹ reichte, der Zusatz ›tod‹ war Linda total unsympathisch. – Lieber Gott, mach, daß er mich nicht erwischt! Dann geh' ich auch wieder in die Kirche, jeden Sonntag, oder einmal im Monat, zu Ostern und Weihnachten geh' ich ja sowieso, das ist echt stimmungsvoll, wieso ist es nebenan so still? Totenstill!

»Idiot!« sagte Dieter.

Wie, dachte Linda, komisch! Beschimpft man eine Leiche noch als Idioten?

Es rumpelte und schniefte, dann sagte eine andere Stimme: »Okay, tut mir leid, natürlich bin ich genauso mit dran wie du.«

Stimme aus dem Jenseits, Linda hätte jubeln mögen, es gab keine Leiche. Besser jubelte sie nicht, sonst gab's nachher doch eine. Zwei auf frischer Tat ertappte Täter waren zu allem fähig ...

»Also«, sagte Dieters Stimme, »du wickelst den Umzug nach Porz wie besprochen ab. Du übernimmst die Verantwortung, sieh Alex auf die Finger, der Junge ist nicht koscher, sein Freund Horst übrigens auch nicht. Ich verlasse mich darauf, daß du den Umzug top-secret durchziehst.«

»Und du?« hörte Linda Ferdi fragen. »Kommst du nicht mit?«

Wollte Linda auch gerade fragen, was hatte Gatte Dieter im Sinn?

»Ich übernehme meinen Alten. Er wartet mit dem Mädchen auf mich in der Fabrik. Ich fahre um sechs hin, wenn alle Zeugen verschwunden sind.«

»Da können Sie lange klingeln, der Herr Rumbold ist weggefahren.«

»Ach so.« Linda nahm den Finger von der Klingel und drehte sich zu der Frau um, die aus der gegenüberliegenden Korridortür lugte. Eine stämmige Person im Kittelkleid, sie roch nach Frikadellen, der Geruch zog sich durch das Treppenhaus. Unten im Parterre hatte es auch nach Essen gerochen. Es war kein feines Haus, in dem Lindas Richter wohnte. Linda war noch nie zuvor hiergewesen.

Linda überlegte, ob sie eine Nachricht für Hans Rumbold hinterlassen sollte. Es war ein Notfall, die Dinge spitzten sich dramatisch zu, sie mußte mit jemandem darüber reden, sonst drehte sie durch. Linda kramte in ihrer Tasche nach einem Zettel.

»Soll ich dem Herrn Rumbold etwas ausrichten, wenn ich ihn sehe?« Die Frau von gegenüber stand noch immer in der halboffenen Tür, gleich kokelten ihr die Frikadellen an, es roch schon brenzlig.

»Ihre Frikadellen«, sagte Linda, »ich komm später noch mal vorbei.«

»Das wird spät«, sagte die Frau, »ich kenne das.«

»Er ist bei seiner Mutter«, antwortete Linda. Das ging die neugierige Person nichts an, Linda sagte es mehr zu sich selbst, aber laut.

»Nennt man das so?« feixte die Frau. Die Frikadellen waren angebrannt. Es stank.

»Guten Abend!« Linda beeilte sich, die Treppe hinunterzukommen.

»Machen Sie sich nichts draus.« Die Kittelfrau beugte sich über das Geländer. Linda sah hoch und schauderte. Von unten sah es aus wie ein voluminöses Kittelgebirge.

»Machen Sie sich nichts draus«, rief Linda und schnüffelte anzüglich. »Guten Appetit!« Dann machte sie, daß sie aus dem Haus kam. Ihr Richter war zu bedauern, daß er hier hausen mußte. Womöglich war das Gehalt eines Verkehrsrichters noch bescheidener, als Linda angenommen hatte.

Sie stieg in ihr Auto und fuhr los. Iris Stern fiel ihr ein, das ›WIR‹ von heute morgen fiel ihr ein, frauensolidarisch und mutig, ob sie einfach dort vorbeifahren sollte? Dann fiel Linda die von dem anderweitig verheirateten Noch-Lover zu leistende Bürgschaft für das Existenzgründungsdarlehen der Finanzberaterin ein. Linda wußte nicht, an welchen beiden Tagen der Mann kam, und natürlich wollte sie ihre neue Freundin nicht in Schwierigkeiten bringen. Aber nach Hause fahren wollte Linda auch nicht. In ihr kribbelte es wie in einem Ameisenhaufen, doch es war kein angenehmes Kribbeln, es war zum Aus-der-Haut-Fahren.

Linda blinkte und schaltete und fuhr drauflos, erst als sie auf dem Straßenschild ›Porz‹ las, wurde ihr klar, daß sie ein Ziel gehabt hatte. Sie überlegte, wo sie parken sollte. DIE Marke fiel in der Arbeitersiedlung auf, besonders in diesem knalligen Rot, und wenn sie noch weiter hinaus in die Einöde fuhr, fiel sie erst recht auf. Linda rumpelte über einen Schotterweg und an einer Wellblechbaracke vorbei. Sie stoppte. Das ging, hier kam so rasch keiner hin. Linda stieg aus und versuchte sich zu orientieren. Bis zu dem neuen Lager waren es bestimmt noch fünfhundert Meter. Zum Glück war es noch hell, im Dunkeln wäre sie hier aufgeschmissen gewesen. Zwei, drei Arbeiter im Blaumann grüßten höflich und starrten Linda nach, ihr Gang höckerte. Die Wanderung war nicht eingeplant gewesen, wer wanderte schon auf hochhackigen Pumps? Lindas Fußsohlen begannen zu brennen, garantiert hatte sie gleich überall Blasen. Die Sorge um den Weg und um ihre Füße überdeckte alles andere. Von wegen fünfhundert Meter!

Dann sah sie das flachgestreckte Gebäude und davor einen Jaguar in türkisgrüner Speziallackierung mit dottergelben Lederpolstern. Auffälliger ging's wirklich nicht. Ganoven-Alex war also zur Stelle, dahinter parkte Ferdi und dahinter Anton, das Schlußlicht bildete ein schmuddelig-grauer Jaguar, das war der alte Wagen von Alex. Kutschierte der neuerdings auf acht Rädern? Dann fiel Linda der Pseudo-Tscheche ein. Jedem Ganoven sein eigener Jaguar! Das hier war die Jaguar-Gang, bis auf Dieter waren sie alle komplett.

Linda drückte Dieter weg, aber er kam zurück, nur in ihrem Kopf, aber das reichte, um den Ameisenhaufen in ihr auf Trab zu bringen. »Ich übernehme meinen Alten, wenn alle Zeugen verschwunden sind ...« hatte Dieter gesagt.

Hilfe!

Linda war nach Weglaufen. Trotz brennender Fußsohlen und detektivischer Spürnase. Was nutzte ihr die tollste Detektivarbeit, wenn sie mausetot war? Linda drehte sich um und sah den Weg zurück, den sie gekommen war. Ein Trampelpfad übers platte Land! Sie konnte nicht umkehren, nicht im Hellen jedenfalls. Es war unheimlich still. Und leer, bis auf die Jaguarparade. In Frankfurt hatte gerade einer fünf Prostituierte gekillt. Linda sah im Geist fünf Tschechinnen in einer Blutlache liegen, in zwei getrennten Blutlachen. Die schwangere Lenja hatte bei Carl Morus Schutz gesucht, blödes Ding! Es war halb sieben, die Büros und Werkhallen der Morus KG standen jetzt leer, ob Dieter schon ...?

Eine Frau schrie. Linda preßte sich an die Hauswand, nur weg hier! Weg ging nicht, dort hinten war Buschwerk, aber um dorthin zu gelangen, mußte sie an den beiden Kellerfenstern vorbei, eingezwängt zwischen den Nobelautos und der Kellerfensterfront. Ihre Beine würden sich in der Speziallackierung spiegeln, ihr Schatten fiel in die Fensterluken, dann schösse eine Hand heraus und umklammerte ihre Fessel. Linda spürte förmlich, wie die unsichtbare Hand zupackte ...

Die Frauenstimme kreischte in den höchsten Tönen.

Linda preßte sich die Hand vor den Mund, nur nicht mucksen. Das Kreischen bekam Unterstützung, jetzt kreischten zwei Frauen. Wer kreischte, lebte noch. Noch! Linda schob sich an der Hauswand von den Kreischstimmen weg, um die Ecke, etwas Kaltes griff nach ihr.

Bitte nicht! Ich sag' auch nichts, ehrlich nicht!

Die Kälte blieb starr, Linda blinzelte vorsichtig, sie war gegen eine Eisenleiter gestoßen, die auf ein Flachdach führte.

Linda kletterte hoch, das war's. Vielleicht war's das. Auf allen vieren tastete sie sich über die Teerpappe zu einem Aufbau aus roh zusammengeklopften Holzlatten hin, dahinter konnte sie sich verstecken, bis alles vorbei war. Vorbei? Linda dachte an die fünf Blutlachen. Sie müßte losrennen und Hilfe holen, todesmutig, immerhin lebten noch mindestens zwei Frauen, und es galt, die Täter auf frischer Tat zu fassen.

Das bring' ich nicht, dachte Linda, ich bring's einfach nicht, ich mach' mir in die Hosen, und wem nutzt es was, wenn ich auch noch hopsgehe. Blutlache Nummer sechs, nö!

Plötzlich schrillte wieder die erste Frauenstimme los, doppelt so nah wie eben. Linda beugte sich über den Holzaufbau vor und sah durch ein Oberlicht in einen Raum, direkt auf eine junge Frau, die zwei Dosen Ravioli hochhielt und zeterte.

»Schnauze«, befahl eine Männerstimme. Linda konnte den Mann nicht sehen, er stand zu weit abseits. Es war die Stimme vom Schiff, die mit den bulgarischen ›R‹s. Es war der falsche Tscheche, Horst Irgendwas.

»Was will sie?« fragte jemand anders. Alex, dachte Linda, sie konnte ihn sogar sehen, wie er an einer Nähmaschine fummelte.

»Sie will ihre Ravioli heiß machen«, antwortete Horst Irgendwas.

»Und warum tut sie's nicht? Warum kreischt dieses Weib uns die Ohren voll?«

»Weil es zu gefährlich ist, wenn wir denen hier 'ne Kochplatte hinstellen, nachher verkokeln die uns alles, außerdem sind sie hier nicht im Hilton.«

»Aber kalte Ravioli?« mischte eine dritte Stimme sich ein.

Typisch, dachte Linda, wenn es ums Essen geht, wird Freund Ferdi rührig, sogar wenn es sich nur um Dosenravioli handelt. Die waren sogar heiß eklig. Linda kannte sich aus. In der Biberstraße hatte es jeden zweiten Tag Dosenfutter gegeben, im Wechsel mit Milchreis und Spiegeleiern.

»Du mußt sie ja nicht essen.«

»Nein«, antwortete Ferdi und trat zur Seite, damit Alex die dritte Nähmaschine einstöpseln konnte. Ferdi ließ das Kellerfenster nicht aus den Augen. Linda malte sich kurz aus, was passiert wäre, wenn ihre Beine dort vorbeigegangen wären. Faust raus, Hilfeschreie, Verfolgungsjagd, überwältigt: ›Erbarmen Ferdi, du warst doch mal richtig scharf auf mich ...!‹ – ›Das war mal, Puppe!‹ – ›Hieelfeee!‹

»Du könntest ruhig mal mit anpacken«, knurrte Alex, »du stehst da die ganze Zeit blöd rum und stierst aus dem Fenster, als gäb's da sonstwas zu sehen.«

»Ferdi hat vielleicht eine Erscheinung.« Anton tauchte in dem Ausschnitt des Oberlichts auf, er rückte eine vierte Nähmaschine heran.

»Ferdi hat nur Visionen, wenn es ums Fressen geht, der schreckt nicht mal vor Dosenravioli zurück«, feixte Alex.

»Blödmann!« Ferdi ließ die Kellerluke nicht aus den Augen, obwohl dort garantiert nichts zu sehen war außer einer Jaguar-Parade. Ein weinroter Jaguar fehlte noch ...

»Worauf warten wir eigentlich?« mischte Horst Irgendwas sich ein. Die weibliche Zeterstimme hatte sich inzwischen beruhigt. Das Klappern und Klirren und Murmeln im Hintergrund ließen Linda vermuten, daß die vier Frauen jetzt aßen. Kalte Ravioli in Tomatensoße, brrr! »Worauf wir warten?« wiederholte Alex. »Auf den Big Boß! Uns predigt er Pünktlichkeit, und wo bleibt er?«

»Er hat etwas zu erledigen«, sagte Ferdi, »wir müssen nicht warten, das ist nicht nötig.«

»Toll, daß wir das nicht müssen, geradezu gnädig, und was hat der gnädige Herr Wichtiges zu erledigen, während wir für ihn die Drecksarbeit tun?«

»Weiß nicht.« Ferdi zuckte die Schultern. Lügner, dachte Linda, und wie du weißt.

»Und die neuen Etikettenrollen? Wie sollen die Frauen ohne die weiterarbeiten, he?« Alex rappelte sich hoch, er hatte soeben die fünfte Nähmaschine betriebsbereit gemacht. »Wo steckt überhaupt Lenja?« fügte er hinzu.

»Windpocken«, erwiderte Ferdi, »die sind ansteckend, ich habe das Mädel hinten in den Verschlag gesteckt.«

»Deine kleine private Quarantäne-Station, wie?« Alex grinste und stieß Ferdi gegen den Brustkorb, ziemlich heftig, denn er taumelte und ließ sogar einen Augenblick lang die Kellerluke aus den Augen.

»Quatsch«, sagte Ferdi. Es hörte sich lahm an.

»Quatsch«, wiederholte Alex, »aber einer, bei dem du auf deine Kosten kommst. Ist sie gut, die Kleine? Kommt sie mit deinem Kleinen gut klar?«

»Schwein! Sie ist krank!« sagte Ferdi.

Krank, dachte Linda, krank von deinem Gierstengel! Nannte man das jetzt Windpocken?

»Also, dann mal los.« Alex klopfte die Hände gegeneinander. Linda konnte sein Gesicht nicht erkennen, die Milchglasscheibe des Oberlichts ließ alle Gesichter schummrig aussehen. Trotzdem sah Linda sein schmieriges Lachen genau vor sich, als er fortfuhr: »Wenn ich es mir recht überlege, warten zwei oder drei bildhübsche Kinderkrankheiten auf mich. Also dann! Nimmt einer mich mit?«

»Hat dein Jaguar auch die Windpocken? Muß wirklich ansteckend sein ...«, Männergegröhle, Alex' Antwort war kaum zu verstehen, bei dem Wort ›Getriebeschaden‹ schoß erneut eine Lachsalve hoch. Dann verließen die vier Männer einer nach dem anderen das Gebäude. Linda drückte sich flach auf die Teerpappe und wartete, bis der dritte Wagen über den Schotter knirschte und Richtung Landstraße abbog.

Linda richtete sich vorsichtig auf. Der smaragdgrüne Jaguar von Alex stand dort einsam auf dem Hof. Irgend etwas stimmte mit diesem Jaguar nicht! Der ›Getriebeschaden‹ war heute mittag vor ihr abgezischt, und offensichtlich war er auch problemlos bis hierhin gekommen. Der ›Getriebeschaden‹ mußte Alex' Auto so plötzlich wie Lena die ›Windpocken‹ überfallen haben.

Linda zuckte zusammen. Das Gebüsch dort hinten bewegte sich, teilte sich, da war wer. Linda ließ sich flach auf die Teerpappe fallen, ihre Strumpfhose blieb hängen und ratschte auf, ausgerechnet eine von Fogal, die kostete über sechzig Mark das Stück. Scheiße! Ihre neuen Pumps waren auch hin. Linda robbte auf die Dachtraufe zu, jetzt schürgelte ihr Kostüm, DIE Marke, über den grobkörnigen schwarzen Belag, garantiert war das Kostüm auch gleich hin. Egal! Linda spürte, wir ihre Spürnase heftig juckte, echt detektivisch und fast völlig ohne Hosenschiß. Wer war da! Achtung, Spürnase Linda im Anmarsch!

Es war der Richter!

Er blieb neben dem smaragdgrünen Jaguar stehen und fummelte in seiner Jackentasche.

»He!« rief Linda. »He! Was treibst du denn hier?«

Hans Rumbold zuckte zusammen, seine Hand fuhr aus der Jackentasche, ein Autoschlüssel fiel zu Boden. Hans Rumbold sah sich um und sah hoch. »Du? Bist du des Teufels? Was willst du denn hier?«

»Könnte ich dich genauso fragen. Moment, ich komme runter.« Linda tastete sich auf die Metalleiter zu, bestimmt sah sie zum Fürchten aus, leider war es noch immer ziemlich hell. Als Linda mit den Fußspitzen den Boden berührte, schrie sie auf. Ein Bataillon Kieselsteine bohrte sich in ihre malträtierten Fußsohlen, ihre Kniescheiben schmerzten auch, jeder Knochen tat ihr plötzlich weh. Sie hatte eine Ewigkeit in höchster Not dort oben auf dem Dach vor dem Oberlicht gekauert, mutterseelenallein. Linda taumelte auf den Richter zu. Der war groß und gehörte zu den Guten, das war wie ›Freio‹ früher beim Räuber-und-Gendarm-Spielen. Linda umhalste ihren Richter. Eigentlich hatte er hier nichts zu suchen, die Spürnase war sie selbst. Trotzdem war es himmlisch, sich an diesen breiten Brustkorb werfen und Schutz suchen zu dürfen. Ihr war regelrecht übel, sie fühlte sich total schwach, sie zitterte. »Wenn du wüßtest«, stammelte sie, »ich habe dich überall gesucht …«

»Was wüßtest?« fragte er und hielt sie auf Abstand, mit beiden Armen, aber das wollte sie nicht. Linda wollte sich eng an ihn kuscheln.

»Ich glaube, es passiert was Schreckliches. Wie spät ist es überhaupt?«

»Gleich acht Uhr? Was hat das Schreckliche mit der Uhrzeit zu tun?«

»Dieter hat gesagt, nach sechs erledigt er seinen Vater, weil der jetzt Bescheid weiß. Und das arme schwangere Mädchen muß dann auch dran glauben. Wir müssen hin, oder?«

»Du spinnst dir da etwas zusammen.« Der Richter

schob Linda schon wieder von sich weg, so als ob sie ihn bei etwas Wichtigem störte. Es mußte wie eine Turnübung aussehen, einer stemmte sich zurück und einer rückte nach, mit Armkontakt, anwinkeln, durchdrücken, loslassen. Scheißspiel! »Scheißspiel«, sagte Linda, diesmal laut. »Ich gehe!«

»Nun erzähl mir mal alles der Reihe nach.« Der Richter legte einen Arm um Lindas Schultern, das gefiel ihr schon besser, viel besser. Er hörte sich auch nicht mehr so an, als ob er sie beim Nacherzählen von irgendeinem Kitschroman erwischt hätte. Nö, Thriller, wenn schon Thriller! Jedenfalls klang er wieder menschlich, dieses Kraulen über ihren Nacken war auch nicht übel, und gleich wurde es richtig dunkel. Manche Leute hauten sich den Bauch voll, wenn sie Streß hatten. Linda verzichtete freiwillig auf Jägerschnitzel mit Pommes, laut ›Frau im Spiegel‹ war das DER Spitzenreiter unter deutschen Lieblingsgerichten. Linda nahm lieber ›Hui und pfui‹, und das in allen Rottönen. Um ihr Kostüm war es auch nicht schade, das war sowieso hin, mal sehen …

»He«, sagte Hans Rumbold, »bist du des Teufels!«

»Ich bescher' dir 'ne Höllenfahrt, okay?« kicherte Linda. »Wird dir garantiert nicht langweilig.«

»Weißt du überhaupt, wo wir hier sind?« fragte der Richter.

»Klar weiß ich das.« Jetzt rückte Linda von ihm ab, was war los mit ihm? »Was ist los mit dir? Etwas stimmt nicht mit dir!«

»Du träumst.« Jetzt rückte der Richter vor.

Anfangs küßte er noch leicht spröde, fand Linda, aber dann bekam er doch noch eine halbwegs passable Rottönung hin.

»Jetzt ist mein Kostüm endgültig im Eimer«, verkündete Linda. Das sollte beileibe kein Vorwurf sein, es war nur unglaublich, was dieses Kieselzeug so anrichten konnte. Auf ihren Knien prangte ebenfalls ein Kieselmosaik. Wenn einer sie so sähe. Linda kicherte. Nicht übel! Spürnase und Lotterweib in Personalunion, sie war tüchtig in Fahrt gekommen. Ihr Richter hatte sich geziert, aber sie nahm das allmählich locker. Aus der rechten Hüfte auf Ganoven ballern, bildhaft gesprochen natürlich, und mit links einen Richter notzüchtigen, er hatte sich wirklich geziert. Vielleicht hatte er Angst um seine Boxershorts bekommen, als Linda in Fahrt kam, einmal hatte es kräftig geratscht. Um diese komischen Unterhosen war es sowieso nicht schade, Linda fand die einfach unmännlich, besonders die gemusterten sahen aus wie Spielhöschen.

»Du mußt dir mal andere Unterhosen zulegen«, sagte Linda, »am besten weiße, ich mag weiße am liebsten.«

»Sonst hast du keine Probleme?« fragte Hans Rumbold, während er das tausendste Kieselsteinchen aus seinen Hosenumschlägen pulte. »Ich wüßte jetzt wirklich mal gerne, was für eine Räuberpistole du da eben versponnen hast.«

»Von wegen Räuberpistole!« Und Linda legte los, ganz von vorn. Ihr Richter hörte sehr aufmerksam zu, danach kam das Kreuzverhör, vermutlich steckte das so in ihm drin. Nur als Linda erzählte, wie dämlich sie seine Nachbarin fände, reagierte er unsachlich.

»Wie kommst du dazu, mir nachzuspionieren?«

»Wieso spionieren? Es war ein Notfall, ich hatte 'ne Todesangst, überhaupt geh' ich nicht mehr heim.«

»Natürlich gehst du heim, dir passiert schon nichts.«

»Immerhin weiß ich 'ne Menge. Ich kann meinen Mann ins Gefängnis bringen, wenn ich will.«

»Du mußt ihm ja nicht auf die Nase binden, daß du's könntest, wenn du wolltest.«

»Und wenn er einfach so dahinterkommt und mich im Schlaf meuchelt? Wir haben nämlich noch gemeinsame Betten, weißt du.« Das Ehebett hatte Linda bis jetzt bewußt ausgelassen. Ihr Richter würde die Wände hochgehen, kein Mann teilte gern sein Lustobjekt.

»Mein Gott«, sagte der Richter, »du bist doch eine Frau. Lull ihn ein, das dürfte dir doch nicht schwerfallen, und zur Not gibt es ja noch eure Perle, die wohnt doch bei euch im Haus.«

Linda fand das rüde, überhaupt schmerzten ihre Füße und ihre Knie und jeder verdammte Knochen. »Wo steht dein Auto?« fragte sie.

»Ich habe keins dabei.«

»Wie?« fragte Linda. Vom Amtsgericht zum Hohenstaufenring per pedes, das nahm sie ihm ja noch ab. Aber daß er bis nach Porz marschiert war, war eine Lüge. Pfui, Richter durften nicht lügen! Er sollte sich schämen.

»Ich habe mir ein Taxi genommen, um keine Spuren zu hinterlassen, und das letzte Stück bin ich zu Fuß gegangen.«

»Scheiße!« Linda fixierte den smaragdgrünen Jaguar. »Du kannst nicht zufällig Autos knacken, wie?«

»Bin ich ein Ganove?«

»Wär' ganz praktisch, im Moment wenigstens, dann könnten wir jetzt nämlich losdüsen. Alex' Getriebeschaden ist das reinste Ammenmärchen, genauso wie die Windpocken-Story von Ferdi. Ich habe ein Näschen dafür, wenn einer das Blaue vom Himmel schwindelt.«

»Tut mir leid, mit billigen Ganoventricks kann ich dir nicht dienen.« Hans Rumbold drehte sich um und marschierte los. Er ging so schnell, daß Linda Mühe hatte, hinterherzukommen. Linda hörte das Klimpern der Schlüssel in seiner Jackentasche. Eben hatte es fast so ausgesehen, als ob er Alex' Jaguar mit seinem Schlüssel entriegeln wollte.

Zeichen am Firmament

Linda schaltete die Scheinwerfer aus, dort hinten war ihr Haus. Der Wintergarten war erleuchtet, sie konnte die mächtigen Umrisse der Monstera erkennen, jetzt im Dunkeln glich die Pflanze einem langfingrigen Ungeheuer. Um acht Uhr schalteten sich automatisch die Flora-Spots an, dann lebte das Grün auf, die Möbel blieben im Dunkeln. Linda saß oft in diesem diffusen Licht und träumte, dann waren die Nachbarn ringsum weit weg. Linda träumte manchmal, daß um sie herum echter Dschungel wäre, und sie war die Dschungel-Queen, logo.

Es war ein komisches Gefühl, im Dunkeln mit ausgeschalteten Scheinwerfern auf ihr Haus zuzufahren.

Linda sah zu den Nachbarhäusern hin, die sich hinter hohen Hecken und Holzspalieren verbargen. Im Moment hätte Linda nichts dagegen gehabt, einem von ihren Nachbarn zuzuwinken und einen Schwatz zu halten. Sie ließ den Wagen auslaufen, die Straße war wie leergefegt, in dieser Gegend parkte niemand draußen auf der Straße. Linda schon. Heute. Am besten wendete sie gleich, von wegen Fluchtweg aus der Sackgasse.

Linda fuhr nochmals an ihrem Haus vorbei, diesmal in umgekehrter Richtung, nichts rührte sich. Sie hielt auf dem Grasstreifen zwischen Nummer zwölf und Nummer sechzehn, das war Niemandsland. Dann schlich sie sich zurück zum Morus-Haus und an der Doppelgarage vorbei, an der Seitenwand war ein Fenster aus Glasbausteinen, Linda spähte durch das Fenster: Nichts! Die Garage war leer.

Vorsichtig schloß Linda die Haustür auf. Stille! Kein Mantel an der Garderobe, kein Aktenkoffer, Dieter stellte immer seinen Aktenkoffer vor der Garderobe ab, wenn er heimkam.

»Blöde Kuh«, beschimpfte Linda sich selbst. Verbrechen waren Exzesse, da schlüpfte der Täter aus seinem Alltags-Ich. Dieter würde wohl kaum mit dem Köfferchen in der Hand auf Menschenjagd gehen und nach vollbrachter Tat zufrieden seinen Aktenkoffer und seinen Mantel und seinen Body im trauten Heim parken. Schließlich war er kein Massenmörder, bei dem das Killen fast schon wieder Alltag war.

Dieter handelte sozusagen im Affekt, das würde sie auch der Polizei sagen, und sie würde den besten Anwalt engagieren. Auf Mord stand lebenslänglich, bei guter Führung wurden ihm vielleicht ein paar Jahre erlassen. Linda beschloß spontan, sich nicht scheiden zu lassen, das wäre schlechter Stil. Natürlich würde sie Dieter auch besuchen. Linda sah sich schon einmal die Woche nach Köln-Ossendorf pilgern, die Zeiten von Zellen mit Plumsklo waren längst vorbei, das ging heute viel lockerer zu. Dieter würde es nicht schlecht haben. Es gab sogar Ri-ra-rutsch-Zellen für Ehepaare, hatte Linda gelesen. Ob die einen dabei durch einen Spion beobachteten? Aus Sicherheitsgründen, versteht sich.

Etwas summte, brummte, schrillte, der Ton kam von oben. Linda umklammerte das Treppengeländer. – *Schwing die Hufe, Mädchen! Hau ab!* – Linda preßte sich weiter an das Holzgeländer, diese andere Linda in ihr drin hatte gut reden, sie schob sie vor und verschanzte sich hinter klugen Sprüchen, die kapierte einfach nicht, daß der Schreck Linda erstarren ließ. Sie stand da wie festgeschraubt.

Der Wecker! grummelte Moser-Linda in ihr drin.

»Wie?

Wek-ker-Wek-ker-Wek-ker …, skandierte es in Linda.

Der Wecker, sag das doch gleich! Linda ließ das Treppengeländer los, alles paletti.

Sie hatte ihren Wecker auf neun Uhr gestellt, weil sie

den ›Tod auf dem Nil‹ mit Peter Ustinov nicht verpassen wollte. Das war vor hundert Jahren. Heute morgen war vor hundert Jahren, da hatte sie in der Badewanne die Fernsehzeitung durchgeblättert und den Wecker programmiert und sich danach gemütlich für das Rendezvous mit ihrem Richter fertiggemacht. Das todschicke Kostüm – nö, schick reichte! –, mit dem Linda heute vormittag gestartet war, hing ihr jetzt in Fetzen am Leib. Fetzen? Linda sah an sich hinab. Fetzen war leicht übertrieben, aber hin war das Modell trotzdem. DIE Marke wurde nicht für Rutschpartien über Teerpappe und Orgien auf Kieselsteinen gefertigt. Und den ›Tod auf dem Nil‹ konnte sie sich sparen, den hatte sie jetzt quasi vor der eigenen Haustür, nur mit Rhein statt Nil und ihr selbst statt Star Ustinov.

Na ja! Während Linda die Treppe hochging, um den Wecker zum Schweigen zu bringen – der weckte wirklich Tote auf –, überlegte sie, wie Hercule Poirot alias Peter Ustinov jetzt wohl vorgegangen wäre. Nö, entschied sie, im Grunde blieb sie doch lieber Linda Erz, zumindest was das Feeling als Frau betraf, und auf den Kopf gefallen war sie schließlich auch nicht.

Linda beschloß, ein warmes Bad zu nehmen. Fichtennadelduft plus Schaum, da waren die angenehmen Träume vorprogrammiert, und spätestens um halb elf würde Meine-deine-Perle vom Kulturfassen zurückkommen. Die eineinhalb Stunden überbrückte eine Power-Frau spielend.

Linda ließ Wasser einlaufen. Hunger hatte sie auch, das Abendbrot stand unten auf der Anrichte, im Kühlschrank stand Waldorfsalat, sie könnte sich ein Tablett mit Essen hochholen und in der Badewanne schmausen. Das war überhaupt das größte, Fichtennadel plus Schaum plus träumen plus Waldorfsalat. Linda könnte für Waldorfsalat sterben – Nein, bitte nicht schon wieder was mit Tod, das war eine Scheißsprache, wo jede zweite Redewendung vom Sterben handelte.

Linda klinkte ihre Zimmertür auf. Hatte *sie* das Licht im Flur ausgemacht? Klar, wer sonst, Macht der Gewohnheit. Linda tastete nach dem Schalter, es wurde hell. Ganz kurz glaubte Linda etwas weghuschen zu sehen, bestimmt ein Nachtfalter. Sie steuerte die Treppe an. Erste Stufe, zweite, dritte, die Treppe mündete im Halbdämmer der Diele, hinter der Sprossen-Glas-Tür zum Wintergarten war es hell, ein Schatten schwankte in dem Lichtkegel. Linda machte kehrt und raste zurück in ihr Zimmer, die Tür schloß sie zweimal ab, Hieeelfeee!

Hysterische Kuh! knurrte Moser-Linda.

Wie? Linda setzte sich auf den Badewannenrand, bis zur Kloschüssel war es auch nicht weit, ihr war speiübel.

HYSTERISCHE KUH!

Von wegen hysterisch! Da unten war wer, ich hab's genau gesehen, mindestens zwei Meter hoch oder so.

Monstera! knurrte Moser-Linda.

Monster? Hilfe, sag' ich ja, ein Monster.

MONSTERA!

Sag das doch gleich! Monstera, Pflanzengrün, Lieblingspflanze, alles paletti, hab's vergessen.

Linda zog ihr Kostüm und die aufgeratschten Fogalstrumpfhosen und den Spitzenbüstenhalter aus. Zwischendurch mußte sie sich an der Wanne abstützen, sie war total wackelig. Der Slip verhedderte sich an ihrem Knöchel, der Slip paßte zum BH und war vom Feinsten. War, vor der Kieselsteinorgie, dabei hatten ihr Slip und Richters kleingemusterte Boxershorts dran glauben müssen. Früher mal, beim Hallodrilieben, hatte Linda pingelig darauf geachtet, daß keiner ihr die Dessous zerriß, weil sie sich das einfach nicht leisten konnte. Inzwischen konnte sie es sich leisten, und die Vorstellung, sich einen Hauch Spitze auf dem Gipfel der Leidenschaft vom Leib reißen zu lassen, war nicht ohne, fand Linda. Sie stopfte ihren Spitzenslip in den Kosmetikmüllkorb und tauchte in ihr Fichtennadelschaumgebirge ab. Der Täter war immer der Lover? Nein, der Täter war sie selbst. Linda hatte im Liebeseifer seine und ihre Unterhose geschafft. Vielleicht stopfte er seine! Linda kicherte, aber nur ganz kurz, sie fröstelte auch, das Wasser wurde allmählich kalt. Linda zog den Stöpsel aus der Wanne, dieses abgurgelnde Wasser machte einen Mordslärm. ›Mord‹, gab es eigentlich keine vernünftige Vorsilbe, Nachsilbe, Hauptsilbe ohne Todesassoziationen? Die Deutschen waren besessen vom Sterben, sogar die Gedichte waren vollgepackt mit Todessehnsüchten, auf deutschen Bühnen wurde ebenso hingebungsvoll gestorben wie in deutschen Filmen, scheiß drauf! Hollywood hatte den Dreh heraus, dort setzte man auf Happy-End. Überhaupt wußten die Amerikaner, daß Rosarot angesagt war. Zelluloidträume, Papierträume, Videoträume, CD-Rom-Träume, Hauptsache rosarot und mit Happy-End.

Ihr Richter schien leider einer von denen zu sein, die wonnevoll Trauerspiele inszenierten. Statt Linda mit zu sich in seine Wohnung zu nehmen und dort ein Lustspiel zu inszenieren, Ende offen, hatte er sie hierher in eine Todesfalle geschickt. Herzlos und rüde, sein ›Zur Not gibt es ja noch eure Perle‹ war der Gipfel. Linda sah auf ihre Uhr, erst fünf nach halb zehn. Noch eine Stunde allein in diesem Haus, das hielt sie nicht aus, lieber brachte sie sich um …

Diesmal brachte Linda der Himmel persönlich die Rettung. Plötzlich zuckten Vari-Lights in allen Regenbogenfarben über den Nachthimmel vor Lindas Fenster, ein Laserstrahl huschte über sie hinweg, hoch über sich hörte sie Propeller kreisen. Hubschrauber, Düsenjäger, Explosionen. Linda lehnte sich aus dem Fenster. Es war gigantisch.

Eine Gigantomanie. Bis zum Müngersdorfer Stadion mochten es knapp tausend Meter sein, die Lichtshow von ›Pink Floyd‹ zauberte rosa und pinkfarbene und lila Zeichen ans Firmament. Der Himmel vor Lindas Fenster wurde eine gewaltige Farborgie, die sie rief. Sie hatte glatt vergessen, daß heute DAS Konzert stattfand. »Ich komme!« Linda riß ihren Kleiderschrank auf. Sie würde Jeans anziehen, auf Open-air-Festivals waren die am praktischsten. Jeans und Turnschuhe und einen warmen Pulli, fertig war sie. »Hi, boys, ich komme!« Linda stürmte die Treppe hinab und nach draußen, genau über ihrem Kopf legte sich ein Hubschrauber, der ein riesiges Spruchband hinter sich herzog, in die Kurve: **›PINK FLOYD TONIGHT‹.**

»Alles klar, Jungs, bin schon unterwegs.« Linda joggte an den hohen Hecken und Holzspalieren vorbei, hinter denen sich ihre feinen Nachbarn verschanzten. Ein Rockkonzert war für die ruhestörender Lärm. Spießer! Biedermänner! Totenkultfreaks!

Mit jedem Laufschritt fühlte Linda sich lockerer, zwei Straßen weiter tauchte sie in den Strom der Floydianer, die auf das Station zuströmten. Fünfundsechzigtausend Fans wurden erwartet, hatte Linda gestern in der Zeitung gelesen. Hoffentlich bekam sie noch eine Karte.

An dem Rundbogen vor der Wiese und den Kassenhäuschen wedelte einer mit einer Eintrittskarte. »Karte zu verkaufen!« Etliche Gestalten schossen auf den Kartenwedler zu. »He!« rief Linda, und wedelte ihrerseits mit einem Hunderter. Sie ergatterte die Karte, der Typ gab sie ihr. Zweites Zeichen am Firmament, dachte Linda, der Himmel steckte voller Zeichen für sie. Sie mußte nur hinsehen und zulangen, so wie gerade eben.

Linda hielt dem Kartenabreißer die Karte hin, ›fünfundsechzig Mark im Vorverkauf‹ las sie. Der Typ eben hatte keinen schlechten Schnitt gemacht, fünfunddreißig Mark für einmal wedeln. Aber wahrscheinlich hätte er die Karte auch für zweihundert Mark losschlagen können. Linda ließ sich ihr Triumphgefühl nicht vermiesen.

»Tut mir leid, ich darf nicht«, sagte jemand.

»Wie?« Linda schreckte hoch. Nach dem Kartenabreißen hatte sie sich von der Menge weiterschieben lassen, nun stand sie erneut vor einer Absperrung und einem Dienstmann. Dienstjüngling, verbesserte Linda sich, einer mit Ohrstecker und frechem Grinsen. Allmählich mußte sie sich wohl daran gewöhnen, daß die Knaben auf Rock-Spektakeln jünger als sie selbst waren.

»Leibesvisitation«, grinste der Ohrstecker-Dienst-Jüngling, »aber ich darf nur Jungs, leider!«

»Verstehe.« Linda nickte, ihre Geschlechtsgenossinnen hatten sich längst brav in einer Schlange vor der für sie zuständigen Dienstfrau aufgereiht. Linda stellte sich dazu, die Mädels machten ihr bereitwillig Platz, eine kniepte Linda sogar zu und sagte: »Der Junge da hätte mir auch mehr Spaß gemacht!«

Linda kniepte zurück, frauensolidarisch, Frau gönnte Frau ihren Spaß, bei Männern lief das anders, die keilten sich, Platzhirsch gegen Platzhirsch. Linda war happy, eine Frau zu sein. Sie kletterte zum achten Oberrang hinauf und turnte an Plastikbechern und Currywürsten und Pink-Floyd-T-Shirts und Pink-Floyd-Käppis vorbei, dort hintendurch war noch ein Stück Holzbank frei. Linda ließ sich hinplumpsen, jumpte hoch und setzte sich vorsichtig wieder hin. Holzbänke im Stadion waren nun mal keine samtgepolsterten Logensessel, dafür stimmte das Bühnenbild.

Vor Linda taten sich hundertzwanzig Tonnen Stahl auf, die Zahl hatte sie auch aus der Zeitung. Hundertzehn Roadies hatten diesen Stahlkoloß zusammengeschraubt, der

der ›Hollywood Bowl‹ in Los Angeles nachempfunden war. Dreißig Prozent von den stahlwuchtenden Roadies waren Frauen, das mußte Mann sich mal wegstecken. Frauen kamen unglaublich stark und bestimmt nicht nur mit Muskeln. Frauen hatten es auch im Kopf und im Bauch und überall. Das war wie beim Sex. Bei Mann konzentrierte sich das Lustempfinden gemeinhin auf einen Punkt, Männer waren Einpunktstrahler, die im Schnitt sieben Jahre vor Frau abnibbelten. Eigentlich konnten sie einem leid tun, dachte Linda und versuchte, die winzigen Gestalten vorne auf der Bühne zu unterscheiden. Fehlanzeige! Die Musiker versanken wie Zwerge im Kunstnebel, damit es nicht so auffiel, tauchte jetzt eine runde Leinwand auf, die wabernde Flüssigkeiten ineinanderfließen ließ. ›Why dont' you talk to me?‹ sang David Gilmour und ließ seine Gitarre quadrophonisch über dreihundert Lautsprecher schluchzen. ›You never talk to me‹, respondierte der Chor, die drei schokobraunen Mädels mit den schwingenden Hüften in weißen Stoffetuis waren schon wesentlich besser auszumachen. In dem Medaillon der Leinwand erschien ein Junge, der lief und lief, er bahnte sich einen Weg durch einen Wald, nur um schließlich dumm vor einer Tür ohne Klinke zu stehen.

Ein Highlight nach dem anderen ertönte, eine phantastische Lichtshow füllte den Himmel, Fans kreischten und fielen in Ekstase und manchmal in Ohnmacht, und der Junge auf der Leinwand rannte immer noch ins Nichts. Linda kannte die Story, das war eine Macke bei ›Pink Floyd‹. Die inszenierten seit etlichen Jahren mit unglaublichem Aufwand die Geschichte von Verlorenheit und Sprachlosigkeit, weil einen von ihnen – er hieß Crazy Diamond – die Drogen in den Wahnsinn getrieben hatten. ›Shine On Your Crazy Diamond‹ intonierte Frontman Gilmour, mit einer Stimme wie glühender Stahl, das Stadion lag ihm zu Füßen, fünfundsechzigtausend Fans hüngelten.

Ist das nichts, boys? knurrte Moser-Linda, diesmal gab die andere Linda ihr glatt recht. Wer dieses gigantische Rock-'n'-Roll-Spektakel vor ausverkauftem Stadion zelebrieren durfte, brauchte keinen in triste Melancholie zu mimen, das nahm Linda den Jungs einfach nicht mehr ab.

Linda rechnete fünfundsechzigtausend Fans mal fünfundsechzig Mark, plus Schwarzmarktprämie, ganz zu schweigen von dem irren Feeling, das die da oben auf der Bühne haben mußten, herr-lich, könig-lich, gött-lich. Dafür fiel ihnen doch wohl noch ein ordentliches Happy-End ein, das konnte Linda für ihre hundert Mark erwarten.

Statt des Jungen erschien jetzt ein Mann auf der Leinwand, einer, der gleich zusammenkrachte, und die Glocke läutete düster, Zahnräder malmten, ein Spektakel voll finsterer Allegorien. Nun macht mal halblang, dachte Linda, sie wurde regelrecht sauer. Hört endlich auf mit dem tristen Zauber!

Aus den dunklen Schatten zwischen den Tribünen erhob sich etwas, wurde größer und heller, wuchs riesig und wurde noch heller, gleißend hell, alle Vari-Lights und Laserstrahlen bündelten sich in dem gleißenden Etwas, das noch immer wuchs. In der Stadionmitte erhob sich eine gewaltige Silberkugel und öffnete sich zur Blüte.

Na bitte, dachte Linda, warum nicht gleich so.

Ringsum bewegten sich Wunderkerzen, Abertausende Lichtpunkte, das sah unglaublich romantisch aus.

»Haste mal 'ne Wunderkerze für mich?« fragte Linda ihren Nachbarn, der ein ganzes Bündel Wunderkerzen aus seiner Tasche zog.

Der Jüngling gab ihr ein Stäbchen und dann zögernd noch zwei, der war höchstens achtzehn, und wahrscheinlich hielt er Linda für eine Art Oma, die sich auf ein Rockkonzert verirrt hatte. Linda schwenkte ihre Wunderkerze, von wegen Oma! Eigentlich war es blöd, nur einer von Abertausenden Lichtpunkten zu sein, die dem Signal von den Jungs auf der Bühne folgten und auch noch fürs Gehorsamsein und Jubeln zahlten.

»Willste noch eine Wunderkerze?« fragte der Jüngling neben Linda.

»Nö«, sagte Linda. Immerhin war dem Knaben auch schon aufgefallen, daß sie keine Oma war. Mit ihr mußte Mann rechnen. Und ihre Zauberspiegelkugel öffnete sich höchstpersönlich, dazu brauchte sie keine hunderttausend Watt und hundertzwanzig Tonnen Stahl. So gesehen waren die Bühnenstars arme Socken, ohne Technik gäb's die gar nicht.

Linda stand auf.

Der Wunderkerzen-Jüngling folgt ihr. »Willste 'ne Brezel?«

»Nö!« Linda schüttelte den Kopf. »Brezeln sind nicht mein Fall!« Und du auch nicht, fügte sie hinzu, natürlich nur stumm. Es war kein übles Gefühl, wählerisch sein zu können.

Etwas stimmte nicht!

Linda joggte um die Ecke und sah ihr Haus hell erleuchtet wie ein Tanztempel. In der Einfahrt stand ein Wagen. Nicht der von Dieter. Ein Polizeiwagen.

Linda stoppte. Polizei? Durch ihr Hirn floß ein zäher Brei von Gedanken, aber sie bekam keinen zu fassen, wenigstens keinen vernünftigen. Ihr war nach kehrtmachen und abhauen.

Die Beifahrertür des Polizeiwagens öffnete sich. Der Polizist nahm sein Käppi ab. »Frau Morus?« fragt er.

»Natürlich ist sie Frau Morus«, schrie Meine-deine-

Perle dazwischen. Linda hatte sie noch nie schreien gehört, sie hatte die Haushälterin auch noch nie so gesehen, mit giftgrünen Lockenwicklern und völlig aufgelöst.

»Ach, Frau Morus! Die arme Käthe ...«, keuchte sie, wobei die giftgrünen Wickler auf ihrem Kopf wackelten. »Die arme, arme Käthe!«

»Käthe?« wiederholte Linda entsetzt. Käthe war die Haushälterin ihres Schwiegervaters und die Freundin von Meiner-deiner-Perle, die beiden Frauen wollten heute zusammen in den ›Zar und Zimmermann‹ gegangen sein, und nun hatte es Käthe erwischt. Die Falsche! Warum sollte Gatte Dieter Käthe totschießen, das gab keinen Sinn. Der Schuß war ein Fehlschuß, Dieter hatte auf seinen Vater angelegt, und Perle Käthe hatte sich todesmutig dazwischen geworfen, so mußte es gewesen sein. ›Nur über meine Leiche!‹ Schon war sie tot. »Arme, arme Käthe!« wiederholte Linda.

»Also«, sagte der Polizist, »ich weiß nichts von einer Käthe, es geht um Herrn Morus.«

»Haben Sie ihn schon?« fragte Linda. Hoffentlich hatten sie Dieter nichts getan, manchmal erschossen sie einen auf der Flucht. Am besten brachte sie denen gleich bei, daß nichts ohne Verteidiger lief, und gegen ihren eigenen Mann aussagen würde sie auch nicht, niemals. Die Fahrertür öffnete sich, ein zweiter Polizist stieg aus, einer mit Sprechgerät, aus dem es unverständlich knatterte.

Großfahndung, durchfuhr es Linda. Dieter ist entkommen. Hoffentlich erwischten sie ihn nicht. Er würde ja wohl nicht so blöde gewesen sein, sich hier im Haus zu verstecken, oder?

Der Sprechfunk-Polizist faßte Linda am Ärmel. Sie haßte diesen Griff, gleich kam ›Nun hör mir mal gut zu!‹, wenigstens paßte das zu diesem bevormundenden Griff, der sie einfach auf die Haustür zuschob. Als wäre Linda nur eine wehrlose Gliederpuppe, eine weibliche natürlich. Bei einem Mann trauten sie sich derlei nicht, wetten?

Linda schüttelte die Hand ab. »Ich lehne das ab«, sagte sie, wobei sie ihrer Stimme einen festen Klang zu geben versuchte und dem Menschen in die Augen sah, soweit die Schirmkappe das zuließ.

»Was lehnen Sie ab?« fragten die beiden Polizisten, sozusagen im Chor, sehr gescheit sahen sie nicht aus.

»Die Hausdurchsuchung«, antwortete Linda. »Dazu brauchen Sie nämlich einen richterlichen Durchsuchungsbefehl.«

Der erste Polizist kratzte sich am Kopf. »Also wissen Sie, liebe Frau ...«

»Moment«, unterbrach der andere Polizist ihn. Bei dem Versuch, sich ebenfalls zu jucken, kam seine Amtsmütze ins Trudeln. Meine-deine-Perle hob sie ihm auf, sie wischte sogar den Dreck ab, trotzdem bedankte sich dieser Mensch nicht einmal.

Linda stellte sich mit ausgebreiteten Armen in die Haustür. »Hier kommen Sie nicht rein, das ist Hausfriedensbruch.«

»Wie kommen Sie denn überhaupt darauf, daß wir Ihr Haus durchsuchen wollen? Wonach suchen wir denn, was meinen Sie?«

»Nach Herrn Morus natürlich«, schoß es aus Linda heraus. – Braves Mädchen, immer hübsch antworten! Blödes Mädchen, jetzt riechen sie Lunte!

»Herr Morus dürfte Probleme haben, uns wegzulaufen«, sagte der erste Polizist. »Dazu ist er zu tot.«

»Morus, Carl«, ergänzte der Sprechfunk-Polizist, er las den Namen von seinem Block ab. Dann sah er hoch und Linda genau in die erbsengrünen Augen: »Und wo ist Ihr Mann, wenn ich fragen darf?« Er blätterte um, dann fuhr er fort: »Morus, Dieter.«

Linda zuckte die Schultern. »Weg!« Sie schlug die Augen nieder, nach außen hin sah das züchtig aus, dahinter konnte sie jubilieren: ›Ätsch! Er ist euch entwischt!‹

»Aber er ist doch Ihr Mann?«

Linda nickte. Blöde Frage!

»Und Ihr Mann ist verschwunden. Haben Sie schon eine Vermißtenanzeige aufgegeben?«

»Er ist nicht verschwunden, er ist nur nicht da. Hier, meine ich.«

»Und wann haben Sie ihn zuletzt gesehen? Wir brauchen ihn nämlich, eine Formsache, oder gibt es sonst noch nahe Anverwandte des Unfallopfers?«

Denke ich mir, daß ihr ihn braucht, dachte Linda, mich ködert ihr nicht mit eurem Verneblungsgeschwätz. Ich werde euch doch nicht meinen eigenen Mann auf dem Silberteller präsentieren. Bitte schön, hier ist der Killer, bedienen Sie sich! Von wegen!

»Nein«, sagte Linda. »Mein Mann ist der einzige Sohn von Morus, Carl, und wenn er heimkommt, sage ich ihm Bescheid, daß er Sie anrufen soll, okay?«

Die beiden Polizisten steckten die Köpfe zusammen, Amtsmütze gegen Kahlschlag, dann sahen sie wieder auf und nickten. »Vergessen Sie es nicht, Frau Morus, und herzliches Beileid.«

Linda sah dem davonrollenden Polizeiauto hintendrein. Das hatte sie nicht schlecht gemacht, die war sie erst einmal los. Sie faßte Meine-deine-Perle um die Schultern und schob sie ins Haus und die drei Stufen hinab zu der Einliegerwohnung mit Bad, Kitchenette und Kabelprogramm. »Nun schlafen Sie erst mal 'ne Runde auf den Schreck, okay?«

Die Frau nickte dankbar.

Nicht übel, die Rolle als hilfreicher Engel, nur auf Dauer vielleicht zu langweilig, überlegte Linda. Sie stieg die

Treppe hoch, öffnete die Tür zum Eheschlafzimmer und schnappte sich ihr Bettzeug. Gatte Dieter war flüchtig. Sie, Linda Erz, hatte sich schützend vor ihn gestellt und zwei Polizisten in die Wüste geschickt. Das hieß nicht, daß sie auch zurück ins Ehebett schlüpfte. Nö, was sollte denn da ihr Richter sagen?

Linda räumte die Polster von der Liege in ihrem Zimmer und breitete das Bettlaken aus. Es warf Falten. Früher hatte Linda das Geknubbel in ihrem Bett nicht gestört, aber inzwischen war sie meine-deine-Perle-verwöhnt. Sie zog und zurrte an dem Leinen, als Hausfrau würde sie garantiert nicht Karriere machen. KARRIERE! Tolles Wort, wollte sie haben. Nein, selbst machen …

Biberstraßen-Queen, Hallodriliebchen, Tanzmamsell, Aschenputtel, Lady Sunshine, Lady Sitte, Richterliebchen, Spürnase, Ganovenliebchen, jede Menge Auswahl, das war wie Schäfchenzählen und alles nicht das Wahre. Weg damit! Oder wie war das mit dem Liebchen? Jeder Kleinmädchentraum und jedes Märchen und jeder Kinohit gipfelten in der einen und einzigen und wahren Liebe zu dem Prinzen, Grafen, Chefarzt, Großindustriellen. Die weibliche Karriere beschränkte sich üblicherweise aufs Liebchensein.

Nö, sah Linda gar nicht ein, sie war einfach nicht für die Liebchenrolle gestrickt. Mal sehen, die Zeichen standen schon am Firmament, sie mußte nur zulangen. Morgen, erst mal brauchte sie eine Mütze Schlaf.

Sie schlief unruhig, daran war die Liege schuld. Eine Liege war kein Bett und erst recht kein Ehebett. Irgendwie vermißte Linda die Ritze zwischen Dieter und sich, zwischen ihrer Matratze und seiner. Natürlich war es saublöd, eine Ritze zu vermissen …

Liebchen ade

Linda wachte auf und tastete nach ihrer Teetasse. Fehlanzeige! Keine Tasse und nicht einmal eine Nachtkonsole, sie stieß mit dem Knöchel gegen ein kaltes Etwas. Seit wann standen Metallröhren im Schlafzimmer herum?

Linda blinzelte, die Metallröhre gehörte zu einem Niedervoltstrahler und stand in ihrem Damenzimmer. Vielleicht brachte eine Dame das Kunststück fertig, gesittet auf achtzig mal hundertsechzig Zentimetern italienischem Design zu schlafen. Linda brachte das jedenfalls nicht, jeder Knochen tat ihr weh, und um sie herum war ein Tohuwabohu aus Laken und Kissen und Decken. Das Tohuwabohu in ihrem Kopf war noch viel größer. Schwiegervater tot! Gatte auf der Flucht! Meine-deine-Perle unter Schock, offensichtlich noch immer, sonst stünde jetzt der Tee neben ihrem Behelfsbett.

Echt tot, echt flüchtig, echt shocking! Diesmal war's garantiert keine Einflüsterung der spinnerten Linda, die gelegentlich so flott zwischen Traumgespinsten und Alltagsgrau hin und her flitzte, daß sie Mühe hatte, beides sauber zu trennen. Spätestens beim echten Todsein hörte der Spaß auf. Nicht, daß sie sonderlich viel für ihren Schwiegerpapa übrig hätte, aber wenn er nun wirklich mausetot war, war's ein Scheißspiel und keins, von dem man eben mal wieder aufstehen konnte. Sie hätte ihm noch etliche Trimmrunden durch seinen Tannenforst gegönnt, ehrlich.

Jedem das Seine, insgeheim hatte sie auch den Traum von einer Schokoladenkuchenbefriedung mit anschließender Seniorenhochzeit nie völlig aufgegeben. Ihre Mutter war schließlich nicht mehr die Jüngste, die reagierte schon auf die Todesanzeigen von Wildfremden, als wär's die Ouvertüre zu ihrem eigenen Begräbnis. Schiet!

Linda rappelte sich hoch, Lust hatte sie keine, eigentlich war ihr nur nach abtauchen. Wütend zerrte sie den Klumpen Bettzeug vom Boden hoch. In diesem Gekrunkel machte es keinen Spaß, abzutauchen. Überhaupt fehlte ihr eine Vision, mit der sie diese Horrorbilder in sich drin abdecken konnte. Die verbündeten sich mit ihrem grummelnden Magen, gestern war der reinste Diättag, vielleicht lag's nur an ihrem Hungerloch, daß sie so übel drauf war.

He, Linda, stell dir was Hübsches vor!

Schwiegerpapa in der Grube! Gatte im Knast! höhnte Moser-Linda.

Die echte Linda sprang auf. Wie wär's mit Rührei? Flockiges Rührei, dazu heißer Toast und Kaffee, kannenweise Kaffee. Gerade als Linda das Zartgelb und Moccabraun in ihrem Kopf so halbwegs hinbekam, schob sich etwas Giftgrünes in ihre therapeutische Supervision. Ein Igelkopf voll grüner Lockenwickler, die zitterten und bebten. Meine-deine-Perle stand unter Schock. Wahrscheinlich mußte Lady Linda sich ihr Frühstück heute selber zaubern. Sie konnte höchstens Spiegelei. Schiet!

Während Linda ausgiebig ihre Kopfhaut mit DEM Shampoo massierte, überlegte sie, was sie anziehen sollte. Schwarz? Nein, sie war schließlich keine Blutsverwandte des Toten. Eigentlich schade, zu ihrem frisch gewaschenen Rotblond sähe Schwarz super aus. Flanellgrau, entschied Linda, dazu eine weiße Bluse, das sah lieb aus. Und mit der schwarzen Fliege war die Sache komplett.

Als Linda die Treppe hinunterging, hörte sie es in der Küche klappern. Meine-deine-Perle, dachte sie hoffnungsvoll, und prompt öffnete sich die Küchentür, und die Perle erschien mit einem Teller voll köstlich duftendem Rührei in der einen und einem Körbchen Toast in der anderen Hand. Diese Frau war nicht mit Gold aufzuwiegen, sie hatte DIE Intuition.

»Toll«, strahlte Linda, »das ist jetzt genau das, was ich brauche.« Zeichen am Firmament, Kampf allen Moserstimmen und Schwarzmalereien!

Die Perle nickte: »Ich mache Ihnen gleich eine frische Portion Rührei und frischen Toast.« Linda sah auf die beiden Teller, es dampfte noch, frischer als frisch. Anscheinend stand die Gute noch immer leicht unter Schockeinwirkung.

»Es ist schon okay so«, sagte Linda und hielt zuvorkommend die Tür zum Eßzimmer auf ... »Guten Morgen! Gut geschlafen?« fragte eine Männerstimme.

Linda kniff die Augen zu. Hieeelfeee! Das gab's doch nicht. *Sei kein Hasenfuß, sieh den Tatsachen ins Gesicht,* kommandierte Moser-Linda innendrin. Die hatte wahrlich gut reden. Linda öffnete vorsichtig die Augen. Das gab's doch. Totale auf Gatte Dieter. Von wegen flüchtig! Da saß er an seinem gewohnten Platz und schaufelte sich seelenruhig Rührei auf seine Gabel. Der Mensch hatte Nerven. Sie nicht. Bitte, liebe Frau Niemann, nicht rausgehen, mir ist so unheimlich. You never know! Ich hab' einfach keine Erfahrung im Umgang mit Killer-Gatten!

Die Tür klappte hinter Frau Niemann zu, die Gesundheitsschuhe klackerten über den Steinboden, Stille.

»Hast du eine Erscheinung oder keinen Hunger?« fragte Dieter und stippte den Rest Rührei auf seinem Teller mit einer Ecke knusprigem Toast auf.

»Wie?« Linda stand da und starrte auf den Teller, das Rührei war jetzt futsch. Egal, ihr war der Appetit sowieso vergangen. Wieso saß er hier?

»Erscheinung«, entschied Dieter, »du solltest die in die Kirche oder zu einem guten Seelendoktor tragen, dann erzählst du in Zukunft der Polizei auch nicht mehr solch ein hirnverbranntes Zeug.«

Er griff nach dem Käsehobel, das Metall blitzte gefährlich, er ließ die Schneide auf Linda zuschwingen. »Ich mag es nicht, wenn meine Frau Schwierigkeiten bereitet«, dann bohrte sich der Hobel in den mittelalten Holländer.

»Polizei«, wiederholte Linda. *Polizei, dein Freund und Helfer,* sang es in ihrem Kopf. *Polizei, blödes Ei,* hatte sie als Kind gesungen und war vor den Grünberockten hergelaufen, *ätsch, fangt mich doch!* Blödes Ei, wo waren die zwei Eierköpfe denn? Überließen eine schutzlose Frau ihrem killenden Ehemann. »Die Polizei sucht dich«, stammelte Linda, »die zwei Polizisten von gestern abend müssen jeden Augenblick hier sein.«

Dieter verzog die Mundwinkel, es war ein diabolisches Grinsen. Wer grinste schon, wenn ihm die Polizei auf den Fersen saß? Dieter setzte die Kaffeetasse an den Mund, gurgelte, käute kurz wieder, garantiert pulte er sich gleich den Rest Rührei aus den Zähnen. »Die beiden Polizisten habe ich schon erledigt«, verkündete er und griff nach der Glaskaffeekanne auf dem Glasstövchen. Linda zuckte zurück. Erledigt? Sie horchte angestrengt Richtung Küche. Kein Klackern und Klappern, totale Stille, Totenstille, Hilfe!

»Frau Niemann?« Linda bewegte sich rückwärts auf die Tür zu, »Frau Nieeemann!«

»Da kannst du rufen, bis du schwarz wirst. Frau Niemann ist einkaufen gegangen.« Dieter nahm seine Serviette und wischte sich die Lippen ab. Es hatte etwas Endgültiges, wie er das tat. Und was tat er danach?

»Frau Niemann ist einkaufen? Ich brauch' noch was, ich lauf' ihr am besten kurz nach.« – Kurz nachlaufen war gut, erst mal loskommen von der Stelle, Linda stand da wie angehext. Sie mußte auch mal, ganz heftig sogar, sie kniff die Beine zusammen. Im Kino mußten die nie, wenn es brenzlig wurde.

»Und was brauchst du Lebenswichtiges?« Er drückte die Serviette zusammen, es sah brutal aus.

»'nen Topf Leben«, stotterte Linda, »nö, Blödsinn, 'nen Topf Rübenkraut.«

Dieter stand auf, bedächtig, er kam auf sie zu.

Hieeelfeee!

Dieter ging an Linda vorbei in die Küche, ein metallisches Geräusch. Der Messerblock, dachte Linda. Meine-deine-Perle schliff die Messer darin jede Woche, die glitten durch ein Stück Rumpsteak, als wär's weiche Butter … »Reicht dir das?«

Linda nahm die Hände vom Gesicht. Ihr war nach rumdrehen, wegsehen, abtauchen. – Guck mal, ich bin gar nicht mehr da! – Vor ihren Augen pendelte ein gelber Topf, die Schrift darauf schummerte, trotzdem erkannte Linda auf Anhieb, worum es sich handelte: DIE Marke Rübenkraut hatte ein nicht zu verwechselndes Design. »Mein Rübenkraut«, sagte sie.

»Also«, sagte Dieter, »dann kannst du ja in Ruhe mit mir frühstücken, ich hätte da auch noch etwas mit dir zu bereden.«

»Nö, ich brauch' noch was anderes.« Linda drehte sich um, es klappte, ihre Füße gehorchten ihr wieder, die zwei Meter bis zur Tür schaffte sie auch noch, das waren zwei Meter über den weißen Flokati. Aus den langen Wollfäden gingen Blutflecken nie mehr raus, Linda machte einen Bogen um den Flokati, sie sah die Blutpfütze schon vor sich. Ihr Blut!

»Hast du vielleicht etwas gegen meine Anwesenheit in diesem Haus?« fragte Dieter.

Linda nickte. War sie lebensmüde? Sie verwandelte das Nicken in ein Kopfsenken, sie bückte sich und klaubte ein Nichts von dem weißen Teppich. Auf die Entfernung konnte er unmöglich erkennen, daß der Flokati klinisch rein war. »Ich habe meine Periode bekommen«, nuschelte sie, »ich brauche Tampons, dringend, bis dann.« Hechtsprung zur Tür, um ein Haar wäre sie mit dem Kopf gegen die Klinke gerumst, hinter ihr moserte Dieter. Er hatte Nerven! Beschwerte sich über ihre miese Einkaufsplanung, während ihm die Polizei im Nacken saß.

Meine-deine-Perle saß im Café Hirsch. Zusammen mit der ›armen Käthe‹. Die beiden Frauen hatten jede ein Kännchen Kaffee und ein dickes Stück Kuchen vor sich stehen.

Na, sieh mal einer an, dachte Linda, von wegen Schock und von wegen Einkaufen. Die Ampel vor ihr schaltete auf Grün, sie mußte weiterfahren, hinter ihr wurde schon gehupt. Linda setzte ihr Cabrio kurzerhand quer vor die Apotheke, die Verbotsstrichelei verschwand unter ihrem roten Flitzer. Das war ein Notfall!

»He, sehen Sie nicht, daß Sie da nicht parken dürfen?« fragte ein x-beliebiger Passant.

»Notfall«, rief Linda und jumpte in letzter Sekunde in die Grünphase für Fußgänger. Drüben war das Café Hirsch, durch die Scheibe konnte sie die beiden Perlen erkennen, die knöpfte sie sich vor, zumindest die eine.

»Guten Appetit«, sagte Linda. Sie hatte sich dem Ecktisch extra unauffällig genähert.

»Frau Morus«, sagten die beiden Perlen im Chor.

Frau Niemann legte die Kuchengabel, deren Zinken im letzten Happen Baumkuchen steckte, auf ihren Teller zurück. »Auf den Schreck«, sagte sie. »Es geht nichts über eine gute Tasse Kaffee und ein ordentliches Stück Kuchen im Café Hirsch, habe ich zu Käthe gesagt, dann sieht die Welt gleich wieder anders aus. Käthe ist völlig am Ende.«

»Ja«, stimmte Käthe zu, sie sprach undeutlich, bestimmt lag das an dem Rest Kuchen in ihrem Mund. Dann mischte sich ein Schluchzen in das Kauen, sie redete trotzdem weiter, es hörte sich an wie ›woschdochgeschternabendoschönwa‹.

»Wo es doch gestern abend so schön war«, übersetzte Frau Niemann. »Der ›Zar und Zimmermann‹ war wirklich grandios, und dann solch ein Ende, ich meine zu Hause bei Herrn Morus.«

»Ach so«, sagte Linda zu der fremden Perle, »dann haben Sie meinen Schwiegervater wohl gefunden? Sah er sehr schlimm aus?«

Das Schluchzen explodierte, Tränenbäche stürzten sich auf die Nasenflügel und sprangen von dort auf die zitternde Unterlippe. Der Anblick des Toten mußte schrecklich gewesen sein, dachte Linda. Arme Käthe!

»Ischwadochdabei«, schluchzte es.

»Sie war doch dabei«, übersetzte Frau Niemann.

»Sie waren Tatzeugin?« fragte Linda entgeistert. Die Person hatte Nerven, saß hier in aller Öffentlichkeit und mampfte Torte in sich hinein, während der Täter frei herumlief. Falsch, verbesserte Linda sich, der Täter aß ja gerade Rührei. Irgend etwas stimmte da nicht, das war meschugge und falsch gestrickt. Im Roman und im Film gab es ein Täterprofil und ein Opferprofil, eben eine passende Charakterschublade für jeden, das funktionierte wie die Phantombilder bei der Kripo. Die Profile waren dem echten Leben abgeguckt, und demnach hätten Täter Dieter und Tatzeugin Käthe sich völlig anders verhalten müssen, als sie es taten.

Käthe nickte, zog ein blütenweißes Taschentuch mit Häkelspitzensaum hervor und schneuzte sich bierkutschermäßig. »'tschuldigung«, sagte sie, ihre Aussprache besserte sich merklich. »Ich war doch dabei, als das Unglück passierte, ich hätte es verhindern sollen, ich mache mir ja solche Vorwürfe.«

Linda nickte auch. Das war exakt die Szene, die sie diese Nacht vor sich gesehen hatte: Treue Perle wirft sich ins Schußfeld, um ihren Herrn vor der tödlichen Kugel zu retten. Offensichtlich hatte Perle Käthe dann aber doch andere Prioritäten gesetzt, jetzt heulte sie. Heulen war eindeutig angenehmer, als tot zu sein.

»Der alte Herr Morus war so aufgebracht wegen dem jungen Herrn Morus«, jammerte die Frau weiter.

›Aufgebracht‹ ist die Untertreibung des Jahrhunderts, dachte Linda, genauso wie das Wort ›Unglück‹. Perle Käthe pflegte eine sehr vornehme Ausdrucksweise. *Vornehmtuerisch,* schoß Moser-Linda dazwischen.

»Wo hat die Kugel ihn denn getroffen?« fragte Linda. Dieses Drumherumreden machte sie total nervös.

»Welche Kugel?« fragte Perle Käthe.

»Die tödliche Kugel natürlich«, erwiderte Linda. Sehr helle war die da wirklich nicht. *Vornehmtuerisch und unterbelichtet,* assistierte Moser-Linda.

Da schob Frau Niemann ihren Kuchenteller energisch zur Seite, das Schürgeln über die Marmorplatte ließ die Härchen auf Lindas Unterarmen hochschnellen. »Also«, sagte sie, »der Herr Morus ist keiner Kugel zum Opfer gefallen, sondern einer wackligen Trittleiter und eigentlich seinem Jähzorn, er konnte unglaublich jähzornig werden, auch wenn die arme Käthe darüber nicht gerne spricht.«

»Er ist doch tot«, schluchzte Käthe, »und über Tote …«

»Ich weiß«, Meine-deine-Perle schnitt der Freundin mit einer knappen Handbewegung das Wort ab, »aber Tatsache ist, daß der alte Morus meine Freundin mitten in der Nacht beschuldigt hat, sie hätte nicht gründlich staubgewischt …«

»… dabei habe ich gründlich gewischt, seine dicken Bücher sind schuld, da bleibt der Staub am Goldschnitt kleben, und er hat seine Enzyklopädie geschüttelt, natürlich fängt es dann an zu stauben. ›Und was ist das?‹ hat er geschrien und die Leiter losgelassen. Die Leiter hat gewackelt, und dann ist er mit der Leiter und dem Buch umgefallen und plötzlich war er mucksmäuschenstill. Er hat nicht einmal richtig geblutet, ich habe ihm aufhelfen wollen, aber er ist wie eine Gummipuppe zusammengesackt, sein Hals sah ganz komisch aus, und alles wegen ein bißchen Staub, dabei wische ich immer gründlich Staub, sogar auf dem Dachboden, wo er doch nie hinkommt.«

Bei dem Wort ›Dachboden‹ zuckte Linda kurz zusammen. Hoffentlich handhabte Meine-deine-Perle das nicht ebenso. Der Dachboden im Haus Morus war Lindas Spezialversteck. Sie hatte lange überlegt, wo sie ihre Beweise gegen das Morus-Komplott sicher deponieren könnte. Der Dachboden interessierte höchstens ein paar Vögel, die dort oben nisteten. Hoffentlich!

»Du hast dir nichts vorzuwerfen«, sagte Frau Niemann und beugte sich weit über den Tisch, um mit ihrer knochigen Hand auf die rundliche Hand der weinenden Frau patschen zu können. »Auf dem Dachboden wische ja nicht einmal ich Staub. Einmal durchkehren, basta!«

Linda lächelte erleichtert. Amen! Dann fiel ihr der Tote wieder ein, Lächeln paßte nicht zu einem Todesfall. Oder vielleicht doch, weil ihr Schwiegervater nicht seinem Sohn, sondern einer Trittleiter zum Opfer gefallen war. Für den Alten machte das keinen großen Unterschied, tot blieb tot, aber Gatte Dieter rückte in ein völlig neues Licht, Linda mußte ihm Abbitte tun. Nein, mußte sie doch nicht, oder wie war das mit Lenja? Linda versuchte sich einen Reim auf die neue Situation zu machen. Ihre Phantasie lief auf Hochtouren: Das Mädchen hatte vor Dieter fliehen wollen, und er hatte sie verfolgt, woraufhin der alte Morus nach Hause gefahren war und seine ohnmächtige Wut über der armen Käthe ausgekippt hatte, die gerade beseligt vom

›Zar und Zimmermann‹ heimkam. So war's gewesen, das gab Sinn. Von wegen arme Käthe! Es mußte ›arme Lenja‹ heißen, das Kind in ihrem Bauch hatte noch keinen Namen, trotzdem zählte so ein Delikt doppelt. Vielleicht lebten sie ja noch, eingesperrt … Lindas Story stolperte, Linda überlegte, wo Dieter jemanden einsperren könnte. Das war in einer Großstadt gar nicht so einfach.

»Also«, sagte Linda und stand auf, »ich muß wieder los.« Ihre Spürnase kribbelte gewaltig, sie mußte schleunigst heimfahren und Gatten Dieter observieren. Wo war er die ganze Nacht abgeblieben, bitte schön? Der alte Morus war zu Tode gekommen, nachdem im Opernhaus der Vorhang für den ›Zar und Zimmermann‹ gefallen war, soviel stand fest. Der junge Morus war erst im Morgengrauen heimgekommen. Wo war er zwischen halb elf abends und sechs Uhr früh gewesen?

Linda setzte rückwärts auf den Grasstreifen Niemandsland zwischen Haus Nummer zwölf und Haus Nummer sechzehn und stellte den Motor ab. Sie konnte Dieters Jaguar-Lady in der Einfahrt erkennen, er war also noch da, halleluja! Irgendwann würde er losfahren, und sie würde ihm folgen. Es war ein Glück, daß die Nachbarn in Fein-Lindenthal viel zu vornehm waren, um sich laut zu wundern. Sie gingen an ihr vorbei und nickten und taten so, als ob es die normalste Sache der Welt sei, daß Frau Morus ein paar Meter von ihrem eigenen Haus entfernt Herrn Morus auflauerte.

Linda durchlebte gerade heftige Visionen von flockigem Rührei und knusprigen Brötchen, schließlich hatte sie noch nichts im Magen, als Gatte Dieter aus dem Haus kam. Ohne Jacke, was schon verdächtig war, weil er sich immer sehr um seine Nieren sorgte. Er schien es eilig zu haben, stieg ein und preschte los. Hoffentlich sah er nicht zu sorgfältig in den Rückspiegel, ein knallrotes Cabrio DER Marke war eine miese Tarnkappe. Linda rutschte tief in ihren Sitz, jetzt hatte er höchstens einen Geisterwagen im Spiegel, wenn er genauer hinsah. Die auffällige Lackierung und die auffällige Autotype blieben trotzdem, ihre wie seine, ab und zu drehte sich ein Fußgänger um und sah dem vorbeiflitzenden doppelten Rot hinterher.

Dieter schien nichts zu merken. Er bog auf die Rheinuferstraße ab und realisierte mit Tempo hundertzehn seine individuelle grüne Welle. Linda preschte hinterher, sie kam nicht einmal dazu, nachzurechnen, wie viele Punkte es in Flensburg für eine Geschwindigkeitsüberschreitung von vierzig Stundenkilometern gab.

Wenn er nicht so gerast wäre und nicht seine Jacke vergessen hätte und sein Vater nicht tot und die Tschechin nicht verschwunden wäre, hätte Linda annehmen können, er führe ganz normal zum Anlegeplatz seiner ›Neuen Liebe‹. Es war haargenau die Strecke, die sie am Wochenende schon etliche Male zusammen zurückgelegt hatten. Dieter hatte seinen immer üppiger fließenden Reichtum außer in Grundbesitz und vierrädrige beziehungsweise vierbeinige Pferdestärken auch noch in ein Boot investiert. Ein Traum von Boot, vertäut im alten Hafen neben dem bewirtschafteten Hausboot ›Alte Liebe‹. Linda hatte nichts dagegen, sich auf Wasserskiern von Dieters ›Neuer Liebe‹ über den Rhein ziehen zu lassen, dafür gönnte sie ihm glatt die doppelte Portion Besitzerstolz, mit der er seine Frau an der Zugleine seines rassigen Kajütboots vorbeiführte.

Dieter verlangsamte. Linda trat auf die Bremse, nur Abstand halten! Dieter blinkte und bog nach links auf den Gästeparkplatz der ›Alten Liebe‹ ein. Linda blinkte nach rechts und parkte in der schmalen Seitenstraße. Ob er Lenja auf der ›Neuen Liebe‹ gefangenhielt?

Linda schlich sich von der Seite an die Kaimauer, dort hinten auf dem Wasser lag das Boot. Dann duckte sie sich blitzschnell, weil Dieter nun genau unterhalb von ihr stehen mußte, sie hörte ihn reden. Linda schob ein unauffälliges schwarzes Kästchen auf die Brüstung und drückte auf die Aufnahmetaste. Ein rotes Lämpchen leuchtete auf.

»... sauber«, sagte Gatte Dieter unterhalb der Mauer, »das nenne ich ein sauber abgekartetes Spiel.« Er sagte sauber, aber mit einer Betonung, die das ›sauber‹ auf den Kopf stellte.

Vorsichtig reckte Linda sich über den Mauerrand, sie sah halbschräg auf das Profil ihres Mannes. Die Mauer verdeckte sein Gegenüber, Linda konnte nur ein paar ziemlich lange blonde Haare ausmachen, die im Wind wehten.

Linda zog sich eine rotblonde Strähne aus dem Gesicht, die nahm ihr die Sicht. Linda liest neuerdings Thriller, die bekommen ihr nicht, das gibt böse Träume und manchmal sogar Tagträume. Jeder zweite Deutsche war blond und glatthaarig, und langmähnig liefen sie zuhauf herum ...

»Also«, sagte die andere Stimme, »sparen Sie sich den Sermon, es läuft wie abgemacht und als Schenkung an meine Großtante, im Gegenzug bekommen Sie das Beweismaterial.« Jeder zweite Deutsche war männlich, es gab auch Doppelgänger, einer kopierte die Stimme von Lindas Richter.

»Und wenn ich Sie anzeige?« fragte Dieter.

»Kommen Sie hinter Gitter«, antwortete der andere.

»Mit Ihnen zusammen«, sagte Dieter.

»Das Wort eines Erzbetrügers gegen das Wort eines Richters und dieses Beweismaterial? Sie haben keine Chance!«

Linda wickelte sich die Haarsträhne um den Finger und saugte, es gab leise schmatzende Geräusche, egal, die Feuchtigkeit tropfte aus ihrem Mund und aus ihren

Augen. Es war ihr Richter. Kein Doppelgänger. Er war es selbst.

»Woher haben Sie das Zeug?« fragte Dieter, jetzt war seine Stimme kaum noch zu hören, so leise sprach er.

»Wollen Sie das wirklich wissen?« fragte der Richter zurück, seine Stimme trumpfte auf und biß.

»Ich kann's mir schon denken«, sagte Dieter. »Ich kann mir schon denken, woher Sie Ihr Beweismaterial haben. Ist ja nicht schwer.«

»Klar können Sie sich das denken! Wer so eine scharfe Nudel ehelicht, muß ein weites Herz und ein weites Portemonnaie haben.«

Linda ließ die durchgesuckelte Haarsträhne los. Schwein, dachte sie, du Schwein!

»Dafür könnte ich Ihnen die Fresse einschlagen«, sagte Dieter. Dann war es wieder still, bis auf das Plätschern der Wellen gegen das Kajütboot ›Neue Liebe‹. Das Boot schaukelte hin und her, die Seilwinde spannte sich und hing wieder locker durch, vor und zurück, der Wind wurde heftiger, wahrscheinlich regnete es auch, weil vor Lindas Augen nun alles verschwamm.

»Das kostet«, sagte die Richterstimme, »ein Schlag kostet Sie glatt zehn Mille mehr. Ich an Ihrer Stelle würde mir überlegen, ob eine heiße Nummer aus der Biberstraße das wert ist.«

»Da! Und nun hauen Sie ab!« Linda sah, wie Dieter einen Schlüssel und Papiere vorstreckte, und wie eine feingliedrige Hand danach griff.

»Danke!« sagte die Stimme, die zu der Hand gehörte. »Ein hübsches Boot. Ich mag hübsche Dinge. Den Jaguar Ihres Freundes mag ich auch, er selbst ist leider nicht besonders hübsch. Ihre Frau ist hübsch, sehr hübsch und sehr …, na, Sie wissen schon. Noch hübscher ist Ihr Geld, so viel hübsches Geld.«

»Ich hoffe, Sie fahren sich mit der ›Neuen Liebe‹ oder dem Jaguar von Alex zu Tode oder ersticken an dem Geld, das Sie uns abpressen.« Dieters Stimme war nun sehr tief und sehr flach, so redete er sonst höchstens, wenn sein Alter ihn in der Mache hatte und er sich nicht wehren durfte. Sein Alter würde ihn nie mehr drangsalieren.

»Welch frommer Wunsch! Vergessen Sie die Bankverbindung nicht und grüßen Sie Ihre Gattin!« Etwas klimperte, das war der Schlüssel, der soeben den Besitzer gewechselt hatte.

Die Gattin war sie, Linda. – Linda raffte den schwarzen Kasten von der Mauerbrüstung, duckte sich und rannte zu ihrem Auto. Sie warf den schwarzen Kasten auf den Beifahrersitz und startete, der Recorderkasten surrte neben ihr weiter. Linda drückte die Rücklauftaste, das Band spulte zurück. Linda drückte auf ›play‹, es knackte kurz und dann ertönten die beiden Männerstimmen: »… dafür könnte ich Ihnen die Fresse einschlagen … ich an Ihrer Stelle würde mir überlegen, ob eine heiße Nudel aus der Biberstraße das wert ist.«

Ganovenliebchen! Richterliebchen! Linda schniefte. Sie würde es ihnen allen zeigen. Sie, Linda Erz aus der Biberstraße!

Linda brauchte zwanzig Minuten bis zurück in die Stadt. Zwanzig Minuten waren viel Zeit. Sie blinkte und schaltete und lenkte und drückte immer wieder auf die Tasten an dem schwarzen Kasten auf dem Sitz neben sich: stop – play – stop – play. Endlich hielt sie vor einer Telefonzelle an. Sie mußte die Nummer der Kanzlei Brüderli nachschlagen, und dann mußte sie warten, weil die Empfangsdame und die Vorzimmerdame den doppelten Doktor vor unliebsamen Anrufern abschotteten. Endlich wurde Linda durchgestellt.

»Kann ich Sie noch mal anmieten?« fragte Linda.

»Anmieten?« Der Mann am anderen Ende der Leitung lachte. »Das können nur Sie sein.«

»Ja«, sagte Linda, »das bin ich.«

»Anmieten zum Schnüffeln?« erkundigte sich der doppelte Doktor.

»Nö«, sagte Linda, »ist schon alles ausgeschnüffelt, es geht eher um 'nen Bodyguard.«

»Und der Body?« fragte er.

»Ist meiner«, antwortete Linda.

»Jetzt sofort?« fragte er.

Linda hielt den Hörer ein Stück von ihrem Ohr weg. Er hörte sich an, als ob der doppelte Doktor gleich aus dem Plastikding in ihre Arme springen wollte. »Nein«, sagte sie, unwillkürlich entschlüpfte ihr ein Lächeln. Diese Männer! »In 'ner Stunde reicht.«

»Bei mir?« fragte er.

»Bei Ihnen«, bestätigte Linda und hängte ein. Sie hastete aus der Kabine und zu ihrem Auto, die Stunde war knapp kalkuliert. ›Jetzt sofort‹ wäre eine Katastrophe gewesen, sie sah zum Fürchten aus, verheult und mit angesuckelten Haaren. In Lindas Kopf entstand das Bild von einer perfekten Performance, das war sie sich schuldig. Kein Bühnenstar, der auf sich hielt, präsentierte sich seinem Publikum im Hemd und mit dem Kopf unterm Arm. Das war in etwa Lindas Verfassung, aber wenn erst der Kopf restauriert und das Hemd aufgepeppt waren, schoß das Stimmungsbarometer automatisch mit hoch. Bei Frauen war das einfach so.

»Eine Eistüte, bitte«, sagte Linda.

»Eine Eistüte«, wiederholte der flotte Knabe in Streifenhemd und Käppi. Er starrte auf das Markstück in Lindas Hand und von dort auf ihr Kostüm und den frechen kleinen Hut. Auf und ab, nach unten versperrte ihm leider die Verkaufstheke die volle Sicht.

»Wirklich nur eine Eistüte«, wiederholte Linda.

Der Knabe lief unter seinem roten Käppi rosig an und verschwand Richtung Eismaschine. Linda lächelte sich in den Spiegeln ringsum zu.

Lächeln im Profil und en face, Kopf zur Seite und Kinnspitze hochgereckt, nicht übel, wirklich nicht, und sehr ladylike!

»Eine Eistüte!« sagte der Knabe und bekam schon wieder diesen Paternoster-Blick, während er die Waffel in eine Serviette eindrehte. »Leider haben wir nur diese dünne Servietten und keine richtigen Eislöffel, nur solche Holzspachtel.«

»Danke, ich habe 'ne Zunge, und die Serviette ist schon okay.« Linda streckte die Zungenspitze heraus und schleckte die hochgezwirbelte Softeisspitze ab. Natürlich schleckte sie etwas lustbetonter als sonst, welche Frau tat das nicht, wenn einer mit Paternoster-Augen an ihr klebte. »Tschüs«, sagte sie und machte ihrem Hintermann Platz. Sie hatte das Gefühl, für ein paar Sekunden lang die McDonald's-Bühne für sich erobert zu haben. Nicht übel, und kombiniert mit cremigem Softeis die beste Therapie gegen Lampenfieber.

Linda spielte nach ihrem eigenen Drehbuch, dem hatte ihr doppelter Doktor heute mittag den professionellen Schliff gegeben, und gleich würde er sie begleiten, aber nur bis an den Rand der Bühne. Der Star war sie. Vorhang auf für Linda Erz!

Linda schlenderte vor dem Fast-food-Lokal auf und ab und beobachtete den über die Aachener Straße auf sie zurollenden Verkehr. Da war er! Linda winkte, der schwarze Jaguar hielt, Linda stieg ein. Es war schon ein Witz, daß ihr doppelter Doktor ausgerechnet einen Jaguar fuhr. Er schaltete hoch und warf Linda einen Blick zu: »Schade, daß ich keine Eistüte bin.«

»Eistüten sind kurzlebig.« Linda biß in die Waffel.

»Und ich bin Ihr Bodyguard und beschütze Sie vor einem Amtsrichter?«

»Hm!« Linda leckte sich die Fingerspitzen ab.

»Hört sich stark an!«

»Ist stark! Halten Sie mal kurz an?«

»Hier? Einfach so?«

»Nicht einfach so. Ich muß mal.« Aufregung schlug ihr nun mal auf die Blase, und hier war gerade ein Café. Also? Sie rannte aufs Klo, die ladylike Verpackung bewahrte Linda vor Protestrufen der Kellnerin, dann fuhren sie weiter.

»Da!« Linda zeigte auf das Mietshaus, in dem Hans Rumbold wohnte. Als sie ausstieg, mußte sie schon wieder, dabei wußte sie, daß höchstens noch ein Tröpfeln käme, nichts da! Ihr doppelter Doktor reichte ihr die Papiere an, die er für sie ausgearbeitet hatte. Linda klingelte, der Türöffner summte brav, zum Glück gab es keine Gegensprechanlage. Linda stieg die Treppe hoch und zog den kleinen schwarzen Recorder aus ihrer Handtasche.

»Du?« fragte der Richter. Richtermäßig. Ungnädig.

Linda schnupperte, sie tippte auf Schampus im Rahmen einer kleinen intimen Ein-Mann-Siegesfeier. – Bleib cool, Mädchen! – »Danke für die Grüße«, sagte sie.

»Grüße?« fragte er. »Was für Grüße?«

Linda tippte auf die Play-Taste ihres Recorders: »*... und grüßen Sie Ihre Gattin*!« sagte die Richterstimme auf dem Band. Linda drückte die Stop-Taste.

»Woher?« fragte er. »Welches Schwein ...?«

»Die Schlüssel und die Papiere für das Boot!« Linda streckte auffordernd die Hand aus. »Welches Boot?« fragte er.

Linda spulte und tippte auf ›stop‹ und wieder auf ›play‹. Der Richter starrte auf den schwarzen Kasten, aus dem erneut seine Stimme zu ihm sprach: »*Danke! Ein hübsches Boot.*«

»Aus! Weg damit!«

»Der Schlüssel!« wiederholte Linda. »Und die Papiere!«

»Hol Sie dir selbst!« Der Richter trat zur Seite.

Linda ging an ihm vorbei.

Der Richter drückte die Korridortür ins Schloß und legte die Kette vor. »So!«

Linda reagierte nicht auf das Einrasten der Kette und auf das ›So!‹ Wenigstens nicht hörbar, sie preßte nur ein bißchen die Beine zusammen. Wo gab's denn so was, dem Täter knallhart auf den Fersen und dann aufs Klo müssen, mitten in DER Szene: »Ich nehm' Sie gleich hops, aber vorher muß ich mal, wo ist denn bei Ihnen das Töpfchen?« – Linda sah sich um, eine fremde Wohnung, mit der üblichen Sofa-Sessel-Kombi und einem Beistelltisch in der Ecke und einem Couchtisch in der Mitte. Auf der Tischplatte standen ein Sektkühler und ein Sektglas, daneben lag der Schlüssel von der ›Neuen Liebe‹, den Anhänger hatte Linda selbst gekauft. »Danke«, sagte sie und steckte das Schlüsselbund und die Papiere darunter in ihre Tasche, bevor sie erneut auf die Play-Taste an ihrem Recorder drückte …

›Den Jaguar Ihres Freundes mag ich auch‹, erzählte die Richterstimme dem Richter.

»Also?« sagte Linda und streckte erneut die Hand aus. »Punkt zwei: Alex' Jaguar!«

»Du willst absahnen, wie?« Der Richter zog einen Autoschlüssel aus der Tasche seines Sakkos und ließ ihn hin und her pendeln. »Wer nicht für mich ist, ist gegen mich, überleg dir das gut.«

»Punkt drei«, Linda zog die Erklärung, die ihr Doktor-

Doktor vorbereitet hatte, aus ihrer Handtasche: »Ich bin für deine Unterschrift. Hier rechts, bitte!«

»Toller Briefkopf! Klaut dein Schokoladengatte neuerdings auch Briefköpfe?«

»Unterschreiben!«

»Bist du nicht ein wenig leichtsinnig, Lady Spürnase?«

»Sieh mal raus«, sagte Linda. »Schwarz, DIE Marke.«

»Kleine Finte? Nicht mit mir! Ich kenne dich besser, und wie ich dich kenne ... Welche Farbe hat denn heute dein Höschen? Falls du überhaupt eins anhast. Rot? Zeig's mir!«

Linda sah auf ihre Armbanduhr: »Noch drei Minuten.«

Der Richter nahm die Flasche aus dem Sektkühler und schenkte sich ein: »Zum Wohl!«

»Noch zwei Minuten!« sagte Linda.

»Du liest zuviel Kitschromane! Wo sind wir denn, schon im letzten Kapitel bei ›Der Prinz rettet die Schöne vor dem Biest‹? Ich verrate dir den richtigen Schluß, das Biest ist der Prinz.« Er lachte, es war dieses laut blökende HO-HO-Lachen, mit dem jemand kundtun will, daß er sich absolut königlich amüsiert.

Linda starrte auf den Sekundenzeiger. Bleib cool, Mädchen! Sie hatte ihm von Klein-Linda und den Kitschromanen erzählt, sie hatte ihm eine Menge erzählt und gezeigt. »Noch eine Minute!« sagte sie.

Der Richter lachte auf und setzte das Glas an die Lippen. Es klingelte an der Tür. Der dünne Glasstiel zerbrach zwischen seinen Fingern. Blut. Sein Blut! Er trat zum Fenster und sah hinab. »Dein Neuer?«

»Schlimmer«, sagte Linda, »ein vereidigter Wirtschaftsprüfer und meine Lebensversicherung. Er verwaltet einen hübschen Fundus an Tonbändern und Zeugenaussagen, du hast keine Chance. Möchtest du vielleicht noch eine Kostprobe hören, vielleicht einen Talk zwischen dir und

Alex?« Linda zog eine leere Kassette aus ihrer Handtasche. Poker! In der Biberstraße entwickelte man ein Gefühl für so was, auch beim bloßen Zusehen. Linda spürte den Poker-Kribbel und den heißen Drang zu gewinnen.

Der Richter ignorierte die leere Kassette und griff nach dem Papier, das er eben achtlos auf den Couchtisch gelegt hatte. Diesmal las er nicht nur den Briefkopf. »Du glaubst nicht ernsthaft, daß ich jeden Pfennig wieder herausrücke und obendrein meinen Job an den Nagel hänge. Ich bin Beamter im höheren Dienst. Ich bin unkündbar. Ich bin Richter.«

»Eben. Ich hab' was gegen die Vorstellung, ich könnte von einem Ganoven wie dir verurteilt werden.«

»Lady Fleckenrein aus der Biberstraße?«

»In der Biberstraße lernt man den Umgang mit kleinen Ganoven. Unterschreib!«

»Wir teilen! Wir könnten teilen! Du und ich!«

»Spar dir den Sermon!« Linda tippte auf die gestrichelte Linie auf dem Papier mit dem Doktor-Doktor-Briefkopf in seiner Hand und sah ihn an. Bis jetzt hatte sie es vermieden, Kontakt mit diesen schiefergrauen Augen aufzunehmen. Seine Augen waren noch immer genauso schiefergrau. Seine Haare darüber waren noch immer sehr blond und glatt und ziemlich lang für einen Mann. Seine Hand, in der nun der Briefbogen zitterte, war noch immer feingliedrig. Linda holte tief Luft. Ihre erbsengrünen Augen packten ihn und hielten ihn fest, tiefkühlerbsengrün, superschockgefroren. Er schrumpfte in seiner Mann-Verpackung. Von wegen Erscheinung und Heiliger Sankt Michael! Er war 'ne veritable Mogelpackung, weg damit!

»Du meinst es ernst?« Er wartete ihre Antwort gar nicht erst ab und schrieb ›Hans Rumbold‹ auf die vorgestrichelte Linie. Er unterschrieb, daß er ein Erpresser war und aus freien Stücken seine Beute und sein Richteramt abgab.

Taler, Taler, du mußt wandern …

»Danke!« sagte Linda. »Grüße an die Großtante, wird sie nicht demnächst achtzig? Leider muß sie ja jetzt aufs Jaguarfahren und Rennbootfahren verzichten!« Linda stopfte den Briefbogen in ihre Tasche und marschierte zur Korridortür. Die Sicherheitskette klemmte. Linda rüttelte und riß an dem Schieber, die Ohren nach hinten gerichtet. Die Kette löste sich. Halleluja! Linda ging an der Korridortür gegenüber vorbei, die nun wieder einen Spalt offenstand. »Guten Tag!« grüßte Linda und rannte treppab, immer schneller, unten vor der Tür wartete der schwarze Jaguar.

»Alles klar?« fragte ihr doppelter Doktor. »Ich wollte schon hochkommen.«

»Drücken Sie auf die Tube, Mensch!« Linda kniff jeden Muskel zusammen, das ging nicht mehr lange gut.

Der doppelte Doktor gab Gas, dabei warf er furchtsame Blicke in den Rückspiegel, dann raste er um die Kurve. Linda hätte gerne gelacht, ihre Leibwache bot ein urkomisches Bild. Das Lachen hätte fatale Folgen. Sie verkniff es sich. »Da«, rief sie, »halten!«

Lindas Bodyguard trat auf die Bremse. Linda sprang aus dem Wagen. »Sekunde!« Sie verschwand in dem Café, diesmal dauerte es zwei Minuten länger als vorhin, dann kletterte sie erleichtert in den schwarzen Jaguar zurück. »Alles klar!«

»Ach so!« Er grinste. Dieses Grinsen über dem sehr seriösen Anthrazitgrau hatte etwas, obwohl Linda eigentlich nicht so sehr auf Vorstandsetagen-Look stand.

»Hm.« Linda grinste retour. Er hatte es sich verdient. Sicherheitshalber zog sie ihren ladyliken Kostümrock ein Stück nach vorn Richtung Knie. Das Chassis des Jaguars lag reichlich tief, was schmale enge Röcke gern auf Wanderschaft gehen ließ, und via Spiegeltechnik ließ sich dabei für einen geschickten Chauffeur eine Menge herausholen.

Es war nicht auszuschließen, daß auch Chauffeure im Vorstandsetagen-Look zu dieser Spezies zählten.

»Und das Geständnis?«

»Habe ich.« Linda klopfte auf ihre Handtasche.

»Gratuliere! Darf ich mal sehen?«

»Sie dürfen's sogar für mich aufbewahren.« Linda klappte ihre Handtasche auf, ein rotes Stoffetwas blitzte. Linda ließ die Handtasche blitzschnell wieder zuschnappen. »Ach, lieber später, ich geb's Ihnen dann gleich ...«

Hinter ihnen hupte es, vermutlich zeigte die Ampel schon eine ganze Weile lang Grün an. Der Mann auf dem Sitz neben Linda hob entschuldigend die Hand, das galt dem nachkommenden Verkehr, und fuhr weiter, dabei streifte er Linda mit einem neugierigen Blick: »Sie sind wirklich eine außergewöhnliche Frau! Wollen Sie mir nicht verraten, was das Rote in Ihrer Handtasche ist?«

»Nö«, sagte Linda, »wirklich nicht. Sorry!« Sie würde den Teufel tun und ihrem doppelten Doktor das Geheimnis ihres roten Höschens preisgeben. Trotz Beine zusammenpressen und jeden Muskel anspannen und Sprint ins nächstbeste Café war was daneben gegangen, konnte ja mal vorkommen. Linda hatte ihr Höschen kurzerhand ausgezogen und in die Handtasche gestopft, darunter ruhte das Geständnis ihres Richters. Irgendwie pikant, fast schon nostalgisch, ein noch tintenfrisches Geständnis an ihrem roten Höschen. Linda kicherte.

»Darf ich mitlachen?« fragte Dr. Dr. Brüderli.

»Grundsätzlich schon, aber in diesem konkreten Fall besser nicht.«

»Darf ich Sie wiedersehen?«

»Klar, wir haben schließlich noch eine Menge zu bereden.«

»Ich meine, privatissime.«

»Na ja, also wissen Sie, das ist so ...«, Linda warf einen

Blick zur Seite, dieses seriöse Anthrazitgrau hatte etwas unglaublich Beruhigendes, zum Ausgleich hatte er eine sehr volle Unterlippe, für einen Mann war die geradezu rasant, und für einen doppelten Doktor erst recht. Dieser Kontrast hatte etwas Prickelndes, womöglich versteckte sich hinter dem hochoffizellen Briefkopf ein waschechter Paradiesvogel. Wußte Frau vorher nie, was in solch einer Mann-Verpackung wirklich drinsteckte. Frau hatte es nicht leicht, wirklich nicht. Mann vielleicht auch nicht. Linda mußte automatisch an Gatten Dieter denken, der war gerade einen Tyrannen quitt geworden, Tod durch Unfall, so gesehen war Gatte Dieter jetzt doch legaler Erbe von all den Milliönchen. Jetzt zitterte er vor einem neuen Tyrannen, er würde Augen machen, wenn sie ihm eröffnete, daß Tyrannus Richter Rumbold entmachtet war. Linda Erz, Rächerin der Geknechteten! Nur daß Gatte Dieter kein unschuldig Geknechteter und sie nicht die Heilige Caritas war. Umsonst war nur der Tod!

»Gibt's eigentlich im Lateinischen für das Wort Tyrannus auch 'ne weibliche Form?« fragte Linda. Ein doppelter Doktor mußte so etwas schließlich wissen, fand sie.

»Wie bitte?« fragte Dr. Dr. Brüderli. Er klang verwirrt, vermutlich weil er noch immer seinem ›privatissime‹ nachhing.

Linda strich im Geist das Privatissime, sie würde es ihm natürlich nett beibringen. Schließlich und zu guter Letzt war sie eine verheiratete Frau. Und als zukünftige ›Tyranna‹ – immerhin gab's ja auch nette Formen der Machtentfaltung, und natürlich würde sie die supernette Variante kreieren – hatte sie einfach keine Zeit mehr für solche Spielchen, nicht mal mit einem doppelten Doktor. Sorry! Dafür kam er demnächst bei ihr auf die Gehaltsliste, als staatlich vereidigter und ihr ergebener Wirtschaftsprüfer.

»Tyrannus – tyranna?« fragte er und warf Linda einen nachdenklichen Blick zu.

»Na ja«, sagte Linda, »Sie müßten mir da noch ein Papier aufsetzen, es geht um die Morus KG und mich. Meinen Sie, Sie könnten jetzt gleich …«

»Verstehe«, sagte er. Nun paßte sein Gesicht wieder zu dem Vorstands-Look seines anthrazitgrauen Anzugs. Linda hörte förmlich die Zahlen hinter seiner Stirn rasseln. Die Morus KG war ein solides Unternehmen, und ohne heimliche Zwillingsschwester würde sie in Zukunft prächtig wachsen und gedeihen, da hing auch für einen staatlich geprüften und promovierten Betriebswirt eine Menge dran.

»Tyranna«, wiederholte der Doktor-Doktor, »Tyranna ist gut, Tyranna ist herrlich, weiß Ihr Gatte schon von Ihren Plänen?«

»Nein!« Linda schüttelte den Kopf. »Die müssen Sie und ich doch erst noch schriftlich niederlegen, damit alles seine Ordnung hat. Ich denke da unter anderem an eine Young Fashion Collection, eine Kölner Designerin habe ich dafür auch schon im Auge. Überhaupt werden wir alle Bereiche neu aufteilen, natürlich bleibt mein Mann Geschäftsführer. Er und ich, jeder hält fünfzig Prozent, nein, ich glaube, ich nehme einundfünfzig, nur so für alle Fälle.«

»Sie haben ihn in der Hand«, sagte der Experte, »wenn Sie wollten …«

»Nö«, sagte Linda nachdenklich, »eigentlich will ich das nicht. Und jetzt, wo mein Mann offiziell geerbt hat und die Sache mit der Tschechin sich auch aufgeklärt hat, ist es ja quasi nur noch ein Kavaliersdelikt.«

»Strafrechtlich betrachtet ist es kein Kavaliersdelikt, und was die Verjährung betrifft …«

»… um so besser«, fiel Linda ihm ins Wort, »dann

komm' ich groß raus, von wegen Gnadenerlaß oder so, Marke sanfte Tyrannin, wie fänden Sie mich in der Rolle?«

»Als Berater oder Opfer?«

»Ich ernenne Sie zum Berater!«

»Danke. Ich finde Sie überwältigend! Und was hat es mit der Tschechin auf sich?«

»Ein Irrtum von Dame Tyranna«, wich Linda aus. Sie würde ihren Mann nicht unnötig in die Pfanne hauen, und sich selbst auch nicht. Das Thema Lenja konnte sie abhaken.

Als Linda am Mittag von dem Stelldichein an der ›Neuen Liebe‹ heimgekommen war, hatte Meine-deine-Perle sie mit Lenja erwartet. Unter dem Einfluß von frischgebackenem Zwetschgenkuchen sprach die Tschechin sogar Deutsch, wenigstens soviel, daß Linda nach und nach hinter die wahre Story stieg.

Dieter hatte Lenja ein Flugticket nach Prag besorgt, und sie war ihm am Flughafen ausgebüxt, weil sie lieber in Germany bleiben wollte. Er mußte sie überall gesucht haben, bis in die frühen Morgenstunden, aber die Tschechin war nicht auf den Kopf gefallen, wohl aber hungrig, und also war sie nach sechzehn Stunden Freigang zu Dieters Privatadresse gegangen. Dieter hatte ihr zuvor seine Visitenkarte und einen Scheck gegeben. Nur wollte man ihr den Scheck an der Bank nicht einlösen, es war einer mit zwei Strichen oben links in der Ecke. Echt war er schon, hatte Meine-deine-Perle ihr versichert, und der Zwetschendatschi war eine Wucht.

Gatte Dieter ist ein Erzgauner, dachte Linda, aber irgendwie einer mit Stil und außerdem einer, bei dem sie ziemlich genau wußte, was in der Mann-Packung drinsteckte.

Linda warf ihrem Doktor-Doktor-Chauffeur einen verstohlenen Blick zu und seufzte. Es fiel ihr nicht leicht, auf die Erkundung des Anthrazitgrau und der geheimnisvollen Unterlippe zu verzichten, vermutlich lag das an ihrer Spürnase. Sie war die geborene Detektivin, vor ihr war nichts sicher, das würden sie in der Kleiderfabrik auch bald spitzhaben.

Linda hatte eine Vision, vor ihren Augen entstand ein Modeimperium, dagegen war DIE Marke ein Nichts. In Zukunft würde Linda aufpassen müssen, daß niemand ihre eigenen Etiketten klaute, man würde sich um MORA-Kleider reißen. MORA klang einfach besser als MORUS, weicher, fließender, MORA waren ihre fünfzig Prozent, nein, einundfünfzig. Für ihr MORA-Imperium würde sie sogar auf den doppelten Doktor verzichten, privatissime. Das hatte fast schon etwas Heroisches. Linda seufzte noch einmal, diesmal tief und abschließend und mit dem satten Gefühl einer heroischen Tat.

»Die Aufregung«, sagte Dr. Brüderli mitleidig, »soll ich anhalten, ist Ihnen nicht gut?«

»Nö«, antwortete Linda, »alles bestens.« Sie setzte sich gerade hin. Ein Glück, daß sie nicht auf seine sinnliche Unterlippe hereingefallen war und längst beschlossen hatte, lediglich seine Testatsiegel zu buchen, die er unter immer längere Kolonnen von Umsatzzahlen und Anlagevermögen und Gewinnausschüttungen pappen würde, für deren Betreuung keinesfalls er selbst zuständig sein würde. Der neue Finanz-Chef von ›Morus & Mora‹ war eine Frau, logo. Das Schicksal hatte Linda beizeiten DIE Fachfrau für Milliönchen über den Weg geschickt. Und Linda griff zu. Sie hatte eben DAS Näschen …

Linda ging an Dieters Herrenzimmer vorbei und horchte. Nichts rührte sich.

Linda stieg in ihr rotes Cabrio und fuhr Richtung Innenstadt. Sie fuhr und überlegte, ob Dieter wohl kommen würde.

An der Kreuzung Aachener Straße und Ring tauchte DAS rote ›M‹ auf gelbem Grund auf, Linda bremste spontan, rangierte halbschräg auf den Bürgersteig, stieg aus und zog die Glastür auf.

An der Theke bedienten fünf junge Männer, alle in grauweiß gestreiften Hemden und mit roten Käppis auf den Köpfen.

Fünf Köpfe ruckten hoch, einem wäre fast das Wechselgeld aus der Hand gefallen. Linda steuerte direkt auf die Paternoster-Augen zu.

»Eine Eistüte bitte!« sagte sie.

»Eine Eistüte«, wiederholte er. Seine Augen glitten an Linda auf und ab, auf und ab, der Paternosterblick raste, und die Ohren und Wangen unter dem weinroten Käppi färbten sich rosig.

»Nur eine Eistüte«, wiederholte Linda und begutachtete in den Spiegeln ringsum, was der Jüngling von ihr zu sehen bekam: Üppige rotblonde Haare zu echten Brillis, ihre vollen Brüste reckten sich aus einem mattroten Seidenmieder, um ihre Hüften schlang sich flammendroter Organza. Der durchsichtige Stoff hatte keine Nähte, es gab nur dieses Mieder, das ihn festhielt. Salomes Schleier war ein Klacks dagegen, dachte Linda befriedigt. Sie würde sich ihre private Designerin gleich morgen für die Entwürfe der neuen ›Mora‹-Kollektion sichern.

Der Knabe dort an der Eismaschine war Lindas Provinzbühne. Der Knabe war sichtlich hin und weg. Übermütig griff Linda nach der Eiswaffel und stieß eisschleckend die Tür nach draußen auf. Eine naturrote Lady in feuerroter Abendrobe zwischen uniformierten Jeansträgern und Fast-food-Kauern war schlicht DIE Sensation.

Linda fühlte sich fit für den Broadway, zweiter Teil.

Vorhang auf!

»Signora!« Der Padrone kam Linda entgegen, sein feuriger Blick wetteiferte mit dem flammenden Rot von Lindas Kleid.

»Signore!« Lindas Augen huschten über das proppere Weiß des Padrone hinweg in das Innere des Restaurants, über den weißen Flügel und den Kronleuchter und die schwarzschimmernden Marmorwände und die funkelnden Gläser auf den schneeweißen Tischtüchern. Drei Tische waren bereits von Gästen besetzt. Dieter war nicht dabei.

Linda sah auf ihre Armbanduhr. Es war acht Uhr. Als Gastgeberin mußte sie pünktlich sein. Sie war pünktlich, sie hatte für acht Uhr eingeladen. Sie betrat die Bühne bestens präpariert, nur ihr Ein-Mann-Publikum fehlte.

»Ich möchte dich einladen«, hatte Linda zu Dieter gesagt. »Heute abend ins Grande, um acht Uhr.«

»Ich weiß nicht, ob ich von dir eingeladen werden möchte«, hatte Dieter geantwortet.

»Es wird dich interessieren, was ich dir zu sagen habe.«

»Ich hatte diese Woche schon ein interessantes Gespräch mit deinem Richter.«

»Ich bin deine Frau.«

»So?«

»Du solltest kommen.«

»Mal sehen …«

Ob er kam? Linda knibbelte nervös an der winzigen Klammer, die in der vor ihr hochragenden Serviette steckte. Die Klammer flitschte ihr aus der Hand und einem Blondling nebenan auf den Teller. Er zuckte zusammen und drehte sich unwillig zu Linda um.

»Sorry«, sagte Linda, »war keine Absicht.«

Der Mann fischte den Flugkörper aus seinen Antipasti und hielt ihn ihr hin.

Linda griff nach der Klammer und bekam eine kontaktfreudige Männerhand und einen Schmelzblick mitgeliefert. Hatte sie nicht bestellt, verkrümele dich, Junge! Überhaupt stand sie nicht auf Blondis, auf solche mit glatten und ziemlich langen blonden Haaren erst recht nicht, auch nicht, wenn einer original wie Howard Carpendale aussah. Sie war blondmanngeschädigt.

»Howie«, sagte die Bohnenstange neben dem Blondling. Im Gegensatz zu ihrem Begleiter schien sie absolut kein Faible für Lindas Rottöne zu haben.

Linda griff nach einem Glas, neben ihrem Gedeck waren vier Gläser aufgebaut, aber alle waren leer. Es war schon nach acht, auf die Minute genau konnte Linda das nicht sagen. Gatte Dieter hatte ihr die Abenduhr geschenkt, deren tolles Design sich nicht mit praktischen Ziffern oder wenigstens Strichen vertragen hätte, also konnte Linda die Uhrzeit immer nur ungefähr ablesen. Abends war das egal, weil sie nie solo ausging. Linda hatte sich daran gewöhnt, daß jemand anders für sie auf die Zeit achtete, bestellte, bezahlte, organisierte. Nun saß sie solo bei ihrem Nobelitaliener und wartete auf ihren Mann, damit sie ihm ihr Befreiungsstück vorspielen konnte. »Hallo«, Linda hob die Hand. Sie kam um, wenn sie nicht gleich etwas zu trinken bekam. Niemand von der Saalbrigade reagierte, anscheinend folgten die nur auf männliche Winkzeichen. Aus den Augenwinkeln beobachtete Linda, wie hinter ihr ein Männerarm hochwippte, dazu ein sonores ›Prego‹, schon stand ein Keller neben Howie. »Die Signora hat einen Wunsch«, sagte der Blondling.

Linda nickte brav und bat um ein Glas Champagner, ihre Stimme klang ihr selbst piepsig im Ohr. Demnächst würde sie laut ›Prego‹ durch den Laden brüllen. Wo gab's denn so was?

Der Kellner ging und kam mit leeren Händen zurück. Alkoholausschankverbot für Solo-Frauen, dachte Linda, jetzt kommt's.

»Ein Telefongespräch für Sie, Signora Morus«, sagte der Kellner.

Linda schoß hoch. Dieter? Er sagte ab …

Am Telefon meldete sich Iris Stern, ob es bei zehn Uhr bleibe. Linda sagte »Ja« und ging zurück an ihren Tisch, der für zwei Personen gedeckt war. Bis zehn Uhr war es noch eine eindreiviertel Stunde, der Kellner kam gerade mit der Champagnerflasche. Linda setzte das Glas an, ex und hopp. Bis zehn Uhr würde sie schätzungsweise unter dem Tisch liegen, Tyranna MORA in spiritus, toll!

»Du gestattest?« fragte eine Stimme. Seine Stimme.

»Logo.« Linda sprang auf, sie hätte ihn küssen können. Eigentlich blieben Damen ja sitzen, aber heute war sie selbst die Gastgeberin und Drahtzieherin, überhaupt stand sie schon. »Setz dich«, sagte sie, er würde ja wohl nicht erwarten, daß sie ihm nun ihrerseits den Stuhl unter den Po schob.

Dieter setzte sich und musterte Lindas flammendes Rot und dann die zwei Gedecke. »Alles für mich?« fragte er.

»Ich hab' noch was für dich«, sagte Linda eifrig und schob ihm ein Päckchen hin. Er würde Augen machen.

Dieter löste das Geschenkpapier, als rechnete er jeden Moment mit einer hervorschnellenden Viper. Statt dessen wickelte er die Schlüssel der ›Neuen Liebe‹ mit den zugehörigen Bootspapieren aus.

»Okay«, sagt er, »was verlangst du?«

»Ich hab' dir gerade dein Boot zurückgegeben.«

»Trostpreis! Vielleicht soll ich mich damit umbringen? Tragisches Bootsunglück, Witwe trauert mit höchstrichterlichem Beistand.«

»Der Richter ist passé.« Linda zog die Erklärung aus der Tasche, die Hans Rumbold ihr unterschrieben hatte. Linda hatte sich diese Szene romantischer vorgestellt, wozu hatte sie schließlich die zukünftige Tyranna in rotes Organza verpackt? Das schaffte die Crew bei McDonald's und sogar den Schlagerstar am Nebentisch. Wieso reagierte Dieter, als säße ihm ein Gespenst gegenüber?

»Willst du allein absahnen, verlangt dein Richter einen zu großen Anteil? Wird mir fast sympathisch, der Junge, daß er sich nicht von dir einwickeln läßt.«

»Arschgeige!« Diesmal piepste Linda nicht, einen Tisch weiter ließ die Bohnenstange ihr Besteck zu Boden fallen. Es dauerte, bis Howie plus Kellner sich danach bückten. Spannung! Action!

»Na bitte«, sagte Dieter, »das bist doch wenigstens du! Charmant und wohlerzogen, die Biberstraßen-Queen live.«

»Okay, Schokoladenjunge!« Linda schob ihr Gedeck zur Seite, die kunstvoll aufgerichtete Serviette kippte um, die vier Gläser kollidierten, egal! »Die Biberstraßen-Queen flüstert dir was. Du bist ein Stinkstiefel, aber wir sind nun mal verheiratet, und wahrscheinlich entpuppen sich die meisten deiner Geschlechtsgenossen bei näherem Hinsehen ebenfalls als Stinkstiefel, das scheint bei eurer Rasse so vorprogrammiert zu sein. Also denk' ich mir, ich behalte dich, finanziell bin ich als deine Ehefrau sowieso zur Hälfte beteiligt, auch wenn wir mal deine Ganovenstücke außen vor lassen, für die du glatt in den Knast kämst. Vater Morus scheidet aus, und ich trete ein, ich hab' da so meine Pläne ...«

»Du willst in die Fabrik einsteigen? Ich lach' mich tot. »Die Biberstraßen-Queen als Geschäftsfrau.«

Linda zückte den Vertrag, das sollte eigentlich erst beim Dessert passieren und der Clou sein, da sollte Gatte Dieter längst ihrem Charme und ihrer Cleverneß erlegen sein und mit ihr anstoßen. Die Dramaturgie lief ihr aus dem Ruder, lediglich der Champagner floß wie geplant, aber exklusiv in Dieters Schlund. Er soff wie ein Loch und dachte nicht daran, mit ihr auf eine glückliche Teilhaberschaft in der Fabrik und eine Neuauflage privatissime anzustoßen. Die Übergabe des Schlüssels zur ›Neuen Liebe‹ war DAS Stichwort gewesen, vermutlich litt er an Schokoladenhirnerweichung. Linda knallte ihm den Vertrag hin.

Dieter faßte nach dem gesiegelten Papier, nach Totlachen sah er jetzt nicht mehr aus. Er las, zwischendurch setzte er sein Glas an die Lippen, und sobald es leer war, hob er einen Arm und schnipste, dann kam der Kellner und füllte sein Glas auf. Es sah aus wie eine heimliche Bruderschaft, nur daß irgendwann der eine Bruder unter dem Tisch liegen würde. Tyrannus Dieter in spiritus, toll!

Dieter schnippste schon wieder mit den Fingern, es hörte sich total unfein an. Diesmal kam der Padrone mit. »Haben Sie schon etwas zu essen gewählt?« fragte er.

»Ich nehme das kleine Menü«, sagte Linda, »dem Herrn bringen Sie besser einen Satz Flaschen.«

»Ich denke, du lädst mich ein«, Dieter schlug die Karte auf, »ich nehme das große Menü und den teuersten Wein, meine Chefin zahlt.« Dieter zeigte auf Linda, sein Blick schwankte leicht hilflos zwischen dem wohlgefüllten Seidenmieder und dem wohlwollenden Lächeln des Padrone hin und her, bevor er fortfuhr. »Das ist nämlich meine neue Chefin, außerdem ist sie auch noch meine Ehefrau und eine Hexe, früher hätte man so eine verbrannt, was sagen Sie als anständiger Italiener zu so einer Story?«

»Congratulazione, signore!«

»Sie wissen nicht, wovon Sie reden!«

»Ich habe eine deutsche Frau.«

»Dann holen Sie sich ein Glas, trinken Sie mit. Die Lady hier bezahlt, das ist mein einziger Trost.«

Dieter sah Linda an: »Und das geht noch nicht auf Spesen, damit das klar ist.«

»Nö, das spendier' ich dir privatissime.«

»Privatissime ist gut.« Dieter Morus rutschte mit den Augen aus, ganz kurz nur, aber Linda hatte nicht umsonst DIE Nase, und sie roch, wenn einer ihren Rottönen auf der Spur war, den textilen und den hausgemachten. In Zukunft würden sie die partnerschaftlich angehen. Sie beugte sich extra weit vor.

»Paß auf, daß dir nichts aus dem Mieder hüpft«, sagte Dieter und stupste gegen die üppige Auslage. »Oder wolltest du mich nur auf den dicken Flecken aufmerksam machen, den du dir auf deine tolle Robe gekleckert hast.«

Linda schelmte ihn an, sympathieerbsengrün, mit ihr doch nicht. Sie hatte noch nichts gegessen, von wegen Klecks. Schokoladenjunge Dieter mußte einfach ein bißchen Sticheln, um die Balance wiederherzustellen.

»Soll ich etwas warmes Wasser und ein Tuch bringen lassen?« fragte der Gastronom und fixierte einen Punkt knapp unterhalb von Lindas Brüsten, während er dem Kellner das dritte Glas hinhielt, das für ihn selbst bestimmt war.

Linda sah nach unten, sie mußte die beiden Kugeln ein wenig mit der Hand zurückpressen, um überhaupt etwas von dem Mieder darunter zu sehen. Leicht nach links versetzt prangte ein dicker fettiger Klecks, jemand mußte ihr heimlich ...

Nein, der Klecks stammte von der Generalprobe und war original amerikanisches Softeis.

»Scheiße!« sagte Linda. Nebenan fiel der Bohnenstange zum zweiten Mal das Besteck aus der Hand.

Dieter grinste und hob sein Glas. »Auf dein Wohl, Lady!«

Linda hob auch ihr Glas, der Fleck war nun mal da, es gab Schlimmeres. »Von wegen Lady«, sagte sie, »das Ladysein ist auf Dauer 'ne verdammt anstrengende Kiste, ich wechsle das Fach, wir Karrierefrauen haben das doch gar nicht mehr nötig. Ladies sind auch so 'ne Erfindung exklusiv für euer männliches Privatvergnügen. Ich folge zukünftig meinem eigenen Lustprinzip. Cin cin!«

»Cin cin!« Dieter grinste dem Italiener zu. »Das scheint eine Epidemie zu werden, da betritt gerade schon wieder eine von der Marke lustbetonte Karrierefrau Ihr Restaurant. Ein appetitliches Weib, und was sie anhat, könnte glatt ein Zwilling von dieser flammendroten Robe sein.«

»Das ist Iris Stern.« Linda sprang auf und zog Dieter mit hoch. »Darf ich dir unsere neue Finanzchefin vorstellen? Du wirst begeistert sein!«

»Habe ich eine Wahl?« murmelte Dieter.

»Nö«, strahlte Linda, »darf ich bekanntmachen ...?«

ENDE